KNAUR

Von der Autorin sind außerdem erschienen:
Sanddornsommer
Villa Sanddorn
Sanddorninsel
Das Marzipanmädchen
Die unsichtbare Handschrift
Die Bernsteinheilerin
Haus der Schuld

Über die Autorin:
Lena Johannson wurde 1967 in Reinbek bei Hamburg geboren. Nach der Schulzeit auf dem Gymnasium machte sie zunächst eine Ausbildung zur Buchhändlerin, bevor sie sich der Tourismusbranche zuwandte. Ihre beiden Leidenschaften Schreiben und Reisen konnte sie später in ihrem Beruf als Reisejournalistin miteinander verbinden.
Vor einiger Zeit erfüllte sich Lena Johannson einen Traum und zog an die Ostsee.

Lena Johannson

Sanddorn-zauber

EIN RÜGEN-ROMAN

KNAUR

Besuchen Sie uns im Internet:
www.knaur.de

Aus Verantwortung für die Umwelt hat sich die Verlagsgruppe Droemer Knaur zu einer nachhaltigen Buchproduktion verpflichtet. Der bewusste Umgang mit unseren Ressourcen, der Schutz unseres Klimas und der Natur gehören zu unseren obersten Unternehmenszielen. Gemeinsam mit unseren Partnern und Lieferanten setzen wir uns für eine klimaneutrale Buchproduktion ein, die den Erwerb von Klimazertifikaten zur Kompensation des CO_2-Ausstoßes einschließt. Weitere Informationen finden Sie unter: www.klimaneutralerverlag.de

FSC www.fsc.org
MIX
Papier aus verantwortungsvollen Quellen
FSC® C014496

Originalausgabe März 2022
Knaur Taschenbuch

Ein Imprint der Verlagsgruppe
Droemer Knaur GmbH & Co. KG, München

Redaktion: Gisela Menza
Covergestaltung: ZERO Werbeagentur, München
Coverabbildung: Collage unter Verwendung von Motiven von Shutterstock.com
Illustration im Innenteil: Anastasia Lembrik/ Shutterstock.com
Satz: Daniela Schulz
Druck und Bindung: GGP Media GmbH, Pößneck
ISBN 978-3-426-52637-8

2 4 5 3 1

Für all die guten Geister, die nicht im Rampenlicht stehen, ohne die es uns allen aber so viel schlechter gehen würde. Exemplarisch für diese große Gruppe von Menschen widme ich das Buch den Abfallentsorgerinnen und -entsorgern und Lkw-Fahrerinnen und -Fahrern.

Auf hoher See und vor Gericht

Juli 2000

Müssen wir unbedingt auf der Nussschale übernachten? Die ist doch viel zu klein für zwei.«

»Überhaupt nicht. Die Tischplatte kurbeln wir runter, siehst du? Matratze drauf, fertig ist der zweite Schlafplatz.«

»Gefühlt direkt neben dem ersten«, maulte Meeno. Ihm war bereits klar, dass sein Widerstand zwecklos war.

»Wir wollen schließlich ein Vater-Sohn-Wochenende verbringen. Ohne Übernachtung ist es nur ein Vater-Sohn-Samstag.«

»Du willst«, knurrte Meeno.

»Was?«

»Ich meine ja nur, wir könnten genauso gut an Land pennen und zwei Tagestouren draus machen.«

»Das ist nicht dasselbe.« Herbert hatte richtig rosige Wangen vor Aufregung. Meeno musste grinsen. Typisch, sein alter Herr. »Es ist dein Geschenk zum Achtzehnten und zum Abi. Das soll schließlich etwas Besonderes sein, etwas, das du nie vergisst.«

»Werde ich bestimmt nicht.« Schon weil die anderen aus seiner Clique an diesem Wochenende eine richtig krasse Sause vorhatten. Drei-Muskel-Tour. Erst ein Stück mit der Draisine, dann über einen See rudern und zum Schluss auf einem dieser Konferenzfahrräder strampeln, auf denen mehrere Personen im Kreis saßen, einen Kasten Bier in der Mitte. Die würden echt Spaß haben. Ohne ihn.

»Nein, das wirst du nicht, dafür werde ich sorgen.« Herbert strahlte.

Meeno schnaufte. Er stand unentschlossen an der Mole von Schlüttsiel. Nur ein paar Schritte von hier entfernt starteten Urlauber zur Hallig Hooge. Konnte es etwas Öderes geben? Wahrscheinlich waren das die gleichen Typen, die auch glaubten, ihren Sprösslingen mit einem Segeltörn in einem Boot eine Freude zu machen. Mann, warum konnte sein Vater nicht verstehen, dass ein Achtzehnjähriger mehr Bock auf seine Kumpels und auf Mädchen hatte als auf seinen alten Herrn. Bestimmt kapierte er das sogar, nur wäre die Konsequenz für ihn eben eine Riesenenttäuschung. Er hatte sich doch alles so schön ausgedacht. Obwohl Meeno schwer genervt war, konnte er seinem Vater den Wunsch nicht abschlagen, einen auf heile Welt zu machen. So wenig er Herberts flehenden Blick auch leiden konnte, so sehr berührte er ihn doch. Das war die Krux: Meeno hasste die Schwäche seines Vaters und verabscheute sich gleichzeitig dafür, auch nicht hart bleiben zu können, nicht bei diesem Blick.

»Willst du da Wurzeln schlagen?« Herbert lachte ihn an. »Holen wir das Gepäck und vor allem den Proviant, und los geht's!« Er klopfte Meeno auf die Schulter, der setzte sich in Zeitlupe in Bewegung. Ein komplett weltfremder Teil in ihm hoffte, dass in letzter Sekunde von irgendwoher Rettung nahte. Vielleicht sagte jemand, eine Seuche habe sich explosionsartig auf Sylt ausgebreitet. Oder der Hafenmeister verkündete eine katastrophale Wetterprognose, bei der man auf keinen Fall rausfahren dürfe. Natürlich geschah nichts dergleichen. Meeno blieb nichts anderes übrig, als sich seinem Schicksal zu beugen. Er holte seine Tasche aus dem Auto und half Herbert mit den Kisten. Unfassbar, was sein Vater alles mitschleppen wollte. Wenigstens würden sie reichlich zu essen und zu trinken an Bord haben, wie ein dickes Paket vom Schlachter, ein in Papier gewickeltes Meterbrot und diverse Flaschen verrieten. Sein Vater war bester Laune. Immerhin einer von ihnen.

Den *Delphin,* ein sieben Meter langes Segelboot, hatte Herbert selbst gebaut. Eigentlich war er nicht der geborene Handwerker und hatte, soweit sich Meeno erinnerte, auch nie ein Hobby gehabt, aber den Kahn hatte er wirklich gut hinbekommen.

»Nicht zu groß, damit ich es bequem allein unter Kontrolle behalten kann«, hatte er erklärt, als er Meeno vor Jahren den Rohbau in der Garage präsentiert hatte. Bis zu dem Moment hatte strenges Betretungsverbot gegolten. Selbst Herberts Mercedes war ausgesperrt worden, für ihn war einfach kein Platz mehr gewesen. »Den Plan hat mir ein Profi gezeichnet. Er hat sich dabei an klassischen Saloon Cruisern orientiert.«

Das war echt lange her. Herbert hatte Jahre gebraucht, bis er sein Werk hatte zu Wasser lassen können. Dafür hatte er aber auch jede Sperrholzplatte eigenhändig gebogen, jede Planke montiert, sogar die Pinne selbst gedrechselt und ewig geschmirgelt. Vom Bau der tragenden Struktur bis zur Lackierung war alles Eigenleistung, Hilfe hatte er nie gehabt und auch nicht gewollt. Man konnte seinem Vater einiges vorwerfen, aber das hat Meeno schon immer an ihm bewundert: dass er sich selbst ein Boot gebaut hat und allein damit unterwegs war, wann immer er konnte. Ein begnadeter Skipper war er nicht gerade, aber er kam zurecht.

»Ist ja richtig gemütlich, der Salon«, meinte Meeno, um etwas Nettes zu sagen. Gelogen war das nicht, wobei er alles ein bisschen zu gewollt maritim und zu altmodisch fand. Blau-weiß gestreifte Polster und Vorhänge, jede Menge dunkles Holz.

»Saloon«, korrigierte Herbert ihn. Meeno zog die Augenbrauen hoch. »Salon ist die französische Variante, die besonders vornehm sein will. Echte Seeleute haben einen Saloon. Das ist das Herz des Schiffes, da kommen alle zusammen.«

»Wird 'ne ziemlich übersichtliche Zusammenkunft mit uns beiden.« Meeno lachte.

»Ach was, einmalig wird das. Wirst sehen. Du brauchst auch nichts zu tun, wenn du nicht willst. Der *Delphin* ist komplett einhandtauglich.«

»Weiß ich doch, Papa. Ich hab aber nichts dagegen, mit anzupacken.« Was sollte er sonst tun, seinem Vater zusehen? Da würde er ja vor Langeweile umkommen.

»Ja, gut.« Herbert bekam das Lächeln nicht mehr aus dem Gesicht. Irgendwie niedlich.

Nachdem sie abgelegt und den Hafen von Schlüttsiel hinter sich gelassen hatten, schipperten sie ein Stück an der Küste hoch. Auf Höhe von Dagebüll hielten sie sich westlich und segelten dicht an Föhr vorbei. Viel zu sehen gab es nicht. Nur Deich mit Schafen und reichlich grüne Wiesen. Eine Fähre kreuzte ihren Weg.

»Der soll sich mal lieber nicht mit uns anlegen«, scherzte Herbert. Der verkniffene Zug um seinen Mund verriet seine Nervosität. Er hatte eben deutlich mehr Zeit mit dem *Delphin* in der Garage als auf See verbracht. Darum konnte er ihn besser reparieren als lenken. Von Routine an der Pinne konnte keine Rede sein, das war ihm allzu bewusst.

»Wenn ich etwas tun kann …« Meeno fühlte sich ein wenig überflüssig.

»Dann sage ich Bescheid«, kam es sofort zurück. Und dann etwas entspannter: »Mach's dir bequem. Du hast in den letzten Monaten genug gepaukt. Dieses Wochenende kannst du dich so richtig verwöhnen lassen.« Er fuhr sich durch die Haare. Sie hatten beide keine Übung darin, Zeit miteinander zu verbringen. »Mach dir ruhig ein Bier auf, wenn du magst.« Herbert sah es nicht gern, wenn Meeno Alkohol trank. Aber er wollte wohl unbedingt alles richtig machen.

»Danke, ist noch ein bisschen früh.« Meeno grinste. »Dann packe ich mich in die Sonne. Und du meldest dich wirklich, wenn eine zweite Hand gebraucht wird, okay?«

»Versprochen!«

Meenos Gedanken wanderten wieder zu seinen Kumpels und vor allem zu den Ladys, die jetzt wahrscheinlich schon die Draisine hinter sich hatten. Er stellte sich vor, wie sie völlig verschwitzt und vermutlich auch schon beschwipst kicherten und flirteten. Er hatte keine spezielle Favoritin. Zwei, drei aus seiner Stufe waren ziemlich süß. Er hätte gern gecheckt, ob mit einer davon was ginge. Egal, nicht mehr lange, dann fing sein Studium an. Informatik war nicht gerade das Fach, in dem sich viele schicke Damen tummeln würden, an der Uni aber schon. Er streckte sich aus. Sein Vater hielt auf die Südspitze von Sylt zu. Der Strand war so weiß, dass Meeno kaum hinsehen konnte. Dazu kam noch das Glitzern der Wellen, das Sonnenlicht, das relektiert wurde. Er blinzelte.

»Guck mal, Papa, Seehunde!«, rief er. Ziemlich uncool, er war ja aufgeregt wie ein kleiner Junge.

»Tatsächlich. Das Glück hat man nicht oft.«

Eigentlich hatte Meeno die Augen zumachen und etwas dösen wollen, bloß hatte er Angst, etwas zu verpassen. Er kannte die Nordsee nur grau, an diesem Tag war sie dunkelblau, garniert mit weißen Schaumkronen, die um den Schiffsleib tanzten. Es rauschte und roch nach Salz, eine Möwe begleitete sie kreischend und hatte es bestimmt auf ihren Proviant abgesehen. Nix da, du komischer Vogel, den hatte Herbert nur für sie beide besorgt, gierige Flattermänner standen nicht auf der Gästeliste. Die Gischt legte sich wie ein leichter Sprühnebel auf seine Haut. Der Wind war gerade kräftig genug, um nicht vor Hitze einzugehen. Und natürlich, um voranzukommen. Der *Delphin* hob und senkte sich gleichmäßig. Plötzlich freute Meeno sich, dass sie auf dem Kahn schlafen würden und nicht an Land.

Sie waren an Sylts Westseite hochgefahren. Herbert hatte ihm die berühmte Sansibar gezeigt und die Plätze, wo sich die Nackedeis tummelten, wie er sich ausdrückte. Albern, FKK-Strände so zu nennen, als wäre Meeno noch ein Kleinkind.

Als sie Westerland passierten, sagte sein Vater: »Ich mag die Ostsee lieber. Rügen ist mein Lieblingsrevier. Schade, dass es von Flensburg aus so weit weg ist.«

»Hättest eben nach Stralsund ziehen müssen, statt nach Flensburg«, wandte Meeno lässig ein.

»Das sagt sich so leicht.« Plötzlich sah Herbert irgendwie verloren aus. »Nächstes Jahr werde ich fünfzig. Für den Arbeitsmarkt ist das steinalt. Ich kann froh sein, überhaupt noch eine gute Stelle gefunden zu haben.« Meeno wusste, dass es nicht gerade Herberts Traumjob war, und Flensburg war bestimmt nicht die Stadt, in die es ihn gezogen hätte, aber bisher hatte Meeno gedacht, die Bezahlung hätte ihn überzeugt. Jetzt hörte es sich eher so an, als hätte sein Vater Angst gehabt, kein besseres Angebot zu bekommen oder überhaupt ein anderes.

»Irgendwann werde ich trotzdem mal hinsegeln, durch die Förde, an Fehmarn vorbei, die Boddenlinie entlang und schließlich um Hiddensee rum nach Rügen«, kündigte er an und lächelte angestrengt.

»Ihr wart doch immer die großen Sylt-Fans«, wandte Meeno ein.

»Nicht wir, deine Mutter. Sie wollte nichts anderes.« Er zuckte mit den Schultern. »Ich kann das bis heute nicht verstehen. Gerade Westerland ist schlimm, oder? Sieh es dir nur an!«

Die Betonklötze waren wirklich nicht gerade malerisch.

»Ist ja toll, du kannst Sylt nicht leiden, und trotzdem schleppst du mich her.«

»Ich schleppe dich doch nicht.« Da war wieder dieser unterwürfige Blick mit einem Hauch Vorwurf drin.

»Nee, so hab ich's nicht gemeint.«

»Ich auch nicht«, sagte Herbert eifrig. »Nicht, dass du mich falsch verstehst, die Insel ist herrlich. Landschaftlich, meine ich.«

Da war was dran. Kaum hatten sie Westerland hinter sich gelassen, dominierten der endlose weiße Strand und die Dünen. Hier und da guckte ein Strohdach hervor. »Es gibt tolle Ecken, und in Seglerhäfen geht es immer kameradschaftlich zu. Ich habe mich nur da nicht wohlgefühlt, wo deine Mutter sein wollte. Kampen zum Beispiel.« Mehr sagte er nicht dazu, das war auch nicht nötig.

Es war Meeno ein Rätsel, wie zwei Menschen, die derartig unterschiedlich waren, überhaupt hatten zusammenkommen können, geschweige denn heiraten. Seine Mutter war zur Prinzessin erzogen worden. Seine Oma hatte ihrer Tochter quasi mit der Muttermilch eingeimpft, sich nie mit der zweiten Wahl oder der kleineren Portion zufriedenzugeben. Immer die höchsten Ansprüche, war ihr Credo gewesen. Weil Oma selbst in Armut aufgewachsen war und so gut wusste, wie sich Entbehrungen anfühlten, hatte sie ihre Tochter nach Strich und Faden verwöhnt. Gut gemeint war eben nicht immer gut gemacht, ging Meeno durch den Kopf. Sein Vater war eher der bescheidene Typ, der immer anderen den Vortritt ließ. Auch seine Eltern hatten am eigenen Leib gespürt, was Not und Mangel bedeuteten, nur hatten sie gerade in puncto Erziehung andere Schlüsse daraus gezogen. Die Ehe von Meenos alten Herrschaften hatte keine zehn Jahre gehalten, und das war schon mehr, als die meisten ihnen wohl insgeheim zugetraut hatten. Meeno wusste, dass er der Kitt in der Beziehung seiner Eltern hatte werden sollen. Das war gründlich schiefgegangen. Er hatte noch von keinem Fall gehört, in dem das funktioniert hatte.

Beim Lister Ellenbogen knurrte Meenos Magen unüberhörbar.

»Ich hab tierisch Kohldampf. Kann ich mal gucken, was die Kombüse so hergibt?«

»Klar, mein Junge. Ist sowieso längst Zeit für eine Pause.« Sie ankerten, Herbert stapelte Oliven, Salami, Käse und Cracker auf den Tisch. Sogar einen kleinen Kuchen hatte er dabei. »Das ist die Vorspeise, heute Abend wird gegrillt«, versprach er.

Im kleinen Hafen von Munkmarsch, wo sie über Nacht bleiben würden, gab es zu Meenos Freude sanitäre Anlagen. Herbert verkniff sich sogar jeglichen Kommentar darüber, wie degeneriert eine Generation war, die schon mit einem Chemie-Klo ihre Probleme hatte. Am späten Nachmittag hatten sie ihren Liegeplatz eingenommen. Meeno hatte sich nicht länger zurückgehalten, sondern sich die erste Flasche Bier aufgemacht. Kein Pils, sondern Bockbier. Sogar daran hatte sein Vater gedacht. Noch einmal glitten Meenos Gedanken zu seinen Jungs, die wahrscheinlich längst die dritte oder vierte Hopfenkaltschale am Hals hatten, wie sein Kumpel Mirko gern sagte. Bestimmt mühten sie sich jetzt mit einem Lagerfeuer ab, das nicht brennen wollte. Keiner hatte Ahnung, wie man die Flammen am besten zum Lodern brachte. Im Gegensatz zu Herbert, dessen Kohlen schon vielversprechend glühten. Gerade legte er Nackensteaks auf den Grill, die in Folie gewickelten Kartoffeln lagen ganz am Rand. Die Mädels seiner Abi-Klasse würden vermutlich hoffen, dass einer die Gitarre auspackte. Für die Romantik. Meistens war das Meenos Job. Er spielte nicht besonders gut, aber es reichte, um die Ladys zu beeindrucken. Frauen flogen auf Männer, die Balladen klimpern und leise singen konnten. Trotzdem war es nicht ausgeschlossen, dass seine Kumpels den früher oder später fröstelnden Damen ihre Jacken um die Schultern legten, in denen die Kavaliere selbst noch zur Hälfte steckten. Körperwärme half noch immer am besten gegen die Kühle der Nacht. Und irgendwann knutschten die einen, schliefen die anderen, und wieder andere fuhren nach Hause, während der Mann mit der Gitarre irgendwie von allen vergessen wurde. Eigentlich echt gut, dass Herbert ausgerechnet dieses Wochenende ausgesucht hatte.

»Fehlen nur noch Servietten«, sagte Herbert. Meeno stellte fest, dass er mit dem Kopf ganz woanders gewesen war. Er hatte nicht mal mitbekommen, dass sein Vater nicht nur einen Blick auf das Fleisch gehabt, sondern auch noch den Tisch gedeckt hatte. Darauf standen jetzt Kartoffel- und Nudelsalat, Knoblauchtunke, verschiedene Soßen, ein Korb mit Brot. Es gab richtige Teller und echtes Besteck. Plastik kam für Herbert nicht infrage. »Die müssten in der Tasche da sein.« Herbert deutete auf einen Baumwollbeutel. »Gibst du sie mir, bitte?«

»Klar!« Meeno entging nicht sein erwartungsvoller Blick, als er ihm das Paket reichte. *»Männer in der Küche – Bier kalt stellen ist auch irgendwie kochen«* stand drauf. »Witzig«, sagte Meeno.

Das Essen war klasse, das zweite Bock zeigte seine Wirkung.

»Boah, das war gut.« Meeno legte die Hände auf seinen Bauch. »Mehr passt auf keinen Fall rein.«

»Ein Verdauer geht immer. Ein voller Magen schreit förmlich nach einem Aquavit.« Der klare norwegische Kümmelschnaps gehörte für seinen Vater unbedingt mit an Bord.

»Bin gespannt, ob er hilft.« Meeno grinste. War schon komisch, auf einmal nahm Herbert ihn anscheinend als Erwachsenen ernst. Nur weil er achtzehn geworden war? Oder weil er das Abi in der Tasche hatte? Vielleicht die Kombination aus beidem. Bis jetzt hatte es bei Hochprozentigem immer geheißen, das sei nichts für Kinder. Dass er als Siebzehnjähriger gegen die Bezeichnung protestiert hatte, war sinnlos gewesen.

»Bier kann ich noch akzeptieren, aber wenn es um richtigen Alkohol geht, bist du sehr wohl noch ein Kind.«

Herbert reichte ihm ein Gläschen, sie stießen an.

»Auf dein Wohl, mein Junge!«

»Prost!« Meeno stürzte den Klaren hinunter und schüttelte sich.

Sein Vater feixte. »Na hör mal, das ist ein Klassiker!«

»Gin Tonic ist auch ein Klassiker. Und der schmeckt wenigstens.«

»Ist aber nicht geeignet, wenn der Bauch sowieso schon voll ist.«

»Okay, der Punkt geht an dich.«

Herbert sah ihn an. Irgendetwas lag ihm auf der Zunge, aber er zögerte.

Dann sagte er: »Ich freue mich sehr, dass du dich für den Ausflug mit dem *Delphin* und mit mir entschieden hast. Obwohl deine Clique ausgerechnet an diesem Wochenende euren Abschluss feiert.«

»Das hast du dir gemerkt?«

»Selbstverständlich.« Aus dem Grill, der sicher auf dem Kai stand, stieg eine winzige Rauchfahne auf, die sich bald aufgelöst haben würde. Sie hatten es sich auf der Bank hinter der Tür zum Saloon bequem gemacht und lauschten dem Glucksen des Wassers und dem Lachen anderer Segler, die mit ihren Schiffen links und rechts von ihnen festgemacht hatten und ebenfalls den lauen Sommerabend genossen.

»Hoffentlich ist unter deinen Kumpels nicht auch eine kleine Freundin, also, ich meine, deine Freundin. Was ich sagen will: Du würdest bestimmt nicht deine Freundin enttäuschen, um mit deinem alten Vater segeln zu gehen, hoffe ich.«

Normalerweise war Meeno schwer genervt, wenn sein Vater oder seine Mutter auf das Thema Mädchen kamen. Jetzt hatte er irgendwie Lust, darüber zu sprechen.

»Was du eigentlich sagen oder besser fragen willst, ist, ob ich eine feste Freundin habe.« Er grinste über das ganze Gesicht. Herbert war so perplex, dass Meeno lachen musste. »Nee, habe ich nicht.«

»Du, das geht mich nichts an, und ich hätte auch nicht gefragt«, beeilte Herbert sich zu erklären. Nach einem kurzen

Moment sagte er: »Verstehe ich eigentlich nicht. An mangelndem Interesse der Damen kann es nicht liegen, du bist immerhin ein kluger, gut aussehender Bursche.«

Meeno zuckte mit den Schultern. »Ist eher so, dass ich kein großes Interesse habe.« Sein Vater sah ein wenig erschrocken aus. »Keine Sorge, ich bin nicht schwul.«

»Wie? Ach so.« Jetzt lachte Herbert. »Daran hatte ich gar nicht gedacht«, schwindelte er. Der Sonnenuntergang legte ein violettes Tuch über Nordsee und Insel. Kitschig, aber auch ziemlich schön. Aus der Hafenkneipe und vom Bootshaus fielen Lichter aufs Wasser und tanzten wie Glühwürmchen auf und nieder. »Und wenn, wäre das doch auch egal«, fuhr sein Vater plötzlich fort. Meeno zog die Augenbrauen hoch. »Was denn? Ich kann's mir nicht vorstellen, mit einem Mann … Also für mich kann ich mir das nicht vorstellen. Aber wenn jemand so fühlt, soll er auch so leben. Wie soll er denn sonst glücklich werden?«

Meeno nickte langsam. »Coole Einstellung, Papa.«

»Ach was, alle Eltern wollen, dass ihre Kinder glücklich sind. Jedenfalls ist das der Normalfall. Darum geht's, das ist das Wichtigste.« Wieder schwiegen sie eine Weile, ehe er sagte: »Wenn man gern Enkelkinder hätte, ist das natürlich so eine Sache. Ich kann verstehen, wenn ein Vater oder eine Mutter dann enttäuscht über die Nachricht ist, dass Sohn oder Tochter das eigene Geschlecht bevorzugt. Was soll's, damit muss man sich eben arrangieren. Es geht schließlich nicht immer darum, was man sich wünscht. Wie weit Egoismus uns bringt, sieht man immer wieder.«

Das klang ein bisschen düster. Um seinen Vater auf nettere Gedanken zu bringen, stieß Meeno seine Bierflasche gegen die von Herbert.

»Ich stehe auf Frauen«, sagte er ohne Schnörkel. »Einige in meiner Stufe waren auch echt süß, top Figuren, hübsche Gesichter und so. Ob ich mal heiraten oder überhaupt eine feste

Beziehung haben will, weiß ich trotzdem noch nicht. Ist vielleicht mehr mein Ding, das Ganze etwas lockerer zu halten.«

»Deine Mutter und ich sind wohl kein gutes Beispiel für die Ehe, was?«

Meeno schüttelte den Kopf. »Nee, das habt ihr voll versemmelt.« Sie mussten beide lachen. »Das ist es aber nicht allein. Ich weiß einfach nicht, ob es eine Frau gibt, die mir alles bieten kann, was ich mir wünsche. Ja, ja, ich weiß, das Leben ist kein Wunschkonzert und so. Außerdem ist es egoistisch, bestimmte Erwartungen an ein Mädel zu haben.« Meeno setzte die Flasche an die Lippen, weil ihm gerade nicht die richtigen Worte einfielen, um auszudrücken, was er wirklich meinte.

»Was sind denn deine Erwartungen?«, wollte Herbert wissen.

»Gute Frage, so genau weiß ich das gar nicht. Ich kann dir aber sagen, was ich nicht will: so eine wie Mutter.« Herbert wollte Einspruch einlegen. Klar, er nahm sie in Schutz. Noch immer. »Ist nicht böse gemeint. Sie ist mir einfach nur zu sehr mit ihrem Aussehen beschäftigt. Mal ehrlich, Papa, für Sport ist sie zu faul und geht immer mehr in die Breite, dafür kleistert sie sich immer mehr Farbe ins Gesicht. Blöderweise habe ich das Gefühl, die Ladys in meinem Alter sind genauso unterwegs.«

»Die Ladys«, wiederholte Herbert und lächelte.

»Im Unterschied zu Mama achten die allerdings sehr auf ihr Gewicht. Ist ja nicht so, dass ich nichts für einen hübschen Anblick übrig hätte, aber das kann's doch nicht gewesen sein.«

»Auf keinen Fall«, stimmte sein Vater ihm zu. »Die Verpackung ist das eine, der Inhalt aber viel wichtiger.«

»Genau das meine ich. Die Ladys in meiner Stufe waren nicht dumm oder so, bloß haben die sich vor allem für Mode oder irgendwelche Musiker und Filmstars interessiert. Darüber kann man mal ein Stündchen quatschen, und was kommt dann? Die meisten kreisen außerdem nur um sich selbst, füttern ihre Instagram-Accounts mit Bildchen. Ich im Bikini am Strand, ich beim Eisessen auf der Promenade«, säuselte er mit hoher Stimme. Herbert lachte leise. Meeno blickte in die Ferne. »Weißt du, was ich am schlimmsten finde?« Er erwartete keine Antwort. »Irgendwie sind die alle total ähnlich. Wir hatten keine auf der Schule, die aus der Art geschlagen war, die ihr eigenes Ding gemacht und sich nicht für die gängige Meinung interessiert hat.«

»Vielleicht ist das das Problem«, meinte Herbert ernst. »Ich kann mir nicht vorstellen, dass du nicht der Typ für etwas Festes bist.«

»Hast recht.« Meeno ließ einige Sekunden vergehen, ehe er ergänzte: »Ich schaff mir einen Hund an.« Sein Vater verschluckte sich fast. Meeno lachte. »Ja, ein Husky zum Beispiel. Mit dem kann ich joggen gehen, der hat seinen eigenen Kopf. Das wär auch was Festes. Kann doch sein, dass das eher mein Ding ist als Vater, Mutter, Kind und so.«

»Warte mal, bis die Richtige kommt, dann siehst du die Sache anders.«

Die Richtige. Meeno konnte mit der Idee nicht viel anfangen. Gleichzeitig wünschte sich etwas in ihm , sein Vater könnte recht haben.

»Du meine Güte, wir sitzen hier herum, als hätten wir nichts zu tun«, rief Herbert plötzlich. Meeno wollte protestierten, dass Aufräumen und Abwaschen noch warten konnten, da sagte er: »Du musst doch noch Geschenke auspacken.«

»Ich dachte, mein Geschenk ist der Segeltörn mit Vollverpflegung.« Er grinste.

»Ach was, das ist nur das i-Tüpfelchen. Der Rest ist drinnen versteckt.«

»Versteckt?«

»Ganz genau, der *Delphin* hat nämlich Geheimfächer«, erklärte Herbert stolz. »Los, komm!« Schon war er im Inneren des Kahns verschwunden. Meeno trottete hinter ihm her die Treppe hinab. Ihm war schön schummerig im Kopf.

»Kannst du mir die Geschenke nicht einfach geben?«, bettelte er. Schon die Sucherei zu Ostern hatte er nie leiden können. Er hob lustlos ein Sitzpolster an und schnaufte, weil natürlich nichts darunter war.

»Na gut, mein Sohn, ich verrate dir die drei Verstecke. Sonst kommen wir heute nicht mehr ins Bett.« Er zwinkerte vergnügt, wurde aber sofort wieder ernst. »Niemand kennt sie, verstehst du? Niemand. Außer dir!«

»Geheimfächer, echt, Papa?« Er schnitt eine Grimasse. »Da bin ich aber gespannt.« Meeno verschränkte die Arme vor der Brust und beobachtete belustigt, wie sein Vater mit sicherem Griff eine Planke anhob, unter der ein Päckchen zum Vorschein kam. Faszinierend. Nachdem das Holz wieder an Ort und Stelle war, verriet nichts mehr den Hohlraum darunter. Meeno wickelte Gutscheine für einen Kinobesuch für zwei Personen und für ein Restaurant in der Nähe der Uni aus.

»Cool, danke.«

»Wer weiß, vielleicht lernst du die Richtige in der Uni kennen.« Meeno verdrehte die Augen. »Oder du machst dir einfach mit einem Kumpel einen schönen Abend.«

»Hört sich schon besser an.« Er lächelte.

»Weiter geht's.« Herbert öffnete ein Schubfach in der Pantry, in dem Dosen- und Flaschenöffner ihren Platz hatten. Der Boden hatte an einer Ecke eine kleine Furche. Dort griff er hinein und hob das dünne Brett samt Schubladeninhalt ein Stück an. Ein doppelter Boden!

»Gibt's ja gar nicht!« Meeno schüttelte den Kopf. Allmählich beeindruckte ihn der Ideenreichtum seines alten Herrn.

»Bitte sehr!« Herbert reichte ihm einen kleinen Leinenbeutel, der aussah wie ein Miniatur-Seesack.

»Danke.« Meeno betastete den Stoff. Fühlte sich an wie ein Schlüssel. Er schüttelte den Inhalt auf seine ausgestreckte Hand. Ein Autoschlüssel. »Das ist … Mensch, Papa, das geht doch nicht.« So viel verdiente Herbert nun auch nicht, dass er sich das leisten konnte. Obendrein lag Meenos Mutter ihm noch immer auf der Tasche.

Herbert lachte. »Keine Sorge, wie du siehst, ist es kein Porsche. Es ist nicht mal ein Neuwagen, sondern ein alter Käfer. Aber top in Schuss. Wenn alles klappt, kannst du damit morgen von Schlüttsiel nach Hause fahren.«

»Im Ernst?«

Herbert nickte. »Ein Kollege von mir hat momentan noch den zweiten Schlüssel und bringt ihn morgen zum Hafen.«

Meeno wusste nicht, was er sagen sollte. Zur Uni würde er mit dem Rad fahren. Trotzdem war es natürlich spitze, mobil zu sein. Spontan fiel er seinem Vater um den Hals.

»Danke, Papa, das ist ganz großes Kino, ehrlich!«

»Freut mich. Ich hoffe, die Farbe spielt keine Rolle.«

»Quatsch, ist doch total egal.«

»Ja, oder? Und rosa fällt wenigstens auf.«

»Rosa?« Meeno starrte ihn an und sah das Blitzen in seinen Augen. »Du verarschst mich.«

»Nur ein bisschen.«

Meeno knuffte ihn sanft in den Bauch.

»Du solltest mich lieber noch nicht k.o. schlagen. Das Beste kommt bekanntlich zum Schluss«, sagte er lachend.

»Mann, Papa, du übertreibst es. Ein Auto ist doch wohl schon der Hammer. Was soll denn jetzt noch kommen?«

»Nein, ich meine doch, jetzt kommt das beste Versteck!«

»Noch ein Geschenk? Es ist jetzt schon viel zu viel«, beharrte Meeno.

»Du dachtest bestimmt, du bekommst nichts von deinem alten

Herrn, was? Dein Geburtstag liegt immerhin schon einige Tage zurück.«

»Hast du doch gesagt, dass die Geschenke später kommen. Ist auch nicht so wichtig, ich bin ja kein kleines Kind mehr.«

»Das bist du wirklich nicht. Was hat deine Mutter dir eigentlich …?« Herbert brach erschrocken ab.

»Wie gesagt, ist nicht wichtig.« Meeno senkte schnell den Blick. Es ärgerte ihn, dass ihn die Tatsache verletzte, von seiner Mutter nichts bekommen zu haben.

»Sicher nicht, immerhin fängst du bald an zu studieren. Bei deinem Ehrgeiz machst du so schnell in einem großen Konzern Karriere, dass einem schwindelig wird. Dann kannst du dir ohnehin alles kaufen, was du haben willst. Nein«, korrigierte er sich hastig, »du gründest wahrscheinlich direkt eine eigene Firma und verdienst noch mehr.«

»Hätte nichts dagegen, mal sehen.«

»Auf jeden Fall wirst du es weit bringen, tüchtig, wie du bist.« Die gute Stimmung war kurzfristig getrübt. Seine Mutter brauchte nicht mal anwesend zu sein, um das zu schaffen. »Abitur mit 1,8, das muss dir erst mal einer nachmachen. Wir sind sehr stolz auf dich, deine Mutter und ich.« Meeno hob die Augenbrauen. Als ob die beiden noch Kontakt zueinander hätten. Von knappen Nachrichten, dass sie Geld brauchte, mal abgesehen. »Doch, doch«, sagte Herbert und wich seinem Blick aus, »anlässlich dieses besonderen Geburtstags und deines grandiosen Zeugnisses haben wir uns natürlich kurzgeschlossen. Die Geschenke sind von uns beiden. Du denkst doch nicht etwa, sie hätte keine Idee gehabt.«

»Ich bin schon ein großer Junge und weiß, wie sie ist. Du brauchst nicht für sie zu lügen, Papa.«

Herbert öffnete den Mund, presste dann aber die Lippen aufeinander.

»Wo ist denn jetzt dein supergeheimes Versteck?«

Sein Vater trat an das Regal neben einem der Fenster. Darin standen, von einem Holzrahmen gesichert, Bücher und Zeitschriften. Er drückte auf der linken Seite von vorne gegen das Brett. Ein leises Klicken, und der vielleicht drei Zentimeter starke Regalboden öffnete sich. Meeno hätte geschworen, dass es sich um massives Vollholz handelte, aber von wegen, die Literatur thronte auf einem Geheimfach. Darin lag passenderweise ein Buch.

»Ich hab's nicht extra eingepackt«, sagte Herbert und reichte es ihm.

Meeno musste schlucken. *Kinderjahre* stand auf dem Deckel. Sein Vater hatte doch tatsächlich ein Fotobuch für ihn machen lassen.

»Tut mir leid, dass du nicht immer die schönste Kindheit hattest, mein Junge.«

»So ein Quatsch.«

»Nein, nein, ich weiß, wie sehr du unter unserem Streit gelitten hast.«

»Wenn ihr wenigstens gestritten hättet«, meinte Meeno finster. »Dazu hättest du dich gegen Mutters ständige Angriffe wehren müssen. Hast du aber nicht. Sie konnte dich beschimpfen und beleidigen, wie es ihr gepasst hat. Das war echt schwer zu ertragen.« Er schlug wahllos eine Seite auf.

»Ich dachte, sie würde irgendwann aufhören, wenn sie merkt, dass sie keinen Gegner hat.« Herbert holte tief Luft. »Vielleicht hätte sie mich sogar mehr respektiert, wenn ich ihr Paroli geboten hätte. Und Respekt braucht es schließlich in einer Partnerschaft. Respekt, Offenheit und Mut zur Wahrheit.« Meeno sah ihn fragend an. Herbert blickte schnell zu Boden. »Noch ein Bier?«, fragte er dann hastig.

»Unbedingt! Anders kann ich die Bilder nicht ertragen.« Meeno lachte. »Wie konntet ihr mich mit einem quietschgrünen Pulli herumlaufen lassen? Und diese Frisur. Die hatte ich schon total verdrängt.«

Herbert sah ihm über die Schulter. »Ich finde, du hast damit niedlich ausgesehen.«

»Sehr niedlich. Wie ein Mainzelmännchen.«

Sie saßen nebeneinander im Saloon und sahen sich Seite für Seite an. Aus all seinen Lebensjahren waren Fotos dabei, von deren Existenz Meeno schon gar nichts mehr wusste. Sie lachten viel und schwelgten in Erinnerungen, die auch schon ziemlich tief in Meenos Hirnwindungen verschüttet gewesen waren. Am Ende schlug er den Deckel zu und legte seinem Vater eine Hand aufs Bein.

»Danke, Papa, für alles.« Er musste schon wieder schlucken und zögerte. Aber manchmal musste man Dinge aussprechen, selbst wenn es einem schwerfiel. »Auch für die Kindheit. So übel war die nämlich gar nicht. Du hast echt immer einiges rausgerissen, was meine Mutter mal wieder verbockt hat. Bist ein richtig cooler Vater.« Er umarmte ihn.

»Danke!«, kam es heiser und zitterig zurück. »Absacker an Deck und dann in die Kojen?«, fragte Herbert, nachdem er sich von Meeno gelöst und eilig über die Augen gewischt hatte.

»Aye, aye, Käpten.«

Es hatte sich deutlich abgekühlt, die Luft war herrlich frisch. In den Nachbarbooten herrschte schon Ruhe, nur irgendwo am Ende der Reihe unterhielt sich noch jemand. Hier und da blinkte ein Stern oder ein Positionslicht, sonst war es dunkel. Sie tranken schweigend.

»Vielleicht schenke ich mir den Törn nach Rügen zu meinem Fünfzigsten«, sagte Herbert unvermittelt.

»Nimmst du mich mit?« Meeno bereute die Frage sofort wieder. Zwei Tage und eine Nacht gemeinsam auf dem *Delphin* war das eine, mehrere Wochen zusammen auf so engem Raum etwas völlig anderes.

»Wenn du Lust hast, kannst du mich begleiten, klar. Zumindest eine Etappe. Aber einen Teil würde ich auch allein schippern wollen.«

»Finde ich gut«, sagte Meeno aufrichtig.

Der Wind hatte zugenommen, er spielte auf den Leinen und Tauen, oder wie die Dinger auch hießen, wie auf Gitarrensaiten, Segel knallten dazu. Aus dem leisen Murmeln des Wassers war ein Klatschen der Wellen gegen die Bordwand geworden.

»Wenn ich jemals etwas verstecken müsste, etwas von Bedeutung, das nicht in falsche Hände geraten dürfte, würde ich es in eins meiner Geheimfächer packen«, verkündete Herbert mit fester Stimme. Schon wieder so ein Gedankensprung, der Meeno irritierte. »Du kennst die jetzt. Als Einziger außer mir. Du wüsstest Bescheid.« Sein Vater blickte ihn so eindringlich an, dass Meeno mulmig wurde.

»Was solltest du denn wohl verstecken müssen? Du bist schließlich kein Geheimagent oder so was. Oder warst du etwa bei der Stasi?«

Meeno kicherte und erwartete, dass sein Vater auch lachte oder wenigstens grinste. Tat er aber nicht. Trotz seines duseligen Hirns fühlte Meeno sich plötzlich nüchtern und unbehaglich. Die beiden sahen sich lange an.

»Nein, ich war nicht bei der Stasi«, antwortete er schließlich. Meeno nickte, er wusste nicht, was er noch sagen sollte. Als er schon dachte, das Thema sei erledigt, brummte sein Vater: »Die Leute denken immer nur an die Stasi, wenn es um Typen geht, die in der DDR Dreck am Stecken hatten. Dreck«, wiederholte er und lachte bitter. »Glaub mir, mein Junge, man konnte sich die Finger auch auf andere Weise schmutzig machen. Ohne böse Absicht, überhaupt ohne jede Absicht.«

»Du doch nicht. Du konntest doch nie einer Fliege etwas zuleide tun.«

»Ach Junge, eine Fliege ist auch tot, wenn man aus Versehen auf sie tritt.«

»Du hast aber hoffentlich niemanden aus Versehen umgebracht, oder?« Meeno wusste selbst nicht mehr, ob er das scherzhaft meinte. Er konnte sich nichts dergleichen vorstellen, aber was wusste er schon von seinem Vater, von dessen Zeit in der DDR?

»Auf hoher See und vor Gericht sind wir in Gottes Hand«, entgegnete Herbert geheimnisvoll. »Vor Gericht stehe ich nicht, wie du siehst.« Er lächelte traurig und starrte vor sich hin. »Wär vielleicht sogar ganz gut.«

Wahrscheinlich ging das Geschwafel aufs Konto des Aquavits, von dem sein alter Herr schon einige gehabt hatte, sagte Meeno sich. Manche Menschen neigten unter starkem Alkoholeinfluss zu übertriebener Selbstkritik.

»Aber Gott kann auch hier über mich richten, auf meinem Boot«, flüsterte Herbert heiser. In dem Moment rüttelte eine kräftige Böe am Schiff. Ziemlich unheimlich.

Der Wind blieb ihnen die ganze Nacht erhalten und frischte noch auf. Meeno bekam kaum ein Auge zu. Hätte er bloß weniger getrunken. Zusammen mit dem Geschaukel machte ihm das Drehen in seinem Schädel ganz schön zu schaffen. Hinzu kam, dass er durch und durch eine Landratte war. Für ihn fühlte es sich manches Mal so an, als würden sie umkippen und absaufen. Grausamer Gedanke, in der Koje vom Wasser überrascht zu werden und nicht mehr rauszukommen. Überall knackte und knirschte es. Einmal machte Meeno sogar Licht an, weil das Gurgeln sich anhörte, als würden sich schon Wellen im Inneren des Kahns ausbreiten. Sein Vater knurrte etwas, Meeno löschte die Lampe und legte sich wieder hin. Kaum hatte er sich die dünne Decke über die Schulter gezogen, hörte er Herbert schon wieder schnarchen. Er war um seinen Schlaf echt zu beneiden. Verdankte er ihn dem Aquavit oder der Tatsache, dass ihm die Geräusche an Bord vertraut waren?

Am nächsten Morgen war Meeno völlig gerädert. Das Erste, was er wahrnahm, war das Klappern von Geschirr, gleich danach das Pfeifen und Rauschen. Der Wind hatte nicht nachgelassen. Er stöhnte.

»Moin«, rief eine Männerstimme.

»Moin«, antwortete Herbert.

»War 'ne wilde Nacht, was?«

»Waren wir zu laut? Tut mir leid.«

Ein heiseres Lachen ging in Husten über.

»Ich spreche vom Wind.« Das war bestimmt der Hafenmeister oder der Vorsitzende des Segelvereins oder so. Meeno spitzte die Ohren. »Soll noch weiter auffrischen heute. Is nich gut, auch wegen der Gezeiten. Dauert noch 'n büschen bis zur Flut, bis ihr genug Wasser unterm Mors habt. Wenn das so weit is, kannst schon sechs Windstärken haben.«

»Sechs?« Sein Vater klang wirklich beunruhigt.

»Jo! Ich kann euch nur raten, noch einen Tag liegen zu bleiben und morgen weiterzusegeln. Dann isses wieder ruhiger.«

»Ja, gut, vielen Dank für den Tipp.«

Liegen bleiben klang eigentlich gut, trotzdem schwang Meeno die Beine aus der Koje, streifte sich ein Shirt über und ging an Deck.

»Guten Morgen! Gut geschlafen?«, begrüßte sein Vater ihn fröhlich.

»Geht so«, brummte er.

»Der Hafenmeister war gerade hier. Vielleicht sollten wir …«

»War nicht zu überhören«, fiel Meeno ihm ins Wort.

»Jetzt frühstücken wir erst mal und besprechen dabei die Lage. Was hältst du davon? Wie möchtest du dein Ei, gekocht, gerührt oder gespiegelt?«

Meeno musste lächeln. »Das ist ja ein Service wie im Fünfsternehotel«, sagte er. »Rührei wäre super.«

»Klar doch.«

Auf dem Weg zum Sanitärtrakt sah Meeno zum Himmel. Imposante Wolken jagten vorbei. Die sahen ziemlich bedrohlich aus. Bisher war die Tour viel besser, als er erwartet hatte. Trotzdem, nicht noch eine Nacht mit seinem schnarchenden Vater auf gefühlt einem Quadratmeter. So schnell gewöhnte er sich nicht an das Schwanken und Knacken. Und wenn er wieder keinen Schlaf bekam, ging er auf dem Zahnfleisch. Auf dem Rückweg fiel ihm auf, dass in der Reihe einige Liegeplätze leer waren.

»Ich schlage vor, wir erkunden heute die Insel und machen uns morgen auf den Heimweg«, begann Herbert betont munter, während er Ei auf Meenos Teller schaufelte. »Wenn du schon auf Sylt warst, willst du deinen Kumpels bestimmt auch erzählen können, dass du in der Sansibar einen Gin Tonic getrunken hast.«

»Lass stecken, Papa, mein Bedarf an Alkohol ist für diese Woche gedeckt. Hast du etwa keinen Brummschädel?«

»Einen kleinen vielleicht«, gab er zerknirscht zu. »Okay, man kann da auch prima Kaffee trinken. Strandwetter ist nicht gerade, aber wir können zum Morsum-Kliff marschieren. Ist gar nicht so weit von hier. Oder wenn du lieber shoppen willst …«

»Wir wollten doch heute zurück …« Weiter kam er nicht.

»Tja, leider müssen wir uns der Natur unterordnen.«

»Einige andere sind auch gefahren.« Meeno deutete zur Reihe der Nachbarboote, die einige Lücken aufwies.

»Die sind auch schon vor dem Morgengrauen losgesegelt, als wir noch gemütlich geschlafen haben. Jetzt ist Ebbe. Nachher, wenn die Flut zurückkommt, soll es richtig stürmisch werden.«

»Echt, Papa, ich hatte mich darauf eingestellt, am Sonntag zurück zu sein«, beharrte Meeno. Dem enttäuschten Blick nach zu urteilen, hatte sein alter Herr noch frei und sich schon voll darauf eingestellt, das Vater-Sohn-Abenteuer zu verlängern. Schöner Mist! »Und ich möchte doch auch mein neues Auto kennenlernen«, sagte er, damit Herbert nicht das Gefühl hatte, sein Sohn wollte nur weg von ihm. »Wär kein guter Start für unsere gemeinsame Zukunft, wenn es heute in Schlüttsiel ankäme, und ich tauche nicht auf.« Herberts Miene wurde noch weicher. »Ich bin doch schon so gespannt. Ich meine, wer hat einen rosa Käfer?«, setzte Meeno nach.

»Das verstehe ich doch.« Er seufzte. »Na gut, wir müssen sowieso noch warten. Dann sehen wir, wie sich das Wetter entwickelt, und ich spreche noch mal mit dem Hafenmeister.«

Es kam wie befürchtet, weshalb sich auch nichts an dem Rat änderte, die Abfahrt zu verschieben.

»Hohe Wellen sind hier zwar nie ein Problem«, hatte der Chef des kleinen Hafens zugegeben, »Sylt und seine Sandbänke funktionieren als natürliche Wellenbrecher. Trotzdem können einem die Böen ordentlich Ärger machen.«

Nicht zuletzt mit dem Argument der moderaten Wellen gelang es Meeno, seinen Vater zum Aufbruch zu überreden. Schon nach wenigen Minuten hatte Herbert Schweiß auf der Stirn, obwohl es aufgrund des biestigen Wetters alles andere als warm war.

»Hoffentlich geraten wir nicht zu nah an eine Untiefe«, sagte er finster und mit deutlich vorwurfsvollem Unterton. Davon hatte der Hafenchef nämlich auch gesprochen, was Meeno allerdings für nicht so bedeutend erklärt hatte. »Dann wird's brenzlig. Du behältst das Lot im Blick«, kommandierte er. »Sag mir Bescheid, wenn es unter zwei Meter fällt.«

Meeno hatte keine Ahnung. Na gut, Meterangaben ablesen konnte jeder Torfkopp, das würde er wohl hinkriegen. Zu blöd, die dänische Küste war zum Greifen nah, von dort war das deutsche Festland auch nur einen Katzensprung entfernt. Bloß konnten sie nicht einfach nach Osten und dann nach Süden segeln. Dort war der Hindenburgdamm im Weg. Sie mussten Kurs nach Norden nehmen und einmal die gesamte Insel umrunden, wie sie es schon auf dem Hinweg getan hatten.

»Schnell sind wir auf jeden Fall«, scherzte Herbert zwischendurch und fügte leiser hinzu: »Fragt sich, wie lange ich das Boot so perfekt zum Wind halten kann.«

Meeno entspannte sich, als er merkte, dass sein Vater jeden Handgriff souverän ausführte. Der *Delphin* machte seinem Namen alle Ehre und schoss wie der gleichnamige Meeressäuger über das graue Wasser.

»Wieso leuchtet die Lampe am Funkgerät denn nicht?«, fragte Herbert plötzlich. Sofort war die Anspannung in seinem Körper zurück. »Ist der Stecker fest drin?«

Meeno überprüfte das. Er war drin. Wie gut, dass der Skipper Ingenieur war, ging ihm gerade durch den Kopf, als sein Vater zur Anlage trat. Seine Augen bewegten sich schnell, sein Atem ging etwas zu hastig, seine Hände zitterten. Er wischte sich über die feuchten Schläfen. Meeno wollte ihn fragen, welchen Fehler er vermutete, als Herbert die Rechte zur Faust ballte und neben dem Hauptschalter gegen das Metall schlug. Meeno ließ hörbar die Luft entweichen. Hatte man seinem alten Herrn das etwa in der DDR im Studium beigebracht?

»Mensch, Papa, das funktioniert doch nur im Film. Ich denke, du bist ein Fachmann, könntest du nicht …?« Ehe er seine Frage zu Ende gestellt hatte, flackerte es in dem roten Lämpchen, dann leuchtete es auf.

»Na also, geht doch.« Herbert kümmerte sich wieder um das Navigieren.

»Da ist ein Wackelkontakt drin«, rief Meeno aufgebracht.

»Offensichtlich.«

»Damit kannst du doch nicht lossegeln, schon gar nicht allein«, ereiferte er sich. »Gibt es für Boote keinen TÜV, oder was?«

»Erstens bin ich nicht allein, zweitens gibt vermutlich nur das Leuchtmittel den Geist auf. Das Funkgerät ist intakt. Das ist das Wichtigste.«

Hin und wieder ruckte es ordentlich, wenn der Wind plötzlich von der Seite ins Segel krachte, doch alles in allem hatte Herbert sein Schiff unter Kontrolle. Er sprach nur das Nötigste, weil er sich konzentrieren musste, aber er meisterte die heikle Situation. Als sie an Föhrs Ostseite hinuntersegelten und bald darauf Dagebüll und Schlüttsiel in Sicht kamen, waren beide erleichtert.

»Na, würdest du mich noch immer nach Rügen begleiten?«, wollte Herbert wissen, nachdem er den Kahn an der Mole festgemacht hatte.

»Logisch. Ich weiß ja jetzt, dass du ein richtiger Seebär bist. Sag rechtzeitig Bescheid, dann plane ich eine Etappe ein.«

Nächtlicher Besucher bei Putgarten

Rügen, bei Putgarten, April 2022

Er schlich um die noch fast kahlen Sanddornbüsche herum wie um seine Vergangenheit. Der war er auch immer aus dem Weg gegangen, um sich nicht zu verletzen. Aber damit war jetzt Schluss. Zeit, reinen Tisch zu machen. Verdammt, war es düster und kalt. Ihn fröstelte. Vorsichtig setzte er einen Fuß vor den anderen. Jedes Ästchen, das mit lautem Knacken unter seinen Schuhen brach, ließ ihn die Luft anhalten. Als ob ihn drinnen jemand hören könnte. Er trat näher an das Haus heran, eine Villa im Stil der Bäderarchitektur. Aufwendig saniert. Ein Juwel. Mit Coaching ließ sich anscheinend eine Menge Geld verdienen. Oder mit den Früchten der weitläufigen Plantage. Vielleicht auch mit beidem. Lange her, dass er ein regelmäßiges Einkommen gehabt hatte, von dem er anständig leben konnte. Große Sprünge waren nie drin gewesen, aber als Bürger der Deutschen Demokratischen Republik hatte man wenigstens nicht arbeitslos werden können. Nach der Wende sah die Sache schon anders aus. Vor allem für einen wie ihn.

Er blieb stehen, atmete schwer. War ein langer Fußmarsch gewesen bis hierher. Er war aus dem Alter für solche Wanderungen raus, obendrein in der Dunkelheit, wenn überall Stolperfallen lauerten. Ein bitteres Lächeln trat auf seine Lippen und löste sich gleich wieder auf. Stolpern, damit kannte er sich aus. Dieses eine Mal durfte er nicht vom Weg abkommen. Immer schön das Ziel im Blick behalten. Welches Ziel eigentlich? Schon wieder lief ein Schauer über seinen Körper, Gänsehaut. Er hauchte in die eisigen Hände. Er glaubte nicht an Schicksal. Aber Zufall war das auch nicht, das stand fest. Erst der Zeitungsausschnitt, zwei Tage später der Handlanger des Müllionärs, der ihm eine hübsche Stange Geld bot. Nee, kein Zufall, da wollte ihm jemand etwas sagen. Irgendeine höhere Macht, wenn es so was gab. Er würde das Beste draus machen, das Richtige tun. Dieses eine Mal. Kaum hatte er den Gedanken in seinem Hirn formuliert, erhellte ein Lichtstrahl das Unkraut vor seinen Füßen. Eine Erleuchtung. Ein Zeichen, dass er richtig verstanden hatte. Blödsinn, irgendjemand hatte einfach nur eine Lampe angeknipst. Er blickte zum Fenster. Eine Frau trug ein Kind auf dem Arm. Mit der anderen Hand öffnete sie den Kühlschrank, holte etwas heraus und schloss ihn wieder. Sein Magen knurrte. Er seufzte. Wäre schön, sich hier als Urlauber einzumieten. So hatte sich der Handlanger das vorgestellt. Bloß wollte er ihm keinen Vorschuss zahlen. Wie sollte er sich dann bitte schön ein Zimmer leisten? Konnte der Handlanger nicht wissen, dass es ihm so dreckig ging. Und eigentlich wollte er von dem auch kein Geld annehmen. Das kam vom Müllionär, und was von dem kam, war schmutzig. Es musste einen anderen Weg geben.

Sein Blick fiel auf die Pakete Gipskartonplatten, die C-Profile und die Stapel Mineralwolle. Ob er als Handwerker anheuern konnte? Für Kost und Logis. Wäre nicht das erste Mal. Die Chance, dass das klappte, war nicht besonders groß. Wenn das Baumaterial schon da war, hatte man auch bereits seine Leute oder machte sowieso alles selbst. Andererseits war doch jeder über eine helfende Hand mehr froh. Vor allem, wenn die einem gehörte, der die Dämmwolle davor gerettet hatte, nass und damit unbrauchbar zu werden. Er lächelte. Vielleicht gab's die höhere Macht tatsächlich, und sie hatte ihm gerade seine Eintrittskarte in die hübsche Villa überreicht.

Eilig schlich er sich näher an das Haus heran. Er musste achtgeben und sich immer schön im Halbdunkel aufhalten, dann konnte die Frau in der Küche ihn nicht sehen. Kein Problem, die

Dämmwolle lag weit genug vom Fenster entfernt. Er packte das erste Bündel, trug es ein Stück, legte es ab. Gleich das nächste Bündel. Sein Rücken meldete sich mit ziehendem Schmerz, seine Finger fühlten sich innerhalb weniger Minuten an, als wären sie geschwollen. Er kümmerte sich nicht darum, sondern biss die Zähne zusammen und machte einfach weiter. Musste der Wind jetzt auch noch zulegen? Seine Augen begannen zu tränen, er schlotterte. Hoffentlich wurde er nicht auch noch nass.

»Ist da jemand?«

Eine tiefe Männerstimme. Er hockte sich blitzschnell hinter den Stapel Gipskartonplatten, was seine Knie mit knirschendem Protest quittierten. Verdammt, er hatte niemanden kommen sehen und machte auch jetzt nur mit Mühe einen Schemen hinter dem Lichtstrahl einer Taschenlampe aus, wenn er vorsichtig um die Ecke lugte.

»Hallo?«

Er starrte in die Richtung, aus der die Stimme kam. Der andere hielt die Lampe so wie die Typen im Fernsehen neben seinem Kopf. Wie ein Speerwerfer. So konnte er erkennen, dass der Kerl dunkle Haut hatte. Darum die Art, wie er gesprochen hatte. Schon die verriet, dass er nicht von hier war. Nicht von Rügen, nicht einmal aus Deutschland. Er hatte das H verschluckt wie ein Franzose. Jetzt murmelte er etwas, drehte sich um und ging. Noch einmal Glück gehabt. Eine Weile blieb er zur Sicherheit noch in der Deckung, ehe er sich wieder aufrichtete. Inzwischen taten ihm sämtliche Knochen weh. Würde eine Tortur werden, wenn sein Plan aufging und sie ihm Arbeit gaben. Aber einen besseren Plan hatte er nicht. Er stapelte das letzte Bündel Dämmmaterial auf. In dem Moment ging drinnen das Licht aus. Er musste ein paar Sekunden warten, ehe er sich wieder an die Finsternis gewöhnt hatte. Dann schlug er den Kragen seiner Jacke hoch und machte sich aus dem Staub.

Aufbruch zur Einsicht

Berlin, Ende April 2022

Auszeit mit Einsicht. Suse würde in hundert Jahren nicht verstehen, was das sein sollte. Allein dieses Wort: Auszeit. Ausfall, Auswurf, Auszeit. Sehr verlockend. Und Einsicht … Man konnte Akteneinsicht nehmen, von Seeleneinsicht hatte sie noch nie etwas gehört. Weil es das nicht gab. Niemand konnte Einsicht in ihre Seele nehmen, schon gar nicht auf die Schnelle im Urlaub. Und das war auch gut so. Trotzdem stand sie hier am Berlin-Ostbahnhof, die kleine Tasche über der Schulter. Sie hatte nicht viel eingepackt. Auf Pumps oder Kleidchen stand sie sowieso nicht. Und dies hier war keine Party-Reise. Suse verzog unwillkürlich das Gesicht. Es war eine Psycho-Reise. Noch schlimmer. Oder auch nicht. Womöglich wurde sie verzaubert. Das hatte Britta gesagt.

»Du hast nichts zu verlieren. Entweder kommt es, wie du erwartest, und der ganze Kram bringt nichts. Dann hast du wenigstens mal richtig Ferien gemacht. Oder du wirst verzaubert. Von der Insel, vom Abstand, von dieser Frau Marold. Was man so liest, muss die wirklich zaubern können.«

Sie blickte hoch zur Anzeigetafel. Binz auf Rügen, Verspätung dreißig Minuten. War ja klar, dass es schon hakelig anfing. Von wegen zauberhaft! Sie ließ die Reisetasche auf den Boden gleiten und verschränkte die Arme. Egal, war eigentlich sogar gut, dass der Zug nicht pünktlich kam. So hatte sie noch eine Schonfrist. Johlen und lautes Rülpsen lenkten ihre Aufmerksamkeit auf drei Jungs, die den Bahnsteig entlangkamen. Sie grölten und lachten und schlugen sich gegenseitig auf den Rücken. Einer trug eine

Jeans, die an beiden Knien aufgerissen war, dem anderen hing die Hose so weit herunter, dass die halbe Unterhose darunter hervorlugte. Der Dritte brauchte vermutlich einen Dosenöffner, um aus dem schwarzen Ding zu kommen, das seine Beine wie eine zweite Haut umschloss. Schnürsenkel offen, Jacken im Militärlook, die Haare seitlich abrasiert, nur oben auf dem Schädel trugen sie mit Gel glatt gestriegelte Tollen. Schreckliche Nazifrisuren, wie genormt. Jetzt bahnten sie sich mit ausgefahrenen Ellbogen ihren Weg durch die Wartenden und rempelten gnadenlos Leute an.

»Könnt ihr nicht aufpassen?«, beschwerte sich ein Mann.

»Willst was auf die Fresse, oder was?«, brüllte einer, die anderen beiden lachten dreckig. Die ganz harten Jungs. Aber wehe, einer von denen geriet mal allein in die Klemme, dann jammerten sie nach ihrer Mama. Suse behielt die drei im Blick. Sie gingen auf ein älteres Paar zu. Sollte sie eingreifen? Sonst kümmerte sich mal wieder kein Mensch. Die meisten bekamen erst gar nichts mit, weil sie auf ihre Handys starrten oder Kopfhörer auf den Ohren hatten oder beides. Kurz bevor die Jungs das Ehepaar erreichten, bog einer ab, die anderen hinterher. Der Erste steuerte auf einen Abfalleimer zu. Suse war überrascht, der würde die prallvolle Tüte Fast-Food-Müll doch nicht etwa …? Natürlich nicht. Er warf sie genau neben dem Eimer in die Ecke. Seine Kumpels schlugen sich prustend auf die Schenkel. Kehricht und Dreck, was sollte sie auch sonst zu sehen kriegen? Ihr ganzes Leben bestand daraus.

Als sie eine Stunde später in Abteil sieben durch Oranienburg rumpelte, konnte sie noch immer nicht fassen, dass sie sich zu dieser Fahrt nach Rügen entschieden hatte. Sich hatte überreden lassen, traf es besser. Sie blickte in die grüne Landschaft, die an ihr vorüberzog. Die Strecke überquerte einen Fluss. Das musste die Havel sein. Dann lag nicht weit von hier die berühmte Lungenheilstätte Grabowsee. Suses Eingeweide krampften sich zusammen. Sie war mal dort gewesen, zur Besichtigung. 2016 musste das gewesen sein. Ein heruntergekommener Ort, der sie irgendwie berührt hatte. War seltsam gewesen, vor den Gebäuden zu stehen, über das Gelände zu streifen, nachdem sie so viel darüber recherchiert hatte. Das war eine Marotte von ihr. Wenn ein Thema sie interessierte, musste sie alles darüber wissen. Na ja, so viel wie möglich eben. Wenn man sich für etwas so Charmantes wie Lungenkrankheiten interessierte, landete man zwangsläufig bei Grabowsee. Im 19. Jahrhundert war es allgemeiner Konsens gewesen, Erkrankungen der Atemorgane könnten im milden Klima des Mittelmeerraums oder irgendwo in den Bergen kuriert werden. Die Luft des norddeutschen Flachlands schien eher nicht geeignet. Wie hieß es so schön? Versuch macht kluch! Also wurde die Heilstätte zu Versuchszwecken eingerichtet. Mit passablem Erfolg anscheinend, denn die Anzahl der Betten wuchs in den folgenden rund dreißig Jahren.

»Ich begreife nicht, dass du die Vergangenheit nicht endlich ruhen lassen kannst«, hatte sie plötzlich Jackie im Ohr. Sie hieß eigentlich Jacqueline, fand es aber schicker, sich genauso abzukürzen wie die Onassis. »Wenn du es zur Bewältigung deines Kindheitstraumas brauchst, dann hättest du meinetwegen Forscherin werden sollen oder Fachärztin für Lungenheilkunde. Du bist weder noch, du bist FfKA.« Ausnahmsweise hatte sie sich die Erklärung, die sie sonst alle automatisch runterleierten, gespart: FfKA steht für Fachkraft für Kreislauf- und Abfallwirtschaft und ist nicht zu verwechseln mit FKK. »Nicht mal der Kreislauf in unserem Beruf hat etwas mit Medizin zu tun«, hatte Jackie ihr vorgehalten. »Du konntest noch nie etwas für deine Mutter tun, und du wirst es nie können. Also schließ endlich mit ihrem Schicksal ab!«

»Genau, du kanntest sie nicht einmal richtig«, hatte Britta zugestimmt.

Blödsinn. Suse war zehn gewesen, als sie gestorben war. Ein Kind von zehn Jahren kannte seine Mutter sehr wohl. Gut genug, um sich auch heute noch an sie zu erinnern. Suse atmete schnaufend aus. Welch ein Glück, Britta und Jackie in der Berufsschule kennengelernt zu haben. Drei Mädchen unter etwas über zwanzig Jungs, da hatte es nahegelegen, sich zusammenzutun. Dass sich daraus eine Freundschaft entwickeln würde, die noch immer andauerte, war nicht zu erwarten gewesen. In der Lehrzeit stellte das Leben noch einmal die Weichen, es hätte für jede in eine andere Richtung gehen können. Unterschiedlich, wie sie waren, war es alles andere als eine Selbstverständlichkeit, dass sie noch heute zusammenhielten wie Pech und Schwefel. Das betrachtete Suse als großes Geschenk. Die drei Müll-Häschen. Sie musste lächeln. Gleich bei der ersten Sause der Berufsschüler waren sie zu ihrem Spitznamen gekommen.

»Wir sind die Rubbish Rackets«, hatte einer der Jungs weinselig verkündet.

»Quatsch, die Rubbish Robots!«, meinte ein anderer.

Erst hatten sich die Kerle in möglichst martialischen Bezeichnungen überboten, dann war ihnen aufgefallen, dass nichts davon für Mädchen passte. Damals durfte man so etwas noch sagen, ohne gleich eine Gender-Debatte am Hals zu haben.

Jedenfalls ging es eine Weile hin und her, bis einer rief: »Ist doch wohl klar, das sind unsere Rubbish Rabbits.«

Suse hatte sich darüber beschwert, dass das kein Mensch aussprechen könne. Außerdem hatte sie damals gerade ihre Anti-Anglizismen-Phase. Sie konnte die Begeisterung noch nie verstehen, die einige für Amerika aufbrachten, meistens auch noch Menschen, die nie dort gewesen waren. Und sie verabscheute die US-Waffengesetze noch mehr als die ungesunde Ernährung, die längst nach Europa geschwappt war und auch hier übermäßig viel unsinnigen Abfall zur Folge hatte. In ihrem ersten Lehrjahr waren die Vereinigten Staaten ständig in den Schlagzeilen gewesen, weil irgendwelche Irren wahllos ahnungslose Passanten abknallten. Von Heckenschützen war die Rede. Sie konnte nicht fassen, dass Politiker ihre Bürger weiter mit schweren Waffen herumlaufen ließen und nicht in der Lage waren, die Verrückten zu stoppen, die Jagd auf unschuldige Menschen machten. Darum war ihre Ablehnung dem Englischen gegenüber in der Zeit besonders ausgeprägt gewesen.

Und darum hatte sie gesagt: »Wenn schon, dann sind wir die Müll-Hasen.«

Ihr Lächeln wurde bei der Erinnerung zu einem breiten Grinsen. Kaum hatte sie es ausgesprochen, war ihr nämlich selbst klar gewesen, dass sie ein Eigentor gelandet hatte.

»Müll-Hasen? Nicht dein Ernst!« Jackie hatte eine Grimasse gezogen.

Es war zu spät gewesen, zurückzurudern, die Jungs hatten gegrölt und sich wiederum in Fantasien übertroffen. Von Bunny-Kostümen bis Betthäschen war alles dabei. So sehr sich die drei Freundinnen auch gewehrt hatten, den Spitznamen Müll-Häschen waren sie nie mehr losgeworden. Irgendwann war er still und heimlich mit ihnen verschmolzen, bis er schließlich zu ihnen gehörte wie ein Körperteil.

In Stralsund musste Suse umsteigen. Der Anblick der prachtvollen Silhouette der alten Hansestadt hob ihre Laune. Auch die ersten Eindrücke der Insel stimmten sie ein wenig zuversichtlicher. Warum konnte sie nicht einfach Badeurlaub machen wie andere Menschen auch? Dann hätte sie sich jetzt ungetrübter Vorfreude hingeben können. Na gut, im April lag noch niemand am Strand, auch nicht Ende April. Sofort waren ihre Gedanken zurück bei ihren Freundinnen. Britta war nach der Ausbildung in einer Recyclingfirma untergekommen. Sie kümmerte sich für Geschäftskunden um die fachgerechte Entsorgung von Altpapier und Altglas, aber auch um Speisereste und Altfette. Die Arbeit machte ihr Spaß, die Mannschaft war super. Für Suse wäre das trotzdem nichts. Sie hatte sich gleich nach der Lehre auf Sonderabfälle spezialisiert und war jetzt Betriebsleiterin im Bereich der thermischen Rückstandsgewinnung. Sperriger Name, spannender Job. Eigentlich. Im Grunde würde sie gern etwas völlig anderes machen. Zu spät. Sie haderte nicht mit ihrem Schicksal, was ihre berufliche Richtung anging. Zwar fluchte sie nicht selten über den Papierkrieg – bei Sonderabfällen handelte es sich schließlich um Gefahrenstoffe, deren Entsorgung unendlich viele Nachweise, Übernahme- und Begleitscheine erforderte –, doch sie war sich in jeder Minute ihrer Verantwortung bewusst. Nicht auszudenken, wenn man gefährlichen Müll einem nicht zertifizierten Unternehmen überlassen würde mit Leuten, die keinen Schimmer von der Materie hatten. Sie wollte sich nicht vorstellen, wie viel in die Umwelt gelangen konnte. Außerdem gehörten zu ihrem Aufgabenbereich auch immer wieder Schulungen. Sie brachte Mitarbeitern bei, Unterschiede zu erkennen und zu entscheiden, welche Substanzen in spezielle Verbrennungsanlagen gebracht werden mussten, welche auf Deponien zu landen hatten. Wissen war die Voraussetzung für den richtigen Umgang mit dem brisanten Müll. Es war die Voraussetzung für alles. Deshalb war es gut, dass sie machte, was sie machte.

Jackie war die Abtrünnige von ihnen dreien.

»Jeder erzählt dir, dass du dich an den Gestank in dem Job gewöhnst. Bullshit! Ich habe mich in meiner gesamten Ausbildung nicht daran gewöhnt, und das werde ich auch nie«, hatte sie nach erfolgreicher Abschlussprüfung gesagt. »Aber der gehört nun mal zu unserem Beruf dazu, egal, in welchem Bereich du tätig bist.« Sie hatte sich bei einem Autohändler in ihrer Stadt als Schreibkraft beworben und längst zu seiner rechten Hand hochgearbeitet. Jackie hatte den Laden im Griff und verstand inzwischen so viel von Pkw, dass sie sogar Verkaufsgespräche führte, wenn Not am Mann war. Britta und Suse flachsten gern, dass sie die Fahrzeuge nicht aufgrund ihrer glänzenden Beratung an den Kunden brachte, sondern dank ihres attraktiven Aussehens und ihres Charmes. Wenn sie im ersten Moment auch schockiert waren, dass Jackie aus der Riege der Müll-Hasen auszusteigen wagte, hatten sie ihr doch schnell verziehen. Denn glücklicherweise gab es längst ein Band zwischen ihnen, das aus viel mehr als demselben Beruf bestand. Vor allem eins hatten die drei bis heute gemeinsam: ihre Offenheit. Immer geradeheraus.

»Wir entsorgen Müll, wir reden keinen«, lautete ihre Devise.

Suse seufzte. Nur noch ein paar Minuten, dann war sie da. Wenn sie doch nur zu dritt hätten fahren können. Auszeit mit Einsicht. Das war ja wohl eher etwas für Esoterik-Tussis, die ständig einem neuen Trend hinterherhechelten oder nach der wahren Erleuchtung suchten. Entweder waren sie hinter der Fassade oberflächlich und von wirklicher Achtsamkeit weit entfernt, oder sie lebten sowieso in einem anderen Universum als Suse.

Sie holte ihre Tasche aus dem Gepäckfach und seufzte noch einmal. Kein Mensch, der sie beobachtete, würde darauf kommen, dass sie auf dem Weg in den Urlaub war. Jeder musste denken, sie würde gleich die Angeklagte in einem Prozess sein und mit lebenslänglich rechnen. Britta und Jackie hatten das aber auch zu geschickt angestellt. Erst hatten sie ihr Informationen zum Thema Coaching und zur Insel Rügen mitgebracht, dann hatten sie so lange auf sie eingeredet, bis Suse sich letztendlich hatte bequatschen lassen.

»Tu mal was für dich!«, hatten sie gefordert. Jackie hatte mal wieder die schwersten Geschütze aufgefahren.

»Wieso gehst du mit dir so um, wie du mit niemand anderem umgehen würdest?«, hatte sie gefragt. »Du bist schwer in Ordnung! Ist dir das eigentlich bewusst? Anderen gegenüber bist du ein Goldstück.«

Suse musste daran denken, wie sie über den Begriff gelacht hatte.

»Ist doch wahr!« Jackie war stur geblieben. »Gold ist wertvoll. Im Gegensatz zu Aktien kann man sich darauf verlassen. Du bist keine Aktienfreundin, sondern eine Goldfreundin. Du bist da, wenn man dich braucht. So sicher wie das Amen in der Kirche.«

»Noch sicherer«, hatte Britta bekräftigt.

Das war Balsam auf Suses Seele gewesen. Auf die Frage, warum der einzige Mensch, für den sie nicht da war, auf den sie keine Rücksicht nahm, sie selbst war, hatte sie keine Antwort gehabt. Und so hatten die beiden Mädels den Sack zugemacht, Suses Reise nach Rügen war beschlossene Sache gewesen. Was hatte sie zu verlieren, fragte sie sich, als der Zug mit quietschenden Bremsen neben einem Feld Fotovoltaikanlagen langsamer wurde und schließlich in Sagard hielt. Nicht, dass sie glauben würde, eine Psycho-Tante könnte ihr helfen, ihre vermurkste Kindheit aufzuarbeiten. Die war vorbei, daran ließ sich nichts mehr ändern.

Eine Frau stürmte auf den Bahnsteig. Sie wirkte gehetzt und gleichzeitig zielstrebig. Das hätte Coach Franziska Marold sein können, wenn sie nicht an jeder Hand einen Jungen von geschätzt drei oder vier Jahren mit sich gezogen hätte. Suse wollte sich gerade wegdrehen, um in die andere Richtung zu gucken und Ausschau zu halten, doch die Schritte kamen direkt auf sie zu.

»Frau Fink?«, fragte die Frau mit den beiden Kindern.

»Wie der Vogel, ja«, gab Suse zurück.

»Ich bin Franziska Marold. Das sind Felix und Jockel.« Sie strahlte Suse an, wandte sich aber gleich Sohn rechts zu und flüsterte: »Kannst du mich bitte kurz loslassen?« Sah nicht aus, als würde er das freiwillig tun, jedenfalls riss sie ihm ihre Finger eher weg, als dass er ihrer Bitte gefolgt wäre. Unbeeindruckt schüttelte ihre zukünftige Gastgeberin und gleichzeitig ihr Coach Suse die

Hand. »Herzlich willkommen auf Rügen! Sagen Sie gern Franziska oder Ziska zu mir. Ich hätte Sie doch auch in Binz abholen können.«

»Suse. Wozu der Umstand? Wenn ich das richtig sehe, liegt der Bahnhof Sagard für Sie am dichtesten dran.«

»Das stimmt, aber es ist doch etwas komplizierter, von Binz noch einmal umzusteigen.«

»Kriegen Ihre üblichen Fälle selbst das nicht hin?« Suse machte wohl ein einigermaßen entsetztes Gesicht.

Franziska lachte. »Meine Fälle, wie Sie sagen, kriegen alles ohne meine Hilfe hin. Für die Grundlagen bin ich nur bei den beiden Herren hier zuständig.« Sie blickte auf die Knirpse, die sie wieder an der Hand hatte. »Im Coaching geht's eher um spezielle Fragestellungen.« Suse befürchtete, sie bekäme gleich hier am Bahngleis eine Einführung, doch Ziska sagte fröhlich: »Dafür haben wir später noch Zeit. Jetzt fahren wir erst mal zur Villa Sanddorn. Darf ich Ihnen mit dem Gepäck helfen?«

»Ach was, Sie haben doch schon beide Hände voll.« Suse lächelte. »Meine Tasche ist nicht schwer, ich schleppe nicht viel mit, wenn ich mal verreise.«

»Gut. Dürfte ich Sie bitten, vorne einzusteigen?«, fragte Ziska, als sie am Auto standen, und machte sich auch schon daran, die Kinder in den Sitzen auf der Rückbank festzuschnallen. »Tut mir sehr leid, dass ich die zwei im Schlepptau habe.«

»Ist doch kein Problem. Ich komme mit einem Sitz aus«, gab Suse entspannt zurück.

»Trotzdem, normalerweise lasse ich die beiden lieber zu Hause. Ist für alle Beteiligten besser.« Sie sprach lauter, weil sie zur Hälfte im Fahrzeug steckte.

»Sind das Zwillinge?«

»Ja, immer alles im Doppelpack.« Ziska schnaufte. »So, kann losgehen.« Sie ging schwungvoll um den Wagen und stieg ein.

»Wie gesagt, normalerweise sollen unsere Gäste, die nicht mit dem eigenen Auto anreisen, bei der Ankunft das Gefühl haben, im Mittelpunkt zu stehen. Das ist Ihr Urlaub«, führte sie weiter aus und warf Suse einen kurzen Seitenblick zu, während sie den Ort hinter sich ließen. Jetzt gab es nur noch Felder, so weit das Auge reichte. »Sie sind unser Gast und uns wichtig. Das Gefühl vermittle ich nicht, wenn ich Sie nur schnell zwischen Tür und Angel einsammle und mich gleichzeitig um die zwei Gauner kümmern muss.« Sie holte einmal Luft. »Es ist gerade etwas chaotisch bei uns«, sagte sie dann. »Sie haben es ja auf der Homepage gelesen, dass wir unsere Räumlichkeiten ein wenig erweitern.« Plötzlich stockte sie und lachte. »Habe ich gesagt, es ist gerade chaotisch bei uns? Irgendwie ist es das immer. Wahrscheinlich könnte ich selbst mal ein Coaching gebrauchen, um mein Zeitmanagement zu optimieren.« Wieder lachte sie. Der Stress schien ihr nicht viel auszumachen. »Sicher ist es bei mir wie bei dem berühmten Schuster, der immer die schlechtesten Schuhe trägt.«

Die Frau redete ohne Punkt und Komma. Glücklicherweise fand Suse sie total sympathisch, das war ja schon mal die halbe Miete.

Sie waren an Schildern vorbeigekommen, die auf eine Aussichtsplattform Bobbiner Tempelberg und auf einen Dinosaurier-Park hinwiesen. Nicht lange danach hatte Suse zum ersten Mal Meer und Strand aus nächster Nähe zu sehen bekommen. Ihr Herz machte einen Hüpfer. Wirklich schade, dass sie ohne ihre Mädels hier war, aber herrlich, dass sie überhaupt hier war! Allein die Luft war so viel klarer und frischer als in Berlin. Nur noch wenige Tage, dann brach der Mai an. Gut möglich, dass sie Glück hatte und schon ein bisschen Frühsommer genießen konnte. Zum ersten Mal, seit sie diesem bekloppten Plan ihrer Freundinnen zugestimmt hatte, machten die Zweifel sich aus dem Staub und ließen es zu, dass sie sich einfach nur freute. Der Zustand hielt genau so lange an, bis sie von der Hauptstraße auf einen Kiesweg abbogen. Dort begrüßte ein riesiger Aufsteller die Gäste:

VILLA SANDDORN

Auszeit mit Einsicht –
Coaching, Supervision und
Familienaufstellung in den Ferien

Supervision und Familienaufstellung. Wie bitte? Na toll, wen sollte man denn da aufstellen, wenn man keine Familie hatte? Sie kletterte missmutig aus dem Wagen. Und überhaupt, wieso denn Aufstellung? Suses Laune sank in muffige graue Tiefen. Wenigstens das alte Haus am Ende der Auffahrt gefiel ihr auf Anhieb. Weiße verschnörkelte Balkone, ein paar dezente Säulen, das war dann wohl die berühmte Bäderarchitektur, über die sie einiges gelesen hatte.

»Endstation, alles aussteigen, bitte!«, hörte Suse hinter sich, drehte sich um und sah eine auffallend große Frau, ein knallbuntes Tuch um den Kopf gewickelt, das ihr strubbeliges Haar nur zum Teil verbarg.

»Danke, Gesa«, sagte Ziska gerade und überließ es der Frau, die Zwillinge aus ihren Sitzen zu befreien. »Dann mal herein in die gute Stube«, lud Ziska Suse ein und ging voraus, zwei Stufen hinauf, über die schmale Veranda, auf der Korbstühle bereitstanden, und durch die weiße Holztür hinein. Von einem geräumigen Flur im ersten Stock gingen zwei Türen ab. Die linke führte zu Suses Wohnung. Drinnen reichte Ziska ihr einen dicken Knoten mit einem silberfarbenen Ring, an dem zwei Schlüssel baumelten. Sie hielt den ersten hoch. »Der ist für die Haustür, der zweite für Ihr Appartement.«

»Danke.« Suse drehte den Knoten in der Hand und betrachtete ihn von allen Seiten.

»Der wurde aus Geisternetzen hergestellt«, erklärte Ziska. »Alte Fischernetze, die in der Ostsee hängen geblieben oder über Bord gegangen sind und im Wasser eine Gefahr für Fische und alle anderen Meeresbewohner darstellen, werden von einem jungen Unternehmen rausgeholt und zu verschiedenen Nutzgegenständen oder sogar zu Schmuck verarbeitet. Hier!« Sie streckte ihre Hand vor. Um ihr Gelenk lag ein doppelreihiges Band mit kleinen Knoten und einer schlichten goldenen Schließe. »War eigentlich mal Müll.«

»Ich finde, so etwas wie Müll dürfte es im 21. Jahrhundert nicht mehr geben. Oder nur noch in verschwindend geringen Mengen«, sprudelte Suse sofort los. Ihr Thema! »Wir müssten längst in Kreisläufen denken. Nur Stoffe, die wirklich ausgedient haben und zu nichts mehr zu gebrauchen sind, sollten verbrannt oder deponiert werden. Aber eigentlich hat alles mehrere Lebenszyklen verdient. Etwas anderes können wir uns gar nicht leisten.«

»Tun wir leider trotzdem«, sagte Ziska. »Und unsere Kinder werden es mal ausbaden.« Für einen kurzen Moment sah sie ratlos aus, dann strahlte sie wieder. »Es muss eben jeder im Rahmen seiner Möglichkeit etwas tun. Das hier«, sie wedelte mit dem Handgelenk, »ist auch noch hübsch, finde ich. Da fällt es leicht, dem eigentlichen Müll etwas abzugewinnen.« Sie ließ ihren Blick blitzschnell durch den großen Raum, das Herz des Appartements, schweifen, als wollte sie kontrollieren, ob auch alles für die neue Bewohnerin vorbereitet war. »Jetzt machen Sie es sich erst mal gemütlich«, schlug sie vor. »Unsere erste Stunde haben wir morgen um elf.«

»Sie sagten vorhin, es wäre gerade viel los bei Ihnen, wegen des Ausbaus und so … Wir können das mit dem Coaching auch sein lassen, dann gewinnen Sie Zeit. So nötig ist das bei mir nicht.« Hoffentlich hatte das überzeugend geklungen.

»Kommt ja nicht infrage.« Schade. »Es wäre nur toll, wenn wir morgen schon grob die weiteren Termine eintakten könnten. Überlegen Sie in Ruhe, wie es Ihnen am besten passt. Sie können gleich morgens mit dem Coaching starten, dann haben Sie den Rest des Tages für sich und brauchen auf nichts mehr Rücksicht zu nehmen. Oder vielleicht wissen Sie schon, dass Sie unbedingt etwas bei Sonnenaufgang unternehmen wollen. Fischer Heinrich bietet zum Beispiel Fahrten an, bei denen Sie ihm über die Schulter gucken können. Sehr authentisch, aber eben auch sehr früh.« Sie lachte.

»Ich überleg's mir«, versprach Suse.

Ziska fragte noch rasch mögliche besondere Wünsche zum Frühstück ab, dann war Suse allein. Und jetzt? Am besten, sie packte erst mal aus und räumte ihre Sachen an Ort und Stelle. Während der Gedanke durch ihren Kopf schwebte, ließ sie ihre Tasche unangetastet stehen und trat zum bodentiefen Panoramafenster, hinter dem ein großer Balkon lag. Sie öffnete die gläserne Tür und trat ins Freie. Sträucher mit silbrig schimmernden Blättern, so weit das Auge reichte. Dazwischen wucherte Unkraut unbehelligt, hier und da blühte Löwenzahn. Auf der Sanddornplantage von *Rügorange,* wie der Betrieb sich nannte, herrschte noch Ruhe. Kein Wunder, die leuchtenden Früchtchen waren erst im Herbst reif. Wenn sie dicht an dicht an den dornigen Ästen sitzen würden, war hier bestimmt der Teufel los. Es war kühl, ein frischer Wind wehte ihr um die Nase. Trotzdem blieb sie stehen und nahm den Anblick in sich auf. Das war etwas anderes als Berlin mit seinen Wohnkisten, die so eng aneinandergebaut waren, dass man meinte, von Dach zu Dach hüpfen zu können, ohne sich sonderlich anstrengen zu müssen. Jedenfalls in einigen Stadtteilen. Statt Verkehrsschildern,

Straßenlampen, großen und kleinen Gebäuden, statt Strommasten und Leuchtreklame gab es hier Natur. Und zwei Leuchttürme, von denen sie die Helme sah. Das Meer konnte sie von hier auch sehen. Natürlich nicht die Steilküste vor den beiden Seezeichen, sondern nur eine blaugraue Fläche in der Ferne, die bis zum Horizont reichte. Sie wusste, dass die Ostsee von ihrem Feriendomizil zu Fuß leicht zu erreichen war. Ein Grund, warum Jackie und Britta sie hatten überzeugen können. Spontan verschob Suse das Auspacken auf später, schnappte sich nur ihr Portemonnaie und machte sich auf den Weg zu einer ersten Erkundungstour.

Nach einem kurzen Spaziergang hatte sie den Rügenhof erreicht. Um einen Platz aus Rasen, einem von Natursteinen eingefassten Tümpel und viel Kopfsteinpflaster standen mehrere Backsteinbauten, die teilweise an alte Stallungen erinnerten. Auch einige Türen mit ihren massiven Beschlägen sahen aus, als hätten dahinter mal Kühe oder Pferde gewohnt, fand sie. *Holz* stand über einer, *Schafstall* war über einer anderen zu lesen. Na, wenn das nicht passte. Es gab Strandkörbe, Bänke, Tische und Stühle, die auf Gäste warteten. Viel war noch nicht los. Es war einfach noch zu kühl, um draußen zu sitzen, und auf diese unsäglichen Heizpilze wurde hier glücklicherweise verzichtet, stellte Suse zufrieden fest.

Sie spazierte langsam weiter. Mit einem Mal hatte sie das Gefühl, als würde jemand sie beobachten. Sie sah sich um, unauffällig, wie sie hoffte. Da war niemand, der sich für sie interessierte. Eine Familie mit drei Kindern, die mehr als gut mit sich selbst beschäftigt war, ein älteres Ehepaar, eine alte Dame, die Mühe hatte, ihren Rollator über den hoppeligen Untergrund zu schieben. Und da war ein Mann, der eilig den Blick gesenkt hatte, als sie ihn ansah. Oder bildete sie sich das ein? Irgendwie passte er nicht hierher. Seine Jacke war abgewetzt, das konnte man drei Meilen gegen den Wind erkennen. Bestimmt kein Tourist, aber ob er hier arbeitete? Er hatte eine sonderbare Statur. Der Mann war klein, vermutlich nicht größer als sie selbst, und sie war schon für eine Frau kurz geraten. Dafür wirkte er, als wäre er genauso breit wie hoch, keinesfalls fett, sondern kompakt und beinahe quadratisch. Bevor sie ihn noch lange anstarrte, sah sie sich lieber wieder nach der Dame mit dem Rollator um. Vielleicht brauchte sie Hilfe. Aber die hatte es inzwischen auf den festen Sandweg geschafft und marschierte flott davon. Suses Blick blieb an einem Schild hängen: Eis. Wahrscheinlich wäre es vernünftiger, erst einmal etwas Anständiges zu essen. Das hatte ihre Mutter ihr jedenfalls beigebracht, oder wenigstens hatte sie versucht, ihrer Tochter einzuschärfen, dass der liebe Gott vor die Eiscreme Gemüse gesetzt hatte. Nur hatte Suse schnell herausgefunden, dass der liebe Gott nicht auf dieser Reihenfolge bestand. Außerdem war sie ja wohl nicht in den Urlaub gefahren, um vernünftig zu sein. Sie bestellte je zwei Kugeln Nuss und Pistazie, ihre absoluten Favoriten, und eine Salzkaramell dazu.

»Und, schmeckt's?«, fragte eine Männerstimme, als sie sich gerade auf einer windgeschützten Bank niederlassen wollte. Sie fuhr erschrocken herum. »Entschuldigung, ich wollte mich nicht anschleichen.« Vor ihr stand der abgerissene Typ, der ihr eben schon aufgefallen war.

»Haben Sie aber«, konterte sie. »Was wollen Sie von mir?«

Er hob abwehrend die Hände. »Nichts, wirklich. Es gibt keinen Grund, sich aufzuregen.«

Sie war wohl etwas zu grob gewesen.

»Schmeckt«, sagte sie freundlicher und deutete auf die Eiscreme. »Die ist sogar richtig gut, und damit kenne ich mich aus, das können Sie mir glauben.«

»Haben Sie beruflich damit zu tun?«

Sie lachte. »Nein, ist nur meine Leidenschaft. Ich habe in meinem Leben schon so viel probiert, dass ich mir ein Urteil erlauben darf«, meinte sie grinsend.

»Sie sollten unbedingt auch mal Sanddorn bestellen. Gibt's schließlich nicht überall, und wenn Sie schon mal hier sind …«

»Werde ich mir merken.« Sie setzte sich und hoffte, er würde sie in Ruhe lassen. Er war zwar höflich, aber sie legte keinen Wert auf eine Ferienbekanntschaft, schon gar nicht auf eine so seltsame.

»Die Villa Sanddorn hat einen kleinen Hofladen. Da wohnen Sie doch, oder?« Er betrachtete sie mit leicht schief gelegtem Kopf.

Suses Ablehnung wuchs. Hatte er sie also doch …

»Beobachten Sie mich?«

»Aber nein, bestimmt nicht. Sind Sie immer so misstrauisch?«

»Allerdings.«

»Außerdem haben Sie mich vorhin angestarrt. Ich hätte also viel eher einen Grund, Ihnen etwas zu unterstellen.« Suse schnappte nach Luft, da grinste er breit. »Nun regen Sie sich mal nicht gleich wieder auf. Ich habe Sie zufällig gesehen, als Sie über den kleinen Weg dort auf den Rügenhof gekommen sind.« Er zeigte in die Richtung. »Das ist der Pfad zur Plantage.« Dann zuckte er mit den Schultern. »Lange sind Sie wohl noch nicht da, sonst wären Sie schon entspannter.«

Zufällig … Wem wollte er das denn erzählen? Wann sie gekommen war, wie lange sie blieb und in welcher Verfassung sie sich befand, ging ihn außerdem gar nichts an. Das wollte sie ihm ins Gesicht sagen, musste aber lächeln. Sie konnte nicht anders, seine verschmitzt-freundliche Miene war ansteckend.

»Bingo, bin heute angereist«, verriet sie ihm.

Sie kamen ins Plaudern. Erst als ein Paar an ihnen vorüberging und ihn mit sichtlicher Abscheu von oben bis unten begaffte, wurde sich Suse wieder seiner heruntergekommenen Erscheinung bewusst. Während sie sich gut mit ihm unterhalten hatte, war der ungewöhnliche Anblick vergessen gewesen.

»Darf ich Ihnen eine sehr direkte Frage stellen?« Sie sah ihn an.

»Dann mal los!«

»Ist das bewusste Konsumverweigerung, oder können Sie sich keine neuen Sachen leisten?« Sie deutete sanft mit dem Kopf auf seine Jacke.

»Konsumverweigerung, das habe ich noch nie gehört.« Er lachte. »Nein, ich bin eher ein bisschen klamm zurzeit.«

»Aber ein Eis können Sie sich schon leisten, oder?«, fragte sie zaghaft. Sie wollte sich nämlich Nachschlag holen, wusste aber jetzt schon, dass ihr die zweite Portion nicht schmecken würde, wenn er mit großen Augen danebenstand.

»Die paar Groschen, die ich noch in der Tasche habe, gebe ich heute Abend lieber für ein anständiges Fischbrötchen aus«, erklärte er ausweichend.

»Ich hole mir noch ein Hörnchen. Kommen Sie, ich lade Sie ein. Oder möchten Sie lieber gleich etwas Herzhaftes?«

»Ist nett von Ihnen, aber ich bin ja nun kein Bettler.«

Sie stand auf. »Nee, sonst hätten Sie ja längst gefragt, ob ich einen Euro übrig habe.«

Der Mann wehrte sich mit Händen und Füßen gegen ihre Einladung. Schließlich erzählte er ihr, dass er zu DDR-Zeiten Lastwagenfahrer gewesen war, dann aber ein bisschen Pech gehabt hatte.

»Das Leben hat mir ein Bein gestellt, und ich bin prompt lang hingeschlagen«, sagte er, ohne das weiter zu erklären. Nach der festen Anstellung seien nur noch Aushilfsjobs, Gelegenheitsarbeiten gekommen. Er habe schon auf der Plantage anheuern wollen.

»Ist ein bisschen früh«, stellte Suse fest.

»Nee, nicht für die Ernte, für den Dachbodenausbau. Ich habe handwerklich ordentlich was auf dem Kasten.«

»Und, warum haben Sie noch nicht gefragt, ob Sie gebraucht werden?«

»Weil nicht nur Sie misstrauisch sind, wenn ich irgendwo auftauche.«

Suse schämte sich. Sie konnte schön daherreden, dass es im Leben nicht auf Äußerlichkeiten ankam. Kaum wurde sie auf die Probe gestellt, versagte sie gnadenlos.

»Wenn Sie nicht fragen, können Sie auch keine Zusage bekommen«, erklärte sie bestimmt. »Ich hole mir jetzt noch ein Eis für den Weg, und dann gehen wir. Die sind echt nett da auf der Plantage. Die reißen Ihnen nicht den Kopf ab.«

»Wenn Sie meinen … Ich bin Rudi. Eigentlich Rudolf, aber sagen Sie Rudi zu mir.«

»Suse. Eigentlich Susanne, aber sagen Sie Suse zu mir!«

Zurück bei der Villa, entdeckte Suse sofort zwei Männer in Arbeitshosen und T-Shirts. Obwohl sie für die Temperatur eher dünn bekleidet waren, schwitzten sie unübersehbar. Kein Wunder, sie schleppten Gipskartonplatten durch die Gegend. Als sie sich mit ihrer auffälligen Bekanntschaft im Schlepptau näherte, hielten die beiden kurz inne. Rein optisch hatten sie nichts miteinander gemeinsam. Einer war blond und hatte graue Augen, der andere hatte schwarzes Haar und eine fast ebenso dunkle Haut.

»Moin«, riefen sie synchron und lächelten sympathisch. Wie es aussah, hatten sie doch etwas gemeinsam.

»Ich bin Nik«, sagte der Blonde, wischte sich die Hand an der Hose ab und reichte sie ihr. »Das ist John, Vorarbeiter auf der Plantage, Mann für alle Fälle und vor allem guter Freund.«

John ließ die strahlend weißen Zähne sehen und begrüßte sie ebenfalls: »Sehr guter Freund. Immerhin habe ich für Nik und Ziska auf ein Leben in Saus und Braus verzichtet.«

»Er war in seiner Heimat mit einer senegalesischen Prinzessin verlobt. Behauptet er.« Nik verdrehte vielsagend die Augen. »Sie sind bestimmt Frau Fink«, fuhr er fort und sah fragend zu ihrem Begleiter.

»Nennen Sie mich ruhig Suse«, entgegnete sie. »Und das hier ist Rudolf.«

»Aha«, sagten beide wieder wie aus einem Mund und sahen sich kurz an. Ihnen ging es nicht anders als ihr, sie wussten erst mal nichts mit einem anzufangen, dessen Kleidung verschlissen war und der nicht verbergen konnte, dass er länger nicht in die Nähe eines vollständig ausgestatteten Badezimmers gekommen war.

»Ich bin der Rudi«, stellte er sich den beiden vor. Die Männer hatten sich schnell wieder im Griff. Wahrscheinlich, weil der ungebetene Gast in Begleitung einer Urlauberin war, die Unterkunft und Coaching gebucht hatte und bezahlen würde. »Ich habe gesehen, dass hier gebaut wird. War neulich schon da und wollte meine Hilfe anbieten, da ist mir aufgefallen, dass das Dämmmaterial im Regen lag. Ich hab's unters Dach gepackt. Nur dass Sie sich nicht wundern.«

»Ach, Sie waren das.« John verschränkte die eindrucksvoll muskulösen Arme vor der Brust.

»Wir haben uns tatsächlich schon gewundert«, sagte Nik.

»Ein einfaches Danke hätte auch gereicht«, mischte sich Suse ein. »Nasse Dämmwolle dämmt nicht.« Sie zog die Augenbrauen hoch und blickte auffordernd von einem zum anderen.

»Allerdings nicht. Vielen Dank, Rudi!« Nik schüttelte ihm die Hand. Hoffentlich war das nicht alles, davon konnte sich der arme Kerl schließlich nichts kaufen.

»Gern geschehen. Wäre ein teures Vergnügen gewesen, das Material ersetzen zu müssen.« Er merkte selbst sofort, wie das geklungen hatte. »Keine Sorge, ich hoffe nicht auf eine Belohnung oder so.« Er lachte schüchtern.

Suse war fasziniert von seinem Gesicht. Sie hatte selten eine derartig ansteckend heitere Miene gesehen.

»Jedenfalls will ich kein Geld, wie gesagt. Ich wollte meine Arbeitskraft anbieten. Gegen schmale Kost und vor allem Logis. Habe gerade kein Dach über dem Kopf«, erklärte er zerknirscht.

»Puh, das kommt ein bisschen überraschend.« Nik fuhr sich mit einer Hand durchs Haar.

John kam ihm zu Hilfe. »Vielleischt bespreschen wir das und entscheiden es später«, schlug er vor. Suse fand seinen Akzent äußerst charmant. Weniger charmant fand sie, dass die beiden einen Schritt zur Seite gingen und zu flüstern anfingen.

»John, erinnerst du dich an die Kiste, die wir auf dem Dachboden gefunden haben? Die Geschichte der Villa?«, verstand Suse. Sie sah zu Rudi hinüber, der ratlos mit den Schultern zuckte. John antwortete seinem Chef etwas, das bei ihr allerdings nur als Buchstabenbrei ankam.

Dann wieder Nik: »Ich bin ja auch skeptisch, aber in der Chronik kam ein Mann vor, der vor Jahren schuldlos in Not geraten ist und hier auf der Plantage angeheuert hat. Genau wie Rudi. Das kann doch kein Zufall sein, oder?«

Jetzt wurde Suse das Getuschel zu dumm. Sie fand es unhöflich, über Rudi zu verhandeln wie über einen Bittsteller, noch dazu in seiner Anwesenheit, aber sozusagen hinter vorgehaltener Hand.

»Wenn er dafür gesorgt hat, dass die Dämmwolle nicht nass wird, können Sie ihn jetzt wohl kaum im Regen stehen lassen«, sagte sie und stemmte die Fäuste in die Hüften.

»Ist schon in Ordnung.« Rudi sah sie dankbar an, aber die Enttäuschung war deutlich in seinen Augen zu lesen. »Es geht allen zu gut«, sagte er leise. »Wohlstand verdrängt Sozialverhalten.« Er drehte sich um und machte Anstalten zu gehen.

»Das nenne ich mal eine steile These«, stellte Nik fest.

Rudi wandte sich ihm wieder zu. »Meinen Sie wirklich? Heute ist es doch so: Bevor ich jemanden frage, ob er mir etwas leihen würde, ein Gartengerät zum Beispiel, kaufe ich es mir lieber selbst. Obwohl mein Nachbar genau so ein Ding rumstehen hat. Das ist total unsinnig, sowohl wirtschaftlich als auch im Hinblick auf die Umwelt. Wen kümmert's, Hauptsache, ich bin unabhängig und brauche niemanden zu bitten. So eine Einstellung kann ich mir nur leisten, wenn ich im Wohlstand lebe.« Suse dachte noch darüber nach, dass er völlig recht hatte, als er schon weitersprach: »Umgekehrt gebe ich natürlich auch nix her. Das soll sich mein Nachbar oder Kollege mal schön selbst kaufen. Kann er doch, er hat doch Geld. Viel Kohle, wenig Sozialverhalten«, fasste er zusammen.

»Okay, an Ihrer Theorie ist etwas dran«, gab Nik zu. »Aber man kann das nicht verallgemeinern, denke ich. Außerdem beinhaltet Sozialverhalten doch wohl mehr.«

Ein feines Lächeln trat auf Rudis Lippen.

»Stimmt, einander zu helfen gehört auch dazu. Bloß sieht es damit nicht besser aus. Ehe ich jemanden um Hilfe bitte, engagiere ich lieber einen Dienstleister, den ich bezahle. Ich sag Ihnen was: Unabhängigkeit und persönliche Freiheit stehen bei den meisten Menschen ganz oben auf ihrer Rangliste. Bloß bei niemandem in der Schuld stehen.« Er hob abwehrend beide Hände, wie er es bei ihrer ersten Begegnung vorhin schon gemacht hatte. »Soziale Aspekte dagegen sind an den unteren Rand der goldenen Liste gerutscht.« Er seufzte und machte eine Pause. »Wenn dann was passiert, nehmen Sie die Hochwasserkatastrophen oder diese dämliche Pandemie, wenn jemand dann wirklich Hilfe braucht, weil's allein eben nicht geht, dann ist jeder aus der Übung und stellt sich total töffelig an. Sowohl beim Bitten als auch beim Annehmen der Unterstützung. Verstehen Sie, was ich meine?«

Nik hatte ihm sehr aufmerksam zugehört. Jetzt lächelte er breit.

»Meine Frau wird Sie mögen.« Er wandte sich an John: »Ziska müsste drüben im Büro sein, sie wollte mit Gesa die Belegung der Wohnungen durchgehen. Kannst du Rudi bitte zu ihr bringen?«

»Alles klar, Chef.« Er warf Rudi einen freundlichen Blick zu. »Kommen Sie?«

»Er ist hier schon häufiger herumgeschlichen«, begann Nik, als sie allein waren. »Warum hat er nicht gleich gesagt, dass er Arbeit sucht?«

»Weil er wusste, dass Sie so reagieren würden, wie Sie reagiert haben«, antwortete Suse wie aus der sprichwörtlichen Pistole geschossen. »Ging mir nicht anders«, gab sie zu. »Dabei scheint er auf den zweiten Blick ein anständiger Kerl zu sein.«

»Sein Äußeres ist das eine, sein Verhalten das andere. Hätte er von Anfang an mit offenen Karten gespielt, wäre ich weniger misstrauisch gewesen. Aber Sie haben recht, er macht einen netten Eindruck. Wer so fröhlich aus der Wäsche guckt, kann kein übler Typ sein.«

Sie plauderten ein wenig über die Baumaßnahme. Nik erzählte ihr, dass sie mehr Platz brauchten.

»Sowohl für zahlende Gäste wie Sie als auch für Erntehelfer. Hoffentlich stört Sie der Lärm nicht zu sehr. Wir würden Ihnen den gern komplett ersparen, bloß geht das nicht. Noch hat die Urlaubssaison nicht richtig angefangen. Wir müssen die Zeit jetzt nutzen, um den Dachboden auszubauen. Direkt nach den Feriengästen beschäftigt uns die Ernte, das ist jedes Jahr Ausnahmezustand. Uns blieb leider kein anderes Zeitfenster übrig. Je schneller wir fertig sind, desto besser, insofern ist jede helfende

Hand willkommen.« Er blickte kurz in die Richtung, in die John und Rudi gegangen waren. »Keine Sorge, wir werden uns natürlich bemühen, nicht zu viel Radau zu machen. Vor allem nicht zu unchristlichen Zeiten.«

»Schon in Ordnung, es stand ja auf Ihrer Homepage.« Ohne weiter darüber nachzudenken, fügte Suse hinzu: »Mit Trockenbau kenne ich mich übrigens auch ein bisschen aus. Ich habe mir mal einen viel zu großen Raum in meiner Wohnung aufgeteilt. Wenn ich also auch helfen kann …«

»Wie bitte?« Nik sah sie belustigt von oben bis unten an.

War ja wieder klar, nur weil sie mit ihren bummeligen eins sechzig klein und noch dazu zierlich war, traute er ihr keine körperliche Leistung zu. Da war er nicht der Erste.

»Einfach nur so, ich will nichts dafür haben«, erklärte sie hastig. »Auch keinen Rabatt. Ist doch besser, als wenn ich mich langweile.«

»Gelangweilt hat sich bei uns noch niemand. Waren Sie schon mal hier?« Sie schüttelte den Kopf. »Rügen ist die größte deutsche Insel. Wenn Sie alle Ecken kennenlernen wollen, haben Sie gut zu tun. Außerdem haben Sie bei meiner Frau einige Coaching-Stunden gebucht, dachte ich.« Seine Stirn legte sich in Falten.

»Genau, ein paar Stunden. Und was mache ich in der restlichen Zeit?«, brummte sie.

»Urlaub?«, kam es fragend zurück. »Das ist hier jedenfalls so üblich.« Er sah ziemlich verwirrt aus.

»Urlaub muss doch nicht heißen, alle viere von sich zu strecken oder womöglich mit anderen Touristen überlaufene Attraktionen zu begaffen«, sprudelte sie los. »Warum wollen bloß alle, dass ich mich erhole? Und woher wissen alle, wie das am besten geht? Vielleicht erhole ich mich ja super, wenn ich Wände setzen und Schraublöcher verschmieren kann.« Er zog schweigend die

Augenbrauen in die Höhe. »Entschuldigung, jetzt haben Sie das abgekriegt, dabei können Sie am wenigsten dafür.«

»Wofür genau?« Er sah sie belustigt an, und Suse musste lachen.

»Vielleicht bin ich wirklich ein kleines bisschen urlaubsreif. Ich hoffe, ich gehe nicht als anstrengendste Patientin in die Geschichte Ihrer Frau ein.« Sie schnaufte.

»Kann ich mir nicht vorstellen. Übrigens spricht Zissi nicht von Patienten, sondern eher von Klienten oder einfach Gästen.«

Lampenfieber

Suse blinzelte. Für den Bruchteil einer Sekunde musste sie sich orientieren, dann fiel ihr wieder ein, wo sie war. Ihre Begeisterung hielt sich in Grenzen. Sie öffnete die Augen und reckte sich. Die Sonne schien. Sie stellte fest, dass sie lange nicht so gut geschlafen hatte. Keine beklemmenden Träume, kein ständiges Wachwerden, sie fühlte sich erfrischt und ausgeruht. Das hob ihre Laune auf der Stelle. Ebenso schnell rauschte die wieder in den Keller, als ihr nämlich einfiel, was ihr bevorstand: der erste Coaching-Termin. Während sie ins Badezimmer ging, bemerkte sie verwundert, dass es kein Widerwille mehr war, den sie verspürte, sondern pures Lampenfieber. Sie war eigentlich kein Typ für die Bühne, besser gesagt hatte sie nichts dafür übrig, im Mittelpunkt zu stehen und von Menschen beobachtet zu werden, die eine bestimmte Leistung von ihr erwarteten. Einmal in ihrem Leben hatte sie sich überreden lassen, in einem Weihnachtsmärchen aufzutreten. Da war sie in der dritten Klasse gewesen. Schon vorher hatte es alle Jahre wieder Krippenspiele gegeben, bei denen sie allerdings nie mitgemacht hatte.

»Wenn du es nicht probierst, kannst du nicht wissen, ob du Talent hast und vielleicht sogar Spaß daran«, hatte eine Lehrerin gesagt. Das hatte ihr eingeleuchtet. Der eigentliche Grund, den Schritt zu wagen, war jedoch ein anderer gewesen. Ihrer Mutter war es zu dem Zeitpunkt schon sehr schlecht gegangen, und Suse hatte gehofft, ihr eine Freude machen zu können. Schwer zu sagen, ob wenigstens das funktioniert hatte. Mütter behaupteten schließlich immer, es sei toll gewesen, wenn ihre Töchter oder

Söhne sich als Schauspieler, Sänger, Tänzer oder sonst was versuchten. Eins wusste Suse nach ihrem Auftritt sicher: Es machte ihr keinen Spaß, sich vor Publikum zu präsentieren. Schon das Gefühl vorher hatte sie nicht leiden können.

»Das ist Lampenfieber«, hatte ihre Lehrerin ihr erklärt. »Das ist völlig normal. Es ist sogar gut, wenn du es hast. Hättest du keins, würde dir die Spannung fehlen, und das merken auch die Zuschauer.«

Suse wusste bis heute nicht, wozu diese Form von Spannung gut sein sollte. Dieses Kribbeln, das einmal von der Brust in den Bauch und wieder zurück kullerte, war damals überflüssig und äußerst unangenehm gewesen. Jetzt war es wieder da, wenn sie nur an den bevorstehenden Termin dachte. Und es war kein bisschen schöner.

Nach einem spartanischen Frühstück fand sie sich in dem Raum ein, den Ziska ihr genannt hatte. Sah hübsch aus, hell und großzügig, mit einem flauschigen Teppich in der Zimmermitte, auf dem sich eine Spirale in leuchtendem Gelb und flammendem Rot zu drehen schien. Die sandfarbenen Wände waren nackt, vom Stuck an der Kante zur Decke einmal abgesehen. Es gab nur ein Bild. Das war dafür aber auch sehr groß. Mindestens zwei mal zweieinhalb Meter, schätzte sie. Auf den ersten Blick sah es aus wie die Ostsee an einem bewölkten Tag. Erst bei längerem Hinsehen entdeckte Suse immer mehr: Da waren Masten und die Andeutung von Schiffen, vorne Land, ein Strand vermutlich. Über allem lag ein Nebel oder die Gischt. Schwer zu sagen.

»Guten Morgen. Sie sind überpünktlich. Ich hoffe, Sie sind nicht aus dem Bett gefallen. Nik, John und Rudi fangen heute extra ein bisschen später an.«

»Sie haben mich nicht geweckt, ich habe geschlafen wie ein Bär. Ich bin grundsätzlich ein früher Vogel. Liegt vielleicht an meinem Namen.« Ziska sah verwirrt aus. »Fink«, erinnerte Suse sie und grinste.

Ziska lachte. »Klar! Da habe ich aber schön auf der Leitung gestanden.« Endlich stellte sie ein Tablett ab, das sie die ganze Zeit auf einer Hand balanciert hatte. »Darf's ein Schuss Sekt im Begrüßungscocktail sein, oder bevorzugen Sie die alkoholfreie Variante?«

»Ein Schluck Sekt kann nicht schaden.« Der machte sie vielleicht lockerer, hoffte Suse.

»Gern.« Ziska schenkte ein, für sich nur Sanddornsaft und Mineralwasser, und erhob ihr Glas. »Also dann noch einmal in aller Form: Herzlich willkommen auf Rügen in unserer Villa Sanddorn!«

»Danke schön.« Sie probierte. »Der ist aber lecker, daran könnte ich mich gewöhnen.«

Wieder lachte Ziska fröhlich. »Sehr gern. Den Biofruchtnektar bekommen Sie bei uns im Hofladen und das Rezept natürlich auch.«

Perfekte Mitbringsel für ihre Müll-Häschen, dachte Suse vergnügt.

Sie musste nicht, wie sie befürchtet hatte, von sich erzählen oder irgendwelche doofen Psycho-Spielchen über sich ergehen lassen. Zu Suses Überraschung und Erleichterung durfte sie es sich bequem machen und erst einmal zuhören. Sie wählte eines der runden Sitzkissen, die verteilt im Raum herumlagen, während Ziska ihr Einblick in ihr Leben gewährte. Suse hatte ihren Namen nie vorher gehört, doch nun dämmerte es ihr, dass sie es mit einem Promi-Coach zu tun hatte. Jedenfalls war Franziska Marold das offenbar mal gewesen, sonst hätten kaum die bedeutendsten Manager- und Business-Magazine über sie berichtet, deren Titel sogar Suse geläufig waren.

»Ich berate noch immer Menschen, wie Sie merken«, erklärte Ziska munter. »Zwar würde mich die Mutterrolle bei zwei Jungs in Kombination mit der Vermietung und der Büroarbeit, die auf der Plantage anfällt, eigentlich ausfüllen, aber ich bin aus gutem Grund Coach geworden. Es macht mir Freude, Menschen meinen Blickwinkel zu leihen oder ihnen mit kleinen Tricks zu helfen, Lösungen zu erkennen, die sonst im Nebel bleiben würden.« Sie blickte zu dem Bild. Hatte sich Suse schon gedacht, dass das Motiv ein Hinweis sein sollte. »Das hat übrigens Gesa gemalt. Die Frau mit dem bunten Tuch um den Kopf, die gestern meine Söhne aus ihren Kindersitzen befreit hat«, erklärte sie.

»Tatsächlich? Alle Achtung, sie hat eine beneidenswerte Begabung.«

»Kann man wohl sagen. Bilder von ihr gibt es auch in unserem Laden, allerdings kleinere Formate.«

»Wäre auch eine echte Herausforderung für die Deutsche Bahn.«

»Wo war ich stehen geblieben? Ach ja, genau, ich hatte es nicht satt, Coach zu sein, mich haben nur die Luxusprobleme einiger Klienten einfach nicht mehr interessiert. Jetzt helfe ich lieber den Insulanern bei speziellen Fragestellungen oder an Scheidewegen in ihrem Leben. Für Feriengäste funktioniert das Konzept *Auszeit mit Einsicht* hervorragend. Im Urlaub ist der Abstand zum Alltag sowieso schon gegeben. Da fällt es den meisten viel leichter, aus alten Denkmustern auszubrechen und ganz neue Perspektiven einzunehmen.«

»Tja, um ehrlich zu sein, weiß ich nicht genau, was ich hier soll. Meine Freundinnen haben mir das eingebrockt.« Sie stockte. »O Gott, entschuldigen Sie bitte. Das hört sich ja an, als ob …«

Ziska lachte schallend. »Schon in Ordnung«, brachte sie etwas atemlos hervor. »Sie sind also nicht freiwillig hier.«

»Doch, irgendwie schon. Sie haben mich überredet«, gestand sie leise. »Das Problem ist, ich habe kein Problem. Keins, das ich schon länger mit mir herumschleppe und lösen muss oder will oder kann.« Ziska musste ja denken, sie könnte nicht einen einzigen Satz geradeaus formulieren. Fühlte sich im Moment auch so an.

»Ist doch prima.« Ziska strahlte sie an. »Sie sind mit Ihrem Leben also rundherum zufrieden.«

»Nein!«, platzte sie heraus, ohne nachzudenken. »Nicht ansatzweise.«

»Dann findet sich möglicherweise doch das eine oder andere Problemchen, dem wir zu Leibe rücken können, wenn Sie mögen.«

Plötzlich hatte Suse das Gefühl, dass sich etwas in ihr löste, sie innerlich weich wurde. Franziska Marold war so sympathisch und wirkte schon jetzt so vertraut, als würden sie sich ewig kennen. Kompetent war sie obendrein und alles andere als eine Esoterik-Tussi von der üblen Sorte. Was, wenn sie es tatsächlich schaffte, ihr etwas von der Last abzunehmen, die schon seit Ewigkeiten auf ihre Schultern drückte?

»Sie haben einen spannenden Beruf«, sagte Ziska und zog ein Kärtchen aus der Tasche ihrer Strickjacke. »Den musste ich mir aufschreiben: Fachkraft für Kreislauf- und Abfallwirtschaft.« Sie steckte den Zettel wieder ein und blickte auf. »Darum kennen Sie sich so gut mit mehreren Lebenszyklen von Gegenständen und Stoffen aus. Übrigens ist das einer der Punkte, die mich an meiner Arbeit immer wieder faszinieren. Wir beide dürften etwa im gleichen Alter sein. Vielleicht sind es nur Kleinigkeiten, die unseren Lebensweg maßgeblich bestimmt haben. Stellen Sie sich vor, ein paar winzige Veränderungen, und Sie wären Coach geworden oder ich würde mich mit Kreisläufen von Substanzen auskennen.«

»Kann sein. Manchmal sind es aber auch die fetten Schicksalsschläge, die die Weichen stellen.«

»Da haben Sie recht.« Sie schwiegen einige Sekunden. »Was machen Sie sonst so?«, wollte Ziska dann wissen. »Haben Sie Hobbys, Leidenschaften?«

Suse zuckte mit den Schultern. »Eher nicht, nicht so richtig. Ich lese gern.« Sie dachte kurz nach. »Wenn mich ein Thema interessiert, will ich alles darüber wissen. Ich gehe in entsprechende Museen oder Ausstellungen, stöbere in Archiven herum, sehe Filme. Meistens fange ich mit den Informationen weiter nichts an, ich trage sie einfach nur zusammen, bis ich das Gefühl habe, mir ein recht komplettes Bild machen zu können. Kann man das als Hobby bezeichnen?«

»Klar, warum nicht?«

»Und sonst gehe ich gern mit meinen Freundinnen bummeln oder essen oder so. Ich habe zwei gute Freundinnen«, setzte sie schnell hinzu. »Das reicht mir, einen Mann brauche ich nicht unbedingt.« Ihr Widerstand gegen dieses dämliche Coaching meldete sich leise zurück. Sie redete weiter, um ihm von vornherein den Wind aus den Segeln zu nehmen. »Sie sagten, ich hätte einen spannenden Beruf. Das stimmt. Es ist zwar nicht unbedingt ein Traumjob, aber ich bin gut in dem, was ich mache, und obendrein ist er sinnvoll, systemrelevant, wie man heute sagt.«

»Klingt nicht so, als würde er Ihnen Spaß machen.«

»Darum geht's nicht. Spaß kann man in der Freizeit haben.«

Ziska sah sie nachdenklich an. »Sagen wir es mal so: Jeder setzt seine eigenen Prioritäten. Die einen schlagen eine bestimmte Laufbahn ein, weil die ein extrem hohes Einkommen verspricht, die anderen legen mehr Wert darauf, dass sie eine sinnvolle Arbeit machen, die für andere einen Nutzen hat oder wichtig für die Umwelt ist. Bei mir war es die Kombination aus Hilfe für andere

Menschen und meiner eigenen Freude an der Tätigkeit. Ich finde, alle Motivationen sind okay, man sollte sich nur über die Konsequenzen klar sein.«

»Das ist ziemlich viel verlangt. Es sei denn, man macht es wie Sie, fängt einen Job an und justiert später nach. Aber die meisten ergreifen einen Beruf schon mit sechzehn oder siebzehn Jahren, jedenfalls wenn sie nicht studieren. Da soll man schon den Grund erkennen, der einen zu dieser oder jener Profession treibt? Und am besten soll man auch gleich wissen, welche weitreichenden Folgen die Berufswahl fürs weitere Leben hat?« Suse pustete sich den Pony aus dem Gesicht.

»Was hat bei Ihnen den Ausschlag gegeben, die Ausbildung anzufangen?«, fragte Ziska.

»Ich glaube, die Jobbeschreibung hat einfach gepasst«, gab Suse nachdenklich zurück. »Als FfKA bist du krisensicher.« Sie fing einen amüsierten Blick von Ziska auf. »Man achte auf die Feinheiten, das hat nichts mit FKK zu tun.« Suse grinste. »Die Berufsbezeichnung hat sich gerade geändert, als ich mit der Lehre anfing, davor hieß es noch Ver- und Entsorger. Jetzt eben die Langversion. Jedenfalls wird immer Dreck produziert. Ich brauche keine Angst zu haben, arbeitslos zu werden. Ich habe Organisationstalent, und mein Job gehört zu den Umweltschutzberufen, was meinem Interesse an Naturwissenschaften entgegenkommt. Spricht doch alles dafür, oder nicht?«

Ziska nickte. »Unbedingt.«

»Ich habe mich spezialisiert und bin jetzt – Achtung, wieder so eine schöne Bezeichnung: Betriebsleiterin im Bereich der thermischen Rückstandsgewinnung!« Sie lachte. »Wir kümmern uns darum, dass Sonderabfälle fachgerecht entsorgt werden. Viel zu viele Leute machen sich keinen Kopp, sondern schütten hochtoxische Stoffe einfach in die Botanik, wenn man sie lässt. Das will ich verhindern.«

»Dann müssen Sie sich bestimmt mit Chemie auskennen und ständig über die neuesten Stoffe und Produkte auf dem Laufenden sein.« Ziksa nickte. »Alle Achtung!«

»Ja, langweilig wird es nie. Manchmal habe ich im Labor zu tun, dann wieder in der Logistik. Ich bin sowohl für Arbeitssicherheit als auch für Fragen des Gesundheitsschutzes zuständig und muss außerdem eine hohe Produktivität und optimale Auslastung sicherstellen.« Sie stockte. »Oje, so genau wollten Sie es bestimmt gar nicht wissen.«

»Doch, ich finde das total spannend. Das gehört übrigens auch zu den Dingen, die ich an meiner Arbeit liebe. Ich bekomme Einblicke in so viele Berufe und Bereiche, von denen ich überhaupt keine Vorstellung habe. Wenn wir ehrlich sind, wissen wir doch bei den wenigsten, wie ihr Alltag aussieht. Meine Hausärztin erlebe ich nur im Umgang mit mir, ihrer Patientin. Weiß ich, wie viele Stunden sie sich mit Papierkram herumschlägt oder was sie sonst noch alles zu tun hat? Wir machen uns ein Bild aufgrund eines winzigen Ausschnitts«, sagte sie. »Das berühmte große Ganze können wir dabei nie erfassen.« Sie deutete auf Gesas Bild. »Stellen Sie sich vor, Sie würden nur ein fünf Quadratzentimeter großes Stück sehen, welchen Eindruck hätten Sie von dem Gemälde?« Jetzt betrachteten sie beide die Leinwand. »So ist es mit allem, finde ich. Deshalb hüte ich mich davor, schnell ein Urteil zu treffen.«

»Rudi ist ein gutes Beispiel«, meinte Suse. »Ich finde es echt prima, dass er jetzt hier arbeitet. Auf den ersten Blick habe ich gedacht, er wäre irgendein Penner. Ich wollte eher nichts mit ihm zu tun haben.«

»Tja, hoffen wir, das Gesamtbild enttäuscht uns nicht«, sagte Ziska. Dann erzählte sie, dass er in einer der Wohnungen untergebracht war, die sich üblicherweise mehrere Erntehelfer teilten. Er kam in den Genuss des Brötchendienstes, der auch Suse morgens versorgte. Außerdem durfte er sich für eine bestimmte Summe Lebensmittel aus dem kleinen Hofladen holen und erhielt obendrauf etwas Geld, verriet Ziska ihr. Als sie auf ihre Uhr sah, machte sie große Augen. »Ich wollte gerade wieder auf Sie zu sprechen kommen, aber unsere Zeit ist längst um«, stellte sie fest.

Sie verabredeten sich für den nächsten Tag, ehe Suse zurück in ihre Ferienwohnung ging. Endlich hatte sie mal jemandem von ihrem Job erzählen können, der nicht die Nase rümpfte, ging ihr durch den Kopf. Eigentlich war es Standard, dass Leute, wenn sie von ihrer Arbeit berichtete, komisch guckten und sich schnell anderen zuwandten, die Software programmierten oder Häuser entwarfen. Ziska dagegen hatte sich wirklich für ihre Arbeit interessiert, nicht nur, weil sie es als Coach musste. Zumindest hatte es sich für Suse nicht nach Pflicht angefühlt. Es war, als wäre sie einfach so mit Ziska ins Gespräch gekommen und hätte ohne Absicht oder Ziel mit ihr über Gott und die Welt geplaudert. Total angenehm und weder peinlich noch nervig. Jetzt war sie ein bisschen erschöpft, freute sich aber schon auf die nächste Stunde. Wer hätte das gedacht?

Suse schnappte sich ihre Geldbörse, überquerte den Hof und betrat den kleinen Laden. Sie schob Dinge nicht gern auf.

»Moin!«, schmetterte ihr eine Stimme vom Kassentresen entgegen. Gesa, die Malerin, deren Markenzeichen bunte Tücher in wilder Strubbelfrisur zu sein schienen.

»Moin. Ich habe vorhin diesen leckeren Willkommens-Cocktail probiert …« Weiter kam sie nicht.

»Jo, alles klar.« Gesa zeigte auf ein Regal. »Sämtliche Zutaten auf einem Fleck, mit Piccolo für Alleinstehende oder normaler Sektflasche für den großen Durst.« Sie lachte schallend. »Magnumbuddeln fürs Besäufnis haben wir leider nicht.«

»Macht gar nichts, mein Kofferträger hat nämlich gerade frei«, konterte Suse fröhlich. »Und ich möchte den Cocktail-Bastelsatz als Mitbringsel kaufen.«

»Bastelsatz ist gut.« Gesa wieherte. »Kann ich sonst noch was für Sie tun? Ich bin übrigens Gesa, und eigentlich duzen sich die meisten auf der Plantage.«

»Kein Problem, ich bin Suse.«

»Dachte ich mir. Wir haben gerade nicht viele Gäste.«

»Und ich wusste, dass du Gesa bist. Die Bilder sind von dir, stimmt's?«

»Jo.«

»Die sind toll. Das große im Coaching-Raum ist der Hammer.«

»Danke, voll nett von dir!« Sie strahlte.

»Dass du sie selbst verkaufst, wusste ich nicht. Ziemlich praktisch.«

»Ist 'ne Ausnahme, ich arbeite eigentlich auf der Plantage, im Büro und bei der Ernte natürlich auch auf dem Feld. Ich bin quasi Mädchen für alles und gehöre zum Inventar, weil ich schon so lange dabei bin. Als Ziska noch die Luxusproblemchen von irgendwelchen Lackaffen und überdrehten Trullas auf die Reihe bringen musste, habe ich sie hier in alle Handgriffe eingewiesen.«

»Ach, hat sie denn nicht nur Lackaffen, sondern auch Nik beraten?«

Gesa schüttelte so heftig den Kopf, dass Suse ihr Tuch schon fliegen sah, aber es hielt.

»Nee, sie brauchte mal 'ne Pause von dem Schnösel-Umfeld, in dem sie meist zu tun hatte. Sie wollte sich selbst finden oder ihr Leben neu ordnen oder so. Sie dachte, das funktioniert am besten, wenn sie etwas für sie völlig Neues probiert: Feldarbeit.« Also hatte Ziska selbst mal eine Auszeit genommen und dabei anscheinend die Einsicht gewonnen zu bleiben. Interessant. »Bloß reiste sie schon im Sommer an, da war an den Sträuchern noch nix zu machen«, erzählte Gesa. »Sie musste Bestellungen erledigen, in der Verarbeitung helfen. Ich habe ihr alles gezeigt. Übrigens habe ich auch an unserem Kochbuch mitgeschrieben.« Sie reichte Suse ein Exemplar. »Wenn du Sanddorn magst und gerne am Herd stehst, ist das genau das Richtige.«

»Erstens ja, zweitens eher nicht.« Suse verzog ertappt das Gesicht.

»Schade, ich such noch 'ne Frau, die gut kochen kann«, erklärte Gesa unbekümmert.

»Ich fürchte, ich bin raus. Ich lasse sogar Nudelwasser anbrennen.«

Gesa setzte eine Leidensmiene auf. Dann wechselte sie das Thema. »Und, hast du heute schon was Schönes vor?«

»Ich will ein wenig die Gegend erkunden. Vielleicht kannst du mir einen Tipp geben, ich möchte nämlich nicht irgendwo landen, wo sich schon alle anderen Touris auf die Füße treten.«

»Da empfiehlt die Eingeborene die Halbinsel Bug. Außer jeder Menge Natur gibt es da die Reste eines alten Militärgeländes zu sehen.«

»Klingt interessant.«

»Stehst du auf verlassene Orte?«

»Nicht grundsätzlich, aber in Kombination mit viel Natur könnte das etwas für mich sein.«

»Ich bin total gern da. Es ist voll ruhig, und du findest immer wieder neue Motive. Also, wenn du gern malst.« Ihr Gesichtsausdruck wechselte von Begeisterung zu Sorge. »Vielleicht ist das deine letzte Chance, die Halbinsel in ihrem urwüchsigen Zustand zu sehen.« Ihre Augenbrauen hüpften einmal hoch. »Da soll so 'n Edel-Ferienresort entstehen«, erklärte sie düster.

»Du klingst nicht gerade begeistert.«

»Ich weiß nicht recht, wäre irgendwie schade drum, wenn das auch bebaut und überlaufen wird. Bringt natürlich Arbeitsplätze und Geld auf die Insel und so, das verstehe ich schon. Aber irgendwo muss die Natur doch auch an erster Stelle stehen. Außerdem verschärft das nur die Verkehrsprobleme, die wir hier im Sommer sowieso schon haben.« Sie zuckte mit den Schultern. »Muss dich aber nicht kümmern. Noch ist vom ersten Spatenstich nichts zu sehen.«

»Wie weit ist das von hier? Wie viel Zeit muss ich für die Tour einplanen?«

Gesa nahm eine kleine Touristenkarte vom Stapel und faltete sie auseinander.

»Je nachdem, welche Route und welches Fahrzeug du nimmst. Es sind ungefähr zwanzig Kilometer.« Sie tippte auf grüne Linien. »Wenn du oben an der Küste langfährst, ist es natürlich weiter.«

»Ich bin zu Fuß«, wandte Suse kleinlaut ein.

»Ups.« Wieder das laute ansteckende Lachen. Gesa stutzte kurz, dann erklärte sie: »Wir vermieten jetzt auch E-Bikes, einen Motorroller und sogar ein E-Auto.«

»Ein Fahrrad ist super!«

Das Wetter war perfekt für eine Radtour. Suse hielt sich zuerst nördlich und fuhr ein Stück parallel zum Strand. Möwen kreischten, die Ostseewellen rauschten leise, es roch ein bisschen nach Fisch und nach Algen. So riecht Urlaub, hatte ihre Mutter immer gesagt. Sie wäre jetzt Anfang sechzig, noch nicht mal in Rente. Wie schön wäre es, als Erwachsene mit ihrer Mutter verreisen zu können. Unmöglich. Wie so vieles hatte ihr auch das jemand weggenommen. Jemand, der skrupellos und geldgierig war. Sie spürte den vertrauten Kloß im Hals und trampelte kräftiger in die Pedale.

Der Sandweg, auf dem sie unterwegs war, endete. Sie holperte über den äußeren Rand einiger Felder und nutzte die nächste Gelegenheit, um links abzubiegen. Nachdem sie einen Pferdehof passiert hatte, erreichte sie die Straße und kam jetzt flotter voran. Sie fuhr direkt am Bodden entlang, durch Dranske, einen etwas größeren Ort mit einigen Restaurants. Vielleicht, überlegte sie, würde sie dort auf dem Rückweg einkehren. Sie ließ einen Parkplatz hinter sich und fand sich auf einem schmalen Landstreifen wieder, der zwischen Bodden und Ostsee hindurchführte. Nach ein paar Metern hielt sie an. Ihr Blick fiel nach Südwesten. Die Steilküste und der Strand mussten schon zu Hiddensee gehören. Ein herrlicher Blick. Trotzdem schloss sie kurz die Augen und atmete tief durch die Nase ein. Der Urlaubsduft füllte sie vollkommen aus. Sie ließ die Luft durch die Lippen ins Freie strömen und wiederholte die Prozedur noch einmal.

»Schön hier, was?«

Suse blieb beinahe das Herz stehen. Sie hatte sich vollkommen allein gefühlt und es genossen. Von wegen. Vor ihr stand ein Mann, die Hände in den Taschen seiner Jeans.

»Ja, schön. Jedenfalls bis eben gerade«, fauchte sie.

»Habe ich Sie etwa beim Yoga gestört oder so?« Es schien ihm nicht gerade leidzutun.

»Wieso, atmen Sie nur, wenn Sie Yogaübungen machen?«

»Nein, aber wenn ich Sie gestört hätte, wäre das ein Grund gewesen, so abweisend zu sein.«

Der Typ war geradeheraus, das konnte sie leiden.

»Sie haben mich ziemlich erschreckt, das ist alles.«

»War keine Absicht.«

Sie sah sich verstohlen um. Außer ihm war kein Mensch weit und breit zu sehen. Ein Fahrzeug konnte sie auch nicht ausmachen. Der Parkplatz war nicht weit, vermutlich hatte er dort ein

Auto stehen. Was war seine Absicht? Was wollte er hier mitten in der Einsamkeit?

»Wollen wir noch mal von vorn anfangen?«, fragte er mit einem sympathischen Lächeln. Überhaupt sah der Typ unverschämt gut aus. Genau ihr Beuteschema, wie Jackie sagen würde: blonde Locken, die Haut schon leicht gebräunt, braune warme Augen. Vor allem der lässige Stil gefiel ihr. Das war keiner dieser gelackten Anzugträger, mit denen sie nichts anfangen konnte. Die Füße steckten ohne Socken in Segelschuhen, zur Jeans trug er ein Leinenhemd, über einer Schulter eine Kapuzenjacke. »Hallo?«

»Was?« Suse spürte, wie ihr die Hitze in die Wangen schoss. Super, sie hatte ihn anscheinend von oben bis unten gescannt, anstatt ihm zu antworten. »Was war die Frage?«

»Ich schlage vor, wie fangen noch einmal bei null an.« Er lächelte. »Schön hier, was?«

Suse musste lachen. »Allerdings, es ist wirklich schön.«

»Sind Sie das erste Mal hier draußen?«

Sie nickte. »Das erste Mal auf Rügen.«

»Und?«

»Schön hier«, antwortete sie und lachte wieder. »Mein Eindruck bisher ist gut, ich kann aber noch nicht viel sagen. Bin gestern erst angekommen.«

»Und dann haben Sie sich gleich eins der hübschesten Fleckchen ausgesucht. Sie haben ein glückliches Händchen, gratuliere!«

»War der Tipp einer Eingeborenen.« Er schnappte nach Luft. »So hat sie sich selbst genannt«, erklärte Suse schnell. »Sie stammen nicht von der Insel, oder?« Hoffentlich nicht, sonst war sie mit dem Eingeborenen-Spruch vermutlich schon unten durch.

»Nein. Ich denke aber drüber nach, mich hier niederzulassen.«

Der Wind verwuschelte ihr das kurze braune Haar. Sie ließ ihren Blick über die Ostsee schweifen. Ob das auch etwas für sie wäre? Einfach an einem Ort neu anfangen, der sich nach Dauerurlaub anfühlte und auch so roch. Sie musste lächeln.

»Ein kleines Häuschen auf der Halbinsel inmitten dieser herrlichen Boddenlandschaft«, schwärmte er. »Ein Träumchen, finden Sie nicht?«

Statt darauf zu antworten, sagte sie: »Vielleicht nicht mehr lange. Ich hörte, hier soll ein riesiges Ferienresort gebaut werden.«

»Riesig ist relativ. Es gibt eine Menge Platz. Wenn man es geschickt anstellt und die Häuschen organisch in die Landschaft integriert, könnte es paradiesisch werden.«

»Es soll hier noch Reste einer alten Militäranlage geben. Wissen Sie etwas darüber?«

»Sie wollen etwas über den Stützpunkt der Volksmarine wissen?« Er musterte sie skeptisch.

»Eigentlich wüsste ich vor allem gern, wo ich die Überbleibsel davon finde. Ich erkunde gern verlassene Industrie- oder eben Militärstandorte. Es gibt nicht viele mit so einer traumhaften Lage.«

»Ich dachte schon …« Was er dachte, verriet er ihr nicht. »Es gibt Führungen über die Halbinsel, aber da wird eine Menge Mist erzählt. Besonders viel gibt es ohnehin nicht mehr zu sehen. Bleiben Sie einfach auf dem Weg, bis Sie an eine Gabelung kommen. Da halten Sie sich links, dann landen Sie automatisch an der alten Hafenanlage.«

»Danke.«

Er hob die Hand und wendete sich zum Gehen. Mitten in der Bewegung hielt er inne und drehte sich wieder zu ihr um.

»Falls Sie mehr Tipps brauchen, müssen Sie sich nicht nur auf die Eingeborenen verlassen.« Er zwinkerte. »Ich wohne im Strandhotel Dranske. Fragen Sie an der Rezeption nach Axel.«

Suse wusste nicht, was sie sagen sollte. Das spielte auch keine Rolle mehr, denn während sie noch darüber nachdachte, war er bereits verschwunden.

Sie folgte seinem Rat, kam wenig später an die besagte Gabelung und bald darauf auch an die deutlich erkennbaren Spuren einer Hafenanlage, die sie zu Fuß erkundete. Axels Worte hallten in ihr nach. »… viel gibt es ohnehin nicht mehr zu sehen.« Wenig war es aber auch nicht. Mehrere Stege ragten zum Teil weit ins Wasser hinein, Anlegestellen für eine Menge Schiffe. Auch einige Gebäude standen noch oder eher die Ruinen, die Wind und Wetter aus ihnen gemacht hatten. Suse malte sich aus, wie viel Betrieb hier einmal geherrscht haben mochte. Sicher gab es auf Rügen ein Heimatmuseum, in dem sie mehr über die Halbinsel Bug und ihre Geschichte erfahren konnte. Sie würde sich danach erkundigen. Außer dem Rufen der Möwen, dem Zwitschern kleinerer Vögel, dem Rauschen des Windes in den Ästen der Bäume, die dicht an dicht standen, und dem Glucksen der Wellen, die am Beton leckten, waren nur ihre knirschenden Schritte zu hören. Weit und breit war kein Mensch zu sehen. Ein bisschen gespenstisch. Zumal dieser Axel auch wie aus dem Nichts aufgetaucht war. Wohin er wohl gegangen war? Vermutlich zu seinem Auto oder zu Fuß zurück nach Dranske. War ja nicht weit. »Ich wohne im Strandhotel. Fragen Sie an der Rezeption nach Axel.« Sie schüttelte den Kopf. Was dachte er denn, dass es nur einen Gast mit diesem Namen gab? Oder hatte er einen solchen Ruf, dass jeder sofort wusste, von wem nur die Rede sein konnte? Erst Rudi, dann Axel. Wenn es mit ihren Bekanntschaften so weiterging, wurde das der Urlaub der seltsamen Männer. Sie grinste.

Dann wanderten ihre Gedanken zurück zu ihrer ersten Stunde mit Ziska. Was hatte sie ihr über ihre Motivation erzählt, in die Abfallwirtschaft gegangen zu sein? Es stimmte schon, ihr Job war krisensicher, systemrelevant, und abwechslungsreich war er auch. Nicht gerade eine Beschreibung, die lediglich auf einen einzigen Beruf zutraf. Sie schlenderte um das alte Hafenbecken. Plötzlich kam ihr in den Sinn, dass sie sich als junges Mädchen ausführlich mit verschiedenen Sparten des Journalismus beschäftigt hatte. Seltsam, dass sie so lange nicht mehr daran gedacht hatte. Wahlbeobachterin in Ländern, in denen die Demokratie wie Müll behandelt wurde, Ungerechtigkeiten und Lügen aufdecken, das hatte sie sich aufregend vorgestellt. Selbst jetzt noch fühlte es sich nach etwas an, das ihr gefallen würde. Bloß war der Zug längst abgefahren. Je länger sie darüber nachdachte, desto drängender war da die Frage, warum sie diese Idee nie verfolgt hatte. Warum hatte sie es nicht einmal versucht, sondern direkt einen anderen Weg eingeschlagen?

»Das weißt du genau«, sagte eine Stimme in ihr. Klar und deutlich. »Du hattest keine Wahl, du konntest keinen anderen Job lernen als den, den du gelernt hast.«

»Blödsinn!« Suse erschrak, weil sie es laut ausgesprochen hatte. Hastig sah sie sich um. Immer noch niemand zu sehen. Gott sei Dank! Der hätte sie wahrscheinlich für verrückt gehalten. Sie drehte energisch um und machte sich auf den Weg zu ihrem Rad, immerhin hatte sie einen langen Rückweg vor sich. Höchste Zeit, diesen unheimlichen Ort zu verlassen und unter Menschen zu kommen.

Die Straße, die von der Halbinsel hinunterführte, brachte sie zwangsläufig durch Dranske. Ihr Magen knurrte. Kein Wunder, sie hatte seit dem Frühstück noch nichts gegessen, und jetzt war es schon fast sechs Uhr. Sie würde sich direkt hier nach einem netten Restaurant umsehen. Auf der Strecke nach Putgarten gab es keine größeren Ortschaften mehr. Wenn sie also nicht mehr so lange warten wollte, gab es fast keine andere Möglichkeit. Warum fühlte sich das wie eine blöde Ausrede an, um im Strandhotel einzukehren? Erstens stimmte ihre Argumentation, zweitens wirkte das Restaurant des Hotels auf den ersten Blick einladend, und drittens brauchte sie ja wohl kaum einen Grund, ausgerechnet hier essen zu gehen. Wenn sie diesen Axel treffen wollte, dann traf sie ihn eben. Sie musste sich vor niemandem rechtfertigen, schon gar nicht vor sich selbst. An der Schwelle zögerte sie trotzdem. Sie saß nicht besonders gern allein in Restaurants. Vielleicht sollte sie doch lieber ein Fischbrötchen kaufen und in ihrer Wohnung essen.

»Guten Abend, kann ich Ihnen helfen?« Eine junge Kellnerin stand vor ihr. »Möchten Sie essen?« In dem Moment knurrte Suses Magen so laut, dass es der Servicekraft unmöglich entgangen sein konnte. Sie war jedoch Profi genug, sich nichts anmerken zu lassen.

»Hört sich so an«, entgegnete Suse und ließ sich zu einem Tisch bringen.

Gute Entscheidung, die Küche war hervorragend, die Atmosphäre nett. Selbst ohne Begleitung fühlte Suse sich nicht unwohl. Immer wieder sah sie zur Tür. Wenn jemand das Restaurant betrat und in ihre Richtung kam, meldete sich Nervosität mit einem leichten Kribbeln in den Eingeweiden. Es war jedes Mal Fehlalarm, Axel tauchte nicht auf. Sie gönnte sich zum Dessert sogar noch einen Espresso mit einer Kugel Vanilleeis darin. Dann zahlte sie und ging. Das Schicksal hatte seine Chance gehabt, ein zweites Treffen einzufädeln. Suse dachte nicht daran, nachzuhelfen und an der Rezeption zu fragen.

Als sie am nächsten Morgen erwachte, waren die Handwerker schon fleißig. Sie hörte hier ein Klopfen, dort einen Akkuschrauber. Ihr fiel ein, dass sie schrecklich wirres Zeug geträumt hatte, bekam aber keine Einzelheiten mehr zu fassen, geschweige denn einen roten Faden. Obwohl sie gleich wieder eine Stunde Coaching vor sich hatte, blieb ihr das Lampenfieber erspart. Nicht der einzige Unterschied zum Vortag. Ziska brauchte weder von sich zu erzählen, noch musste sie Fragen stellen, Suse sprudelte von allein los.

»Habe ich gestern nicht noch gesagt, ich könnte auf einen Kerl verzichten?«, begann sie.

»Sie haben es etwas anders ausgedrückt, aber im Kern war es das wohl.« Ziska sah sie erwartungsvoll an.

»Tja, von wegen! Eigentlich wünsche ich mir sehr wohl eine Beziehung. Nicht, dass mein Lebensglück davon abhängt, aber es wäre eben schön, mit jemandem den Kummer und die vielen tollen Dinge teilen zu können. Nicht abends allein in der Bude hocken, nicht allein in den Urlaub fahren«, zählte sie auf. »Ist okay, ich habe mich damit arrangiert. Eigentlich.« Sie schnaufte. »Aber gestern ist mir ein Mann begegnet, der hat irgendwie den blöden Sehnsuchtsknopf in mir gedrückt. Echt sympathisch und total attraktiv.«

»Klingt doch gut. Lassen Sie mich raten, er war in Begleitung unterwegs.«

Suse schüttelte den Kopf. »Nein, er war allein und hat mich angesprochen.« Sie skizzierte kurz die Begegnung. »Er hat mir sogar seinen Namen verraten, den Vornamen, und wo er wohnt.«

»Hört sich so an, als hätte er Interesse an einem Wiedersehen«, stellte Ziska fest.

»Irgendwie schon.« Suse knabberte auf ihrer Unterlippe. Wie ein pubertärer Teenager. Sie ließ es sofort wieder bleiben. »Ich habe in dem Hotel gegessen, in dem er abgestiegen ist, hab aber nicht nach ihm gefragt«, beendete sie ihren Bericht und fragte sich, warum sie Ziska das erzählte. Was sollte das bringen? Bestimmt wollte sie jetzt wissen, weshalb Suse sich nicht nach ihm erkundigt hatte. Überraschung, sie wollte nicht.

»Sie sind Mitte dreißig, Suse, da muss man sich mit dem Singledasein doch nicht arrangieren«, stellte sie stattdessen fest. »Ich weiß nicht, ob es überhaupt ein Alter gibt, in dem man das muss. Wenn ich da an Thekla und Heinrich denke … Darf ich fragen, wie es kommt, dass Sie allein leben? An mangelnden Angeboten kann es ja wohl nicht liegen.«

»Die Männer rennen mir nicht gerade die Bude ein. Kann ich auch verstehen.«

»Ach ja? Ich nicht.«

»Ist nett, dass Sie das sagen.« Suse senkte den Blick. Wieso hatte sie dieses dämliche Thema auch auf die Tagesordnung gehievt? »Ich hatte ein paar Beziehungen, aber die sind jedes Mal nach kurzer Zeit in die Brüche gegangen. Einige kommen mit meiner direkten Art nicht klar. Wahrscheinlich bin ich außerdem zu kompliziert. Meine Kindheit hat nicht gerade aus Glitzer und rosa Einhörnern bestanden«, sagte sie leise und räusperte sich. »Jetzt ist aber genug mit der Jammerei, wir wollen ja mal anfangen, was?« Sie hörte selbst, wie künstlich ihr Lachen klang. Total untypisch für sie. »Eigentlich geht's mir allein ganz gut, ich komme klar.«

»Warum sind Sie dann hier?«

»Habe ich doch gestern schon gesagt, meine Mädels haben mich bequatscht«, entgegnete sie ruppig.

»Das meine ich nicht, und ich nehme an, das wissen Sie genau. Andersherum: Welchen Grund hatten Ihre Mädels, Sie zu überreden?«

»Die finden, dass ich mit allen anderen besser umgehe als mit mir.«

»Warum tun Sie das? Meinen Sie, alle anderen haben eine bessere Behandlung verdient als Sie?«

Aha, jetzt griff Ziska doch in die Psycho-Kiste. Hoffentlich konnte sie ihr den Zahn schnell ziehen.

»Meine Freundinnen kennen mich eben und wissen, dass ich manchmal mies drauf bin. Wer ist das nicht?«

»Ich kenne keinen, der nur gut drauf ist«, stimmte Ziska ihr zu. »Was verhagelt Ihnen denn die Petersilie, Ihre gescheiterten Beziehungen oder die Arbeit?«

Suse dachte darüber nach, das Ganze zu beenden. Sie war schließlich im Urlaub und sollte für den Mist bezahlen. Dann konnte sie doch wohl auch entscheiden, wann es ihr zu viel war.

Da sagte Ziska: »Übrigens ist es auf der Plantage üblich, dass wir uns alle duzen. Im Coaching habe ich damit auch gute Erfahrungen gemacht. Wenn es Ihnen also recht ist …«

»Sehr sogar!« Per Du konnte sie Ziska viel leichter erklären, dass sie keine Lust auf weitere Seelenerforschung hatte, ohne ihr dabei auf die Füße zu treten. Nur machte ihr Sprachzentrum sich offenbar selbstständig. »Es gibt so viel, worüber ich verzweifeln könnte. Irgendwie wird alles immer schlimmer, findest du nicht?«

»Was genau meinst du?«

»Ich fühle mich so hilflos. Wir sind doch alle ausgeliefert. Ich meine, sieh dich doch mal um: Politiker sind korrupt. Aber das ist noch nicht mal das Problem, denn sie haben sowieso nichts zu sagen. Die Strippen ziehen die gierigen Manager. Null Skrupel, aber Megaeinfluss. Und dann das sogenannte Volk.« Sie lachte spöttisch. »Wir alle zusammen könnten bestimmt etwas verändern, wenn nur genug von uns den Hintern hochkriegen und sich engagieren würden. Tun die meisten aber nicht. Die sind doch alle wie Hefe.«

»Wie bitte?« Ziska sah sie mit großen Augen an.

»Ist doch so: Hefe ist ein Pilz, der ein Leben lang nichts anderes tut, als zu fressen, bis er an seinen eigenen Ausscheidungen krepiert. Wir sind kein Stück besser, wir konsumieren auch alle, als gäbe es kein Morgen, obwohl wir im Müll längst ersticken.« Sie stutzte, ihr kam ein Gedanke. »Vielleicht bin ich ja deshalb in die Abfallwirtschaft gegangen.«

»Der Vergleich von Mensch und Hefe ist stark«, sagte Ziska ernst. »Nur die Verallgemeinerung kann ich nicht nachvollziehen.«

»Echt nicht? Okay, sie trifft womöglich nicht überall auf der Welt zu, aber in den reichen Ländern herrschen definitiv Raubtierkapitalismus und Egotrip. Der perfekte Nährboden für Konsum ohne Ende. Und die Natur, die auf den ersten Blick kein Geld bringt, wird plattgemacht. Nimm nur mal die Halbinsel Bug. Das ist doch ein Traum. Aber nicht mehr lange, sagt Gesa.«

Ziska reichte ihr wortlos ein Taschentuch. Da merkte Suse erst, dass ihr Tränen über die Wangen kullerten.

»Danke.« Sie schnaubte lautstark die Nase. »Ich bin eigentlich keine Heulsuse. Haha, kleiner Wortwitz.«

»Manchmal tut weinen gut, auch einer Suse.« Ziska lächelte.

»Das muss sich anhören, als hätte ich den totalen Depri. So ist es nicht.« Sie wischte sich einmal über die Augen und atmete durch. »Ich finde es manchmal nur so frustrierend. Meine Großmutter hat immer gesagt, sie sei froh, nicht mehr erleben zu müssen, was ihrer Meinung nach auf die Menschheit zukäme. Das fand ich immer übertrieben, aber jetzt kann ich's verstehen.« Sie sah Ziska an. »Weißt du, was ich nicht verstehe? Dass Leute für Katastrophenfilme ins Kino gehen. Wir leben doch schon mittendrin.«

Ziska holte hörbar Luft. »Puh, das ist ganz schön heftig, was du da sagst.« Sie fing an, von einigen Klienten zu erzählen, die auch den Eindruck gehabt hatten, sie seien negativen Mächten ausgeliefert. Nachdem sie sich entschieden hatten, sich nicht ins Bockshorn jagen zu lassen, sondern alles zu tun, was im Rahmen ihrer Möglichkeiten ging, staunten sie, wie viel sie beeinflussen und verändern konnten. Hörte sich gut an. Vor allem, weil Ziska konkrete Beispiele nennen konnte, statt mit abgedroschenen Theorien um die Ecke zu kommen. Suse schöpfte Hoffnung und wunderte sich gleichzeitig, was da alles in ihr gesteckt haben musste, das sich jetzt Bahn gebrochen hatte. Sah so aus, als wäre sie eine Meisterin des Verdrängens. Hatten ihre Müll-Häschen das etwa durchschaut?

»Warst du mal in Assisi?«, fragte Ziska. Suse schüttelte verneinend den Kopf, erstaunt über die neue Richtung, die das Gespräch zu nehmen schien. »Ich bin ein totaler Italien-Fan und war schon viel im Land unterwegs. Bevor ich mich in einen Plantagenbesitzer im hohen Norden verliebt und die Zwillinge bekommen habe.« Sie lachte fröhlich. »Eine meiner Touren führte mich jedenfalls auch nach Assisi. Ich habe es nicht so sehr mit Kirche. Gläubig bin ich durchaus, aber viele der Priester oder Bischöfe verhalten sich nicht gerade christlich, finde ich. Trotzdem besuche ich, gerade in Italien, gern sakrale Bauten. Die haben oft eine Ruhe, die man sonst nirgends findet. Apropos, du solltest unbedingt die kleine Kapelle von Vitt besuchen.« Ziska bekam einen verklärten Gesichtsausdruck. »Für mich ist das ein magischer Ort. Bin gespannt, wie sie dir gefällt.« Sie musste kurz den Faden wiederfinden. »In Assisi habe ich die Basilika Santa Maria degli Angeli besichtigt. Angeblich soll der heilige Franziskus dort gestorben sein.« Wie es aussah, tauchte Ziska in einen bestimmten Moment in ihrer Vergangenheit ab. »Ich kann bis heute nicht erklären, was dort passiert ist«, sagte sie leise. »Ich bin als gewöhnliche Touristin reinmarschiert, und drinnen traf mich der Schlag. Irgendetwas berührte mich so tief, dass es mir erst unheimlich war.« Sie räusperte sich und lachte. »Natürlich bin ich auch als Durchschnittsbesucherin wieder herausgekommen. Weil mich dieser starke Eindruck aber auch Tage später noch nicht losgelassen hat, habe ich mir ein Buch über Franziskus besorgt. Ich habe es nicht vollständig gelesen, bin allerdings über ein Gebet gestolpert.« Wieder machte sie eine kurze Pause. »Es nannte sich Gebet, ich habe es eher als Lebensmotto oder Richtlinie wahrgenommen. Es lautet: Herr, schenke mir Gelassenheit, Dinge hinzunehmen, die ich nicht ändern kann. Schenke mir den

Mut, Dinge zu ändern, die ich ändern kann, und die Weisheit, das eine vom anderen zu unterscheiden.«

»Ganz schön schlau«, stellte Suse fest. »Bist du eigentlich nach dem heiligen Franziskus benannt?«

Ziska lachte. »Kann ich mir nicht vorstellen. Allerdings wäre ich damit sehr einverstanden. Auf jeden Fall hat der Moment in der Basilika zusammen mit den paar Zeilen dafür gesorgt, dass ich Coach wurde. Ich versuche, meine Klienten dabei zu unterstützen, zu sortieren, worauf sie Einfluss nehmen können und worauf nicht. Und dann müssen sie nur noch lernen, die Dinge loszulassen, die außerhalb ihrer Macht liegen. Für alles andere gilt: Nicht meckern, sondern machen, verändern! Einfach, oder?«

»In der Theorie schon«, meinte Suse zaghaft.

»Okay, erwischt, für die praktische Umsetzung braucht es meistens etwas Zeit.« Sie sah auf ihre Uhr. »Apropos, hast du noch ein paar Minuten?«

»Klar, ich habe nämlich Urlaub.«

Ziska erzählte von Heinrich und Thekla, die sie schon einmal erwähnt hatte. Der Erstgeborene in Heinrichs Familie bekam immer den traditionellen Vornamen und wurde Fischer. Seit Generationen. Als der Vater vom aktuellen Fischer Heinrich pflegebedürftig geworden war, stand plötzlich alles auf der Kippe. Doch dann war Thekla in seinem Leben aufgetaucht und mit ihr Lösungen, von denen vorher niemand auch nur geträumt hätte.

»Nicht zuletzt die Tatsache, dass die beiden auf ihre alten Tage noch ein Paar geworden sind, begeistert und erstaunt mich immer wieder. Je älter ich werde, desto weniger bin ich bereit, viel in Kauf zu nehmen, was mir eigentlich nicht gefällt. Kompromisse sind ja gut und schön, bloß habe ich einfach keine Lust mehr, in grundsätzlichen Fragen noch welche aushandeln zu müssen. Thekla ist schon über achtzig, sie vertritt den Standpunkt, ihr bleibt nicht mehr genug Zeit zum Streiten. Heinrich und sie ergänzen und arrangieren sich perfekt. Ehrlich, manchmal beneide ich, wie die beiden das hinkriegen. Auf jeden Fall habe ich einiges von ihnen gelernt.« Ziskas Miene veränderte sich. »Morgen früh fährt Heinrich übrigens mit Touristen raus zum Fischen. Du solltest dir das nicht entgehen lassen. Zufällig weiß ich, dass noch ein Platz frei ist.«

»Du weißt bestimmt auch zufällig, wo ich mich anmelden muss, oder?« Suse grinste.

»Bei uns im Hofladen«, kam es prompt zurück. »Nicht, dass du jetzt denkst, das wäre eine plumpe Werbemasche. Wir bekommen keine Provision, Ehrenwort.«

Der Urlaub der seltsamen Männer

Entschuldigung, startet hier gleich diese Tour mit dem Fischer?«

Suse hatte die Schritte gehört und irgendwann auch einen Schemen in ihre Richtung kommen sehen. Morgens um zehn vor vier. Da das nicht dieser Heinrich sein konnte, musste es ein anderer Urlauber sein, der den Ausflug gebucht hatte.

»Das will ich doch hoffen.« Sie zog den Reißverschluss ihrer Jacke bis zum Kinn zu.

»Vollkommen bescheuert, in den Ferien so früh und dann auch noch bei Nieselregen anzutreten, um jemandem bei der Arbeit zuzusehen, oder?« Das klang nicht witzig gemeint, sondern eindeutig mürrisch.

»Ich finde Einblicke in Berufe, die mir total fremd sind, ziemlich spannend. Außerdem ist die Veranstaltung ja freiwillig.« Er machte eine Bewegung, die vielleicht ein Schulterzucken sein sollte. Es war noch zu dunkel, um etwas genau zu erkennen. Suse musste ihm insgeheim recht geben. Um Viertel nach drei hatte sie sich aus der Villa und vom Gelände geschlichen, war während des langen Fußmarsches zweimal ordentlich gestolpert, und gefrühstückt hatte sie auch noch nicht. Eine Tasse Instantkaffee und zwei Kekse zählten nicht. »Dann fahren Sie nicht mit?«, fragte sie ihn, um nicht länger schweigend mit einem mies gelaunten Fremden auf dem Steg der kleinen Bucht herumzustehen.

»Wie kommen Sie denn darauf? Doch, natürlich. Glauben Sie, ich bin so früh auf den Beinen, um Ihnen zu winken?«

Suse zog die Augenbrauen hoch. »Mit welchem Fuß sind Sie denn aus dem Bett gestiefelt? Offensichtlich mit dem falschen«, gab sie sich selbst die Antwort.

Ehe der seltsame Typ noch weiter dicke Luft verbreiten konnte, rumpelte es in einer der kleinen Holzhütten, die von funzligen Lampen beleuchtet wurden. Die Tür öffnete sich, und ein Mann in orangefarbenem Ölzeug erschien auf der Bildfläche. Fischer Heinrich! Daran ließ sein Äußeres keinen Zweifel zu.

»Moin«, rief er von Weitem mit einer sehr tiefen, rauen Stimme und stapfte über den Strand, in einer Hand eine Kiste, in der anderen einen Korb.

Im Schein seiner Taschenlampe konnte Suse die wettergegerbte Haut und munter blitzende Augen erkennen. Er hatte noch recht volles Haar und einen stattlichen Backenbart, weshalb sie sein Alter schlecht schätzen konnte.

»Ich bin Heinrich«, stellte er sich vor. »Wir haben Glück, es gibt nur vier Anmeldungen. Dann können wir das kleine Boot nehmen. Das macht weniger Lärm und stinkt auch nicht so doll nach Diesel.« Er leuchtete den Mann an. »Helfen Sie mir, das Gelump einzuladen?«

Suse folgte Heinrichs skeptischem Blick und stöhnte leise. Der Typ trug doch tatsächlich einen Anzug mit Weste und darüber eine Wachsjacke. Gewagte Kombination und für diesen Anlass völlig unpassend. Was hatte der gedacht, dass man auf einer Luxusjacht sitzt und die Angel in die Wellen hält?

»Klar, kein Problem.« Wenigstens war er dem Fischer gegenüber weniger abweisend als ihr gegenüber.

»Ich kann auch anpacken«, schlug sie vor.

»Ist nett, aber das lassen Sie mal lieber sein«, meinte Heinrich. »Sie sind ja man nur 'ne halbe Portion.« Er lachte donnernd. »Ist nicht böse gemeint, ich will nur nicht, dass eine der Kisten Sie zerquetscht.«

»So zerbrechlich bin ich nicht, aber bitte, ich habe Urlaub und reiße mich nicht drum.«

»Sie können sich trotzdem nützlich machen«, sagte Heinrich und reichte ihr seine Lampe. »Wir könnten 'n büschen Licht gebrauchen. Nicht, dass gleich einer im Dreck liegt.« Wieder warf er dem Mann im Anzug einen schnellen Blick zu.

»Gern.«

Dem Schnaufen und den Gesichtern nach zu urteilen, wogen die verschiedenen Behälter, die Heinrich und der andere heranschafften und verstauten, mehr, als Suse gedacht hätte. Geschah dem übellaunigen Westen-Mann recht. Wahrscheinlich saß er sonst den lieben langen Tag auf seinem Hintern und machte sich nicht die Finger schmutzig. Okay, Vorurteilalarm, aber sie hätte wetten können. Sie hörte wieder Schritte und leises Tuscheln. Ein Pärchen tauchte auf und steuerte direkt auf Heinrich und den anderen zu.

»Ist das unser Boot?«, wollte das junge Mädchen wissen. Ihre Stimme war für Suses Geschmack eine Oktave zu hoch. »Voll süß!«, hauchte sie.

»Wie ich sehe, sind wir vollzählig«, stellte Heinrich fest, der in der Zwischenzeit noch allerlei Gerätschaften geholt hatte, und begrüßte noch einmal alle förmlich. »Was ihr nachher macht, ist mir egal, aber an Bord sind wir alle per Du.«

»Find ich voll schön«, piepste das Mädchen. »Ich bin Vera.«

»Fabian«, sagte ihr Freund und schob die Hände tief in die Hosentaschen.

Suse bemerkte erfreut, dass der Regen aufgehört hatte.

»Mein Name ist Suse«, sagte sie.

»Meeno«, kam es von der Weste.

»Ich schlage vor, du kletterst zuerst rein und hilfst den Damen, Fabian. Du bist doch hoffentlich ein Kavalier?«

»Ja, ist er«, antwortete Vera für ihn mit einem Seufzen. Oha, da war aber jemand ganz frisch verliebt.

»Wir zum Schluss«, bestimmte Heinrich und schlug Meeno freundschaftlich auf die Schulter.

So wurde es gemacht. Vera und Suse ließen sich jede auf einer der Bänke nieder. Bequem war das nicht gerade, und es schaukelte ordentlich. Als alle an Bord waren, klappte Fischer Heinrich eine Kiste am Heck auf und verteilte Sitzkissen. Ein echter Lichtblick. Dieser Meeno, der neben Suse saß, war nicht gerade ein Sonnenschein. Seine Anfangslaune schien sich nicht nennenswert zu verbessern. Er schwieg wie die berühmte Auster. Und das, obwohl Heinrich erklärt hatte, er werde erst einmal ein Stück rausfahren und später etwas zu Netzen, Reusen, Fangtechniken und -quoten erklären. Sie würden ihm also nicht in seinen Vortrag quatschen, wenn sie ein wenig höfliche Konversation machten. Suse legte zwar keinen gesteigerten Wert darauf, aber die Situation war irgendwie peinlich. Vera und Fabian hatten die Tour ganz offensichtlich wegen der Romantik gebucht. Sie kuschelten sich eng aneinander, knutschten und säuselten einander Dinge zu, die Suse lieber nicht gehört hätte. Nicht weil sie prüde war, sondern weil es ihr zu intim vorkam und sicher nicht für fremde Ohren bestimmt. Wer auch nur ein winziges Maß an Fingerspitzengefühl besaß, musste das merken und schon deswegen eine Unterhaltung anfangen. Suse hatte zwei Anläufe unternommen, doch Meeno hatte sich auf einsilbige Antworten beschränkt und sofort angestrengt auf die Ostsee hinausgestarrt, als hätte er Angst, etwas zu verpassen.

»Wenn du auf eine Wal-Fluke oder springende Delfine hoffst, wirst du enttäuscht werden«, scherzte sie jetzt. Letzter Versuch. Was sie ihm damit durch die Blume sagen wollte, kam jedoch nicht bei ihm an. Bei dem Wort Delfin zuckte er sogar regelrecht zusammen. »Das war ein Witz«, sagte sie leise. »Keine Sorge, ich verschone dich ab sofort mit meinem Humor.« Außer einem Blick, aus dem sie nicht schlau wurde, erntete sie keine Reaktion. Dann eben nicht.

»So richtig funktioniert dein Spaß nicht«, schaltete sich Heinrich freundlich ein.

»Nein, das merke ich auch.« Sie warf Meeno einen kurzen Seitenblick zu und verdrehte die Augen.

»Es gibt nämlich beides in der Ostsee«, fuhr der Fischer fort.

»Haha, wie komisch«, sagte Suse.

»In einem Tier, wenn du so willst. Schweinswale sind eine Delfinart, wenn sich das auch nicht so anhört. Tja, und die sind in der Ostsee zu Hause.«

»Wirklich? Das wusste ich nicht.« Suse wartete ab, ob er sie auf den Arm genommen hatte, doch das war nicht der Fall. Wenigstens er hatte Fingerspitzengefühl genug, die Spannung im Kahn zu bemerken und aufzulösen. Heinrich erzählte von Großen Tümmlern, die auch hin und wieder in der Kieler oder Flensburger Förde gesichtet wurden.

»Ist aber auch da eine Seltenheit. Hier um Rügen herum lassen die sich so gut wie gar nicht blicken, da hält man tatsächlich vergeblich Ausschau.« Er lachte. »Tümmler sind hier nicht heimisch. Aber wenn sie gierig so 'nem Heringsschwarm hinterherjagen, kann es schon mal passieren, dass sie sich verschwimmen.«

»Voll süß«, flötete Vera. Suse war überrascht, dass sie etwas anderes wahrnahm als ihren niedlichen Fabian.

Der Morgen dämmerte herauf. Suse war froh, unter ihrer Regenjacke einen dicken Pulli angezogen zu haben. Es war empfindlich kalt, die Feuchtigkeit, die vom Wasser aufstieg, machte es nicht besser. Trotzdem genoss sie es sehr. Die Ruhe hier draußen zu dieser Tageszeit war unvergleichlich. Die klare Luft war nur erfüllt vom Schnurren des Außenbordmotors, vom Glucksen und Rauschen der Wellen, über die sie tuckerten, und vom Knacken der Holzbänke. Das Liebesgeflüster konnte Suse inzwischen ausblenden. Und dann dieser Duft! Sie spürte einen Stich in der

Brust. Dieser Ausflug hätte ihrer Mutter auch gefallen, da war sie sich sicher.

Plötzlich schaltete Heinrich den Motor aus und überließ die Bühne für eine Sekunde der Stille, die durch ihren plötzlichen Auftritt besonders beeindruckend war.

»Erst die Arbeit, dann das Vergnügen«, verkündete er dann. Während er Reusen und Stellnetz ausbrachte, erklärte er, was genau er tat und warum. »Bestimmt kennt ihr alle Schleppnetze. Ihr fragt euch vielleicht, warum ich die nicht benutze. Kann ich euch sagen. Als Fischer hast du's damit zwar leichter, bloß machst du auch den Boden kaputt. Das ist ja nicht wie im Garten, wo du heute mit der Harke durch die Erde ziehst, und übermorgen wachsen dir Schachtelhalm, Löwenzahn und Brombeere schon wieder übern Kopp. Nee, der Meeresboden braucht zig Jahre, ehe der sich erholt hat.«

»Oje, voll blöd«, kommentierte Vera.

»Kannst du wohl sagen. Eine Zeit lang hat man überall diese Schilder gesehen: Erst, wenn der letzte Baum gefällt ist, erkennt der Mensch, dass man Geld nicht essen kann, oder so ähnlich.« Heinrich blickte in die Runde. »Ich sag: Erst der Fisch, dann der Mensch. Wir kommen aus dem Wasser und zerstören unsere Wiege. Da mach ich nicht mit.« Nachdem er das losgeworden war, hielt er einen kurzen Vortrag über die Tierwelt der Region. Hecht, Dorsch und Barsch werde er noch bis ungefähr Anfang Juli fangen, ab Oktober den ganzen Winter über sei dann der Hering an der Reihe. »Ist zwar weniger geworden, aber der Hering ernährt uns noch immer hauptsächlich hier vor Rügen.« Normalerweise fuhr er bereits um drei Uhr morgens raus, verriet er. Noch eine Stunde früher. Suse war dankbar, dass er seinen Gästen wenigstens die kleine Schonfrist gegönnt hatte.

»Und meistens nehme ich den großen Kutter.« Er grinste frech. »Auf Dauer wär mir das zu unbequem in der alten Nussschale hier, aber die Gäste lieben sie. Dat gifft so scheune Biller.« Er machte pantomimisch ein Foto und lachte. »So, das hätten wir. Nu is Zeit für 'n feinen Tee.« Er zauberte eine große Pumpkanne, Becher, Kandis, flüssige Sahne und eine Packung Kekse aus seinem Korb.

Suse trank Tee grundsätzlich ungezuckert. Aber hieß es nicht, man solle im Urlaub alles anders machen als zu Hause? Sie ließ einen dicken Kluntje in ihren vollen Becher fallen und lauschte dem zarten Knacken. Anschließend goss sie etwas Sahne hinzu und beobachtete, wie sich der weiße Kringel in der klaren Flüssigkeit zu einem Schleier auflöste.

»Wie ist das eigentlich, fischst du immer im gleichen Gebiet, also immer hier?«, wollte Meeno wissen, als sie kurz darauf ein Stück weiterschipperten. »Oder ist das auch das Sonderprogramm für Touristen, weil es hier besonders schön ist?« Suse starrte ihn an. Der Mann konnte ja doch mehr als drei Wörter am Stück sprechen.

»Nee, nee, das ist schon mein Revier hier.«

»Und wie lange fischst du schon in der Region?«

Heinrich lachte. »Schon immer, hat mein Vater schon gemacht und mein Großvater und so weiter.«

»Immer an der gleichen Stelle?«

»Na ja, unser Revier ist schon 'n büschen größer. Siehst du ja, vorhin waren wir an einem Fanggrund, jetzt gleich erreichen wir einen anderen. Du weißt irgendwann aus Erfahrung, wann du wo größere Schwärme antriffst oder welche Arten sich wo am liebsten verstecken.«

»Vor Vitt soll ein Segelboot gesunken sein. Muss so vier Jahre her sein«, sagte Meeno. »Das könnte ungefähr in dieser Ecke hier gewesen sein. Weißt du etwas darüber?«

»Jo.«

Suse musste lächeln, Heinrich ließ Meeno am ausgestreckten Arm verhungern.

»Hat sich die Polizei damit beschäftigt? Ich meine, war man sicher, dass das ein Unfall war?«

»Das ist mal 'ne kuriose Frage«, stellte Heinrich fest und runzelte die Stirn, auf der eine blaue Wollmütze saß. »Wenn ein Schiff kentert und sinkt, fährt immer die Wasserschutzpolizei raus. Was denkst du denn? Das Ding muss fix geborgen werden, schon weil das Wasser bei uns nicht sehr tief ist. Da wär jeder Kahn für die Schifffahrt eine Gefahr.« Er machte eine längere Pause, sodass Suse schon dachte, mehr würde er zu dem Thema nicht sagen. Tat er dann aber doch. »Wenn du von der Segeljacht sprichst, die ich auch meine, dann mussten die Herren in Uniform sowieso anrücken, weil da ja noch einer drin war im Schiff.«

»Und wie war das jetzt mit den Gerüchten, gab's welche? Dass jemand nachgeholfen haben könnte, meine ich«, hakte Meeno nach.

Heinrich sah ihn ernst an.

»Warum interessierst du dich so sehr dafür?«

»Ich kannte mal jemanden, der hier gern gesegelt ist«, antwortete Meeno sofort. Das klang, als hätte er sich den Satz schon vor Wochen zurechtgelegt. »Daher weiß ich von dem Unfall.« Er sprach die Anführungszeichen geradezu mit, und seine Stimme klang mit einem Mal unendlich traurig.

»Bist du Detektiv oder so was?«, wollte Heinrich wissen.

Suse stellte belustigt fest, dass Fabian aufhorchte. Das war dann doch interessanter als der Dauer-Turteltauben-Modus. Sie spitzte auch die Ohren.

»Um Gottes willen, nein. Soloselbstständig bin ich zwar, aber in einer anderen Branche.«

Aha, hatte sie sich's doch gedacht, selbstständig. Sofort sah sie ihre Vermutung bestätigt, dass er es nicht gewohnt war, sich die Finger dreckig zu machen. Vermutlich gehörte er zu denen, die andere für sich arbeiten ließen. Vorurteil hin oder her, Meeno passte aber auch mit jeder Minute mehr ins Bild, das sie von Anfang an von ihm hatte. Er schien genau der Typ Mensch zu sein, gegen den sie allergisch war. Eigentlich. Irgendwie reizte sie aber auch seine geheimnisvolle Art. Er fragte, als wäre er einem Geheimnis auf der Spur. Vielleicht war an Bord der Jacht etwas Wertvolles gewesen. Genau, er war kein Detektiv, sondern ein Schatzsucher. Sie musste über sich selbst lächeln. Wahrscheinlich hätte sie doch Journalistin werden sollen. Oder Märchentante.

Der Motor verstummte zum zweiten Mal. Heinrich holte Netze ein, die er am Vorabend ausgelegt hatte. Die ersten Fische landeten klatschend in der vorbereiteten Box mit Eis, wo sie noch eine Weile zappelten.

»Voll arm!«, rief Vera und wurde sofort von Fabian getröstet.

»Nee, voll normal«, konterte Heinrich. »Zumindest, wenn du Fisch essen willst.« Im nächsten Moment fluchte er, weil sich Reste einer Plastikplane in seinem Netz verheddert hatten. »Dieser verdammte Müll. Dauert nicht mehr lang, und wir holen mehr davon aus der See als Fische.«

»Was machst du eigentlich beruflich?«

Suse brauchte eine Sekunde, um zu kapieren, dass Meeno sie angesprochen hatte.

»Sondermüllentsorgung.« Er lachte. »Hast du damit ein Problem?«

»Nein, überhaupt nicht. Ich dachte nur, das wäre ein Witz. Na ja, wegen …« Er deutete etwas hilflos auf Heinrich, der noch immer damit beschäftigt war, Plastikfetzen aus dem Netz zu klauben. »Entschuldige, ist blöd von mir.« Meeno räusperte sich. »Totales Klischeedenken, ich stelle mir in der Branche eher hemdsärmelige Kerle vor als attraktive Frauen.« War ja klar, erst über ihren Job lachen und dann schnell Süßholz raspeln. Er brauchte sich nicht einzubilden, dass er sie damit einwickeln konnte. »Das ist interessant, ich kenne niemanden, der so etwas macht.«

»Habe ich auch nicht erwartet«, gab sie knapp zurück.

»Erzähl mal, womit genau beschäftigst du dich so?«

»Ich bin Betriebsleiterin im Bereich der thermischen Rückstandsgewinnung.« Sie ignorierte den überraschten Blick. Was hatte er gedacht, dass Müllentsorgung ausschließlich darin bestand, auf dem Wagen mitzufahren und Tonnen zu leeren? »Bedenkliche Abfälle müssen fachgerecht deponiert oder besser verbrannt werden, um Umwelt und Menschen vor Schäden zu bewahren. Darum kümmere ich mich.« Mehr als die kurze Variante wollte er vermutlich nicht wissen.

»Bah, das stinkt doch wie Hölle, oder?« Fabian verzog das Gesicht.

»Tut es«, erwiderte Suse. »Mir ist es aber lieber, ich halte den Gestank aus, als dass Menschen krank werden, weil irgendein Hornochse Substanzen in die Botanik schüttet, die ins Grundwasser sickern.«

»Is 'ne gute Sache«, kommentierte Heinrich und nickte ihr freundlich zu.

Meeno hatte nichts gesagt. Sie sah ihn an und stellte fest, dass er irgendwie kleiner geworden war. Er hatte die Arme vor dem Körper verschränkt, die Schultern eingezogen, den Kopf gesenkt. Und er zitterte. Wieso nahm er sich keine Decke? Heinrich hatte extra einen Stapel rausgelegt. Sie schnappte sich eine und legte sie ihm um die Schultern. Meeno sah sie erschrocken an, als hätte er ihre Anwesenheit vergessen. Sein Gesicht war ihrem ziemlich nah. Zu nah. Suse zog sich ein Stück zurück.

»Wenn du erst komplett durchgefroren bist, hast du nichts mehr von der Tour«, sagte sie.

»Mir ist nicht kalt.« Warum sonst sollte er wohl zittern? Sie wollte ihn fragen, ob alles mit ihm in Ordnung sei, doch er sagte:

»Danke!«, wickelte sich fest in die Wolldecke ein und starrte vor sich hin. Den Rest der Fahrt verbrachte er schweigend.

Ziska hatte recht gehabt, es hatte sich gelohnt, die Tour zu buchen. Trotzdem war Suse froh, als die kleine Bucht vor Vitt wieder in Sicht kam. Schon aus der Ferne war zu erkennen, dass in dem Imbiss, der bei ihrer Abfahrt noch geschlossen gewesen war, jetzt Betrieb herrschte. Eine ältere Dame in smaragdgrüner Hose mit minzfarbenem Mantel darüber und ein junges Mädchen, vermutlich im Teenageralter, trugen Teller und Becher aus einer Holzhütte und deckten einen Tisch.

»Guten Morgen«, schmetterte die Frau, als die Ausflügler dem Fischer auf die Terrasse folgten. »Ich bin Thekla, und die fleißige junge Dame ist meine Enkelin Ronja.«

»Wie die Räubertochter«, wisperte Vera entzückt.

»Das habe ich ja noch nie gehört«, entgegnete Ronja und verdrehte die Augen. »Moin!«, rief sie dann freundlich in die Gruppe.

»Echt? Dabei ist das ein Buch von einer voll bekannten Schriftstellerin.«

»Ja, von Astrid Lindgren«, antwortete Ronja und verschwand kurz in der Hütte.

Thekla erklärte den Inhalt der verschiedenen Schüsseln und Schalen, während Ronja wahlweise Kaffee, Tee oder Punsch ausschenkte. Suse stellte irritiert fest, dass Meeno sich wieder neben sie gesetzt hatte. Überraschend genug, dass er überhaupt an dem gemeinsamen Essen teilnahm. Noch immer schwieg er geradezu verbissen, doch er achtete aufmerksam darauf, ob Suse etwas fehlte. Sofort reichte er ihr dann eine Platte oder den Korb mit den Servietten.

Es war eine Freude, wie Thekla und Heinrich miteinander umgingen, auch damit hatte Ziska absolut recht. Diese Frau sorgte mit Witz und einer unglaublichen Energie dafür, dass eine muntere Plauderei in Gang kam und nicht mehr verebbte. Meeno beteiligte sich nicht daran. Suse nahm jetzt erst wahr, wie hübsch die Bucht war. Es gab nur wenige Häuser, ihre Strohdächer lugten hinter Bäumen und der Bebauung der ersten Reihe hervor. Außer Heinrichs liebevoll mit maritimen Stücken dekorierter Fischhütte gab es ein weiteres Lokal direkt an dem kleinen Strand. Überall Holzboote, die darauf warteten, rausfahren zu dürfen. Eins hatte bei Heinrich ein zweites Leben bekommen. Darin lagen verschiedene Getränke, bei denen man sich vermutlich normalerweise selbst bediente. Suse nahm sich vor, mindestens noch einen Tag ihres Urlaubs hier unten zu verbringen. Ein bisschen dösen, ein wenig lesen, schwimmen. Sie sah Meeno von der Seite an. Bei Tageslicht und in Ruhe betrachtet war er ziemlich attraktiv. Nicht exakt ihr Typ, aber unbestreitbar gut aussehend mit kurzem schwarzem Haar und einem Dreitagebart auf Kinn und Oberlippe, in dem einige weiße Härchen schimmerten. Er hatte dunkelgraue Augen, die durch eine Brille ziemlich ernst in die Welt blickten. Jetzt gerade sahen sie Suse fragend an. Na toll, erst hatte sie diesen Axel angeglotzt wie ein unerfahrener Teenie, jetzt blamierte sie sich schon wieder auf die gleiche plumpe Weise.

»Was machst du so?«, fragte sie hastig.

»Wie, was ich so mache?« Die hohe Stirn bekam eine tiefe Falte.

»Beruflich. In welcher Branche arbeitest du, oder bist du Privatier?«

»So ungefähr.« Er lächelte endlich mal wieder. »Nein, ich bin Webdesigner.« Etwas Kreatives also, nicht schlecht, fand Suse.

»Cool«, sagte Ronja. »Betreust du auch Insta-Accounts von Promis?«

»Instagram ja, Promis eher nicht.«

Fabian und Vera verabschiedeten sich. Sie seien nur drei Tage auf der Insel und wollten noch zum Baumwipfelpfad und zum

Jagdschloss Granitz. Als sie gingen, drehte Vera sich noch mal um und formte mit den Fingern beider Hände ein Herz.

»Wer hat sich das bloß ausgedacht?« Meeno verzog das Gesicht.

»Ja, echt, das ist so out«, stöhnte Ronja.

»Ich glaube, ich mache mich auch auf den Weg.« Suse schnaufte. »Wenn ich hier noch länger ruhig sitze, nicke ich noch ein. Die Nacht war doch ein bisschen zu kurz.« Sie stand auf. Auch Meeno erhob sich eilig. Allein mochte er wohl nicht bleiben. Suse bedankte sich und versicherte Heinrich, dass sie noch mal vorbeikomme.

»Grüß Zissi und Nik von uns«, bat Thekla.

»Mach ich.« Suse ging zur Treppe, die hinauf bis zu der kleinen Kapelle führte. Meeno ging wie selbstverständlich neben ihr her. War bestimmt der einzige Weg hinunter zum malerischen Fischerdorf und wieder zurück in die Zivilisation. Trotzdem fühlte es sich merkwürdig an. Nein, war es nicht, fiel ihr ein. Es gab eine Route, die zu einem Parkplatz führte. Wenn er dort kein Auto stehen hatte, war die Wahrscheinlichkeit hoch, dass er zu Fuß bis Putgarten laufen würde. Genau wie sie. Suse wusste nicht, ob sie sich darüber freuen sollte. Die Frage erübrigte sich, denn an dem Abzweig hinter der Kapelle von Vitt bog er ab.

»Tschüss«, rief sie.

Er blieb stehen und wandte sich ihr zu.

»Wollen wir uns noch mal treffen?«, schlug er vor.

»Ja!«, antwortete sie sofort.

Versuch macht kluch

Hallo, Suse, ich dachte schon, du bist verschollen. Warum meldest du dich denn nicht mal? Ist das ein gutes Zeichen oder ein sehr gutes?« Jackies Stimme in ihrem Handy prasselte wie ein Sommerregen auf sie herab.

»Keine Ahnung, ein einigermaßen gutes vielleicht«, murmelte Suse matt.

»Deine Euphorie ist eine der Eigenschaften, die ich an dir liebe.« Jackie lachte fröhlich, brach jedoch so abrupt ab, wie sie begonnen hatte. »Sag mal, wie hörst du dich eigentlich an?«

»Ich habe geschlafen.«

»Mitten am Tag? Du bist doch nicht krank, oder?«

»Nein, nur müde. Ich bin heute weit vor Sonnenaufgang aufgestanden.«

»Im Urlaub?« Suse hielt das Handy ein Stück vom Ohr weg. »Du bist definitiv krank!«

»Ich habe einen Ausflug gemacht. Sollte ich doch, oder nicht?«

Allmählich war Suse wach. Sie erzählte von Fischer Heinrich, von Ziska, Gesa und ihren wunderschönen Gemälden. Schließlich erwähnte sie auch Axel und Meeno.

»Also doch ein sehr gutes Zeichen«, jubelte Jackie. »Und zwar eins von oben oder von sonst wo, in jedem Fall von höchster Stelle.«

»Aha, wenn du meinst.«

»Ja, logisch. Zwei Kerle in kurzer Zeit, die dich beide nicht kaltlassen. Das kann nur bedeuten, du wirst in diesem Urlaub den Mann fürs Leben kennenlernen«, verkündete Jackie feierlich.

»Das ist mal eine gewagte Theorie.« Suse lächelte. Sie ging hinaus auf den Balkon.

»Du musst nur noch testen, welcher von beiden der Richtige ist«, fuhr Jackie unbeirrbar fort.

»Testen, wie sich das anhört.«

»Na ja, du solltest unbedingt mit beiden …«

»Danke, Jackie, keine weiteren Details. Ich glaube, ich verstehe dich.«

»Na hoffentlich!« Suse konnte sie förmlich vor sich sehen, ein breites Grinsen im Gesicht.

Sie plauderten noch eine Weile. Suse war dankbar, dass Jackie nicht nach dem Coaching fragte. Sie war noch nicht sicher, wie ihre Antwort ausfallen sollte.

»Warst du schon in Binz?«, wollte sie stattdessen wissen.

»Nein, das ist ziemlich weit weg von meiner Unterkunft.«

»Du musst trotzdem unbedingt hin. Es soll ein Hotspot zum Shoppen sein.«

»Hotspot«, wiederholte Suse ohne Begeisterung.

»Habe ich schon öfter gelesen und gehört.«

»Auch wenn du jetzt Autos verschleuderst, solltest du dich wenigstens ab und zu auf deine beruflichen Wurzeln besinnen. Shoppen bedeutet Zeug anhäufen, das eigentlich nicht gebraucht wird und über kurz oder lang im Müll landet.«

»Kann, muss aber nicht so sein«, widersprach Jackie vehement. »Und wenn doch, sichert es unseren Berufskollegen und -kolleginnen wenigstens den Arbeitsplatz.«

»Meeno wohnt in Binz in der Pension Sanddorn«, sagte Suse mehr zu sich selbst.

»Er hat also Geschmack. Ist doch perfekt, dann kannst du einen netten Bummel mit einem netten Schäfer …« Jackie lachte wieder. »Keine Sorge, ich will dich bestimmt nicht in einen One-Night-Stand reinquatschen. Aber es ist doch super, ihr könnt euch unverbindlich wiedersehen, und wenn's nichts ist, guckst du dir wenigstens den Ort an.«

Nachdem Suse das Telefonat beendet hatte, dachte sie nach. Dranske hatte vermutlich weniger zu bieten als Binz, war dafür jedoch nicht so überlaufen. Außerdem waren schon zwei Tage vergangen, seit sie Axel auf der Halbinsel Bug begegnet war. Wenn sie jetzt nach ihm fragte, wirkte es nicht, als würde sie dringend Anschluss suchen. Von Meeno hatte sie sich erst vor ein paar Stunden verabschiedet. Wenn sie sich am selben Tag bei ihm meldete, musste er sich ja sonst was einbilden. Kam nicht infrage, schließlich hatte sie ihm ihre Handynummer gegeben, und er wusste, wo sie wohnte. Sie in der Villa Sanddorn, er in der Pension Sanddorn. Das konnte er nicht vergessen. Also war Axel die Nummer eins, zumindest was die Reihenfolge betraf, in der sie die Herren testen würde, wie Jackie sich ausgedrückt hatte. Sie würde sich auf ihr Rad schwingen, nach Dranske strampeln, im Strandhotel Kaffee trinken, sich ein Eis genehmigen und nach ihm fragen. Guter Plan. Oder auch nur ein mäßiger Plan. Was ihr fehlte, war ein Grund, ein Anlass. Bummeln in Binz und die Gelegenheit nutzen, um sich zu treffen, war locker. Extra zu Axels Hotel fahren, ausschließlich um ihn zu sehen, war verkrampft. Sie schnappte sich die Broschüre, die sie sowieso längst hatte durchblättern wollen. Das meiste fand an der Ostseite der Insel statt, in Sellin, in Göhren oder weiter im Süden, in Bergen zum Beispiel. Kino, Konzerte, Lesungen, das Angebot war noch überschaubar, die Hauptsaison hatte noch nicht angefangen, trotzdem hörte sich einiges verlockend an. Blöd, dass es für ihren Zweck ungeeignet war, weil sich eben nichts auf der Halbinsel Wittow abspielte, zu der die Plantage ebenso gehörte wie Dranske. Fast nichts! Suse entdeckte das Angebot einer Wassersportbasis.

»Unsere Surf- und Tauchschule liegt schräg gegenüber der Seebrücke Dranske«, stand da. Das Strandhotel musste direkt daneben liegen. Jackie hatte letzten Sommer von SUP geschwärmt, Stand-up-Paddling, der totale Trend. Erst hatten Suse und Britta mächtig gelästert, doch Britta hatte es auch ausprobiert und war genauso begeistert gewesen. Es hatte sich bisher noch nicht ergeben, aber Suse wollte es eigentlich auch mal kennenlernen. Der Schnupperkurs kam ihr gerade recht. Das Gewässer des Boddens sei für Anfänger geeignet, weil es meist ruhig sei. Gegen die Kälte könne man in Neopren schlüpfen, stand da. Das klang gut. Suse würde Axel fragen, ob er Lust hatte, sich ihr anzuschließen.

Sie kombinierte ihre Pläne, fuhr mit dem Rad nach Dranske, verlegte den Eisbecher allerdings auf später, wenn sie den Balanceakt auf einem schaukelnden SUP-Board überstanden hatte, und fragte im Hotel nach Axel.

»Den Nachnamen weiß ich leider nicht, er sagte, Sie wüssten schon …«, erklärte Suse einer jungen Dame an der Rezeption.

»Der ist gerade zurückgekommen, glaube ich«, erwiderte sie, als gäbe es nur einen Mann dieses Namens auf der Welt. »Soll ich Sie melden?«

»Das wäre nett.« Suse war angenehm überrascht, sie hatte es sich komplizierter vorgestellt, ihn ausfindig zu machen.

»Dann würde es helfen, wenn Sie mir Ihren Namen verraten.« Die Mitarbeiterin sah Suse freundlich an.

»Ach so, klar. Susanne Fink. Wie der Vogel. Axel und ich haben uns kürzlich auf der Halbinsel Bug bei dem ehemaligen Stützpunkt der Volksmarine getroffen.«

»Darauf hätte ich gewettet.« Schon griff sie zum Hörer. Merkwürdig, das klang so, als wäre er ständig in der Nähe der verlassenen Anlage unterwegs. Vielleicht arbeitete er an einem Bildband oder schrieb ein Buch. Oder er war Wissenschaftler und forschte über die Geschichte der Anlage. Hatte er nicht gesagt, er würde darüber nachdenken, sich dort ein Haus zu kaufen? Für Suses Interesse schien er kein Verständnis zu haben. Entweder war das die perfekte Tarnung gewesen, oder es gab einen anderen Grund dafür, dass er sich dort häufiger herumtrieb. Sie würde ihn danach fragen.

Mit federndem Schritt kam er die Treppe herunter. Wieder wirkte er lässig, trug eine Leinenhose, ein Polohemd und hatte einen Pullover um die Schultern gelegt. Rein optisch war er eindeutig ihr Favorit, schoss ihr durch den Kopf. Sie musste schmunzeln.

»Susanne, das ist aber nett. Ich dachte schon, du gibst mir einen Korb.« Er war bei ihr und begrüßte sie mit einem Kuss auf die Wange, als wären sie alte Freunde. Und völlig selbstverständlich war er zum Du übergegangen. Irgendwie unpassend, sie kannten sich nicht, er hatte nicht einmal wissen können, dass sie es war, die nach ihm fragte. Sie hatte mit einem Zeichen des Erkennens gerechnet, als er sie im Foyer gesehen hatte. So nach dem Motto: »Ach, das ist Susanne.« Aber nichts. Wahrscheinlich war sie die einzige Frau, der er vorgeschlagen hatte, sich bei ihm zu melden, ohne dass er überhaupt ihren Namen kannte. Irgendwie war sie bisher davon ausgegangen, sich hinten in die Schlange seiner Urlaubsbekanntschaften einreihen zu können. So war es fast ein wenig schmeichelhaft.

»Eher ein Brett«, antwortete sie mit einiger Verspätung und erntete einen entsprechend verdutzten Blick. »Ich gebe dir keinen Korb, sondern ein Brett«, erklärte sie schnell. »Im übertragenen Sinn.« Sie erzählte von ihrem Plan, sich im Stand-up-Paddling zu versuchen. »Ich dachte, zu zweit macht so was mehr Spaß«, schloss sie. Und sah ein wenig begeistertes Gesicht vor sich. »Aber falls es gerade nicht passt …«

»Doch, passt super. Allerdings habe ich eine bessere Idee. Komm!«

Er nahm ihren Arm – wieder, als wäre das zwischen ihnen ganz natürlich – und spazierte mit ihr nach draußen.

»Wasser ist nicht gerade mein Element.« Er ging schnurstracks zum Parkplatz und auf einen kleinen Flitzer zu.

»Wohin fahren wir?«

»Ist nicht weit, ich präsentiere dir eine Weltpremiere.«

»Eine Nummer kleiner geht's bei dir wohl nicht.« Sie lächelte. »Da kann ich natürlich nicht ablehnen.« Die Gleichgewichtsübung auf einem schwimmenden Bügelbrett lief nicht weg. Warum sollte sie sich also eine Attraktion entgehen lassen, welcher Art die auch sei?

»Nein, kleine Nummern überlasse ich gern anderen.« Er zwinkerte ihr zu, ließ den Motor aufheulen und fuhr unsinnig flott in die Hafenstraße, wo er an der nächsten T-Kreuzung gleich wieder bremsen musste.

»Wir fahren einmal um den Bodden herum nach Wiek«, beantwortete er ihre Frage jetzt präzise. »Übrigens ist das der Surf-Hotspot überhaupt. Wiek gilt als Windmekka von Deutschland.«

»Ach, wirklich? Ich dachte immer, das sei Fehmarn oder vielleicht Sylt.«

»Nein. Wenn du unbedingt die Wellen bezwingen willst, solltest du es dort probieren.«

»Ich habe gelesen, der Bodden vor Dranske ist glatt, als hätte ihn jemand gebügelt. Ist für eine Schnupperstunde vielleicht besser geeignet.«

»Schon wieder falsch. Glatt ist das Wasser vor Wiek nämlich auch. Aber du hast Wind!«, betonte er, als würde ohne eine steife Brise nichts gehen. Dabei wollte sie doch paddeln. »Erst meine Vorführung, dann begleite ich dich und sehe dir zu, wie du ständig herunterfällst, wieder hochkletterst, wieder herunterfällst.« Er verzog belustigt das Gesicht.

»Es soll gar nicht so schwer sein«, murmelte Suse und wechselte dann das Thema: »Das mit deinem Vornamen musst du mir jetzt mal erklären. Warum weiß gleich jeder Bescheid, wenn man im Strandhotel nach Axel fragt?«

»Na hör mal, ich bin doch wohl unvergesslich.« Sie warf ihm einen skeptischen Blick zu. Er zog eine Grimasse, die sofort verriet, dass er es nicht ernst meinte, sondern sich eher selbst auf die Schippe nahm. »Ich habe eins der Appartements in Beschlag genommen«, erklärte er, »und bin der einzige Langzeitmieter.«

»Du Glücklicher! Hast du im Lotto gewonnen oder nimmst eine Auszeit?«

»Schön wär's. Nein, ich arbeite für eine Firma, die hier ein Projekt betreut.«

»Arbeiten, wo andere Urlaub machen«, fasste sie zusammen. »Auch nicht übel.«

Eine Weile fuhren sie schweigend die Straße entlang, die den Bodden einrahmte. Felder und mal ein Hof zur Linken, rechts das Gewässer, das sie ein wenig an die Marsch vor dem Wattenmeer erinnerte. Sehr hübsch. Hinter dem Hafen von Kuhle bogen sie ab.

»Was hast du gegen Wasser?«, wollte sie wissen.

»In der Nähe meines Elternhauses gab es nur ein Schwimmbad, keinen Badesee oder so was. Schon den Chlorgeruch konnte ich nicht leiden. Außerdem war alles verboten, was Spaß macht: springen, die Mädchen untertauchen.« Er lachte.

»Ich war schon immer verrückt danach«, erzählte Suse. »Wenn meine Mutter in Ruhe ihre Bahnen ziehen wollte, hat sie mir die Schwimmflügel abgenommen und eingehämmert, dass ich ohne die Dinger auf keinen Fall ins Becken hüpfen darf. Ich hab's natürlich trotzdem gemacht, ich wusste ja, dass sie mich nicht untergehen lässt. Meine Mutter hat mich immer aufgefangen«, sagte sie leise.

Sie hielten vor einem modernen Geschäftshaus mit viel Glas und Stahl, das nicht so recht in den kleinen Inselort passen wollte. Axel schloss auf. Innen Marmor, kühle Eleganz, nur kein Firmenschild oder irgendetwas, das ihr verraten hätte, was auf sie zukam.

»Ist gerade erst fertig geworden«, ließ er sie wissen und wirkte plötzlich nervös.

»Du machst es ja spannend.«

Er schloss eine weitere Tür auf. Büros hinter Glastüren, die unbenutzt aussahen. Auf den Schreibtischen standen nicht einmal Computer. In einem Flur ein riesiger Drucker, daneben mehrere Kartons, vermutlich mit Kopierpapier.

»Das hier ist die berühmte Ruhe vor dem Sturm«, sagte er, als hätte er ihre Gedanken erraten. »Das müssen wir ausnutzen.« Er zwinkerte verschwörerisch. »In ein paar Wochen ist hier der Teufel los, dann herrscht in jedem Raum Hochbetrieb, und wir können uns nicht mehr so einfach hier hereinschleichen.« Leiser setzte er hinzu: »Oder in ein paar Monaten.«

Eins der Büros schien für Konferenzen gedacht zu sein. Dort stand einsam ein Laptop herum.

»Setz dich, mach es dir bequem! Möchtest du etwas trinken?«

»Wenn du ein Wasser hast, gern.«

»Wasser!« Er spuckte das Wort regelrecht aus, dachte kurz nach und meinte: »Stimmt, Champagner immer nur bei Abschlüssen, oder?« Er lachte und stellte ihr ein Glas hin. »Bereit?« Sie nickte. Er klappte den Rechner auf, tippte routiniert auf der Tastatur und sagte: »Los geht's!« Dann lehnte er sich auf seinem Stuhl zurück. Seine und ihre Armlehne berührten sich. Suse verschränkte die Arme vor der Brust, um jeglichem Körperkontakt zu entgehen.

Musik war zu hören, dazu das Geschrei von Möwen. Auf dem Bildschirm die Insel Rügen von oben. Der Blick zoomte sich immer näher an die Halbinsel Wittow heran, dann an das südliche Ende und die Halbinsel Bug. Zuerst war da nur der Strand, der saftige grüne Bewuchs, ehe auch die verfallenen Gebäude zu sehen waren.

»Jetzt pass auf!« Axel knuffte sie sanft in den Oberarm, ohne die Augen vom Monitor zu nehmen.

Die stummen Zeugen einer gar nicht so fernen Vergangenheit lösten sich auf. Ein bisschen kitschig, fand Suse, denn es sah aus, als würden sie zu Glitzerstaub zerfallen. An ihre Stelle traten zweistöckige Häuser mit geräumigen Balkonen, die sehr schwach an die Bäderarchitektur erinnerten. Wo einst Militärschiffe gelegen hatten, reckten sich jetzt die Masten schicker Segeljachten in die Höhe. Überall auf dem Areal erschienen Ansammlungen von mehrgeschossigen Häusern, bunten Hütten mit Zeltdach und auch einige reetgedeckte Gebäude. Die Kamera nahm sie mit auf einen virtuellen Spaziergang durch den geplanten Ferienpark.

»Du hast nicht verraten, dass du etwas mit der zukünftigen Bebauung von Bug zu tun hast«, begann sie.

»Das ist meins«, rief Axel aufgeregt, statt ihr zu antworten, und zeigte auf ein allein stehendes Strohdachhaus. »Ein Träumchen, oder?«

»Ein handfester Traum für jemanden, der es sich leisten kann«, wandte sie ein. »Sagtest du nicht, du spielst mit dem Gedanken, dich hier niederzulassen? Das sieht nach einem konkreten Plan aus.«

»Ich bin nicht der Typ, der rumeiert, ich mache Nägel mit Köpfen.« Der Abspann über der sich wieder entfernenden Insel beendete die Vorführung. »Wie ist es mit dir?« Er sah ihr in die Augen.

»Rumeiern ist auch nicht mein Ding«, entgegnete sie und hielt seinem Blick stand. »Geheimniskrämerei übrigens auch nicht. Jetzt mal raus mit der Sprache: Arbeitest du hier? Bist du Architekt oder so was?«

»Ich finde Geheimnisse ziemlich prickelnd. Käffchen?« Suse konnte es nicht leiden, wenn sich jemand die Würmer aus der Nase ziehen ließ. Sie tat ihm nicht den Gefallen, noch einmal nachzufragen, sondern verschränkte nur schweigend die Arme vor der Brust. »Ach nein, du willst ja paddeln. Ich bringe dich hin.« Er stand auf und klappte den Rechner zu.

»Das kann ich in den nächsten Tagen noch«, sagte sie. »Kaffee klingt gut. Und dazu ein Rieseneis.«

Sie spazierten zum Hafen von Wiek. Eine Brücke fiel Suse auf, die ins Nichts zu laufen schien.

»Was ist das?« Sie sah ihn neugierig an.

»Die Kreidebrücke.« Sein Ton verriet, dass er die Konstruktion aus Stahlbeton nicht unbedingt ins Herz geschlossen hatte. »Ist irgendwann Anfang des 20. Jahrhunderts gebaut worden, wurde aber nie fertiggestellt.« Weil sie ihn noch immer erwartungsvoll ansah, ergänzte er: »War mal als Verladerampe gedacht. Für Kreide und für Rüben, glaube ich. Vor ungefähr zehn Jahren ist das Ding aufwendig saniert worden. Das musst du dir vorstellen, eine Brücke, die nur Geld gekostet, aber nie einen Sinn ergeben hat, wird saniert.«

»Erstaunlich.« Sie sah Menschen darauf spazieren.

»Schwebende Promenade klingt gleich viel besser als Ruine.« Er lachte spöttisch.

»Keine schlechte Idee, die Brücke wenigstens auf diese Weise zu nutzen. Es muss ein schöner Blick sein von dort oben.«

Er zuckte mit den Schultern.

»Hast du die schwimmenden Häuser dahinter gesehen?« Die begeisterten ihn offenbar deutlich mehr. »Hausboote, die allerdings fest vor Anker liegen. Das ist eine coole Idee. Danach lecken Investoren sich die Fingerchen. Ich werde nie begreifen, warum die nur zwei von den Teilen in den Hafen gelegt haben. Das lohnt sich hinten und vorne nicht«, erklärte er, während er sie zu einem Café lotste.

»Ich verstehe das schon«, sagte sie. Sie ließen sich an einem Tisch draußen nieder. Es war ziemlich warm geworden, für die nächsten Tage waren sogar steigende Temperaturen angekündigt. »Der Hafen ist nicht gerade groß. Ein schwimmendes Haus mehr wäre vielleicht noch möglich, aber das bringt es aus wirtschaftlicher Sicht doch auch nicht.«

»Nein, bei zehn Stück fängt es an, interessant zu werden.«

»Du lieber Gott, zehn Häuser auf der kleinen Fläche? Dann müsste man sämtliche Liegeplätze für Segler streichen.« Sie schüttelte den Kopf. »Allein die Vorstellung, wie voll das wirken würde, macht mir eine Gänsehaut.« Sie griff nach der Eiskarte. »Das nenne ich mal eine Auswahl! Puh, wie soll ich mich denn da entscheiden? Caramello mit Krokant und Sahnetoffee-Soße. Oder Kalter-Hund-Becher mit dunkler Schokolade und Keks«, las sie entzückt vor. »Joghurt-Limette ist bestimmt auch lecker. Nein, ich hab's: orientalische Verführung mit Haselnuss und Pistazie. Das sind meine Lieblingssorten. Dann noch mit türkischem Honig, da kann ich nicht widerstehen. Was nimmst du?«

»Einen doppelten Espresso.«

»Das ist alles? Du lässt dich nicht verlocken?«

Seine braunen Augen blitzten. »Nicht von Eis.«

»Ich fasse es nicht.« Sie fuhr sich durch das kurze Haar.

»Zu viel Zucker und Fett«, erklärte er knapp.

»Kann schon sein, aber besser als in cremigem Sahneeis können die beiden Komponenten doch gar nicht schmecken. Ich habe mal gehört, Eiscreme ist das gesündeste Milchprodukt überhaupt. Außerdem kannst du ja ein Fruchtsorbet nehmen, das ist weniger gehaltvoll.«

Er war nicht zu überzeugen. Während sie sich durch die orientalische Verführung löffelte, kippte er den zweifachen Muntermacher hinunter und schwärmte den Rest der Zeit vom perfekten Wohntraum am Wieker Bodden.

Als Suse von Dranske zur Sanddornplantage radelte, legte sich bereits Abendstimmung über das Land. Sie hielt ihr Gesicht in den Fahrtwind und lächelte. Welch ein schöner Tag! Aus Axel wurde sie allerdings nicht so recht schlau. Sie fragte sich, ob er sich schon in den Ferienpark eingekauft hatte, von dem außer einer virtuellen Tour noch nichts existierte. Oder spielte er bisher nur mit dem Gedanken, wie er es bei ihrer ersten Begegnung ausgedrückt hatte? Und warum hatte er sie unbedingt nach Wiek schleppen und ihr den Werbefilm zeigen müssen? Vielleicht wollte er damit angeben und bei ihr punkten. Wenn er sich das Haus leisten konnte, das er ihr präsentiert hatte, musste er stinkreich sein. Glaubte er, das machte Eindruck auf sie? Hoffentlich wollte er sie nicht als Käuferin oder Investorin werben, ging ihr durch den Kopf. Falls er nur einige der geplanten Immobilien vermittelte und dafür Provision bekam, hatte er das nötige Geld für das kostspielige Eigenheim vermutlich schnell zusammen. Der Verdacht, sein Interesse an ihr könnte von vornherein ausschließlich wirtschaftlicher Art gewesen sein, trübte ihre Laune. Nein, das war ziemlich unwahrscheinlich. Hätte er sie dann nicht nach ihrem beruflichen Hintergrund gefragt, um abschätzen zu können, wie finanzkräftig sie war? Hatte er aber nicht. Wenn sie genau darüber nachdachte, wurde ihr bewusst, dass er sie nichts gefragt hatte. Er wollte nichts über sie wissen, weder welcher Arbeit sie nachging, noch welche Hobbys sie hatte oder ob sie

Single war. Interesse sah eindeutig anders aus. Nicht einmal richtig zugehört hatte er. Im Nachhinein kam sie sich vor wie ein Spiegel, in dem er sich betrachtet hatte. Jemand, der nicht gern ins Wasser ging und – noch schlimmer – kein Eis mochte, musste einen schwerwiegenden Fehler haben, dachte sie bockig. Vielleicht hätte sie ihm doch nicht ihre Handynummer geben sollen. Was hatte sie bloß geritten, seiner Bitte so schnell nachzugeben? Beuteschema und gutes Aussehen hin oder her, Axel war schon mal ein Fehlschlag. Es war aber auch eine Schnapsidee, sich mit Männern zu treffen, die sich schon von Anfang an seltsam benahmen. Wohin sollte das führen? Plötzlich wurde ihr klar, dass sie keine Lust hatte, auch mit Meeno ein weiteres Debakel zu erleben. Der war bei der ersten Begegnung ja schon angenehm gewesen wie eine Stirnhöhlenentzündung. Sie beschloss, es gut sein zu lassen. Besser, sie konzentrierte sich nur auf sich selbst. Ein paar Stunden mit Ziska standen immerhin noch auf dem Plan, und den Rest der Zeit würde sie nur Dinge tun, zu denen sie Lust hatte.

Schatzsuche

Schon ihr fünfter Urlaubstag, die erste Woche war bald rum. Suse mochte die Insel. Sie hatte Britta und Jackie Postkarten geschrieben und berichtet, dass alles anders sei, als sie es sich ausgemalt habe. Schöner. Selbst das Coaching sei nicht so schlimm wie befürchtet. In der letzten Stunde hatte Ziska einen wunden Punkt herausgearbeitet. Eigentlich sogar zwei. Aber davon hatte sie ihren Freundinnen nichts geschrieben. Das war etwas, worüber sie besser redeten, wenn sie zurück war. Suse musste sich erst einmal darüber klar werden, was sie mit den Erkenntnissen anfangen sollte. Konnte man überhaupt von Erkenntnissen sprechen, wenn etwas längst bekannt war? Um in aller Ruhe darüber nachzudenken, hatte sie sich nach einem schnellen Frühstück auf den Weg gemacht. Sie marschierte zu Fuß nach Juliusruh. Immer geradeaus, immer am Wasser entlang. Nichts, worauf sie sich konzentrieren musste, was sie ablenken konnte.

»Du denkst tatsächlich, du musst jeden besser behandeln als dich selbst«, hatte Ziska festgestellt.

»Ja, und? Typen, die zuerst an sich denken, gibt es schon genug.«

In Suses Augen war es einfach: Wenn jeder an andere dachte, ging es automatisch jedem gut. Aber natürlich war auch Ziskas Argumentation nicht von der Hand zu weisen: Wer mit sich selbst im Reinen und mit seinem Leben zufrieden war, hatte mehr Kraft, auch anderen Gutes zu tun.

Punkt zwei war ihre Mutter.

»Wie alt warst du, als sie gestorben ist?«, hatte Ziska wissen wollen.

»Zehn.«

»Das ist also über zwanzig Jahre her.«

»Sechsundzwanzig, um genau zu sein.«

»Aber es beschäftigt dich noch immer sehr. Es wühlt dich auf, als wäre es gerade erst passiert. Warum?«

Gute Frage. Bloß hatte Suse keine Antwort darauf. Ihre Mutter war an Krebs gestorben. Schlimm für sie als Tochter, aber leider bei Weitem kein Einzelfall. Schon gar nicht südlich von Berlin, zwischen Schöneiche und Motzener See. Da hatte es in ihrer Kindheit einige Fälle gegeben. Nicht nur alte Menschen, sondern auch einen jungen Mann und ein Mädchen in ihrem Alter hatte es erwischt, erinnerte sie sich. Tief in Gedanken versunken, setzte sie einen Fuß vor den anderen, ohne viel von dem Steilufer und der Ostsee dahinter wahrzunehmen. Nur den herrlichen Geruch registrierte sie, diese himmlische Mischung, die ihr ungefiltert in die Nase wehte. Mit einem Schlag tauchte ein Bild vor ihr auf, eine Szene, so greifbar, als würde sie im dunklen Kinosaal sitzen und auf eine Leinwand schauen. Sie sah sich selbst als kleines Mädchen. Ihrer Mutter ging es mal wieder besonders schlimm.

»Sie hat einen Schub«, hatte die Nachbarin das immer genannt, die sich ein wenig kümmerte.

Suse hätte den Anblick des von der Krankheit gezeichneten Gesichts gern weggeschoben, doch sie war wie gelähmt. Sie sah Tränen über ihre eigenen damals kindlichen Wangen laufen.

»Ich hab dich lieb«, hatte ihre Mutter geflüstert.

Die kleine Susanne hatte in ihrer Hilflosigkeit gesagt: »Ich pass auf dich auf und mach, dass du wieder gesund wirst. Das verspreche ich dir.«

»Ich hab dich lieb.«

Suse musste schlucken. Als wäre sie wieder gerade mal neun Jahre alt, spürte sie, was sie in dem Augenblick gefühlt hatte: Wenn ich versage und mein Versprechen nicht halte, dann hat sie mich nicht mehr lieb, dann bin ich es nicht wert, dass mich überhaupt jemand lieb hat.

Verbissen stapfte sie vorwärts über den Strand, auf den sie bei einem Campingpark abgebogen war, und staunte kurz darauf über ein Schild, das behauptete, sie sei bereits in Juliusruh angekommen. Sie hatte erwartet, länger unterwegs zu sein. Ihre Füße bestätigten ihr umso mehr die zurückgelegten Kilometer, und ihr Gesicht brannte. Sie hätte sich eincremen müssen, die Sonne schien kraftvoll wie im Sommer. Sie würde sich ein Plätzchen im Schatten suchen, wo sie die Beine ausruhen und etwas trinken konnte. Sie ließ ihren Blick über das Meer schweifen. Trotz der Wärme waren nur zwei Menschen im Wasser. Dafür fielen ihr die zahlreichen Vierbeiner auf. Sie befand sich offensichtlich am Hundestrand.

Amüsiert beobachtete Suse eine Frau. Sie stand bis zum Bauch in den Fluten. Bei jeder Welle hüpfte sie hoch, die Arme nach oben gehalten, damit sie nicht nass wurden. Oder damit ihr Hund sie erkannte? Die Ärmste fror erbärmlich, sprang auf der Stelle herum, um sich irgendwie aufzuwärmen. Wie es aussah, mit mäßigem Erfolg. Am Strand saß ein junger Terrier, den sie mit sprichwörtlichen Engelszungen lockte. Er dachte nicht daran, sich zu ihr zu gesellen. Kluges Tier, die Ostsee hatte nicht viel mehr als zehn Grad, hatte Suse gelesen. Wann immer eine Welle auf den Sand rollte und den Vorderpfoten des schlauen Vierbeiners nahe kam, setzte er sich auf die Hinterbeine. Suse lächelte, ein drolliges Schauspiel, und wandte sich ab. Die Vorstellung dürfte ohnehin gleich beendet sein, weil die Frau es unmöglich lange in der Kälte aushalten konnte.

Im Umdrehen bemerkte Suse zwei weitere Menschen im Wasser, die ihr eben noch nicht aufgefallen waren. Sie waren deutlich besser gewappnet. Zwei Taucher schleppten sich in voller Montur an Land. Ein merkwürdiges Hobby, dachte Suse. Jedes Mal musste man sich mit der schweren Ausrüstung abquälen, überhaupt erst mal ein Gebiet erreichen, wo sich ein Tauchgang lohnte, und dann bekam man häufig nicht viel mehr als Schlick und Sediment zu sehen. Da reizte Stand-up-Paddling sie eindeutig mehr. Sie beobachtete die Froschmänner. Einer kam ihr bekannt vor. Das konnte natürlich nicht sein. Wen sollte sie hier kennen? Sie war schließlich noch nie auf Rügen, geschweige denn in Juliusruh gewesen. Das wäre vielleicht ein Zufall, wenn ein Kollege … Einer der Taucher schob sich die Haube vom Kopf. Zufall ja, Kollege nein. Der Froschmann war Meeno.

»Suse!« Meeno hob den Arm und winkte. Sah aus wie die Gummifiguren ihrer Kindheit, deren lange Gliedmaßen sie in jede denkbare Richtung hatte biegen können. Am liebsten würde sie sich unauffällig aus dem Staub machen. Kein weiteres Date, hatte sie sich doch vorgenommen. Aber Date war ohnehin zu viel gesagt, und nun hatte er sie schon entdeckt. Er verabschiedete sich von dem Mann, der offenbar zur nahe gelegenen Tauchbasis gehörte, und kam schwerfällig zu ihr herüber.

»Das ist ja ein Ding. Heute wollte ich dich anrufen, und jetzt stehst du vor mir.« Suse ging ihm nicht auf den Leim. Na klar, er wollte sie heute anrufen. Hätten sie sich morgen getroffen, hätte er das Gleiche behauptet. Trotzdem lächelte sie breit. Den Grund musste sie ihm ja nicht verraten. Mit den angeklatschten Haaren und den Abdrücken von der Haube und von der Tauchermaske erinnerte er sie stark an ein Faultier.

»Warst du auf Schatzsuche?«, wollte sie wissen, bevor sie womöglich noch zu kichern anfing.

»Wie kommst du denn darauf?«, fragte er ruppig zurück.

»Na ja, du hast erst Heinrich nach diesem versunkenen Kahn ausgefragt und dich jetzt ganz offensichtlich auf dem Grund der Ostsee herumgetrieben, da dachte ich …«

»Der Kahn hieß *Delphin*«, fiel er ihr ins Wort, »und war das beste Boot, das man sich vorstellen kann. Reine Handarbeit.« Er funkelte sie an.

»Ist ja schon gut. Abgesoffen ist es trotzdem.« Sie schüttelte verärgert den Kopf. »Na dann, schönen Tag noch.«

»Ich muss mich nur schnell umziehen, dann wollte ich etwas essen gehen. Nach einem Tauchgang habe ich immer mordsmäßigen Hunger«, sprudelte er los. »Hast du Zeit? Wir könnten zusammen …«

Jetzt unterbrach sie ihn: »Wieso sollte ich Zeit mit dir verbringen? Du kannst echt zuvorkommend sein, aber deine Launen wechseln schneller als die Liebhaber irgendwelcher Model-Ziegen. Vorurteilalarm, ich weiß«, sagte sie. »Jedenfalls komme ich nicht damit klar, dass du mir erzählst, du wolltest mich heute anrufen, und mich in der nächsten Sekunde anmaulst.«

»Tut mir leid, ich wollte nicht unhöflich sein.«

Sie sahen sich ein paar Augenblicke an. Suse spürte, wie ihre verkniffene Wutmiene zu einem breiten Grinsen wurde.

»Faultier«, sagte sie.

»Bitte?«

»Weißt du, dass der Abdruck von deiner komischen Ausrüstung«, sie deutete auf die Maske in seiner Hand, »an ein Faultiergesicht erinnert?«

»Echt charmant!« Er musste auch grinsen.

»Ich habe einen ziemlichen Fußmarsch hinter mir und muss noch zurück. Da kann eine Stärkung nicht schaden.«

»Okay, fein. Gib mir fünf Minuten.«

Es dauerte wirklich nicht lange, bis er vollständig umgezogen zurück war.

»Heute gar nicht im Anzug«, stellte sie spöttisch fest.

»Du bist ziemlich direkt«, konterte er.

»Das Markenzeichen der Müll-Häschen«, erklärte sie spontan.

»Müll-Häschen?«

»Müll vernichten, statt Müll reden, ist unsere Devise.« Er blickte noch immer ziemlich verständnislos drein. »Erkläre ich dir später.«

»Da bin ich mal gespannt. Ich habe übrigens selbst gemerkt, dass mein Aufzug für die Tour mit Heinrich nicht sonderlich passend war. Ich bin einfach gern gut angezogen.«

»Stand dir auch, trotzdem ist mir die Variante lieber.« Sie deutete mit dem Kopf auf sein leicht verwaschenes Sweatshirt mit Kapuze, das er zur Jeans trug.

»Dann ist dir ein rustikaler Imbiss bestimmt auch lieber als ein Sternerestaurant«, meinte er.

»Definitiv.«

»Alles zu seiner Zeit, würde ich sagen«, gab er zurück. »In diesem Fall bin ich für die Bude. Die Lage ist nämlich nicht zu überbieten.«

Noch während sie sprachen, hatte er eine Hand sanft auf ihren Arm gelegt und sie zu einer Holzhütte geführt, die Suse an Heinrichs Fischbude erinnerte. Auch hier gab es eine Terrasse, die sich direkt über den Strand erstreckte.

Sie suchten sich einen Platz. Suse entdeckte ein Schild: »Bullette mit POM Fritz.« Das war mal fantasievolle Rechtschreibung. Sie schmunzelte. Meeno folgte ihrem Blick. In dem Moment kam ein junger Kellner an ihren Tisch.

»Tach, was kann ich euch bringen?«

»Ich hätte gern den Polizistenteller«, bestellte Meeno.

»Hä?« Der junge Mann, ein schlaksiger Typ mit Pferdeschwanz, sah ihn an, als würde in seinem Hirn gerade Mittagspause herrschen.

»Ist echt witzig. Die Bullette mit dem Polizeiobermeister Fritz.« Meeno lächelte ihn an und zeigte kurz auf die Tafel. Suse musste sich beherrschen, um nicht loszuprusten.

»Du bist ja ein echter Spaßvogel. Kriege ich jetzt eine anständige Bestellung zu hören? Sonst gehe ich nämlich erst mal an den anderen Tisch.« Er verzog keine Miene.

»Wenn hier einer ein Spaßvogel ist, dann ja wohl ich«, sagte Suse fröhlich. »Fink, mein Name.« Sie strahlte ihn an. Ehe er seine Drohung ernst machen und sie auf dem Trockenen sitzen lassen konnte, ergänzte sie: »Ich schließe mich an, für mich auch die Bullette mit Pommes frites, bitte.«

»Also zweimal.« Der Pferdeschwanz tippte in sein Handy. »Was zu trinken dazu?«

»Für mich bitte ein Weizenbier.«

»Gute Idee, für mich auch, allerdings alkoholfrei, bitte«, sagte Meeno.

Der junge Kerl nickte und ging.

»Sonst lässt mich Polizeiobermeister Fritz womöglich ins Röhrchen pusten. Wäre nicht gut, schließlich muss ich noch fahren«, flüsterte Meeno. Nach einigen Sekunden sah er sie an und fragte: »Du bist tatsächlich zu Fuß von Putgarten hierhergekommen? Das sind doch bestimmt acht, neun Kilometer.« Statt einer Antwort zog sie lediglich die Augenbrauen hoch. »Das ist schon das zweite Mal, dass du mich verblüffst.«

»Wieso, sehe ich so schlapp aus?«

Der Kellner stellte ohne ein Wort die Getränke auf den Tisch und war auch schon wieder weg. Suse merkte jetzt erst, wie durstig sie war.

»Wenn ich's mir recht überlege, würde mich das nicht wundern. Ich fühle mich total ausgetrocknet.« Sie setzte an und trank hastig.

»Prost«, sagte er amüsiert, als sie ihr Glas abstellte. »Ich habe mich von deiner Statur täuschen lassen«, erklärte er. »Du wirkst so zart und zerbrechlich.«

»Ich bin einfach nur klein.«

»Und extrem zierlich.«

»Irgendein Adjektiv mit z musst du mir offenbar unbedingt anhängen.«

Das Essen kam und beendete das Thema. Sie aßen schweigend. Die frittierten Kartoffeln waren ein wenig lappig, der Frikadelle hätte eine Prise Salz nicht geschadet, doch die Atmosphäre machte alles wett. Die Sonne schien, eine angenehme Brise brachte die Meeresluft auf die Terrasse. Suse bekam einfach nicht genug vom Anblick der Ostsee, von den gleichmäßig rollenden Wellen, der sich stets veränderten Färbung des Sands, wenn er vom Salzwasser getränkt wurde. Am Horizont war schon seit geraumer Zeit ein mächtiges Schiff zu sehen. Aus dieser Entfernung konnte man glauben, es würde sich keinen Meter bewegen. Mit einem Mal fühlte sie sich beobachtet, blickte zu Meeno hinüber und stellte fest, dass er sie ansah.

»Habe ich Senf an der Backe?« Er lachte auf. »An der Wange, meine ich«, korrigierte sie sich.

»Nein, hast du nicht. Ich habe nur gerade gedacht, dass ich dich ziemlich hübsch finde, obwohl du eigentlich nicht mein Typ bist.«

»Aha. Was ist denn dein Typ?«

»Rein äußerlich mag ich große, sportliche Frauen mit langen blonden Haaren.«

Sie verdrehte die Augen. »Das ist allerdings ziemlich äußerlich. Und sehr originell. Ich glaube, du bist der einzige Mann auf der Welt, der so seine Traumfrau beschreibt.«

»Die Optik seiner Traumfrau«, beharrte er. »Traumfrau ist sowieso Quatsch«, meinte er dann. Plötzlich sah er ihr in die Augen. »Komplimente beeindrucken dich nicht sehr, oder?«

»Ich wusste nicht, dass es als Kompliment gemeint war, dass ich nicht dein Typ bin.«

»Ich habe auch gesagt, dass ich dich ziemlich hübsch finde.«

»Ich gehe mal davon aus, dass du einfach nett sein willst, nachdem du mich vorhin so angefahren hast.«

Er holte Luft, da erklang die Titelmelodie von *Mission: Impossible.*

»Entschuldige mich bitte.« Er fischte sein Handy aus der Tasche, stand auf und ging ein paar Schritte. »Meeno Schulz?«, hörte sie ihn noch sagen. Ungewöhnlich. Gerade am Mobiltelefon meldeten sich die meisten nur mit Vornamen oder nicht einmal das. *Ziemlich hübsch.* Sie lächelte und beschloss, sich einfach darüber zu freuen.

»Trinkst du auch noch etwas?«, wollte er wissen, als er zurück war.

»Gern. Ich steige allerdings auf Alster um, sonst komme ich nicht heil nach Hause.«

»Ich kann dich fahren«, schlug er vor.

»Das ist nur gar nicht deine Richtung. Nein, ich laufe gern.«

»Wie du willst.« Er bestellte ein weiteres alkoholfreies Weizen und ein Alsterwasser.

»Bist du hier eigentlich im Urlaub?«, fragte sie ihn.

»Ja. Warum fragst du?«

»Du machst einen ziemlich unentspannten Eindruck. Erst nimmst du an einem Ausflug teil und moserst herum, dass der mitten in der Nacht startet. Dann kriegst du den Mund nicht auf beziehungsweise interessierst dich bei einer Tour mit einem waschechten Fischer weder für Flunder noch für Hering, sondern lediglich für einen Bootsunfall, der einige Jahre zurückliegt. Und heute hast du mich mit bösen Blicken regelrecht durchbohrt, als ich von einer Schatzsuche sprach.«

Er ließ sich mit seiner Antwort so viel Zeit, dass sie schon dachte, er hätte sich wieder in sein Schneckenhaus verkrochen.

»Die gesunkene Jacht gehörte meinem Vater«, verriet er ihr schließlich leise. »Sie muss irgendwo dort draußen gekentert sein.« Er blickte zum Horizont. »Zwischen Juliusruh und Vitt.« Wieder schwieg er eine Weile, als müsste er sich sammeln. »Mit der Schatzsuche hast du nicht völlig falschgelegen. Bloß geht es weder um kostbare Münzen noch um Gold oder so.« Er lachte. Da war wieder dieser abgrundtief traurige Blick, der ihr schon mal an ihm aufgefallen war. »Ich hoffe, ich finde am Grund der Ostsee Antworten«, formulierte er vorsichtig.

»Wie lange ist das Unglück her?«

»Sein Boot ist vor vier Jahren untergegangen.«

»Und es war etwas an Bord, das du jetzt da unten vermutest? Oder vermisst dein Vater etwas und meint, es könnte noch immer hier irgendwo sein?« Sie runzelte ungläubig die Stirn.

»Mein Vater ist tot.«

Suse spürte einen vertrauten Stich in der Brust. Er ahnte ja nicht, wie gut sie sich in ihn hineinversetzen konnte.

»Das tut mir sehr leid«, sagte sie leise.

»Seine Leiche ist in seiner Jacht gefunden worden. Aber nicht …« Er brach ab.

Suse erinnerte sich an Heinrichs Worte.

»Stimmt, Heinrich hat gesagt, die Polizei musste sich die Sache ansehen, weil noch jemand an Bord war. O Mann, das ist wirklich furchtbar.« Ihr fiel ein, dass Meeno nach Gerüchten gefragt hatte. »Hast du einen Grund zur Vermutung, es könnte sich um ein Verbrechen gehandelt haben?«

»Ich bin mir ganz sicher«, entgegnete er sofort. »In der Zeitung stand, mein Vater habe Selbstmord begangen.« Er lachte bitter. »Das könnte einigen so passen. Aber das stimmt nicht, und das werde ich beweisen.«

»Wollt ihr noch was? Wir machen sonst gleich dicht.« Der Kellner mit dem Pferdeschwanz war an ihren Tisch getreten.

»Gehen wir noch woanders hin?«, schlug Meeno vor und sah sie so flehend an, dass sie nicht hätte Nein sagen können, selbst wenn sie gewollt hätte.

»Gern.«

Er ging zielstrebig zu einem kleinen Lokal in einer Seitenstraße. Es war schlicht, eher einfach. Suse sollte es recht sein, trotzdem war sie neugierig, warum er ausgerechnet hier einkehren wollte.

»Kann es sein, dass du ordentlich aufs Geld guckst. Entschuldige, das war wohl ein bisschen zu direkt.« Sie hoffte, ihre zerknirschte Miene zeigte ihm, dass es ihr ehrlich leidtat, mit der Tür ins Haus gefallen zu sein.

»Du hast mich immerhin vorgewarnt. Wie war das noch? Müll entsorgen, statt Müll reden oder so ähnlich.«

»Stimmt. Trotzdem weiß ich eigentlich, was sich gehört.« Sie blieben beim Bier, dieses Mal beide ohne Prozente, und prosteten einander zu. »Du musst auch nichts dazu sagen, ich dachte nur, man verdient gut, wenn man programmieren kann. Wenn du auch noch Ahnung von Design hast …«

»So, du weißt also, was sich gehört.« Er zog eine Augenbraue hoch. »Trotzdem schaffst du es nicht, das Thema auf sich beruhen zu lassen. Du bist ganz schön neugierig.« Suse fühlte sich ertappt. Das war wirklich eine blödsinnige Eigenschaft, die sie da hatte. Glücklicherweise wirkte er nicht sauer. »Mit dem Kreieren von Webseiten konnte man tatsächlich mal sehr gut verdienen. Die meisten kleinen Firmen erstellen sich ihren Internetauftritt heutzutage allerdings selbst«, erklärte er. »Dafür gibt es Tools, Programme, die es jedem leicht machen, auch ohne großartige Kenntnisse. Wie gut das Ergebnis ist, steht auf einem anderen

Blatt. Einige halten eine eigene Seite nicht einmal mehr für nötig. Sie denken, es reicht, auf Instagram oder vielleicht noch auf Facebook präsent zu sein. Muss jeder selbst wissen. Ich biete natürlich auch das an, nur können die meisten dafür nicht viel zahlen. Wie gesagt, heute hat jeder das Gefühl, er braucht für Online-Auftritte keinen Dienstleister. Rufst du auch noch hohe Honorare auf, bist du erledigt.«

Suse nickte. »Mein Chef hatte auch die glorreiche Idee, sich selbst darum zu kümmern. Er meinte, die Kohle könnten wir uns sparen, er hätte ein Händchen dafür.« Sie schnitt eine Grimasse. »Das Ergebnis war gruselig. Keiner wollte ihm das sagen. Ist schließlich bekannt, was dem Überbringer schlechter Nachrichten droht.« Sie zog die Handkante in einer schnellen Bewegung an ihrem Kehlkopf entlang. »Ich habe mir trotzdem ein Herz gefasst. Jetzt macht das wieder eine IT-Firma für uns, und wir brauchen uns nicht mehr zu schämen.« Sie lachte. »Und wie du siehst, sitzt mein Kopf noch auf meinen Schultern.«

»Ich sehe es mit Freude.« Er nahm einen Schluck. »Leider gibt's nicht viele, die den Mund aufmachen. Ich bin unter anderem nach Rügen gekommen, um Abstand zu gewinnen. Ich muss überlegen, wie ich meinen Betrieb neu ausrichten kann. Irgendetwas muss mir einfallen, etwas, das nicht an jeder Ecke zu haben ist.« Mit einem Schlag wirkte er zerknirscht. »Bisher hatte ich noch keine zündende Idee. Hatte zu viel anderes im Kopf.«

»Da haben wir etwas gemeinsam«, stellte Suse fest.

»Willst du den Job wechseln?«

»Nein. Obwohl … Nein, ich glaube, für einen echten beruflichen Neustart ist es zu spät. Die Welt wartet nicht auf Susanne Fink.« Sie lachte leise. »Ist auch okay. Solange man etwas Sinnvolles tut, das einen ernährt, muss man nicht gleich die Erfüllung darin finden, oder? Die kriegt man vielleicht nach Feierabend mit seinem Hobby oder bei einer ehrenamtlichen Tätigkeit.« Sie musste ihre Gedanken kurz sortieren. »Aber ich brauche auch gerade Abstand, um etwas klarer zu sehen. Ich bin noch in der DDR geboren, kann mich aber natürlich nicht mehr daran erinnern. Ich weiß nur, dass die Ehe meiner Eltern den Mauerfall und die Wiedervereinigung nicht überstanden hat. Meine Mutter musste mich allein durchbringen. Ich habe mitgekriegt, dass das nicht einfach war. In der DDR war alles geregelt, Krippe, Geld. Da war es ja gewollt, dass Frauen schnell wieder arbeiten, wenn sie ein Kind bekommen hatten. In der neuen großen BRD sah es so aus, dass der Vater hätte zur Kasse gebeten werden müssen, eine Oma hätte sich um den Nachwuchs kümmern sollen.« Sie schüttelte den Kopf. »Muss echt schwer gewesen sein für meine Mutter, die keine Eltern oder Schwiegereltern hatte und nicht mal wusste, wo mein Vater abgeblieben war. Sie hat auch nicht nach ihm gesucht.«

»Klingt wirklich nach einem schweren Schicksal.« Eine Falte erschien über seiner Nase. »Wir haben echt was gemeinsam, ich bin nämlich auch nicht in der heilen Mutter-Vater-Kind-Welt aufgewachsen. Meine Eltern haben sich ziemlich kurz nach meiner Geburt scheiden lassen.«

Sie hingen beide ihren Gedanken nach.

»Was macht deine Mutter heute, hast du ein gutes Verhältnis zu ihr?«

Suse schluckte. »Sie ist gestorben, als ich zehn war.«

»O Mann, das tut mir leid.«

Es tat gut, über ihre Mutter zu reden, aber trotzdem war Suse froh, als sie das Thema wechselten. Sie sprachen über Gott und die Welt, wie man so sagte, nie ging ihnen der Stoff aus, nie entstand ein Moment des Schweigens von der zähen Sorte. Irgendwann sah Suse auf die Uhr und konnte es nicht fassen.

»Gleich halb eins!«

»Wir haben uns ziemlich verquatscht, würde ich sagen.« Sah nicht so aus, als ob es ihm etwas ausmachen würde. Kunststück, er hatte es auch nicht weit und war zudem mit dem Auto da.

»Kann man wohl sagen.« Sie würde sich ein Taxi nehmen müssen.

»Ich fahre dich nach Hause, in deine Pension, meine ich. Widerstand ist zwecklos.«

»Ich hatte nicht vor, welchen zu leisten.«

Es knirschte unter den Reifen seines Wagens, als sie die Kieseinfahrt erreicht hatten. Büro, Hofladen und Produktionshallen lagen still und dunkel da. Auch in der Villa brannte kaum Licht, nur hinter einem Fenster war ein schwacher Schein zu erkennen.

»Danke fürs Bringen«, sagte Suse und löste den Sicherheitsgurt. »Und für den Abend.« Sie lächelte.

»Sehen wir uns morgen wieder? Oder ist das zu forsch?« Sie sah ihn an, seine grauen Augen schimmerten weich. »Du stehst doch auf die direkte Art.«

»Stimmt. Ich habe noch nichts vor, also: gern!«

Ein Date?

Suse ging es blendend. Sie hatte bestens geschlafen und vermutlich etwas Schönes geträumt. Erinnern konnte sie sich nicht mehr, aber sie war frisch und mit einem wohligen Gefühl aufgewacht. Sie öffnete weit die Balkontür und ließ die Ostseeluft herein. Und das Hämmern und Klopfen, das Rufen von Nik, John und Rudi. Viel leiser war es bei geschlossenen Fenstern auch nicht, denn die Geräusche kamen nicht von draußen, sondern von oben.

Beim Frühstück studierte sie den Busfahrplan der Verkehrsgesellschaft Vorpommern-Rügen. Meeno hatte zwar angeboten, sie abzuholen, aber das war ja nun wirklich Quatsch. Sie wollten sich in Binz treffen, wo er wohnte. Er hätte also einmal hin- und zurückfahren müssen. Völliger Unsinn. Sie biss in ihr Brötchen mit Sanddorn-Birnen-Gelee. Das hatte Gesa ihr empfohlen, die sich diese köstliche Kreation ausgedacht hatte. Wie es aussah, musste Suse nur einmal umsteigen. Das war doch okay. Obendrein erhöhten Busfahrten durch sämtliche Dörfchen die Ortskenntnis, fand sie.

Das Sommerwetter hielt an. Wunderbar! Sie entschied sich für eine Caprihose und ein Shirt und knotete sich eine Jacke um die Hüften. Vor dem Haus hätte sie Rudi beinahe umgerannt, weil sie in ihrem kleinen Rucksack gekramt hatte, während sie schon die Stufen der Veranda hinabgesprungen war.

»Da ist aber jemand gut gelaunt«, stellte er freundlich fest.

»Stimmt. Ich habe ja auch Urlaub. Und selbst? Läuft alles gut?«

Er nickte. »Kann mich nicht beklagen.«

Suse hätte gern mit ihm geklönt, doch sie wollte weiter. Sie hatte sich sicherheitshalber zwar früh auf den Weg gemacht, aber sie wartete eindeutig lieber, als dass sie am Ende einen Bus verpasste.

»Sieht ganz so aus, als hätten Sie schnell Anschluss gefunden«, sagte er. »Daher die gute Laune?« Sie drehte sich zu ihm um. »Ich habe Sie gestern Abend zusammen gesehen. Besser gesagt, gestern Nacht.« Er grinste.

»Ich wusste nicht, dass ich kontrolliert werde«, entgegnete sie spitz.

Er hob abwehrend die Hände. »Um Gottes willen, nein, geht mich nichts an. Ich bin eine Nachteule. In der Stille hier hört man eben, wenn ein Auto auf den Hof fährt.«

Ihr fiel der schwache Lichtschein in einer der Wohnungen ein.

»Und dann guckt man natürlich aus dem Fenster«, konterte sie und schämte sich sofort ein bisschen. Wer im Glashaus sitzt … Sie hätte unter Garantie selbst geguckt. »Der Anschluss, wie Sie das nennen, hat sich zufällig ergeben. Ist nett, nicht immer allein unterwegs zu sein.«

»Zufällig.« Er sah sie mit einem Ausdruck an, den sie nicht deuten konnte. »Es gibt keine Zufälle, alles ist immer die Folge von etwas anderem.« Plötzlich lachte er. »Das ist wenigstens meine Erfahrung. Und ich habe eine Menge Lebenserfahrung.«

»Kann schon sein. Na, ich will mal los.«

»Segeln oder tauchen Sie?«

Suse war schon einen Schritt gegangen. Sie blieb stehen und drehte sich wieder um.

»Nein, wie kommen Sie darauf?«

»Ich dachte, dabei hätten Sie ihn vielleicht kennengelernt.«

Woher wusste er, dass Meeno tauchte? Sie bekam eine Gänsehaut. Dann fiel ihr ein, dass die Ausrüstung im Wagen gelegen hatte, möglicherweise auch ein Teil auf dem Rücksitz. Vermutlich hatte Rudi das im erleuchteten Auto gesehen.

»Nein, wir sind mit einem Fischer rausgefahren«, antwortete sie.

»Also auf dem Wasser. Dachte ich mir.«

»Warum?« Sie spürte eine Enge in ihrer Kehle.

»Wir sind auf einer Insel. Da ist das naheliegend, oder nicht? Ich muss wieder was tun«, sagte er dann. »Einen schönen Tag, passen Sie auf sich auf!«

Die seltsame Begegnung und seine geheimnisvollen Worte begleiteten Suse auf der Busfahrt. *Passen Sie auf sich auf!* Das hatte etwas Bedrohliches gehabt, wie er es gesagt hatte. Oder nachdem er so merkwürdige Mutmaßungen angestellt hatte. Wahrscheinlich war er einfach nur neugierig, dachte sie, als sie in Binz eintraf. Vom Bahnhof musste sie ein Stück laufen. Sie hatte sich die Strecke vorher auf der Karte angesehen und wählte den Weg am Schmachter See entlang. Gute Entscheidung. Die Atmosphäre des Gewässers, Teil eines Naturschutzgebietes, wie sie gelesen hatte, war komplett anders als am Strand. Das Schilf raschelte leise im Wind, Enten und verschiedene Wasservögel, die Suse nicht kannte, suchten die Uferzonen nach Futter ab. Nachdem sie den Wasserspielplatz und den Steg hinter sich gelassen hatte, nahm sie einen Fußweg zwischen Lokalen und kleinen Hotels hindurch. Einmal rechts abbiegen, gleich wieder links, schon war sie in der Putbuser Straße und gleich darauf am Café Carlsson's, das zur Pension gehörte, in der Meeno wohnte.

Er saß auf der Terrasse, vor sich einen großen Becher, vertieft in die Zeitung. Suse blieb auf dem Bürgersteig stehen und sah ihn eine Weile an. In ihrem Bauch breitete sich ein eindeutig wohliges Flattern aus. Zufälle hin oder her, das Schicksal wollte, dass sie Zeit miteinander verbrachten. Ob es bei einigen Stunden blieb, würde sich zeigen. Was zählte, war nur der gemeinsame Tag, der vor ihnen lag.

Meeno sah auf. »Guten Morgen!« Er erhob sich.

»Lies ruhig in Ruhe zu Ende«, schlug Suse vor und trat durch die kleine Pforte zu ihm auf die Terrasse.

»Ich habe nur geblättert, um die Zeit zu überbrücken, die du mit einer halben Weltreise verbracht hast. Wollen wir gleich los?«

Sie bummelten durch die Fußgängerzone, in der sich ein Café an das andere reihte. Überall saßen Menschen, ein freier Tisch war kaum zu bekommen. Kein Wunder, der Mai hatte gerade begonnen, es war warm wie sonst oft erst im Juli, doch eine frische Brise sorgte dafür, dass es sich gut aushalten ließ, eine geradezu perfekte Kombination. Die Gäste und vermutlich auch Einheimische wollten den Winter aus den Knochen kriegen.

»Echt schön hier«, sagte Suse. »Schon komisch, dass die Deutschen lieber nach Mallorca fliegen oder gern noch viel weiter weg, statt in ihrem eigenen Land zu bleiben.«

»Die Deutschen.« Er verzog spöttisch die Mundwinkel. »Ich glaube, die gibt es nicht. Für einige kann das Ziel nicht exotisch genug sein. Ist ja auch spannend, die Welt zu entdecken. Andere bleiben vor der Haustür, was auch okay ist.«

»Hast recht.« Sie musste lächeln. »Ich kann mir mal schön an die eigene Nase fassen. Okay, was Auslandsreisen angeht, kann ich nicht gerade prahlen, allerdings kenne ich viele Regionen Deutschlands auch nicht und bin zum ersten Mal auf Rügen. Aufgewachsen bin ich bei Potsdam, heute wohne ich in Berlin. Ich fürchte, ich bin noch nicht viel herumgekommen. Langweilig, oder?«

»Für die Form von Langeweile hätte ich einiges gegeben.« Er seufzte. »Meine Mutter ist so oft mit mir umgezogen, dass ich es nicht gezählt habe. Sobald ich konnte, habe ich mir eine eigene Bude genommen und mich um meine Selbstständigkeit gekümmert. Die hat mich nach Hamburg getrieben.«

»Du lebst in Hamburg? Ist eine schöne Stadt.«

»Ja, ist sie. Aber auch teuer. Vor zwei Jahren bin ich in den sogenannten Speckgürtel gezogen. Da kann ich mir ein Häuschen für das Geld leisten, das ich in der City für eine Zweizimmerwohnung ausgegeben habe.«

Sie spazierten über ein Rondell mit einer auffälligen Uhr, mussten einer Touristenbahn ausweichen, die sich mit Gebimmel Platz verschaffte, und gingen dann über die Seebrücke bis zu deren Ende, das weit vom Strand über der Ostsee schwebte. Der Blick auf den Ort war hübsch, der bis hinüber nach Prora nahm ihr fast den Atem.

»Auf die Gefahr hin, dass ich mich wiederhole«, begann sie, »wer braucht einen Karibikstrand, wenn er das da haben kann? Es blendet richtig, so weiß ist der. Und er ist endlos«, stellte sie begeistert fest.

»Nicht ganz.« Er schmunzelte. »Meine Mutter ist der totale Sylt-Fan. Mein Vater hat das nie verstanden, ihm hat Rügen immer besser gefallen. Einmal mit seinem *Delphin* von der Flensburger Förde nach Rügen segeln, das war sein Traum.«

»Er hat ihn sich erfüllt, oder?«, fragte sie zaghaft.

Meeno nickte. »Spät, aber er hat es getan. Er hat einen hohen Preis dafür gezahlt.«

In Suses Hirn arbeitete es.

»Du glaubst nicht an Suizid, hast du gesagt«, platzte sie heraus. »Aber machen Menschen das nicht häufig? Ihr Leben beenden, nachdem sie sich ihren Sehnsuchtswunsch erfüllt haben?«

»Das macht jeder höchstens einmal«, erwiderte er, ohne eine Miene zu verziehen. Dann biss er die Zähne zusammen, wie seine hervorgetretenen Kieferknochen verrieten. »Die Menschen … da haben wir es schon wieder. Es gibt sicher einige, aber ich gehe davon aus, dass sich der weitaus größere Teil noch lange nach der Erfüllung eines Traums seines Lebens erfreut und der schönen Erinnerungen.«

»Da dürftest du recht haben. Das hoffe ich jedenfalls sehr.« Sie wollte mehr über seinen Vater wissen. Er schien Meeno mindestens so sehr zu beschäftigen wie ihre Mutter sie.

»Gehen wir zurück, ich will etwas besorgen«, schlug er da vor und setzte sich auch schon in Bewegung.

Sie schlenderten wieder über das Rondell und dann die Strandpromenade entlang, vorbei am Kurplatz und an einigen Restaurants. Irgendwann bog Meeno links ab und mitten hinein in das Gewühl aus schmalen Gassen. Er machte den Eindruck, als würde er gezielt einen Einkaufszettel abarbeiten, so direkt steuerte er verschiedene kleine Geschäfte an. Sobald sie drin waren, wirkte er dagegen eher so, als wollte er sich nur umsehen.

»Sieht lecker aus, oder?«, fragte er zum Beispiel und zeigte auf Kirschtomaten, die sich mit Mozzarella-Würfeln in einem öligen Sud tummelten. Dann wieder wollte er wissen, ob sie die Biolimonade mit Limette und Basilikum mehr ansprach oder die Rhabarber-Erdbeer-Variante. Reagierte sie verhalten, kaufte er nichts, zeigte sie sich begeistert, nahm er etwas von den Leckereien mit und verstaute sie in seinem Rucksack. Sah nach einem Picknick aus. Eine nette Idee, fand Suse. Sie hatte noch nie in ihrem Leben eins gemacht.

»Ich glaube, wir haben alles«, verkündete er und steuerte wieder in Richtung Strand. Da wusste Suse, was er plante. Er hatte einen Strandkorb reserviert, jede Wette. Irrtum, Meeno marschierte schnurstracks zu einer Bude und mietete, dieses Mal ohne sie nach ihrer Meinung zu fragen, für zwei Stunden ein Tretboot.

»Mein Vater hätte mich dafür wahrscheinlich verstoßen«, erklärte er schulterzuckend, »aber das geht ja nicht mehr. Er war zwar kein begnadeter Segler, trotzdem hat er Plastikdinger mit Pedalen nicht ernst genommen.«

Es schaukelte beängstigend, und ein Mitarbeiter des Verleihs musste sie ein Stück anschieben. Dann strampelten sie los, dass das Wasser unter ihnen nur so toste und schäumte. Nicht lange, das war anstrengender, als sie gedacht hätte. Außerdem hatten sie jede Menge Zeit.

»Wohin möchtest du?« Er deutete zu einer Seite. »Wenn wir bis zur berühmten Seebrücke von Sellin wollen, müssen wir um die ganze Landspitze da. Möglichkeit B ist die entgegengesetzte Richtung nach Prora und weiter bis nach Sassnitz, wenn du gut in Form bist.«

»Wieso ich? Wir treten ja wohl auch weiterhin beide.«

»Aber nicht bis Sassnitz. Prora ist meine Schmerzgrenze.«

»Na toll. Und was ist mit Möglichkeit C?« Sie deutete auf den Horizont.

»Warte mal kurz, das wäre Polen, wenn wir uns leicht östlich, und Schweden, wenn wir uns eher westlich halten. Halt, nein, wir könnten Bornholm anpeilen. Ich fürchte, dann müssen wir uns die Vorräte gut einteilen.«

»Und nachzahlen«, stellte sie fest. »Dann lieber Prora.«

»Gute Wahl.«

Als sie die Klötze erreicht hatten, die als unvollendete KdF-Ferienanlage traurige Berühmtheit erlangt hatten, packte Meeno seinen Rucksack aus.

»Du hast eine Tischdecke mitgenommen«, stellte sie ebenso belustigt wie beeindruckt fest.

»Habe ich im Café Carlsson's geklaut«, antwortete er beiläufig.

»Wie bitte?« Seine Lippen verzogen sich zu einem Grinsen, er hatte geflunkert. »Auf Heinrichs Boot hast du kaum einen zusammenhängenden Satz rausbekommen, und jetzt alberst du herum, wie … wie …« Ihr fiel kein Vergleich ein. »Na warte, nimm mich noch einmal auf den Arm, und du wirst vermöbelt. Ich boxe Kreisklasse im Fliegengewicht.«

»Okay, okay, ich nehme dich höchstens in den Arm, wenn du willst. Lässt du meine Nase dann heil?«

»Na gut.« Er breitete seine eingekauften Schätze auf der Decke aus. »Zumal das mit dem Boxen so geschummelt war wie dein Diebstahl.« Sie fing einen ehrlich überraschten Blick auf und triumphierte: »Ha, du hast mir geglaubt!«

»Hätte doch sein können. Du arbeitest in einer Männerdomäne, da hätte der Sport irgendwie gepasst.« Nach einer Pause fügte er hinzu: »Und Fliegengewicht sowieso.«

Wie schon am Vortag unterhielten sie sich angeregt. Im Gegensatz zu Axel war Meeno nicht nur mit sich beschäftigt, sondern stellte viele Fragen. Er wollte Genaueres über Suses Job wissen. Selbst von der Krankheit ihrer Mutter erzählte sie, davon, wie sie sich als Kind gefühlt hatte. Hilflos und immer irgendwie schuldig.

»Glücklicherweise bist du inzwischen eine kluge erwachsene Frau und weißt, dass das Blödsinn ist. Stimmt doch, oder?«

Sie atmete tief ein. »Natürlich weiß ich das. Eigentlich.«

»Nicht eigentlich, Suse. Das ist Schicksal. Ein echt mieses, aber trotzdem Schicksal. Niemand kann etwas dafür, dass sie Lungenkrebs bekommen hat. Vermutlich nicht mal sie selbst.«

»Nein, sie auf keinen Fall.« Suse spielte mit einem Holzspieß, den er ihr anstelle einer Gabel in die Hand gedrückt hatte, und beobachtete, wie er zwischen ihren Fingern auf und nieder rollte. »Sie hat nie in ihrem Leben geraucht, keinen einzigen Zug. Das hat sie immer wieder beteuert.« Suse blickte auf, die alte Wut war wieder da. »Das bedeutet nicht, dass niemand etwas dafür kann, Meeno. Sie war nicht die Einzige in unserer Gegend, die erst nur hustete, als hätte sie eine Bronchitis, und dann an Krebs krepierte. Da war etwas in der Luft, das die Menschen krank gemacht hat«, sagte sie finster.

»Kann es sein, dass es dir einfach helfen würde, wenn du einen Schuldigen benennen könntest? Jemanden, der für ihren Tod verantwortlich ist, damit du dich weniger schuldig fühlen kannst.«

Sie hatte keine Lust auf einen Vortrag über ihre Vermutungen und Recherchen, aber sie wollte doch, dass er verstand. Da spürte sie seine Fingerspitzen, die zaghaft ihre Wange berührten. Er strich ihr eine Strähne hinter das Ohr, die ihr ständig in die Augen wehte, und wollte seine Hand wieder zurückziehen, doch Suse hielt sie fest. Sie erschrak über so viel Nähe und über sich selbst. Da drehte er seine Hand um und verschränkte seine Finger mit ihren. Sie erwiderte den Druck und senkte für einen Moment die Lider.

»Wir sitzen im selben Boot«, sagte er leise. »Da saßen wir schon, ehe wir uns begegnet sind.«

Suse öffnete die Augen und nickte. Ein Hupen zerriss die Stille. Es kam von einem Ausflugsschiff, das direkt auf sie zuhielt.

»Besser, wir räumen das Feld. Ich fürchte, die sind stärker als wir.« Meeno schlug das Lenkrad ein. »Leg dich ins Zeug!«

»Aye, aye, Käpten.«

»Dann mache ich mich mal auf den Heimweg«, verkündete Suse, nachdem sie ihr Boot abgeliefert hatten. »Ist schließlich eine halbe Weltreise.« Sie zwinkerte, wich aber sofort seinem Blick aus. Am liebsten hätte sie wieder die halbe Nacht mit ihm verbracht. Oder die ganze. Gleichzeitig waren ihre Gefühle ihr nicht geheuer. Das war alles ein bisschen viel auf einmal. Sie verordnete sich Abstand.

»Ich kann dich fahren, dann haben wir noch etwas Zeit.«

»Unsinn, das mit dem Bus hat wunderbar geklappt.«

»Wenn du damit leben kannst, den krönenden Abschluss des Tages zu verpassen«, sagte er und sah betont gelassen an ihr vorbei.

»Das ist psychologische Kriegsführung«, beschwerte sie sich.

»Nein, das ist total nett von mir. Ich hätte dich auch einfach dem öffentlichen Nahverkehr überlassen und den Rest des Abends allein genießen können.« Ehe sie Einspruch erheben konnte, ergänzte er: »Wobei das nicht halb so schön wäre wie zusammen.«

»Überredet.«

Auf dem Weg zur Pension Sanddorn kauften sie sich ein Eis.

»Könnte ich zu jeder Tages- und Nachtzeit essen«, gestand er ihr, und Suses Herz machte einen Hüpfer. Sie bauten einen Schlenker zum Schmachter See ein und ließen sich auf einer Bank nieder.

»Was ich da vorhin gesagt habe über Schuldige am Tod deiner Mutter und darüber, dass wir im selben Boot sitzen …« Meeno beugte sich vor, die Ellbogen auf den Knien. »Das ist natürlich nur so eine Vermutung. Weil's mir so geht. Ich käme nicht damit klar, wenn mein Vater seinem Leben ein Ende gesetzt hätte. Ich glaube auch nicht dran, weil einiges auf ein Verbrechen deutet.« Er brauchte noch eine Pause und atmete hörbar aus. »Bloß habe ich keine Beweise.«

»Die willst du hier finden?« Er nickte. »Vielleicht kann ich dir helfen. Ich bin ziemlich gut darin, Nachforschungen anzustellen.«

Sie dachte schon, er würde dankend ablehnen.

Doch er sagte: »Ist vielleicht eine gute Idee. Allein drehe ich mich irgendwann sowieso nur im Kreis.« Er nahm ihre Hand. »Wir müssen los, sonst kommen wir zu spät.«

Von Binz fuhren sie an Sassnitz vorbei und dann durch den Nationalpark Jasmund. Er bog rechts ab und folgte den Schildern nach Lohme. Der kleine Ort wirkte verschlafen. Sie stiegen eine ziemlich steile Holztreppe hinab und spazierten über den steinigen Strand bis zu einem blauen Kasten.

»Er ist noch da«, stellte Meeno erfreut fest. »Den hat ein Journalist hier aufgestellt. Müsste dir gefallen.«

Sie gingen um das Ding herum, das so gar nicht an diesen verträumten Ort passen wollte.

»Hm, schaut aus wie aus einem Paralleluniversum«, meinte Suse. Dann sah sie das Schild »Flaschenpost-Automat«. Sie hatte mit allem gerechnet, damit nicht. »Wie kommst du darauf, dass mir das gefällt? Ich bin nicht gerade eine begnadete Briefschreiberin. Schon für die beiden Postkarten an meine Müll… an meine Freundinnen musste ich meinen Schweinehund bezwingen.«

»Ich meine die Kiste selbst.« Er klopfte gegen das laienhaft lackierte Metall, das hier und da Roststellen aufwies. »Das war bestimmt mal ein Getränkeautomat, der ausrangiert wurde. Hier hat er ein zweites Leben.«

»Das gefällt mir sogar sehr, da hast du recht.« Sie sah ihn an. »Wird der abends weggeräumt? Weil du vorhin gesagt hast, wir könnten zu spät kommen«, erklärte sie.

»Ach so! Die Kiste ist nicht der Höhepunkt, der kommt jetzt erst.«

Sie gingen ein paar Schritte weiter und suchten sich ein Plätzchen, wo die Wellen ihnen keine nassen Füße verpassen würden.

»Das da ist der Schwanenstein.« Meeno zeigte auf einen Findling, der weit aus dem Wasser ragte. »Ein Fels in der Brandung. Es gibt keine schönere Stelle für den Sonnenuntergang, finde ich.«

Wie aufs Stichwort färbte sich der Himmel immer kräftiger in allen nur vorstellbaren Orange- und Violetttönen. Ein paar Atemzüge lang betrachtete Suse einfach nur das Naturschauspiel, das sich ständig verändernde Licht, das vom glatten Meer gespiegelt wurde. Die Weite gab ihr das Gefühl, aufatmen zu können. Sogar die beiden Leuchttürme am Kap Arkona konnte sie erkennen. Plötzlich wurde ihr etwas bewusst, was er eben gesagt hatte.

»Du hast dir gemerkt, dass ich es mag, wenn Dinge nicht auf dem Müll landen, sondern eine zweite Chance bekommen?«

»Ich habe mir ziemlich viel von dem gemerkt, was du so gesagt und getan hast.« Ihre Augenbrauen schnellten in die Höhe, ohne dass sie etwas dagegen tun konnte. »Klar. Ich finde dich nämlich nicht nur hübsch, sondern vor allem ziemlich ... toll.«

»Ziemlich toll?« Sie musste lachen. Weil sie mit einem anderen Wort gerechnet hatte. Und weil sie sich so sehr freute. Als sie verstummte, sah er sie immer noch so an, so warm und offen und direkt, dass sie es nicht mehr aushielt. »Du hast vorhin gesagt, du würdest mich nicht mehr auf, sondern in den Arm nehmen. Wenn ich einverstanden bin. Bin ich.«

»Wie schön. Ich hatte schon Angst, dir ist das alles zu kitschig.« Sofort legte er den Arm um sie. Es fühlte sich gut an. »Ich bin übrigens damit einverstanden, dass du mich küsst«, sagte er nach einer Weile und sah sie an. »Nur falls du gerade darüber nachgedacht haben solltest.«

»Habe ich nicht«, schwindelte sie.

»Schade. Na ja, vielleicht kommst du später drauf zurück, dann hättest du schon mal die Erlaubnis.« Er verzog die Lippen zu einem Lächeln, nur kurz. »Aber wehe, du küsst auf meine Brille. Das kann ich nicht leiden!«, warnte er sie.

»Hatte eine deiner Verflossenen so schräge Vorlieben, oder war sie einfach nur sehr kurzsichtig und hat nicht richtig getroffen?«

»Du hast ja keine Vorstellung, was ich durchgemacht habe.« Er schnitt eine Miene des Jammers und zog sie fester an sich, seine Lippen kamen ihren ziemlich nah.

»Du Ärmster.« Er gab ein zustimmendes Brummen von sich. »Ich glaube, jetzt denke ich doch drüber nach«, flüsterte sie und küsste ihn.

Geister der Vergangenheit

Regen. Das passte gut. Suse öffnete die Balkontür und hörte dem Prasseln zu. Sie schloss die Augen und zog den Duft tief in die Nase. Unvergleichlich. Es roch nach Hüpfen durch Pfützen, nach Abperlen von Staub und Hitze, nach Papierschiffchen auf Rinnsalen. Eigentlich hatte sie sich vorgenommen, runter nach Vitt zu gehen, sich ein wenig in die Sonne zu legen und bei Heinrich frischen Fisch zu essen. Nun würde sie eben lesen. Wie lange war es her, dass sie einfach mal mit einem Buch auf dem Sofa gelegen hatte? Sie schloss die Tür wieder, es hatte sich ganz schön abgekühlt. Meeno hatte für heute einen Termin. Er hatte zwar vorgeschlagen, dass sie sich danach sehen könnten, doch sie hatte es abgelehnt.

»Du denkst hoffentlich nicht, ich weiß allein nichts mit mir anzufangen«, hatte sie gesagt. »Die erste Urlaubswoche ist schon um, ich möchte auf jeden Fall noch etwas von der Insel sehen.«

Obwohl er sie damit geködert hatte, gemeinsam etwas zu besichtigen, was sie auf dem Zettel hatte, war sie standhaft geblieben. So verlockend es auch war, sie musste das mit ihnen beiden erst mal sacken lassen.

Von ihrer Stunde mit Ziska hatte sie ihm nichts erzählt, ohne selbst genau zu wissen, warum eigentlich nicht. Coaching war schließlich keine Therapie, und auch dafür brauchte sich niemand zu schämen. War irgendwie noch zu früh, fand sie. Ihre Gedanken blieben bei dem Gespräch hängen, das sie direkt nach dem Frühstück in dem hübschen Raum mit dem riesigen Gesa-Bild gehabt hatte. Gleich zu Beginn hatte Suse verkündet, der Aufenthalt in der Villa Sanddorn habe bereits etwas gebracht.

»Erholung, hoffe ich«, hatte Ziska lächelnd geantwortet und ausgesehen, als könnte sie davon auch etwas gebrauchen. Ihre Arbeit, der Haushalt, zwei aufgeweckte Jungs und der Dachbodenausbau, für den sie dauernd unterwegs war, wie sie sagte, knabberten offensichtlich kostbare Minuten von ihrem Schlaf ab.

»Ich muss aufhören, jemandem die Verantwortung am Tod meiner Mutter geben zu wollen«, erklärte sie und kassierte einen überraschten Blick. »Ist doch wahr, ich meine, was soll das bringen?«

»Hast du denn bisher aktiv versucht, jemanden in die Finger zu kriegen? Ist die Todesursache überhaupt bekannt? Sagtest du nicht, sie hätte Krebs gehabt?«

»Das ist richtig. Lungenkrebs wegen der Luftverschmutzung. Vermutlich.« Suse atmete aus. »In unserer Gegend gab es Industrie und vor allem eine Müllverbrennungsanlage, die Gott weiß was in die Botanik geblasen hat.« Sie sah Ziska an. »Um deine erste Frage zu beantworten: Ja, als ich alt genug war, habe ich mich darüber schlaugemacht, ob der Betreiber überhaupt eine Genehmigung hatte. Da war aber alles in Ordnung. Alle sagten mir, dem wäre nichts nachzuweisen, selbst wenn er mal irgendwelche Grenzwerte nicht eingehalten haben sollte. Ich solle die Vergangenheit ruhen lassen. Und dann war da das Totschlagargument, dass es nie einen Beweis geben würde, was die Erkrankung meiner Mutter ausgelöst hat. Nach dem Motto: Selbst bei Rauchern kannst du nicht mit Sicherheit wissen, ob die Schadstoffe in der Zigarette die Lunge entscheidend beschädigt hätten oder etwas anderes.« Sie machte eine kurze Pause. »Irgendwie habe ich das dann verdrängt und mich intensiv mit den Atemwegen beschäftigt. Ich wollte sogar kurzfristig Medizin studieren. Meine Berufswahl ist garantiert vom Schicksal meiner Mutter geprägt. Müll fällt in immer größerer Menge an, und er muss zum Teil verbrannt werden. Das ist nicht verwerflich, sondern schlicht notwendig. Ich wollte dafür sorgen, dass dabei keine Gefahr für die Menschen am Standort entsteht.« Ziska hörte ihr konzentriert zu, sagte aber kein Wort. »Den Job zu erlernen war wohl meine Art der Wiedergutmachung, weil ich nicht weiter nach möglichen Schuldigen gesucht habe. Das schlechte Gewissen ist geblieben. Das ist mir hier klar geworden.«

»Schlechtes Gewissen ist sehr ungesund. Freut mich, wenn du es los bist.«

»Ich rechne mit Rückfällen, aber ich bin auf einem guten Weg«, erklärte Suse feierlich und lachte. Nach einem Moment fügte sie hinzu: »Übrigens ist es nicht dein Coaching allein, das mich zu der Einsicht gebracht hat.«

»Wie bitte?«, entrüstete sich Ziska gespielt.

»Ich habe jemanden kennengelernt, Meeno.« Sie erzählte davon, wie er sich vom übellaunigen Eigenbrötler zum einfühl- und unterhaltsamen Begleiter entwickelt hatte. Und sie erwähnte die Parallelen in seinem und ihrem Leben.

Die Stunde war beendet, sie plauderten noch ein wenig über dies und das. Einem plötzlichen Gedanken folgend, fragte Suse nach Rudi.

»Ist ja witzig, dass du nach ihm fragst«, antwortete Ziska. »Er hat sich nämlich auch nach dir erkundigt. Dabei hat sich herausgestellt, dass ihr aus der gleichen Ecke stammt.«

Der Reiseroman von Elizabeth von Arnim lag auf ihrem Laptop. Suse legte ihn zur Seite und klappte den Computer auf. Da kündigte ihr Handy eine Kurznachricht an. Bestimmt von Meeno! Ein kleiner Freudenschauer huschte von ihrem Bauch aufwärts und verzog ihre Lippen zu einem Lächeln. Das hielt nicht lange, denn der Absender war nicht Meeno, sondern Axel.

Hallöchen,
habe leider gerade viel um die Ohren. Dabei möchte ich dich doch unbedingt noch mal sehen. Wie lange bleibst du auf Rügen?
Besonders liebe Grüße
Axel

Was war von einem Mann zu halten, der Hallöchen schrieb? Suse war kurz davor, ihm eine schnelle Antwort zu schicken, überlegte es sich aber anders. Wollte sie nicht einiges in ihrem Leben ändern? Dazu gehörte, sich weniger Gedanken um andere, dafür mehr um sich selbst zu machen. Ihr fiel ein, dass Axel sich kein bisschen an ihr interessiert gezeigt, sondern sie eigentlich nur als Publikum gebraucht hatte. Ihre Lust, ihn wiederzusehen, hielt sich sehr in Grenzen. Wenn sie nicht antwortete, würde er schon aufgeben oder denken, sie sei bereits abgereist.

Ihre Gedanken wanderten zu einem anderen Mann, der ihr seltsam erschien: Rudi. Er war ihr nicht geheuer. Was hatte Ziska gesagt, nachdem er bei ihnen aufgetaucht war und sie ihm ein Dach über dem Kopf gegeben hatten? Hoffentlich enttäusche er sie nicht. Das hoffte Suse auch, immerhin hatte sie ihn angeschleppt. Was wusste sie von ihm? Er war obdachlos, ohne Arbeit, er kam aus der Gegend um Schöneiche. Nicht gerade aussagekräftig. Dazu hatte sie lediglich seinen Vornamen. Die Suchmaschine lachte sich tot, wenn Suse es mit den Angaben versuchte. Und wenn sie Ziska nach seinem Nachnamen fragte? Sie und Nik hatten ihn mit Sicherheit ordnungsgemäß angemeldet, sie mussten seine persönlichen Daten kennen.

Suse ging in die Küche und setzte Kaffee auf. Falls der Regen anhielt, würde sie sich heute nicht weit von der Villa entfernen. Wenn sie Glück hatte, bekam sie im Hofladen ein Stück Kuchen. Hatten die eigentlich auch Eis? Sie war nicht sicher. Welch ein Luxus, keine Termine, keine Pflichten, gemütlich einfach tun, wozu sie Lust hatte.

»Danke, Müll-Häschen«, flüsterte sie lächelnd. Ohne ihr penetrantes Drängen hätte sie ihren Urlaub wieder zu Hause verbracht, hätte sämtliche Küchenschränke ausgeräumt und durchgewischt, endlich ihre Strümpfe gestopft, die sich in den letzten Jahren angesammelt hatten, und womöglich sogar ihr Schlafzimmer gestrichen. Sie würde sich ihre Zeit hier nicht damit verderben, einem dahergelaufenen Schlehmil auf den Zahn zu fühlen. Rudi war bestimmt nur ein hoffentlich harmloser Spinner. Statt sich weiter den Kopf über ihn zu zerbrechen, würde sie endlich mal sehen, was sich über die Halbinsel Bug finden ließe. Ob es schon Bilder, Pläne und weitere Informationen über den geplanten Ferienpark im Netz gab? Am Bürogebäude war kein Hinweis auf einen möglichen Betreiber oder Vermarkter zu finden gewesen. Auch in dem aufwendigen Werbefilm nicht, den Axel ihr gezeigt hatte.

Sie tippte zwei Suchbegriffe ein. Axel hatte stolz von einer Premiere gesprochen. Das Projekt war offenkundig noch in den Anfängen. Trotzdem seltsam, nicht sofort auf einer Webseite zu landen, die Wohnungen und Häuschen anpries. Brauchte da jemand einen Meeno, der einen ordentlichen Internetauftritt gestalten konnte? Wahrscheinlicher war in diesem Fall, dass noch gar nichts in trockenen Tüchern war. Vielleicht lag noch nicht einmal eine Baugenehmigung vor, immerhin gab es erbitterten Widerstand, wie sie beim Stöbern feststellte. Auf einer Seite über die Geschichte der Halbinsel blieb sie hängen. Die westlichste Landzunge der Halbinsel Wittow sei an der schmalsten Stelle gerade mal fünfundfünfzig Meter breit, las sie. In dem ehemaligen militärischen Sperrgebiet habe sich die Natur ungestört entwickeln können, besonders die Feuchtgebiete seien artenreich, wodurch wiederum viele Vögel angezogen würden, die einen großzügig gedeckten Tisch vorfänden. Nicht verwunderlich, dass sich Naturschützer und Regionalpolitiker einen Streit um die Zukunft des

Fleckchens lieferten. Ein paar Zeilen weiter stand, der Zutritt zum Gelände sei auch nach dem Ende der militärischen Nutzung noch für die Öffentlichkeit verboten, von Führungen abgesehen. Sie erinnerte sich, auf dem einzigen Weg an einem Tor vorbeigeradelt zu sein, das jedoch weit offen gestanden hatte.

Suse holte sich einen Kaffee und nahm sich die Vergangenheit von Bug vor. Von Rügens Schweden-Zeit erfuhr sie, die schon im 17. Jahrhundert für eine regelmäßige Post- und Passagierschifffahrt zwischen Stralsund und Ystad gesorgt hatte, mit Zwischenhalt und Umladen von Paketen, Briefen und Reisenden auf kleinere Boote, die die Untiefen der Gegend meistern konnten. Noch viel früher, nämlich mehrere Hundert Jahre vor der Zeit der Schweden, hatte der Landstrich einem Ritter namens de Buge gehört, der immerhin seinen Namen hinterlassen hatte. Interessant! Da war das altbekannte Kribbeln, wenn sie immer tiefer in ein Thema eintauchte. Eine Information führte sie zur nächsten, immer klarer wurde das Bild, das sie gewann. Meist vergaß sie darüber komplett die Zeit und wunderte sich, wenn irgendwann ihr Magen knurrte. Dieses Mal war es anders. Viel schneller als sonst hatte sie das Gefühl, genug gelesen zu haben. Konnte man sich selbst etwas vormachen? Ihr gelang das nicht. Wozu auch? Es gab etwas, worüber sie mehr wissen wollte als über einen ehemaligen Marinestützpunkt. Sie tickte in das Feld der Suchmaschine, legte die Finger auf die Tastatur und zögerte. Was würde Meeno davon halten, wenn sie in seiner Vergangenheit herumschnüffelte? Andererseits hatte sie ihm angeboten, bei seinen Nachforschungen zu helfen, und er hatte nicht abgelehnt. Genau genommen würde sie außerdem in der Vergangenheit seines Vaters wühlen. Der Gedanke blitzte auf, Meenos Namen einzugeben. Nein, das würde sie sein lassen. Oder doch? Er könnte nur sauer darüber sein, wenn er etwas zu verbergen hatte. War das der Fall, konnte es ihr egal sein, wie enttäuscht oder ärgerlich er war, dann hatte sie ja wohl ebenfalls Grund dazu. Die Eingabe führte sie auf seine Firmen-Homepage. Sah gut aus, eine prima Visitenkarte für sein Geschäft. Die Informationen in der Rubrik *Über uns* hielten sich in Grenzen, da stand nichts wirklich Persönliches. Suse ließ es damit gut sein. Sie wollte Meeno möglichst unvoreingenommen und persönlich näher kennenlernen. So gern sie auch recherchierte, gab es doch Situationen, in denen sie es vermied. Vor Reisen sah sie sich beispielsweise möglichst wenig von ihrem Ziel an, um vor Ort nicht das Gefühl zu haben, alles schon zu kennen. Also weiter mit Schulz senior. Wo sollte sie anfangen?

Es war nicht schwer, etwas über ein vor vier Jahren gekentertes Boot zu finden. Viel war das allerdings nicht. Die sieben Meter lange Segeljacht *Delphin,* ein nach dem Vorbild klassischer Saloon Cruiser in Handarbeit gebautes Schiff, sei vor der Küste Rügens gesunken. Einige Seemeilen südöstlich von Vitt. Eigentümer Herbert S. sei von den aus Rostock angeforderten Polizeitauchern leblos im Wrack aufgefunden worden. Herbert S. bedeutete Herbert Schulz. Verwechslung ausgeschlossen.

»Im Saloon hat ziemliche Unordnung geherrscht«, wurde einer der Taucher zitiert. »Nicht ungewöhnlich für einen Mann, der allein auf See ist.« Ein Anlass, an einem Suizid zu zweifeln, sei das nicht, einen Hinweis auf Fremdverschulden gebe es ebenso wenig. Aufgrund noch laufender Untersuchungen dürfe man keine näheren Angaben machen. Das übliche Blabla. Ganz anders als bei Rudi hatte sie dieses Mal handfeste Ansatzpunkte. Meeno vermutete ein Verbrechen, Mord, um es auf den Punkt zu bringen. Dafür gab es seiner Überzeugung nach Beweise, die er im Kahn seines alten Herrn vermutete. Nein, die Jacht war vor Jahren schon geborgen worden. Er ging also davon aus, die Beweise könnten am Grund der Ostsee liegen. Nicht sehr wahrscheinlich, schon gar nicht, dass sie noch zu gebrauchen waren, sofern man sie überhaupt fand. Sie starrte vor sich hin. Eins stand fest: Einfach so aus einer Laune heraus wurde kaum einer umgebracht. Sie musste davon ausgehen, dass Herbert Schulz sich zu Lebzeiten mindestens einen Feind gemacht hatte. Es galt also, ihn gründlich und schonungslos zu durchleuchten. War er treu, ehrlich, hatte er Schulden, dubiose Freunde? Eifersucht war eines der häufigsten Mordmotive, das hörte man immer wieder. Es war gut, dass sie in dieser Sache forschte. Meeno war eindeutig befangen.

Über den Unfall entdeckte sie nicht viel Erhellendes. Meist war von einem Unglück die Rede, Hintergründe offen. In einem Artikel hatte sein Alter gestanden. Suse errechnete sein Geburtsjahr und gab es zusammen mit seinem vollständigen Namen ein. Herbert Schulz war nicht gerade eine exotische Kombination. Sie hoffte, dass sie in Verbindung mit seinem Alter auf etwas stoßen würde, das ihm zuzuordnen war. Enter. Die Suchergebnisse machten sie stutzig. Dann meinte sie zu begreifen. Diese Programme speicherten, wonach sie bisher gesucht, was sie sich im Netz angesehen hatte. Wahrscheinlich floss diese Vorgeschichte in die Resultate mit ein, wenn mit ihren Suchbegriffen allein kein Blumentopf zu gewinnen war. Wie sonst ließ sich erklären, dass mehrere ältere Artikel auftauchten, in denen es um eine Müllentsorgungsanlage ging? Meenos Vater hatte wohl kaum beruflich damit zu tun, das hätte Meeno ihr längst erzählt.

Ihr Magen knurrte, und ihr Nacken erinnerte sie schmerzhaft daran, dass sie schon viel zu lange auf diesem Stuhl hockte. Aus dem prachtvollen Landregen war ein schüchternes Nieseln geworden. Suse schnappte sich ihre Geldbörse und lief hinüber zum Hofladen. Gesa war nicht da, sondern ein junger Mann, den sie noch nicht gesehen hatte. Er kümmerte sich um einen Herrn im Anzug, sodass sie sich in Ruhe die drei Kuchensorten in der Vitrine ansehen und nach einer Eistruhe Ausschau halten konnte. Nur, um generell informiert zu sein, beruhigte sie sich selbst.

Würde sie Kuchen und Eis nehmen, bekäme sie einen Zuckerschock. Andererseits hatte sie in der Küche ihres Appartements das kleine Gefrierfach. Sie konnte sich etwas Gebäck für jetzt und eine Familienpackung für die kommenden Tage mitnehmen.

»Ich hab's noch nicht genau verstanden«, sagte der junge Mitarbeiter gerade. »Fragen Sie jetzt nur für jemand anders wegen eines Zimmers, oder brauchen Sie eine Ferienwohnung mit zwei Schlafräumen?«

»Letzteres«, entgegnete der Herr ungeduldig.

»Aha, gut, dann kann ich das der Chefin nämlich gleich sagen. Ich bin noch nicht lange hier, wissen Sie, ich möchte nichts falsch machen.«

»Es wäre schön, wenn du überhaupt etwas machst.«

Na, der war ja von der ganz freundlichen Sorte. Dass der Herr älter war als der Mitarbeiter, lag auf der Hand. Kein Grund, ihn zu duzen, fand Suse. Hier standen sich immerhin zwei Erwachsene gegenüber.

»Klar.« Der Jüngere griff nach dem Telefon. Je länger er dem Freizeichen lauschte, desto lauter wurde das demonstrative Schnaufen des Anzugträgers. In gleichem Maß erhöhte der Junge die Frequenz, mit der er die Lippen nach innen sog und gleich darauf spitzte. »Geht keiner ran«, erklärte er dann. Plötzlich strahlte er. »Ich schreibe auf, wo Sie zu erreichen sind, und Frau Marold meldet sich bei Ihnen, wenn sie wieder da ist, ja? Für wann brauchten Sie die Wohnung noch?«

»Sofort«, kam es eisig zurück.

»Oh.«

»Ja, oh! Das habe ich von Anfang an gesagt. Meine Güte, hast du noch etwas anderes zwischen den Ohren als eine Nase?« Der Junge runzelte die Stirn. Er sah verzweifelt aus. »Ich habe dir auch von Anfang an gesagt, dass Herr Ingolf Reuther sich hier einmieten möchte. Da hat bei dir natürlich nichts geklingelt.«

Die Faust in Suses Bauch war mit jeder Sekunde gewachsen, in der sie die Konversation unfreiwillig hatte anhören müssen. Jetzt war ein Maß erreicht, das sie nicht mehr ignorieren wollte.

»Sie erwarten aber nicht, dass Politiker anders behandelt werden als die arbeitende Klasse, oder?«, fragte sie. Der Anzugträger fuhr zu ihr herum. »Es hörte sich nämlich gerade so an, als müsste der junge Mann sich mehr bemühen, wenn er wüsste, wer oder was Ingolf Reuther ist.«

»Und Sie sind?« Sein Ton war an Arroganz nicht zu überbieten.

»Ich bin zahlender Gast in der Villa Sanddorn.«

»Schön für Sie.« Er drehte Suse wieder den Rücken zu. »Wäre ich auch gern, wenn der Knallkopp in der Lage wäre, sich um eine Suite zu kümmern.«

»Eine Suite gibt es hier nicht, das weiß ich«, sagte der Mitarbeiter, froh, eine Auskunft geben zu können.

»Ein Appartement mit getrennten Schlafzimmern tut es auch«, herrschte der Anzug ihn an. »Wird das heute noch was?«

»Wer hat Sie denn großgezogen?« Suse verschränkte die Arme vor der Brust und wartete, dass er sich ihr erneut zuwandte. Das tat er, und zwar in beeindruckender Geschwindigkeit. »Hat Ihnen niemand beigebracht, wie Höflichkeit funktioniert?«

»Und Sie?« Er kniff die Augen zusammen und trat einen Schritt auf sie zu. Albernes Imponiergehabe. »Hat Ihnen niemand gesagt, Sie sollen sich um Ihr eigenes Bier kümmern?«

»Ist Ihnen mal aufgefallen, dass darauf immer dann Leute hinweisen, wenn sie im Unrecht sind und gerade entlarvt werden?« Sie hielt seinem Blick stand.

Er schien für eine Sekunde damit überfordert zu sein, eine renitente Fremde gegen sich zu haben. Bedauerlicherweise besann er sich schnell auf Sprüche aus seinem Notfallkoffer und gewann augenblicklich auch sein Selbstbewusstsein zurück.

»Ingolf Reuther ist nicht irgendein Politiker, er ist auf dem Sprung ins Europaparlament. Wenn er hier absteigt, kann sich das Haus rühmen, einen Prominenten zu beherbergen. In der Tat darf er eine entsprechende Behandlung erwarten. Er meidet aus gutem Grund die überfüllten Seebäder und möchte hier in der Abgeschiedenheit seine Ruhe haben. Sie können sich glücklich schätzen, ihn mit einem winzigen Beitrag bei seinem hingebungsvollen Einsatz für alle Bürger Europas unterstützen zu dürfen.«

Nach dieser salbungsvollen Rede war es kurz still.

»Geht's auch eine Nummer kleiner?«, fragte Suse dann. Der Junge hinter der Kasse kicherte. »Ich sage Ihnen mal, wie ich die Sache sehe: Reuther ist wie alle Politiker ein Staatsdiener. Genau genommen müsste es Volksdiener heißen, finde ich, denn das Volk bezahlt ihn. Wenn er also etwas möchte, fragt er einfach genauso höflich wie alle anderen Bürger auch. Meinen Sie nicht?« Der Anzug schnappte nach Luft, doch Suse legte nach: »Gerade Herr Reuther sollte kleine Brötchen backen, wenn er ansatzweise glaubwürdig sein will. Was hat er neulich in einer Rede gesagt? Europa ist das Werk der Werktätigen. Diejenigen, die hart arbeiten, die Tag für Tag ihre Pflicht erfüllen, sind die Schultern Europas. Ziemlich schiefes Bild, wenn Sie mich fragen.«

Die Tür ging auf, und Ziska kam herein.

»Na wunderbar, noch eine zahlende Urlauberin, die mir gleich die Weltpolitik erklären wird?« Der Anzug sah genervt an ihr hinunter.

»Nein, das ist die Chefin«, erklärte der junge Mitarbeiter und konnte sein Grinsen nicht verbergen. »Franziska Marold. Die hat übrigens mal ganz hohe Tiere gecoacht. Ihr Europa-Typ kann sich glücklich schätzen, bei ihr wohnen zu dürfen.« Er verschränkte die Arme vor der Brust. Suse lachte leise. Ob es klug gewesen war, dem Anzug das an den Kopf zu knallen, wusste sie nicht, konnte sich aber vorstellen, wie gut es dem Jungen getan haben musste.

»Soll ich noch mal rausgehen?«, fragte Ziska. »Ich verstehe nämlich gerade nicht, was hier los ist.«

Der Anzug plusterte sich mächtig auf, biss bei ihr aber auf Granit, was die Kritik an ihrem Personal anging. Schließlich änderte er seinen Ton ein wenig und kam auf sein Anliegen zurück. Suse konnte endlich Kuchen, Eis und Sanddornbärchen kaufen und zurück in ihr Appartement gehen.

Ein Stück Mohnstreusel und einen Cappuccino später widmete sich Suse den Suchergebnissen. Sie klickte zuerst einen Zeitungsbericht aus dem Jahr 1999 an. Jetzt konnte sie sehen, dass es nur ein kurzer Artikel war. Und sie konnte die vollständige Überschrift lesen:

»Müllverbrennungsanlage bei Schöneiche doch lebensgefährliche Dreckschleuder?«

Mit einem Schlag war ihr flau im Magen, eine Gänsehaut legte sich über ihre Arme. Schöneiche, dieses Wort versetzte sie in Alarmbereitschaft. Die Anlage habe schon häufig in der Kritik gestanden, hieß es, weil die DDR dort damals gegen hohe Summen Westmüll entsorgt habe. Von illegalen Vorgängen war die Rede, von Asbest, das dort nicht hätte beseitigt werden dürfen, wie die für den Bau 1980 verantwortlichen Ingenieure Herbert Sch. und Ingolf R. bestätigten. Möglicherweise seien jahrelang stark krebserregende Stoffe aus den Schloten geblasen worden, die bei Anwohnern zunächst vermutlich nur Symptome einer Bronchitis ausgelöst hätten, langfristig jedoch für deren Tod verantwortlich sein könnten. Darauf deute die in der Region auffallend hohe Rate der Erkrankungen hin, war zu lesen. Allerdings gebe es weiterhin keine Beweise, die wohl auch nicht mehr aufzutreiben seien, weil die Anlage längst von der Treuhand privatisiert worden sei.

Suse hob langsam den Blick. Der Brechreiz kam so plötzlich, dass sie es gerade noch ins Badezimmer schaffte. Sie spülte sich den Mund aus, doch der üble Geschmack wollte sich nicht vertreiben lassen. Es schmeckte nach Verrat. Herbert Sch. und Ingolf R. Warum hatte Meeno ihr nicht gesagt, was sein Vater beruflich gemacht hatte? Immerhin wusste er, dass die Abgase einer Anlage, die sein alter Herr gebaut haben könnte, möglicherweise schuld am Schicksal ihrer Mutter gewesen waren. Wusste er das wirklich? Suse überlegte, was genau sie ihm über die Erkrankung ihrer Mutter gesagt hatte. Von Müll war nicht die Rede gewesen, oder? Trotzdem, sie hatte ihm verraten, wo sie aufgewachsen war. Er hätte eins und eins zusammenzählen können. Er hätte es tun müssen.

Sie lief zur Balkontür. Es regnete nicht mehr. Sah so aus, als würde sogar noch die Sonne durchkommen. Dummerweise hatten sich graue Wolken in Suses Gemüt festgesetzt, daran hätte nicht mal ein vorgezogener Hochsommer etwas ändern können. Sie musste Meeno zur Rede stellen. So schnell wie möglich. Hilflos lief sie zwischen dem Tisch mit ihrem Laptop darauf und der Balkontür hin und her.

Jetzt beruhige dich erst mal, sagte sie sich. Was war denn überhaupt passiert? Wenn es tatsächlich sein Vater war, der den Bau zusammen mit einem Kollegen geplant und begleitet hatte, war ihm dennoch nichts vorzuwerfen. Der Fehler war nicht die Anlage, sondern deren falsche Nutzung, wenn sie dem Artikel glauben durfte. Also kein Grund zur Aufregung. Das konnte sie sich hundertmal vorbeten, trotzdem regte sie sich auf. Und wie! Meeno hätte mit ihr reden müssen. Eben weil er nichts zu verbergen hatte. Dass er nichts verheimlichen wollte, lag auf der Hand, sonst hätte er wohl nicht zugestimmt, dass sie für ihn recherchierte. Ihre Gedanken überschlugen sich. Wenn sie gerade meinte, sein Verhalten einordnen zu können, schmiss der nächste Geistesblitz ihre schöne Sortierung gleich wieder durcheinander. Meeno wusste, was sie beruflich tat. Da hätte er doch auf jeden Fall ein Wort über die Tätigkeit seines Vaters verlieren müssen. Hatte er aber nicht. Das konnte nur eins bedeuten: Er wollte nicht, dass sie es erfuhr. Womöglich war er nicht davon ausgegangen, dass sie sofort loslegen und das Internet durchstöbern könnte. Konnte sogar sein, dass er vorhatte, sie bei nächster Gelegenheit davon abzubringen. Nach dem Motto: Du hast Urlaub und solltest dich nicht mit so unerfreulichen Dingen beschäftigen.

Es war zum Aus-der-Haut-Fahren. Suse brauchte dringend Bewegung. Sie schnappte sich Jacke und Schlüssel und verließ das Haus. John kam ihr entgegen. Er trug eine Getränkekiste zur Villa.

Suse grüßte kurz und wollte weiter. Sie hatte überhaupt keine Lust auf Konversation.

»Moin, alles in Ordnung? Du siehst ein bisschen blass aus. Entschuldigung, wir sagen auf der Plantage meistens du, ist mir darum rausgerutscht.«

»Kein Problem, können wir gern beibehalten.« Sie bemühte sich um ein Lächeln.

Er nickte. »Und?«

»Was?«

»Geht es dir nischt gut?«

»Ich habe meinem Magen wohl zu viel Süßzeug zugemutet.«

»Oje«, sagte er mitfühlend. »Wenn du Glück hast, triffst du Thekla in Heinrichs Fischbude an. Ihr Sieben-Kräuter-Tee bewirkt Wunder.« Seine Augen leuchteten in dem dunklen Gesicht.

»Danke für den Tipp.«

»Gute Besserung! Am liebsten würde ich mitkommen.« Er zwinkerte. »Dann könnte mich unser prominenter Gast nicht ständig scheuschen.«

Suse musste lächeln. Er sprach hervorragendes Deutsch, aber manche Worte hörten sich bei ihm einfach zu nett an.

»Der Reuther ist also mit seinem Adlatus eingezogen?« Er nickte wieder und verdrehte die Augen, was ziemlich lustig aussah. Suse musste lachen. »Na dann, viel Spaß!«

Weil sie sowieso noch keine Idee gehabt hatte, wohin sie gehen sollte, folgte sie Johns Rat und lief in Richtung Fischerdorf Vitt. Natürlich ließ der kurze Artikel sie nicht los, wäre auch zu schön gewesen. Er war von 1999, sie war also dreizehn gewesen, als er erschienen ist. Erst Jahre später hatte sie begonnen, Fragen zu stellen. Aus heutiger Sicht hatte sie sich dabei ziemlich stümperhaft angestellt. Damals konnte man vom Internet noch nicht einmal träumen, es sei denn, man wäre ein zweiter Jules Verne gewesen. Noch dazu hatte sie über keinerlei Erfahrung verfügt. Woher hätte sie wissen sollen, wie man an Zeitungs-, Landesarchive und Ähnliches herankam und wie man sie benutzte? Sie hatte damals von einer Bürgerinitiative gehört, die in den Achtzigern gegen den Bau der Anlage protestiert hatte. Ihr einziger Anhaltspunkt, der jedoch ins Leere gelaufen war. Lediglich zwei Mitglieder hatte sie ausfindig machen können. Einer davon lag auf dem Friedhof, der andere wollte sich seinen Lebensabend nicht von den Geistern der Vergangenheit versauen lassen. So hatte er sich ausgedrückt. Sie war zum Bürgermeister von Schöneiche marschiert. Meine Güte, war sie naiv gewesen. Hatte sie ernsthaft geglaubt, er würde sie für ihren Wissensdrang und ihren Gerechtigkeitssinn bewundern und ihr jede Hilfe zusagen, die sie brauchte? Ja, genau das hatte sie geglaubt. Mit siebzehn oder gerade mal achtzehn hielt man so etwas noch für möglich. Ein Wunder, dass man sie überhaupt zum Bürgermeister vorgelassen hatte! Der hatte ihr so überzeugend erklärt, dass er zwar nicht zuständig gewesen sei, weil erstens der Bau vor seiner Amtszeit und zweitens nicht direkt in Schöneiche gelegen habe, dennoch wisse er über die Vorgänge natürlich Bescheid und könne ihr versichern, dass alles mit rechten Dingen zugegangen sei.

»Manchmal muss man Dinge einfach hinnehmen«, hatte er gesagt. Als sie daran zurückdachte, musste sie schlucken. Es fühlte sich noch heute wie ein Entschuldigungsschreiben mit einer fadenscheinigen Ausrede an, mit dem man einen Tag früher in die Sommerferien gehen konnte. Man war erleichtert über einen Schultag weniger, konnte die gewonnene Freiheit nur nicht recht genießen, weil man wusste, man hatte sie sich erflunkert. Mit dem Besuch beim Bürgermeister war es genauso gewesen: Suse konnte mit ihren Nachforschungen aufhören, ehe sie richtig begonnen hatte, und sich hinter den Worten des Bürgermeisters verstecken. Wenn er sagte, etwas habe keinen Sinn, dann hatte es keinen. Sie schämte sich noch immer dafür, so schnell aufgegeben zu haben. Nach der Lektüre des Artikels nur noch mehr.

Heinrichs Fischbude hatte geöffnet, ein Lichtblick. Schon von Weitem war Thekla zu erkennen. Sie trug ein flatteriges violettes Kleid mit farblich passenden Ohrringen und Armreifen, wie Suse feststellte, als sie die Holzterrasse betrat. Sie grüßte, kam aber nicht dazu, etwas zu bestellen, weil Thekla ihr ins Wort fiel.

»Liebe Güte, wie siehst du denn aus? Suse, richtig? Du warst vor ein paar Tagen mit Heinrich draußen. Du wirst doch wohl nicht immer noch seekrank sein, was?« Sie lachte so herzhaft, dass ihr Busen auf und nieder wippte. »Bist ja bleich wie der Tod in Latschen.«

»Die Ausfahrt ist mir gut bekommen. Ich habe mir wohl heute den Magen verdorben«, schwindelte sie wieder. »John meinte, dein Kräutertee könnte Wunder wirken.«

»Mein Sieben-Kräuter-Tee«, betonte Thekla. »Allerdings. Mach's dir bequem, ich bringe dir gleich einen Becher.«

»Danke.« Suse ließ sich an einem Zweiertisch nieder und blickte auf die Ostsee, die vom Regen scheinbar einmal auf links gedreht worden war. Unzählige Schwebteilchen ließen sie dunkel und trüb aussehen. Wenn das nicht perfekt zu ihrer Stimmung passte!

Reden ist Silber

Ehe sie immer tiefer in finstere Grübeleien verfallen konnte, lenkte ein noch wenig eindrucksvolles Bellen Suse ab, dazu die Stimme eines jungen Mädchens. Ronja kam aus Richtung der Holzhütten, in denen Heinrich seine Ausrüstung verstaut hatte, über den Strand gelaufen. Vor ihr an einer langen Leine ein Mischling, der kaum älter als ein paar Monate war, schätzte Suse. Seine Bewegungen sahen aus, als würde er rennen, nur kam er mit dem weichen Sand unter seinen Pfoten nicht gut zurecht. Außerdem hatte er nicht die Kraft, Ronja hinter sich herzuziehen. Noch nicht. Je näher die beiden kamen, desto deutlicher wurde, wie groß der Vierbeiner einmal sein würde, wenn er ausgewachsen war. Schon jetzt hatte er beachtliche Pranken, die nicht zum Rest seines Körpers passen wollten.

»Hallo«, rief Ronja, als sie Suse erkannte.

»Hallo. Wer geht denn da mit wem spazieren?« Suse wusste selbst, dass es nicht der originellste Spruch war, nur brachte sie im Moment nicht mehr zustande.

»Das kämpfen wir gerade aus«, antwortete Ronja. »Ich habe Mattis erst seit drei Wochen. Er will noch nicht akzeptieren, dass ich der Boss des Rudels bin.«

»Du hättest dir vielleicht einen anderen Namen für ihn ausdenken sollen. Mattis ist bei Astrid Lindgren der Räuberhauptmann, wenn ich nicht irre.«

»Stimmt. Aber ich finde, das passt voll zu ihm. Guck mal, er ist so zottelig, wie ich mir Ronjas Papa vorstelle.«

»Der freche Blick passt auch«, stimmte Suse zu und hielt dem

Hund ihre Hand zum Schnuppern hin. Er leckte und knabberte sofort daran. Sie hatte Glück, dass ihre Finger nicht komplett in seinem Maul verschwanden.

»Komm, Mattis, wir müssen uns beeilen. Ich muss noch Schulaufgaben machen.« Klang nicht begeistert. »Tschüss!«

»Tschüss, viel Spaß!«

»Dein Ernst?« Ronja schnitt eine Grimasse und zog ab. Im selben Moment stellte Thekla einen dampfenden Becher vor Suse auf den Tisch, zog sich einen Stuhl heran und ließ sich schnaufend nieder.

»Was ist dir denn so auf den Magen geschlagen, Kindchen?«

Suse zögerte. Wie sollte sie jemandem das begreiflich machen, solange sie selbst noch so durcheinander war?

»Hoffentlich hat es nichts mit dem Kerl zu tun, der neben dir saß. War ja ein hübscher Mann, das muss man schon sagen. Auf den hätte ich ein Auge geworfen, wenn ich jünger wäre.« Wieder schien ihr Lachen tief aus ihrem Inneren zu kommen. »Gute Manieren hatte der auch, hat immer sofort gesehen, wenn dir etwas fehlte. Aber ein lausiger Unterhalter.« Sie zog die Nase kraus. Suse musste lächeln. »Heinrich hat mir erzählt, dass er sich an Bord ganz seltsam benommen hat. Der macht dir doch keine Schwierigkeiten? Womöglich ist das so ein Stalker, oder wie sagt man heute?«

»Ja, sagt man. Nein, ist er nicht.« Sie probierte einen Schluck Tee. »Der schmeckt aber gut. Du verrätst bestimmt nicht, welche sieben Kräuter drin sind, oder?«

»Auf keinen Fall«, erklärte Thekla bestimmt und grinste über das ganze Gesicht.

Zu Suses Überraschung kam Ronja zurück. Es konnten erst wenige Minuten vergangen sein, seit sie sich verabschiedet hatte. Von Mattis war weit und breit nichts zu sehen. Sie warf ihre Schultasche auf einen Stuhl und setzte sich zu ihnen an den Tisch.

»Ich denke, du könntest dich zu Hause besser konzentrieren«, sagte Thekla streng. »Außerdem könntest du Mattis im Blick behalten. Wenn er noch einen meiner Schuhe zerkaut, bist du dein Taschengeld für die nächsten Monate los.«

»Deine Tochter passt auf ihn auf, Omi«, flötete Ronja und schenkte Thekla einen gekonnten Augenaufschlag. »Wie soll ich gleichzeitig Hausaufgaben machen und auf Mattis aufpassen?«

»Wie machst du es bloß, dass du immer das letzte Wort hast? Ich wette, das hast du dir von deiner Großmutter abgeguckt.« Thekla zwinkerte fröhlich. Ronja küsste die Luft und pustete in Theklas Richtung, als könnte sie den Kuss zu ihr lenken. Dann schlug sie ein Buch und ein Heft auf und schien darin zu versinken.

»Wenn du nicht über deine Magenverstimmung reden möchtest, ist es in Ordnung.« Thekla ließ nicht so schnell locker, wie es aussah. »Ich nehme an, Ziska zieht dir schon genug Würmer aus der Nase, was?«

»Sie macht das wirklich gut«, stimmte Suse zu. »Es überrascht mich überhaupt nicht, dass sie so erfolgreich ist.« Sie trank einen weiteren Schluck. »Meine Mutter hatte Lungenkrebs«, sagte sie plötzlich und wunderte sich selbst darüber, aber sie hatte das Bedürfnis, mit jemandem über den Artikel zu reden. Also erzählte sie von der Müllentsorgungsanlage, die in der Nähe ihres Heimatdorfes gebaut, und von dem Abfall, der aus dem Westen geliefert und dort verbrannt worden war.

»Tja, das war die typische Devisenbeschaffung«, sagte Thekla. Ihre Miene zeigte deutlich, was sie davon hielt. »KoKo, Kommerzielle Koordinierung hat man das damals genannt. Hört sich gleich viel harmloser an.«

»Na ja, Devisenhandel war legal«, setzte Suse an.

»Hä, wieso denn Devisenhandel?«, wollte Ronja wissen.

»Devisen sind Währungen anderer Länder«, begann Suse.

»Ich weiß schon, was das ist, ich verstehe nur den Zusammenhang nicht ... Also, das Geld in der DDR war nix wert, stimmt's?«

»Kann man so sagen«, gab Thekla ihr recht. »Deshalb ja Beschaffung. Die Wirtschaft in der DDR stand sowieso ständig kurz vor dem Kollaps. Steigende Rohstoffpreise auf dem Weltmarkt hätten dem Land jederzeit das Genick brechen können. Darum brauchte man große Summen in Währungen, die einen hohen Wert hatten und auch behielten.«

»Und deshalb haben die Ossis den Müll der Wessis genommen?« Ronja sah ihre Oma aufmerksam an.

»Ossi, Wessi.« Thekla schnaufte. »Du weißt genau, dass ich nicht leiden kann, wenn du das sagst. Solange selbst Kinder wie du, die Deutschland nie geteilt erlebt haben, solche Begriffe benutzen, wird die Trennung immer in den Köpfen bleiben.«

»Ich bin kein Kind mehr«, beschwerte sich Ronja.

»Dann wirst du meine Argumentation bestimmt verstehen und dir diese fürchterlichen Bezeichnungen abgewöhnen«, stellte Thekla fest und sah sie triumphierend an.

»Wieso hat die DDR mit der BRD Geschäfte gemacht?«, wollte Ronja wissen. »Das kapier ich nicht. Ich denke, die waren Feinde.«

»Sag mal, was lernt ihr eigentlich in der Schule?« Thekla schüttelte den Kopf.

»Das jedenfalls nicht. Glaube ich«, setzte sie leiser hinzu. »Geschichte ist nicht so mein Ding, zumindest, wenn sie so theoretisch ist.«

»Das ist ein Fehler.« Thekla verschränkte die Arme.

»Ist doch sowieso alles lange vorbei.« Ronja pustete sich eine Strähne aus der Stirn und wollte sich gerade wieder ihrem Buch zuwenden.

»Gewesen ja, aber nicht vorbei«, widersprach Thekla ihr.

»Und wo soll da der Unterschied sein?«

»Vergangenheit wirkt nach, sie hat Folgen für die Gegenwart und die Zukunft. Afghanistan ist ein gutes Beispiel.« Ronja machte ein fragendes Gesicht. »Durch seine Lage hatten schon früh diverse Mächte Interesse daran, dort Einfluss zu haben. Das Land ist ein prima Korridor zum Indischen Ozean. Obendrein lassen sich einige Staaten von dort bestens beobachten, die man gern im Blick hat. Iran etwa oder Pakistan. Jedenfalls haben erst Kolonialherren ihre gierigen Finger ausgestreckt, knapp hundertfünfzig Jahre später griffen Russen und Amerikaner ins afghanische Regierungsgeschäft ein. Nachdem sie damit aber nicht so recht vorangekommen sind und aufgegeben haben, herrschte Chaos. Perfekte Voraussetzungen für die Taliban, von denen du ja wohl hoffentlich in der Schule etwas gehört hast, um durchzustarten und zu einer bedeutenden Größe im Land zu werden.« Suse beobachtete, wie gebannt Ronja an den Lippen ihrer Großmutter hing. »Übrigens wurden diese Banditen vom Westen unterstützt.«

»Ach, echt?« Ronja knabberte auf ihrer Unterlippe.

»Ja, echt. Ich will das nicht weiter auswalzen, du sollst schließlich Hausaufgaben machen.« Thekla zögerte. »Obwohl ich manchmal glaube, bei mir würdest du mehr lernen.« Sie seufzte. »Jedenfalls war das nicht der einzige Fehler, den die Westmächte gemacht haben. 2014 gab es eine Wahl, die überraschend demokratisch abgelaufen ist. Was machen die Amerikaner? Mischen sich ein und machen einen zum Präsidenten, der vom Volk nicht die meisten Stimmen bekommen hat.« Sie zuckte mit den Schultern. »Du siehst, wie das, was gewesen ist, sich auf das auswirkt, was kommen wird. Nach dem erneuten Abzug der westlichen Soldaten mussten viele Menschen sich ein neues Zuhause suchen, für deren Gegenwart hat die Vergangenheit also massive Folgen. Und das Ansehen des Westens?« Thekla winkte ab. »Das hat ordentlich gelitten. Was das für die Zukunft noch alles bedeuten wird, mag ich mir nicht vorstellen.«

»Was du alles weißt! Taliban unterdrücken Frauen und so, schon klar. Aber das, was du eben erzählt hast, habe ich noch nicht gehört.«

»Weil ihr nur dieses Instant-Zeugs lernt«, meinte Thekla.

»Das heißt Instagram! Und das lernen wir nicht in der Schule. Leider.«

»Da gebe ich dir ausnahmsweise recht. Wäre besser, man würde euch einen vernünftigen Umgang damit beibringen.«

»Bitte, Omi, jetzt nicht das Thema!« Ronja schnitt eine Grimasse und röchelte, als würde sie es auf keinen Fall ertragen, auch darüber noch einen Vortrag zu hören.

»Auf jeden Fall erklärt die Vergangenheit oft die Zukunft«, sagte Suse nachdenklich.

»Ganz genau«, stimmte Thekla ihr zu. »Wenn du auf Zack sein und die Welt wenigstens ein bisschen verstehen willst, lohnt es sich, im Geschichtsunterricht aufzupassen.«

»Okay, cool.«

Ronja widmete sich ihren Aufgaben, und Suse fasste kurz zusammen, was in dem Artikel über Schöneiche gestanden und warum er sie so aus der Fassung gebracht hatte. Sehr kurz. Ihre Gedanken drehten sich vor allem darum, wie Meeno und ihre Vergangenheit wohl zusammenhingen und was das für ihre Zukunft bedeutete. So burschikos Thekla sein konnte, so sensibel war sie auch. Sie spürte offenbar, dass Suse Zeit brauchte, und verdrückte sich unter einem Vorwand in die Hütte. Als sie zurückkam, war das Thema endgültig beendet.

»Hast du inzwischen eigentlich jemanden gefunden, der sich morgen um Mattis kümmert?«, wollte sie von Ronja wissen.

»Ich dachte, du hast Ziska gefragt.«

»O nein, Fräulein, schön bei den Tatsachen bleiben. Wir haben ausdrücklich vereinbart, dass Mattis dein Hund ist und du Ersatz besorgst, wenn du ihn nicht selbst betreuen kannst.«

»Fräulein sagt man nicht mehr«, protestierte Ronja leise. Es half ihr nicht weiter. »Ziska macht das bestimmt. Die Zwillinge finden Mattis obersüß, die freuen sich.«

»Kann ja alles sein, aber du musst sie fragen«, beharrte Thekla.

»Hat die nicht schon genug um die Ohren?«, mischte sich Suse ein. »Coaching, Gäste, Dachbodenausbau und die Zwillinge. Ich könnte mit ihm spazieren gehen.«

»Cool, danke!« Ronja strahlte.

»Moment, mein Fräu… junge Dame. Das ist ein sehr nettes Angebot, und es ist wahr, Ziska hat tatsächlich jede Menge zu tun.«

»Vor allem, wenn Ingolf Reuther weiter so anspruchsvoll ist«, erzählte Suse. »John muss schon für ihn einkaufen.«

»Der Politiker?« Ronja riss die Augen auf.

»Du kennst ihn?« Thekla sah sehr zufrieden aus. »Anscheinend ist bei dir ja doch noch nicht Hopfen und Malz verloren«, stellte sie vergnügt fest und kassierte einen Knuff.

»Der ist voll berühmt, den kennt jeder!«

»Leider erwartet er das auch«, meinte Suse und verdrehte vielsagend die Augen. »Also, soll ich mit Mattis morgen eine Runde drehen?«

»Warum denn nicht, Oma?«

Darauf hatte Thekla auch keine Antwort. Also verabredeten sie sich für den nächsten Tag, ehe sich Suse auf den Rückweg machte.

Während sie die Stufen vom malerischen Fischerort zurückging, musste sie daran denken, wie sehr ihre eigene Gegenwart und womöglich Zukunft von ihrer Vergangenheit beeinflusst war. Nicht nur in Bezug auf Meeno. Interessanter Gedanke, wenn man ihn gründlich durchspielte. Die Kapelle von Vitt tauchte vor ihr auf. Der Anblick des achteckigen Bauwerks war ihr inzwischen vertraut, doch sie hatte ihm bisher noch keine Beachtung geschenkt. Jetzt brach ein Sonnenstrahl durch die Wolkendecke und strahlte die gemauerten weißen Wände an, als wollte er sie auf die kleine Kirche aufmerksam machen. Würde es das schlichte Kreuz auf dem Dach nicht geben, wäre Suse nicht auf die Idee gekommen, dass es sich um ein Gotteshaus handelte. Ihr fiel ein, dass Franziska ihr empfohlen hatte, hineinzugehen.

Suse zögerte, sie hatte mit Kirche nicht viel am Hut. Schließlich siegte ihre Neugier. Immerhin hatte Franziska von einem magischen Ort gesprochen. Der Eingang lag in einem kleinen Vorbau. Sie trat ein und fröstelte. Es war kühl in dem Gemäuer. Vor allem war es so ruhig, dass sie meinte, die Stille hören zu können. Ging das überhaupt? Sie war allein, keine Menschenseele weit und breit. Genau das, was sie jetzt brauchte.

Suse ging die wenigen Schritte bis in den kleinen Altarraum. Dort thronte auf zwei Beinen eine flache Metallschale in Form eines Fisches. Klar, das war sicher die Kirche der Fischer, die unten im Dorf lebten, ging ihr durch den Kopf. Doch dann entdeckte sie ein Schild, auf dem der Fisch mit der markant gekreuzten Schwanzflosse zu sehen war, das Symbol des Christentums. Sie kannte dieses Zeichen zwar, hatte sich mit der Bedeutung aber noch nie beschäftigt. So wie sie noch nie eine dieser Opferkerzen angezündet hatte, die hier in der mit Sand gefüllten Schale standen. Was sollte das bringen? Sie las, was es mit dem Fischsymbol auf sich hatte. Von Sohn und Retter stand dort etwas. Wo war der Retter denn gewesen, als ihre Mutter ihn gebraucht hätte? Hatte es in ihrem Leben je einen gegeben? Schön wär's, aber sie hatte sich immer selbst helfen müssen, was auch passiert war. Stattdessen lief ihr nun ausgerechnet der Sohn von dem Mann über den Weg, der mit dem Tod ihrer Mutter etwas zu tun haben könnte. Für eine Sekunde fürchtete Suse, ihre Gedanken könnten wieder in das gleiche Karussell steigen, dem sie vorhin entflohen war. Doch im nächsten Moment wurde sie vollkommen ruhig. Keine Spirale mehr in ihrem Kopf, kein Drehen, kein Druck im Magen. Ganz automatisch nahm sie eins der Teelichter und zündete es an. Ihr Blick verlor sich in der Flamme. Als würden daraus Worte aufsteigen und sich ringsum an die Mauern heften, sah Suse sie regelrecht vor sich: Ende mit den Nachforschungen, solange sie nicht mit Meeno geredet hatte. Der Ort hatte vielleicht wirklich etwas Magisches, eins hatte er mit Sicherheit: recht! Voreilige Schlüsse zu ziehen würde nichts bringen außer Streit und Ungerechtigkeit. Sie würde ihn fragen, warum er kein Wort über den Beruf seines Vaters gesagt hatte. So einfach war das.

Zurück an der Villa, fühlte sich Suse noch immer ruhig und zufrieden. Nicht einmal der Anblick von Reuthers Adlatus konnte ihre Laune verderben. Als er sie entdeckte und direkt auf sie zusteuerte, musste sie allerdings einmal tief durchatmen. Musste eigentlich immer eine Herausforderung um die Ecke kommen, wenn es ihr gerade gut ging? Das Schicksal hatte einen seltsamen Humor.

»Guten Abend, wie schön, Sie zu sehen.« Er lächelte. Nicht herzlich, aber sehr professionell.

»Ach ja?«

»Ich muss mich bei Ihnen entschuldigen. Gunther Haas, rechte Hand von Herrn Reuther.« Er streckte ihr seine Rechte hin.

»Suse Fink«, entgegnete sie.

Suse fragte sich, warum er sich nicht Wochen oder wenigstens Tage vorher um eine Buchung gekümmert hatte, schluckte den Gedanken jedoch hinunter. Vielleicht hatte er das getan, doch etwas war schiefgegangen. Das würde seine Aufregung erklären.

»Klar, kann ich mir vorstellen«, sagte sie nur.

»Danke für Ihr Verständnis.« Anstatt sich wieder seinen wichtigen Aufgaben zu widmen, um keine weitere kostbare Sekunde zu verlieren, blieb er stehen und betrachtete sie aufmerksam. »Sie machen hier Urlaub?«

»Ja.«

»Inklusive Coaching?«

»Finden Sie die Frage nicht etwas indiskret?«

»Nein, so war es jedenfalls nicht gemeint. Ich finde es einfach hochinteressant, dass ein Coach, der früher einmal die erste Riege des Managements beraten hat, jetzt Feriengäste berät. Ich frage mich, mit welchen Problemen die hier ankommen.«

»Was noch indiskreter ist.«

»Dann muss ich meine Neugier wohl zügeln.« Er lachte so plötzlich, dass Suse beinahe erschrak. Komischer Typ, Freunde würden sie wohl nicht mehr werden. »Aber was Sie hier so machen, darf ich fragen, oder? Die Villa ist schließlich etwas ab vom Schuss, wie man so sagt. Suchen Sie gerade die Ruhe?« Ehe Suse wusste, was sie ihm antworten wollte, schob er nach: »Oder sind Sie Taucherin?«

»Wie kommen Sie darauf?«

»Sie wirken sportlich und abenteuerlustig. Außerdem ist nicht weit von hier ein Segelschiff gekentert.« Suses Magen zog sich zusammen. »Man munkelt, so ein Wrack zieht Schatzsucher an.«

»Ich habe nur von einem Schiff gehört, das in der Nähe verunglückt ist. Das liegt allerdings Jahre zurück. Außerdem ist das Wrack längst geborgen. Wer hofft, heute noch etwas davon zu finden, muss ziemlich dämlich sein.«

»So, der Kahn liegt gar nicht mehr auf dem Grund der Ostsee. Ich war der Meinung … Ist doch für Taucher eine beliebte Sache, sich im Inneren so eines alten Seelenverkäufers umzusehen, dachte ich.« Er wechselte den Ton. »Immer die Spannung, ob sich etwas Kostbares entdecken lässt, gepaart mit dem leichten Grusel, dass plötzlich eine Hand aus einem Spalt lugt.« Er bewegte den rechten Arm, als würde der im Wasser treiben, und schüttelte sich gleich darauf.

»Ich habe damit zwar keine Erfahrungen, aber ich glaube, Sie verwechseln hier gerade etwas«, stellte sie nüchtern fest, ohne auf seine komische Darbietung einzugehen. »Ein Containerschiff in der Karibik mag Wracktaucher anziehen und den Begriff des Seelenverkäufers verdienen. Wenn in diesen eher flachen Gewässern ein Boot sinkt, muss es weg, um nicht zur Gefahr für andere zu werden«, gab sie wieder, was Heinrich erklärt hatte. »Übrigens finde ich Ihre Hand, die aus einer Spalte lugt, ziemlich geschmacklos. Der Skipper ist immerhin umgekommen. Wussten Sie das nicht?«

»Liebe Güte, nein, so gründlich habe ich mich damit nicht beschäftigt. Ich habe nur davon gehört, dass … Tut mir leid, wenn Sie jetzt schon wieder einen schlechten Eindruck von mir gewonnen haben.«

Vor allem hatte sie den Eindruck, dass er plötzlich alle Zeit der Welt hatte.

»Sie scheinen sich durchaus näher für den Kahn interessiert zu haben. Wissen Sie auch, was damit passiert ist, nachdem man ihn geborgen hat? Ich meine, wenn der Eigentümer tot ist … So ein Segelschiff wird doch nicht verschrottet, oder?«

Suse sah ihn lange an. »Dazu kann ich Ihnen nichts sagen, das müssen Sie schon selbst herausfinden.«

»Ach was, nein, so wichtig ist das nun wirklich nicht.«

Suse glaubte ihm kein Wort.

»Na schön, ich habe zu tun«, sagte er, rührte sich aber noch immer nicht vom Fleck. »Ich hoffe bloß, dass dieser Rudi sich nicht ausgerechnet bei Ihnen ausweint. Dann denken Sie erst recht, Reuther und Haas sind eingebildete Affen.« Wieder das aufgesetzte Lachen.

»Ich fürchte, ich kann Ihnen nicht folgen. Was hat Rudi denn mit dem gesunkenen Boot zu tun?«

»Nichts!« Das kam sehr schnell. »Kleiner Gedankensprung, kommt bei mir öfter vor. Leider.« Seine Miene, die gerade sehr hart gewirkt hatte, entspannte sich ein wenig. »Der Mann musste für uns seine Unterkunft räumen. Er hat allein ein Appartement bewohnt, das eigentlich für mehrere Personen gedacht ist. Ich nehme an, er hat nun nur noch ein Zimmer.« Er hob beide Hände. »Wir haben das nicht verlangt, aber es ist natürlich sinnvoller, wenn zwei Personen, die obendrein in Ruhe arbeiten müssen, mehr Platz zur Verfügung haben als ein Einzelner, der ohnehin den ganzen Tag auf der Baustelle ist. Ich hoffe, das sehen Sie auch so.«

»Ich glaube nicht, dass meine Meinung eine Rolle spielt. Hätte ich umziehen müssen, wäre ich jedenfalls nicht begeistert.« Sie hatte keine Lust mehr, sich länger mit diesem seltsamen Mann abzugeben. »Na dann, viel Erfolg bei Ihren wichtigen Aktivitäten und einen schönen Tag noch.«

Hundstage

Der Sommer hielt Einzug auf Rügen. Suse hatte schon ihr Frühstück bei weit geöffneter Balkontür genossen. Spatzen saßen draußen auf der Brüstung und übertönten sich gegenseitig mit ihrem Gezwitscher. Kleine Angeber, die Weibchen von ihren Qualitäten überzeugen wollten, dachte sie lächelnd. Ein schneller Blick auf die Uhr. Sie hatte noch etwas Zeit, ehe sie sich auf den Weg nach Vitt machen musste, hatte sie doch Ronja versprochen, Mattis abzuholen. Vorher wollte sie Meeno anrufen. Er hatte ihr am Vorabend eine Nachricht auf dem Handy hinterlassen. Irgendwie war ihr nicht danach zumute gewesen, sich sofort zurückzumelden. Auch jetzt schlug ihr Herz bei dem Gedanken daran einen Takt schneller, aber länger wollte sie das Gespräch auf keinen Fall hinausschieben.

»Hallo, Suse, wie schön, dass du dich meldest.« Es tat gut, seine Stimme zu hören. »Ich dachte schon, du willst womöglich nichts mehr mit mir zu tun haben, nachdem du einiges über mich herausgefunden hast.«

Suse musste schlucken.

»Wieso über dich? Was meinst du?«

»Zum Beispiel, dass ich gern eine saubere Brille habe und einen leichten Hang zur Romantik.« Er lachte leise.

»Das meinst du. Damit könnte ich leben«, sagte sie ernst.

Es entstand eine Pause. »Und womit nicht?«

»Mit Unehrlichkeit.« Sie räusperte sich. »Oder vielleicht eher mangelnder Offenheit. Können wir uns sehen? Ich möchte das nicht gern am Telefon besprechen.«

»Puh, das klingt nicht gerade nach einer entspannten Verabredung.«

»Ich weiß noch nicht«, antwortete sie aufrichtig.

»Finden wir es heraus. Ich würde dich nämlich sehr gern sehen.«

Suse freute sich und hoffte mehr denn je, er hätte eine harmlose Erklärung für sie parat.

Die Übergabe des Vierbeiners ging glatt über die Bühne. Ronja versprach, Mattis spätestens um sieben Uhr am Abend wieder abzuholen. Der Hund tapste fröhlich neben Suse her. Er schien noch keine besonders enge Bindung an seine Familie zu haben, sondern sich über jeden zu freuen, der sich mit ihm beschäftigte. Nachdem sie die Treppen hinter sich gelassen hatten, setzte er sich ohne Vorwarnung hin und ging keinen Schritt weiter. Sie vermutete, dass auch das nichts mit Heimweh zu tun hatte, sondern eher mit Faulheit. Oder der kleine Kerl war große Strecken noch nicht gewöhnt und einfach müde. Suse legte sich ordentlich ins Zeug, lockte, lief ein Stück, warf Stöckchen. Das reichte gerade eben bis zu den ersten Sanddornsträuchern der Plantage. Da war Schluss, nichts ging mehr. Ihr blieb nichts anderes übrig, als ihn auf den Arm zu nehmen.

»In drei, vier Wochen ist das vorbei, das sage ich dir. Dann schleppt dich niemand mehr durch die Gegend. Bist jetzt schon ein ziemlicher Brocken.« Sie wandte ihm ihr Gesicht zu und bekam die Strafe. Mattis' nasse Nase landete an ihrer Wange. Nur durch eine schnelle Kopfbewegung verhinderte sie, von ihm abgeleckt zu werden.

Auf dem Hof stieg Gesa gerade von ihrem Fahrrad.

»Wenn das nicht Mattis ist? Hast du ihn Ronja abgekauft?«

Suse setzte ihn auf den Boden. Sofort rannte er zu Gesa und sprang schwanzwedelnd an ihr hoch.

»Das fehlt mir noch.« Suse lachte. »Nein, ich glaube auch nicht, dass Ronja ihn hergeben würde.«

»Vermutlich nicht.« Gesa ging in die Hocke und kraulte ihm ausgiebig die flauschigen Ohren. »Höchstens für ein Directional Board der neuesten Generation«, sagte sie so beiläufig, als wäre damit alles klar.

»Geht das auch auf Deutsch?«

Gesa lachte. »Ein Kite-Brett. Sprich Ronja nie drauf an, wenn du nicht viel Zeit oder Langeweile hast. Ich habe davon auch keine Ahnung. Aber sie ist eine Granate auf dem Wasser«, erklärte sie voller Bewunderung und erhob sich.

»Macht sie auch Stand-up-Paddling?«, wollte Suse wissen. Wäre natürlich praktisch, direkt in Vitt ein paar Versuche machen zu können.

Gesa winkte ab. »Nee, das ist in ihren Augen Kinderkram, viel zu wenig Action.« Sie schnitt eine Grimasse. Dann hatte sie offenbar eine Eingebung. »Verstehe, Ronja braucht mal wieder einen Dogsitter, und du hast dich nicht flink genug vom Acker gemacht, als sie gefragt hat.«

»Sie wollte Franziska bitten, aber die hat doch genug an den Hacken, dachte ich. Darum habe ich mich angeboten.«

»Echt? Ist ja voll nett!« Gesa strahlte sie an. »Da tust du ein wirklich gutes Werk. Wenn das mit Rudi so weitergeht, hat Ziska nämlich bald noch mehr um die Ohren.«

»Wieso, was ist mit Rudi los?«

»Nicht mehr viel, leider.« Sie rückte das Tuch um ihren Kopf zurecht, das anscheinend während der Fahrt verrutscht war. »Er hat andauernd etwas angeblich Wichtiges zu erledigen und verpieselt sich. Den Dachbodenausbau machen John und Nik wieder mehr oder weniger allein.« Sie seufzte. »Das heißt, ich habe heute eigentlich frei, aber ich dachte, ich guck mal, ob die Jungs tatkräftige Hilfe brauchen.«

»Ist ja schade, dann hat Rudi nicht lange durchgehalten.« Suse fiel das Gespräch mit Gunther Haas ein. »Aber er wohnt noch immer in der Villa?«

»Noch«, sagte Gesa bedeutungsvoll. »Lange macht Nik das aber nicht mehr mit, wenn du mich fragst.«

Kaum hatte Suse es sich auf der Veranda bequem gemacht, sah sie Meeno auf den Hof fahren. Er war früh dran. Ihr Inneres flatterte kurz. Er sah aber auch wirklich gut aus. Und dummerweise musste sie wieder daran denken, wie sie sich geküsst hatten. Es war schön gewesen, ein bisschen aufregend, aber auch warm und irgendwie vertraut.

Als Meeno auf die Holzstufen zuging, die zur Veranda führten, vergaß Mattis sofort seinen Kauknochen und stürmte auf ihn los, als wären sie dicke Freunde.

»Wer bist du denn?« Meeno ging in die Knie. »Du hast gar nicht gesagt, dass du einen Hund hast.«

»Habe ich auch nicht. Ist nur eine Leihgabe.«

»Schade.« Er hatte Mühe, die letzten Schritte bis zu ihr zu machen, ohne das Fellknäuel zu treten, das zwischen seinen Beinen hin und her sprang wie ein Flummi. »Hallo«, sagte er und beugte sich zu ihr, ohne sie aus den Augen zu lassen. Schließlich gab er ihr einen vorsichtigen Kuss auf die Wange.

»Hallo. Schön, dass du gekommen bist.« Eigentlich hatte sie hier in den gemütlichen Korbstühlen bleiben wollen. Nur war es ihr irgendwie nicht geheuer, dass Gunther Haas sie womöglich hören konnte. Warum hatte er sie auf das Boot angesprochen? Das wollte ihr nicht aus dem Sinn gehen. Außerdem hatte sie auf einmal das Bedürfnis, sich zu bewegen. Wie immer, wenn etwas in ihrem Kopf festhing und nicht so recht in Gang kommen wollte, musste sie mindestens ein paar Schritte laufen, um auch ihre Gedanken wieder in Schwung zu bringen. »Ist Gassigehen für dich okay? Ich würde ihn ungern mit in die Ferienwohnung nehmen, ich weiß nicht, wie stubenrein er schon ist.«

»Von mir aus sehr gern, ich liebe Hunde. Ich wollte früher immer einen eigenen haben. Das hat sich aber nie ergeben.«

Sie gingen über den Hof, vorbei an dem kleinen Laden und hinein in die Felder. Keinen Müll reden und nicht lange herumeiern, dachte sie bei sich, sonst wurde es nur peinlich.

»Früher ist ein gutes Stichwort«, begann sie. »Dein Vater ist nicht zufällig der Herbert Sch., der bei Schöneiche eine Entsorgungsanlage gebaut hat?«

»Zusammen mit seinem Kompagnon, ja.«

Hummeln und Bienen schwirrten von einer Löwenzahnblüte zur nächsten. Mattis war sehr an ihnen interessiert, schien zu Suses Erleichterung aber auch Respekt zu haben.

»Warum hast du mir das nicht gesagt?«

»Was mein Vater beruflich macht?« Er verstand offenbar wirklich nicht, warum das für sie ein Problem war. »Ich wäre nicht draufgekommen, dass dich das interessiert.«

»Ich habe dir erzählt, woran meine Mutter gestorben ist. Und ich habe auch erwähnt, dass sie nicht die Einzige mit einer Lungenerkrankung war, sondern dass meiner Meinung nach etwas in der Luft lag, was ihr diesen Schaden zugefügt hat.« Sie atmete einmal tief durch. »Ich bin in der Nähe von Schöneiche aufgewachsen.«

»Das wusste ich nicht, das hast du nicht erwähnt«, sagte er und sah wirklich betroffen aus. Er öffnete den Mund, brachte aber kein Wort mehr heraus. Da stand er vor ihr mit hängenden Schultern. Wie auf dem Fischerboot, dachte sie, als würde er sich plötzlich ganz klein machen.

»Mein Beruf, die Tätigkeit deines Vaters, findest du nicht, es wäre naheliegend gewesen, mir davon zu erzählen?«

»Naheliegend vielleicht, aber nicht wichtig«, gab er zurück. War da ein aggressiver Unterton in seiner Stimme? »Die Arbeit meines Vaters hat nichts mit seinem Tod zu tun. Wenn ich nicht irre, wolltest du mir helfen, mehr über den sogenannten Selbstmord herauszufinden. Ich sehe da keinen Zusammenhang und deshalb auch keine Veranlassung, dir seinen gesamten Lebenslauf zu erzählen«, erklärte er hastig, riss eines der silbrigen Blätter von einem Strauch, drehte es zwischen seinen Fingern hin und her und betrachtete es, als gäbe es daran etwas Spektakuläres zu entdecken. Er sah verloren aus, fand Suse. Gleichzeitig wirkte er ein wenig bockig.

»Ich habe nicht nach seiner kompletten Lebensgeschichte gefragt«, wandte sie ein. »Es ist nur seltsam.«

»Sehe ich nicht so.« Er konnte ihr nicht in die Augen gucken, was ihr nicht gefiel.

»Deine erste Reaktion auf meinen Beruf war typisch. Du warst überrascht, weil ich eine Frau bin, noch dazu eine nicht besonders große und kräftige.«

»Die pure Untertreibung.« Das erste Lächeln seit einer Ewigkeit huschte über seine Lippen.

Suse sprach weiter: »Außerdem hast du mich glauben lassen, du kennst niemanden, der in dieser Branche beschäftigt ist.«

»Stimmt ja auch. Mein Vater hat verschiedene Industrieanlagen geplant und errichtet. Wäre eine Raffinerie dabei, würde ich auch nicht behaupten, er sei im Ölgeschäft gewesen.«

So kamen sie nicht weiter. Machte er das absichtlich, oder verstand er wirklich nicht, was sie beschäftigte?

»Kannst du dich denn kein bisschen in meine Lage versetzen, Meeno? Ich versuche, etwas über deinen Vater zu finden, und das Erste, was mir in die Finger kommt, ist ein Artikel über eine Fabrik, die auf seinem Mist gewachsen ist und vermutlich Menschen krank gemacht hat. In der Gegend, in der ich aufgewachsen bin. Meine Mutter war krank, ausgelöst durch Luftverschmutzung.«

»Vermutest du«, korrigierte er sie.

»Herrgott, selbst wenn es nur eine Vermutung ist, lässt der Zusammenhang bei mir alle Alarmglocken schrillen.«

Sie hatten die Sanddornplantage längst hinter sich gelassen und gingen auf einem Schotterweg in Richtung Steilküste. Mattis war diese Wanderung eindeutig zu lang. Obendrein schenkte ihm niemand Aufmerksamkeit, ein Zustand, den er mit Leichtigkeit zu ändern wusste. Er umkreiste erst Meeno, lief dann Suse vor die Füße und ließ sich anschließend an Ort und Stelle nieder. Ehe sich die beiden aus der Schlinge, die die Leine bildete, befreien konnten, hörten sie eine Stimme, die ziemlich aufgeregt klang.

»Heben Sie Ihren Hund hoch«, schrie ein Mann aus ziemlicher Entfernung und fuchtelte wild mit den Armen.

»Was geht den das denn an?« Suse sah Meeno fragend an. »Ist ja wohl nicht seine Sache, ob wir Mattis auf den Arm …« Weiter kam sie nicht.

»Nehmen Sie ihn hoch, los!«, tönte es.

Im nächsten Augenblick verstand Suse. Ein Rottweiler von beeindruckender Masse brach aus den Büschen und rannte direkt auf sie zu. Sie trat eilig aus der Schleife der Leine und bückte sich. Mattis hatte sich erhoben und wedelte. Er freute sich offensichtlich auf den Spielkameraden, der da auf ihn zustürmte.

»Das ist nicht unsere Kragenweite, Kleiner«, sagte Suse und schnappte sich das Fellknäuel. »O Gott, hoffentlich kann der bremsen«, flüsterte sie.

»Höher!«, brüllte der Mann da. Er war augenscheinlich der Besitzer, Suse erkannte jetzt eine Leine in seiner Hand. Na super, das galoppierende Kalb war kein herrenloser Streuner, sondern dem schreienden Kerl ausgebüxt. »Viel höher!«, kommandierte der. Suse wusste nicht, was sie tun sollte. Nicht mehr lange, dann war der Rottweiler bei ihr. Wenn der an ihr hochsprang … Sie streckte die Arme samt Mattis hoch.

»Ich nehme ihn«, entschied Meeno und griff sich auch schon den reichlich verunsicherten Welpen. Gute Idee. Wenn das Vieh sich auf die Hinterbeine stellte, war es vermutlich größer als sie.

»Rufen Sie Ihren Köter endlich zurück«, blaffte Suse das Herrchen an, das sich keuchend und leider sehr langsam näherte.

»Das hat keinen Sinn, der kommt nicht. Außerdem tut er ja nichts«, japste der Mann.

»Wenn er jetzt noch sagt, der will nur spielen, bringe ich ihn um«, knurrte sie. Keine Zeit mehr, sich um den Zweibeiner zu kümmern, denn der Vierbeiner hatte sie erreicht. Er sah zwar freundlich aus, aber geheuer war Suse die Begegnung nicht. Instinktiv drehte sie ihm den Rücken zu. Meeno tat es ihr nach. Die Leine verhedderte sich erneut und nun endgültig, zog sich fester um die beiden, je länger sie umeinander herumtänzelten, bemüht, trotz der mindestens sechzig Kilo standhaft zu bleiben, die wieder und wieder gegen sie prallten. Irgendwann war Herrchen endlich bei ihnen, nahm seinen Hund an die Leine und hatte glücklicherweise genug Kraft, ihn von Meeno, Suse und Mattis fernzuhalten.

»Komm her, Bilbo. Das ist pfui«, erklärte er dem Tier streng. »Das weißt du doch.«

Suse und Meeno standen noch immer wie angewurzelt. Meeno ließ Mattis langsam bis auf Brusthöhe herunter, behielt ihn aber noch auf dem Arm.

»Das ist ein Baby, Bilbo, das erschreckt sich. Das machst du kaputt, wenn du damit spielst.« Bilbo zog weiter an seiner Leine. Er konnte anscheinend mit dem Risiko leben, den Kleinen beim Toben plattzumachen.

»Vielleicht sollten Sie ihn nicht frei laufen lassen, wenn er nicht gehorcht«, schlug Meeno vor.

»Wie gesagt, er ist harmlos, nur ein bisschen stürmisch. Ich bringe es nicht übers Herz, ihn ständig anzubinden. Er ist erst anderthalb Jahre alt, also auch noch fast ein Kind. Der muss sich austoben.« Er beugte sich ein wenig vor und tätschelte den Kopf des Riesenviehs. »Nicht, Bilbo, Leine ist doof. Du willst laufen. Jaa, das willst du, das ist fein.«

Suse und Meeno sahen sich an. Sie schüttelte sacht den Kopf. Der Mann wünschte ihnen einen schönen Tag und ging fröhlich seines Weges, den Rottweiler hinter sich herzerrend.

»Dieses Kalb heißt ernsthaft Bilbo?« Suse konnte sich ein Grinsen nicht verkneifen. »Wie der kleine Hobbit aus dem Auenland?«

»Als der Hund den Namen bekommen hat, war er noch klein.«

»Ich glaube, du kannst Mattis jetzt absetzen. Und dann müssen wir uns aus diesem gordischen Knoten befreien.«

»Findest du? Ich find's eigentlich ganz gemütlich.«

Gemütlich wäre nicht das Wort, das Suse gewählt hätte, aber schön fand sie die Nähe auch, die endlich wieder entspannte Stimmung zwischen ihnen.

»Ich könnte stundenlang so stehen bleiben«, sagte Meeno leise und sah ihr in die Augen.

»Apropos, wir waren bei den Alarmglocken stehen geblieben«, erinnerte sie ihn, entwirrte die Leine und sorgte nun doch für etwas Abstand.

»Ich erinnere mich«, antwortete er leicht resigniert. »Suse, ich versichere dir, es ist ein Fehlalarm. Der einzige Punkt, in dem ich nicht aufrichtig war, ist der Zusammenhang zwischen dem Tod und dem Beruf meines Vaters. Jemand will ihm etwas anhängen, davon bin ich überzeugt. Ich wollte nicht … Ich hatte Angst, dass du genau das denkst, was du jetzt denkst. Entschuldige, es war blöd von mir zu glauben, du würdest es nicht sowieso erfahren.«

»Ziemlich blöd«, stimmte sie zu.

»Wie lange bist du noch hier? Auf Rügen, meine ich.«

»Eine knappe Woche. Warum?«

»Weil das Zeit genug ist, dir in Ruhe zu erzählen, was ich weiß und was ich vermute. Und weil ich gern möglichst viel dieser

Woche mit dir verbringen möchte. Könntest du dir das vorstellen?« Er wandte den Kopf ein wenig, sodass die Sonne, die hinter ihm stand, seine Brille traf. Suse musste lachen. »Was ist so witzig daran?«

»Daran gar nichts.« Sie deutete auf das rechte Glas. »Mattis hat dir einen Knutschfleck hinterlassen. An einer Stelle, an der du das gar nicht leiden kannst.«

Er riss sich die Brille von der Nase.

»Das stört mich schon die ganze Zeit, aber ich konnte doch schlecht anfangen, das Glas zu wienern, während wir aneinandergekettet waren.«

Nachdem Ronja ihren kleinen Rabauken wieder abgeholt und sich zum Dank sogar bereit erklärt hatte, Suse eine Schnupperstunde auf einem Stand-up-Brett zu ermöglichen, mit Todesverachtung natürlich, gingen Suse und Meeno nach Putgarten. Das gastronomische Angebot war überschaubar, die wenigen Restaurants, die es gab, machten ihre Pforten früh dicht. Während des Essens erzählte Meeno von seinem Vater.

»Ich habe dir ja gesagt, dass meine Eltern sich früh getrennt haben. Meine Mutter hat mich zu sich genommen, das war so üblich. Ein Kind gehört zu seiner Mutter. Den Spruch kennst du bestimmt auch.« Suse wusste nicht, was sie sagen sollte. Sie schluckte die Traurigkeit hinunter, die sie in diesem Moment unvorbereitet und mit voller Wucht traf. »Entschuldige. Das war ja sehr taktvoll von mir.« Er berührte behutsam ihren Arm. »Tut mir leid.«

»Stimmt doch, Kinder sollten bei ihren Müttern aufwachsen, wenn die noch da sind. Im besten Fall allerdings bei beiden Elternteilen, wenn du mich fragst.«

»Sehe ich genauso. Wenn die Mutter, wie in meinem Fall, eigentlich kein großes Interesse an dem Nachwuchs hat, wäre der beim Vater nur besser aufgehoben. Nein, so ganz stimmt das nicht. Sie war wohl eher überfordert und hätte lieber mehr Zeit in schicken Restaurants und Hotels verbracht. Egal, spielt keine Rolle.« Er trank einen Schluck. »Um die Geschichte etwas abzukürzen: Ich hatte weder zu meinem Vater noch zu meiner Mutter eine besonders gute Beziehung. Zwar war es meine Idee, irgendwann zu ihm zu ziehen, bloß war er nicht geübt darin, mit einem Teenager unter einem Dach zu leben. Es ist darauf hinausgelaufen, dass ich in eine WG gezogen bin, ehe ich achtzehn war.«

»Puh, nicht schlecht. Du hast ja wirklich fast so eine tolle Kindheit wie ich.« Sie zog die Augenbrauen nach oben.

»Ich erzähle dir das, damit du mir glaubst, dass ich nicht viel von meinem alten Herrn weiß, von seinen beruflichen Projekten. Von der Entsorgungsanlage wusste ich natürlich. Nur hat er sie kurz nach der Scheidung gebaut, da war ich vielleicht drei oder so.«

»Okay, da hattest du vermutlich noch keinen Sinn für Industriebetriebe, sondern hast dich eher für Teddys oder Autos interessiert.«

Eine Kellnerin trat an ihren Tisch. »Kann ich Ihnen noch etwas bringen? Wir würden sonst gern Feierabend machen.«

Meeno wollte Suse einladen, doch sie lehnte ab. Auf dem Weg zurück zur Villa Sanddorn nahm Suse den Faden wieder auf.

»Wie war das, hast du irgendwann von den Gerüchten gehört, die sich um die Arbeit deines Vaters rankten?«

»Nein.« Sie sah ihn überrascht an. »Mein Vater hat mich selbst draufgestoßen. Das erste Mal habe ich mir noch nicht viel dabei gedacht. Das war Mitte der Neunziger, ich muss also vierzehn oder fünfzehn gewesen sein. Da ist er nach Berlin zur Treuhand gefahren. Dieser Begriff ist gefallen, das weiß ich noch. Dabei hieß die damals schon nicht mehr so und hatte sich auch in ihrer Struktur verändert. Das ist mir aber erst viel später klar geworden, als ich erwachsen war und nachgeforscht habe.«

»Und was wollte dein Vater von denen?«

»Wie so viele andere Betriebe auch ist die Entsorgungsanlage von der Treuhand privatisiert worden. Er hatte gehofft, auf diesem Weg an alte Unterlagen zu kommen.«

»Hört sich so an, als ob ihm das nicht gelungen wäre.«

Sie schlenderten auf den Hof und ließen sich, als hätten sie es so besprochen, noch auf der Veranda nieder.

»Nein. Einige Dokumente sind wohl direkt bei der Umstellung vom VEB zu einem Betrieb, der den Regeln der Marktwirtschaft zu folgen hat, verloren gegangen. Andere dann, als wiederum die Treuhand umgekrempelt wurde.«

Ein paar Grillen zirpten und sorgten dafür, dass sich der Abend nach Sommer und Süden anfühlte. Nur die Temperatur wollte nicht recht dazu passen. Suse fröstelte. Sofort machte Meeno Anstalten, seine Jacke auszuziehen.

»Kommt ja nicht infrage«, sagte sie und stand auf. »Merk dir, wo du warst, ich hole mir eine Strickjacke. Soll ich dir eine Decke mitbringen?«

»Uns.« Er sah zu ihr auf. Da war wieder dieser sanfte Glanz in seinen Augen, den sie so mochte. Sie lächelte. Zwei Minuten später hatten sie ihre Korbstühle zusammengerückt und kuschelten sich aneinander.

»Du sagtest vorhin, das erste Mal hast du dir noch nichts dabei gedacht. Das heißt, es gab noch einen Hinweis deines Vaters?«

Er nickte. »Das war 2017, ein Jahr vor seinem Tod. Ich werde das nie vergessen. Wir hatten uns zum Essen verabredet. Sonderlich oft haben wir uns nicht gesehen. Ich hatte viel zu tun und wohnte ja auch einige Kilometer weg in Hamburg. Er lebte in Flensburg. Wir haben uns also unterhalten. Am Nachbartisch saß ein Mann allein und las Zeitung. Mein Vater sah beiläufig zu ihm hinüber, entdeckte etwas und war mit einem Schlag wie paralysiert. Ich war genervt, weil er mir überhaupt nicht mehr zugehört hat. Er entschuldigte sich und fragte den Mann, ob er die eine Seite haben könnte, was ich echt peinlich fand.«

»Was hat ihn denn so aus der Fassung gebracht?«

»Eine Überschrift: Schon wieder Hinweise auf dubiose Machenschaften in der Müllverbrennungsanlage Schöneiche.« Suse holte tief Luft, unterbrach ihn aber nicht. »Er war blass geworden und sagte zu mir: ›Das hätte ich verhindern können. Wenn ich nicht so lange gewartet hätte, hätte ich es verhindern können.‹«

»Was sollte das bedeuten?«

»Das habe ich ihn natürlich auch gefragt, nur leider keine Antwort bekommen. Er hat lediglich davon gesprochen, dass es ein Fehler sein könne, niemandem schaden zu wollen. Das sei nicht immer möglich, meinte er. Manchmal müsse man jemandem wehtun, um Schlimmeres zu verhindern.«

»Klingt beängstigend.«

»Das war es. Vor allem die Art, wie er das sagte. Er hat an dem Abend beinahe auf mich gewirkt, als würde er den Verstand verlieren oder zumindest kurz vor einem Nervenzusammenbruch stehen«, beendete er seinen Bericht leise.

Eine Weile saßen sie schweigend nebeneinander. Inzwischen war es dunkel, und die Feuchtigkeit ließ sich auch von der Wolldecke nicht mehr abhalten.

»Zeit, ein bisschen Schlaf zu kriegen«, sagte Suse. »Wie es aussieht, haben wir eine Menge Arbeit vor uns.«

Er sah sie an. »Du willst mir immer noch helfen, den Tod meines Vaters aufzuklären? Bist du jetzt nicht irgendwie befangen?«

»Ich glaube nicht. Ich hoffe nur, du hast keine Geheimnisse mehr vor mir, die etwas mit der Sache zu tun haben.« Er schüttelte den Kopf, und sie wollte ihm nur zu gern glauben. »Dann sehen wir uns morgen früh?«

»Danke, Suse.«

Forschungsreise in die Vergangenheit

Aufgeregt?« Suse sah Meeno von der Seite an. Seit er sie nach dem Frühstück abgeholt hatte, war er auffallend schweigsam gewesen. So hatte sie ihn bisher nur auf dem Fischerboot erlebt.

»Eher nachdenklich.« Er nahm seinen Blick nicht von der Straße. »Du bestehst auf absoluter Offenheit, da wirst ausgerechnet du mich wohl kaum anflunkern, nehme ich an.« Das klang so, als würde er jedes Wort mit Bedacht wählen.

»Nein, warum sollte ich. Vor allem: Inwiefern meinst du, dass ich nicht ehrlich zu dir bin?«

»Ich habe nicht gesagt …«

Sie unterbrach ihn: »Aber gedacht. Wenn jemand einen Satz beginnt mit: Ich kann doch bestimmt davon ausgehen, dass du aufrichtig zu mir bist, dann zweifelt er genau das an.«

»Ich mache mir eben meine Gedanken. Ist doch komisch, dass eine Ffkk … wie heißt das noch?«

»FfKA, Fachkraft für Kreislauf- und Abfallwirtschaft«, gab sie zurück.

»Genau. Wieso kannst du so gut recherchieren? Glaubst du, ich hätte nicht auch diverse Begriffe in Suchmaschinen eingegeben? Weit bin ich damit nicht gekommen. Du dagegen hast im Handumdrehen einen Menschen ausfindig gemacht, der in Stralsund lebt und uns vielleicht relevante Hinweise geben kann. Obendrein hat er auch gleich Zeit für uns.«

»Letzteres ist reines Glück.« Sie ließ ein paar Sekunden vergehen. »Die Recherche ist Trainingssache. Ist eben mein Hobby.«

Jetzt sah sie ihn wieder an. »Was hast du denn gedacht, dass ich die Detektivin von uns beiden bin?«

»Eher nicht. Obwohl, das ist schließlich auch ein Beruf.« Sie dachte schon, mehr würde er dazu nicht sagen, doch dann ergänzte er: »Wohl eher Journalistin oder so.«

»Der Skandal liegt etwa vierzig Jahre zurück. Vor ungefähr fünf Jahren stand dazu mal wieder ein kurzer Artikel in irgendeinem Regionalblättchen. So weit richtig?« Er nickte. »Du glaubst ernsthaft, dass eine Reporterin sich jetzt der Sache annimmt, weiß, wer du bist, und sich an deine Fersen heftet, um brühwarm als Erste berichten zu können?«

Er grinste schief. »So ungefähr.« Dann räusperte er sich.

»Klingt nicht gerade plausibel. Es sei denn, es gibt einen aktuellen Anlass, sich für die alte Geschichte zu interessieren, von dem ich noch nichts weiß.«

»Das kann ich nicht genau sagen«, antwortete er, als er das Schweigen wohl nicht länger aushielt.

»Mir reicht vorerst auch ungenau.«

Sie ließen Rambin hinter sich und fuhren in Richtung Altefähr. Nicht mehr lange, dann würden sie die Rügenbrücke sehen können.

»Ich habe einen Anruf erhalten.«

»Mann, Meeno, könntest du bitte mit dieser Salamitaktik aufhören? Ich will die Wahrheit nicht scheibchenweise, sondern am Stück. Und vollständig, wenn's geht. Wer hat dich angerufen und warum?«

»Tut mir leid, die komplette Antwort kann ich dir nicht bieten. Es war ein anonymer Anruf, eine Männerstimme, die ich nicht kannte. Der Fremde fragte mich, ob ich wisse, dass der *Delphin* ein Loch gehabt hätte.«

Suse schnappte nach Luft.

»Wie bitte? Aber das wäre doch ein Beweis dafür, dass es kein

Suizid war. Ich meine, wer bohrt ein Loch in sein Schiff und segelt damit raus, um seinem Leben ein Ende zu setzen? Das kann man nun wirklich einfacher haben. Entschuldige.«

»Nein, hast ja recht. Mir ging es wie dir, ich war total geschockt und habe natürlich sofort gefragt, woher er das weiß, wer er ist, ob wir uns treffen können.«

»Was der aber nicht wollte«, stellte sie fest.

»Er hat nur noch gesagt, es sei höchste Zeit, Licht ins Dunkel zu bringen. Die Beweise müssten jetzt sichergestellt werden, sonst wären sie für immer verloren.«

»Meine Güte, ziemlich nebulös.«

»Das kannst du laut sagen.«

»Trotzdem hast du es für bare Münze genommen.«

»Ich war mir sicher, dieser Jemand weiß etwas. Keine Ahnung, wie viel, aber er hatte Kenntnisse, die nicht jeder haben konnte. Und es klang so intensiv, wie er es sagte.«

Vor ihnen erstreckten sich die altehrwürdige Backsteinsilhouette von Stralsund und der Klotz der Werft, der wie ein Fremdkörper am Wasser hockte. Über alldem gaukelte ein blauer Himmel heile Welt vor.

»Hier müssen wir uns links halten.« Suse konzentrierte sich auf den Weg. »Durchs Industriegebiet, an der Brauerei vorbei, und wenn die Kleingartensiedlung in Sicht kommt, ist es nicht mehr weit. Sein Haus müsste demnach gleich auf der linken Straßenseite liegen.«

»Wie war das noch? Wir können es nicht verfehlen, weil im Vorgarten …«

»… eine Fahne mit der Friedenstaube weht. Ziel erreicht, würde ich sagen.«

Das Haus aus rotem Ziegel war bereits in die Jahre gekommen. Es wirkte ein wenig verloren auf dem großen Grundstück.

»Das war bestimmt mal ein Bauernhof«, vermutete Meeno. »Sieht aus, als hätte sich jemand ein bescheidenes Häuschen aufs Grundstück gesetzt, nachdem der landwirtschaftliche Betrieb eingestellt worden war. Kommt öfter vor.«

»Gut möglich.« Suse sah schon von Weitem einen Aufkleber mit dem Storch, dem Logo des NABU. »Könnte mir vorstellen, dass hinten noch alte Stallungen oder Scheunen sind und dieser Priginsky Hühner hält.«

»Oder er lässt sich sein Land versilbern, indem er baut«, meinte Meeno grinsend. Er war ein Stück vorausgegangen und konnte den hinteren Teil des Grundstücks bereits einsehen, der für Suse noch von den hohen alten Bäumen verdeckt wurde. Sie folgte ihm und sah, was er meinte. Zwei Häuser, vermutlich gerade erst fertiggestellt, warteten auf Bewohner.

»Ziemliche Klötze für die Fläche.« Suse zog skeptisch die Augenbrauen hoch. »Wer da mal einzieht, darf in puncto Privatsphäre nicht zimperlich sein. Für mich wäre das nichts.«

Meeno ging in Richtung Haustür, wandte sich dabei aber Suse zu, die hinter ihm war.

»Vielleicht ist Herr Priginsky wohlhabend und baut für seine zwei Kinder.« Suse wollte ihn vorwarnen. Glücklicherweise drehte sich Meeno von allein um, gerade noch rechtzeitig, um nicht in Herrn Priginsky hineinzulaufen.

»Eher nicht«, sagte der trocken. »Ich habe zwar Kinder, aber die sollen sich mal schön selbst etwas erarbeiten. Irgendwann erben die sowieso, dann liegen die noch früh genug auf der faulen Haut.«

»Entschuldigung, Sie sind …«, stotterte Meeno.

»Timo Priginsky«, stellte der Mann sich vor, was eigentlich nicht mehr nötig war. »Timo reicht mir völlig.« Er trug eine kurze Hose und ein Shirt, das früher einmal eine Passform gehabt haben mochte. Eine übersichtliche Zahl grauer Haare rahmte wild lockig die Ohren ein. Er hatte einen kräftigen Körperbau und wirkte wie jemand, der anpacken konnte. Die grauen Augen blitzten belustigt. Anscheinend amüsierte er sich über Meenos einigermaßen unglücklichen Start.

»Na, dann kommt mal rein!«

Sie folgten ihm in eine Wohnküche. Auf dem Tisch stapelten sich Zeitschriften, überwiegend Nachrichtenmagazine und Hefte, die sich mit Naturschutz befassten. Dazu gesellten sich ein halb leerer Kaffeebecher, ein benutztes Glas, Schreibzeug, ein Notebook der Oberklasse. Timo räumte zwei Stühle frei. Auch darauf hatten Zeitungen und Unterlagen gelegen.

»Kann ich euch was anbieten, Bierchen?«

»Nein danke!«, antworteten Suse und Meeno synchron.

»Ist noch 'n büschen früh, stimmt.« Er lachte. »Kaffee?«

»Gern!« Das kam wieder gleichzeitig, als hätten die beiden es einstudiert.

»So, und ihr wollt also was über so richtig olle Kamellen wissen«, kam Timo auf den Anlass ihres Besuchs zu sprechen, während er sich an einem Kaffeeautomaten zu schaffen machte, der vermutlich mindestens zehn verschiedene Zubereitungsarten draufhatte und selbstverständlich die Bohnen für jede Tasse frisch mahlte. Die offenkundig sündhaft teure Maschine verschwand beinahe in einer Sammlung aus einem Karton Trockenfutter für Katzen, einem Glas Honig, einer offenen Packung Toastbrot und allerhand Dosen und Fläschchen. Suse fragte sich, wie Timo überhaupt noch an die Knöpfe kam. Er hatte damit kein Problem. Ganz automatisch schob er hier etwas zur Seite, stellte da etwas um, und schon nach wenigen Augenblicken fauchte und gurgelte es, und ein verlockender Duft zog durch den Raum.

»Olle Kamellen, ja, könnte man so sagen. Du hast in den Achtzigern gegen eine Müllentsorgungsanlage protestiert.« Das

Duzen kam noch etwas zögerlich über Meenos Lippen. »Warst du damals auch schon im NABU?«

»Nee, da dachte ich noch, es reicht, gegen etwas zu sein.« Er lachte. »War in diversen Widerstandsgruppen. Immer gegen die Umweltzerstörer und Kapitalisten. Mit den Geldsäcken habe ich längst meinen Frieden gemacht.« Er lachte wieder. »Ohne Moos nix los, da ist was dran. Bloß diese ungezügelte Gier kann ich auch heute noch nicht ausstehen. Auf jeden Fall habe ich irgendwann kapiert, dass es sinniger ist, für etwas zu sein. Tja, da bin ich in den NABU eingetreten.«

»Was genau wusstest du über die Müllentsorgungsanlage bei Schöneiche, gegen die du auf die Straße gegangen bist?«, fragte Suse.

»Na ja, mit dem Wissen ist das so eine Sache.« Er stellte drei Becher Kaffee auf den Tisch, dazu eine Tüte Milch und einen Karton Würfelzucker. »Das ging schon damit los, dass sich die Verhandler des Westens Mitte der Siebziger auf einen völlig bescheuerten Deal einließen.«

»Moment«, unterbrach Meeno ihn, »da war doch die Anlage noch nicht einmal in der Planung.« Er warf Suse einen Blick zu, als wollte er sagen: Von der Pfeife haben wir nichts zu erwarten.

»Helles Köpfchen.« Timo nippte an seinem schwarzen Gebräu. »Hängt wie folgt zusammen: In den Papieren wurde eine Mindestvertragsmenge festgelegt. Es sollten zweieinhalb Millionen Tonnen Abfall und Sondermüll pro Jahr aus Westberlin in den Osten gekarrt werden. Wäre weniger Dreck geliefert worden, wäre eine Art Entschädigung fällig geworden. Ausgleichszahlung hieß das damals.«

»Die damalige DDR hätte kassiert, wenn sie weniger für die BRD zu entsorgen gehabt hätte?«, vergewisserte Suse sich. Er nickte. »Das ist allerdings eine bescheuerte Abmachung.« Sie nahm einen Schluck von ihrem Kaffee. Sofort zog sich alles in ihrem Mund zusammen. »Mein lieber Schwan, diese Mixtur darfst du niemandem anbieten, der ein schwaches Herz hat.« Sie keuchte und griff zur Milch.

»Ja, der macht wach!« Er stürzte sein flüssiges Aufputschmittel hinunter. »Richtig, damit aber noch nicht genug. Die Zahlen, die man zugrunde gelegt hat, waren obendrein total aus der Luft gegriffen. Die zweieinhalb Millionen Tonnen waren so was von unrealistisch.« Er schüttelte den Kopf und strich sich eine der dünnen Strähnen aus den Augen. »Das haben die schlauen Herren im Westen relativ flott kapiert und auf Nachbesserung bestanden. Immerhin sollte der Vertrag zwanzig Jahre laufen, also bis Mitte der Neunziger.« Er machte eine Spannungspause und sah erst Suse, dann Meeno vielsagend an. »Die Typen aus dem Osten waren aber nicht doof und wollten entweder ihre schöne Klausel behalten oder eine andere Kuh erfinden, die sie melken konnten. Jetzt wird's für euch interessant: Dieses Rindvieh war ein Sondermüllofen bei Schöneiche.«

»Und dort wurde dann Asbest verbrannt, obwohl die Anlage dafür gar nicht ausgelegt war«, stellte Meeno fest.

»So hieß es damals. Kann sein, dass das auch der Fall war. Wer wusste schon genau, was da alles angeliefert wurde? Da waren ja überall Zäune und sogar ein paar Leute, die aufgepasst haben.« Timo sah Meeno in die Augen. »Vor allem gab es aber Hinweise darauf, dass mit dem Filter etwas nicht stimmte. Das muss so 1984 gewesen sein, als die Gerüchte aufkamen. Jemand hat sogar behauptet, es sei überhaupt keiner eingebaut worden.«

Suse spürte ihr Herz rasen. Die Mischung aus der Überdosis Koffein und den Offenbarungen tat ihr nicht gut. Sie tupfte sich möglichst unauffällig Schweiß von der Stirn.

»Das kann ich mir nicht vorstellen.« Meeno lehnte sich zurück und verschränkte die Arme vor der Brust. »Ich kenne mich damit zwar nicht sonderlich aus, aber der Filter ist doch wohl das

Herzstück in einem solchen Industriebetrieb. Das vergisst doch kein Mensch. Das wäre ja, als würdest du ein Auto bauen und den Motor vergessen.« Er lachte, es klang ein wenig gequält.

»Von vergessen hat auch keiner was gesagt.« Timo grinste.

Die Wohnküche begann sich zu drehen. Suse atmete tief ein und aus.

»Jemand hat absichtlich …?«, flüsterte sie.

»So unwahrscheinlich finde ich das auch heute noch nicht. So 'n Ding kostet ein paar Zigtausend. Ist doch leicht verdientes Geld, wenn man das dem Auftraggeber berechnet, aber gar nicht kauft und verbaut.«

»Tut mir leid, aber das kann ich mir beim besten Willen nicht vorstellen.« Meeno funkelte Timo an. »Irgendwelche Beweise oder wenigstens konkrete Verdachtsmomente gab es nicht, richtig?«

»Natürlich nicht. Ich glaube, es gab zwei verantwortliche Bauleiter. Was ich mir nicht vorstellen kann, ist, dass einer den Coup allein durchgezogen hat. Die beiden Herren dürften den Plan gemeinsam ausgeheckt haben, oder einer hat beide Augen zugedrückt und sich das gut bezahlen lassen.«

»Unmöglich«, sagte Meeno so leise, dass Suse ihn kaum verstand. Er war blass geworden und krümmte sich wieder leicht zusammen, als wäre ihm kalt. Suse kämpfte mit sich. Meeno litt, daran bestand kein Zweifel. Der Anblick war schwer zu ertragen. Sie hatte das starke Bedürfnis, ihn zu trösten. Doch sie konnte nicht. Wenn das, was Timo gesagt hatte, die Wahrheit war, trug Meenos Vater die Verantwortung für … Sie erlaubte sich nicht, den Gedanken zu Ende zu führen, sondern konzentrierte sich auf Timo, dem der Stimmungsumschwung nicht aufzufallen schien.

»Hast schon recht, Beweise haben wir nie in die Finger gekriegt. Wir haben uns darum auch nicht großartig bemüht«, sagte er gerade. »Na ja, wir waren eben auf Krawall gebürstet, voll anti, wenn ihr versteht. Ob ungeeigneter Filter oder gar keiner, war uns im Prinzip wumpe. Uns hat es einfach gestunken, dass der Müll der Wessis bei den Ossis verbrannt oder verbuddelt wird, zum Schaden der Region.«

»Verständlich«, murmelte Suse, um ihn bei der Stange zu halten. Nun guckte er nämlich doch etwas irritiert zu Meeno, der sich in Schweigen hüllte und aussah, als würde er gleich zusammenklappen oder aus dem Haus stürmen. »Wie lange warst du aktiv?«

»Immer mal mehr, mal weniger. Im Januar 1990 gab es noch eine letzte Blockade, an der ich teilgenommen habe. Wir haben versucht, die Mülllaster aufzuhalten.« Er lachte. Nicht bitter, sondern wirklich belustigt über sein eigenes Verhalten. »Wir dachten doch tatsächlich, unser Protest könnte dazu führen, dass kein Westmüll mehr nach Schöneiche gekarrt wird. Total naiv, vor allem, weil alle längst mit der Wiedervereinigung beschäftigt waren. Das war das alles bestimmende Thema. Meine Mitstreiter und ich gingen davon aus, es würde sich nun sowieso alles ändern, auch die Regelung mit der Entsorgung.«

»Und da habt ihr die Sache einfach auf sich beruhen lassen? Ihr habt nicht nachgehakt, nachdem die erste Aufregung der Wendezeit vorbei war?« Suse konnte es nicht fassen.

»Das kann auch nur jemand fragen, der das nicht erlebt hat. Die erste Aufregung vorbei …« Er schnaubte und schüttelte den Kopf. »Die DDR war von jetzt auf gleich weg, ihre Strukturen, ihre Betriebe, alles. Es hat Jahre gedauert, ehe alle in der neuen Realität angekommen sind.« Er blickte ihr direkt in die Augen. »Das war nicht die pure Freude, weil uns angeblich die ganze Welt offenstand und wir reisen durften. Dafür hatten wir doch kein Geld. Nee, jeder war erst mal mit sich selbst beschäftigt, musste gucken, dass er weiter Arbeit hatte. Da sind ja Lebensentwürfe über den Haufen geworfen worden. Nicht vereinzelt, sondern massenhaft.«

»Das kann ich mir schon vorstellen«, begann Suse.

»Nee, junge Frau, ich glaube, das kannste nicht. Bei mir war das zum Beispiel so: Ich war in der DDR Fischer. Da gab es keinen Druck, bestimmte Mengen zu fangen, das wurde alles schön subventioniert. Damit war's natürlich vorbei.«

»Ist ja auch richtig.« Sie sah ihn herausfordernd an.

»Da bin ich voll bei dir. Bloß ist das nicht einfach, wenn man nie gelernt hat, sich umzugucken und selbst die Initiative zu ergreifen. Du wirst – zack – in eine Leistungsgesellschaft katapultiert, in der alles anders funktioniert, als du es kanntest. Ich konnte sehen, wie ich meine Familie über Wasser halte.« Er betrachtete in der Erinnerung versunken seinen Becher. »Wir hatten unsere kleine Tochter, müsste so dein Jahrgang sein. Darum hatte ich mich zu kümmern, nicht um irgendwelchen Müll.«

»Das heißt, der Blockadeversuch 1990 war das Ende. Danach spielte das Thema in deinem Leben keine Rolle mehr?«

»Doch, einmal hatte ich noch damit zu tun. Da tauchte ein Mann bei mir auf, 1996 oder 1997 war das wohl. Der hat sich dafür interessiert und mir Fragen gestellt. So wie ihr jetzt.«

Endlich löste sich Meeno aus seiner Erstarrung. Offenbar hatte er wenigstens mitgekriegt, was gesprochen wurde.

»Wie hieß der Mann?«, wollte er wissen.

»Das ist jetzt aber nicht dein Ernst.« Timo warf den Kopf zurück und lachte. »Als ob ich mir jeden Namen merken könnte. Alter, das ist fünfundzwanzig Jahre her. Dann war das auch noch so'n Sammelbegriff. Weißt schon, Meier, Müller, Schmidt, so was.«

»Schulz?« Meeno beobachtete ihn konzentriert.

»Kann auch sein.« Er rieb sich über das Gesicht. »Noch jemand einen Kaffee?«

»Nur, wenn du einen Notarzt dazu bestellst«, sagte Suse.

»Hieß der Mann vielleicht Herbert Schulz?«, hakte Meeno nach.

Timo stand an dem Automaten und verharrte in der Bewegung. Er begann langsam zu nicken und drehte sich dabei zu Meeno um.

»Gut möglich. Ich glaube, das war tatsächlich der Name, den er mir gesagt hat.«

»Mein Vater war hier«, rief Meeno aufgeregt an Suse gewandt. »Er war auf der gleichen Spur unterwegs wie wir.«

Ehe sie antworten konnte, meldete sich Timo zu Wort: »Jetzt werde ich aber langsam neugierig. Du versuchst heute etwas herauszukriegen, was vor zig Jahren schon deinen alten Herrn interessiert hat. Das muss ja ein dickes Ding sein. Einen Bruder hast du nicht zufällig auch noch?«

»Nein, ich bin Einzelkind. Warum?«

»Na, wegen dieses Kerls, der hier aufgekreuzt ist. Ist so drei, vier Wochen her, länger nicht.« Meeno und Suse sahen sich alarmiert an. Es röchelte und gurgelte, gleich darauf setzte sich Timo wieder zu ihnen an den Tisch, vor sich einen weiteren Kaffee der extrastarken Sorte, wie es aussah. »Das war vielleicht 'ne Type! Ziemlich abgerissene Erscheinung. Der roch, als hätte er länger kein Badezimmer von innen gesehen. Aber gute Manieren hatte er, da gab's nichts zu meckern. Und leicht philosophisch angehaucht war er auch. Hat mir gefallen. Jedenfalls hat der auch solche Fragen gestellt wie der damals und ihr jetzt.«

Eine Weile hatten sich Suse und Meeno noch zusammengerissen und Timo höflich zugehört, als er anfing, über den Vorteil von Betongold gegenüber anderen Geldanlagen zu schwadronieren. Suse hatte noch zweimal versucht, mehr über die Fragen zu erfahren, die Herbert und der Philosoph gestellt hatten, ehe sie es aufgegeben hatte. Da hätte sie auch versuchen können, einem Plattfisch den Spitzentanz näherzubringen. Wenn Timo thematisch in der Finanzwelt angekommen war, ließ er sich von dort nicht so einfach zurückholen. Also hatten sie sich verabschiedet.

Nun saßen sie bestimmt schon zwei oder drei Minuten im Auto. Keiner von beiden sagte ein Wort.

Schließlich hielt Suse es nicht länger aus. »Und jetzt?« Sie sah seine Kieferknochen mahlen.

Er holte tief Luft und lächelte bemüht. »Hast du noch Zeit, oder willst du sofort zurück auf die Insel?«

Suse war überrascht. Sie dachte, sie würden sich über das austauschen, was sie erfahren hatten, und einen Plan für ihr weiteres Vorgehen entwickeln.

»Ich habe heute nichts mehr vor«, entgegnete sie.

»Schön.« Meeno startete den Wagen.

»Willst du denn gar nicht darüber reden?«

Ein kurzer Seitenblick von ihm. »Doch, klar. Ich dachte, wir bummeln ein bisschen durch die Innenstadt. Dabei kann man prima reden, findest du nicht?«

»Hast recht.« Sie seufzte zufrieden. Beim Gehen ließ es sich sowieso besser denken. Und Stralsund hatte sie sich ohnehin ansehen wollen. Sie fuhren die Greifswalder Chaussee entlang. Wahrscheinlich wollte Meeno seine Eindrücke erst einmal sacken lassen und sortieren. Das war nie verkehrt. Dummerweise beschäftigte Suse ein Gedanke, der rausmusste. Sofort.

»Könnte das Rudi gewesen sein?« Sie erntete einen verständnislosen Blick. »Die abgerissene Type, von der Timo sprach.«

»Du hast vielleicht Ideen. Ich meine, die Beschreibung würde wohl zu dem passen, was du mir von diesem Rudi erzählt hast. Allerdings fürchte ich, sie trifft auch noch auf Hunderte andere zu.« Er zog kurz eine Augenbraue hoch. »Das wäre schon ein großer Zufall, findest du nicht?«

»Das weiß ich doch selbst. Aber sind deine Hunderte ärmlich gekleideter Männer ohne Dach über dem Kopf auch alle philosophisch angehaucht? Eher nicht«, antwortete sie für ihn. »Nur mal angenommen, er ist es. Das würde erklären, warum er urplötzlich am Ende der Welt oder wenigstens der Insel auftaucht und genauso abrupt wieder verschwindet, obwohl er einen Job und eine Unterkunft hat und sogar ein bisschen Geld verdient.« Je länger sie darüber nachdachte, desto weniger fühlte es sich für sie nach einem Zufall an. »Was ich dir noch nicht erzählt habe: Rudi hat mich nach dir gefragt.«

»Wie bitte?« Er sah sie an. Lange.

»Könntest du bitte nach vorn gucken?« Er tat es, und sie atmete auf. »Nicht direkt nach Meeno Schulz«, erklärte sie, »sondern danach, ob ich eine Urlaubsbekanntschaft gemacht hätte. Wie wir uns kennengelernt haben, wollte er wissen, ob es beim Tauchen war.«

»Das ist tatsächlich seltsam.«

Sie stellten das Auto im Parkhaus ab, schlenderten Am Langenkanal entlang, kauften sich Fischbrötchen an einer schwimmenden Bude und liefen damit hinein in die Mischung aus Backsteingebäuden, die schon viele Jahrzehnte auf dem Buckel hatten, und einigen modernen Bauten. Meeno schien die Stadt zu kennen. Er bog hinter dem Neuen Markt zielstrebig rechts ab, dann nach wenigen Metern links. Kurz darauf überquerten sie eine Straße und waren plötzlich in der Natur. Ein weitläufiger Park war es nicht gerade, mehr ein Grünstreifen mit hohen Bäumen am Ufer eines Gewässers.

»Das ist der Knieperteich«, erzählte er ihr. »Einer von vier Tümpeln, die ursprünglich mal als Teil der Verteidigungsanlagen entstanden sind.« Sie folgten einem Pfad, der von der Straße weg auf das Gewässer führte wie eine Brücke. »Hätten wir uns am Neuen Markt eher links gehalten, wären wir zum Kleinen Frankenteich gekommen«, fuhr er fort. »Der soll aufgehübscht werden mit Promenade und allem Schnickschnack. Einigen Naturschützern gefällt das gar nicht. Die wollen unbedingt, dass der Schilfgürtel erhalten bleibt.«

»Was du alles weißt!«

»Ich kann auch recherchieren.« Ein Grinsen huschte über seine Lippen. »Als du mir erzählt hast, dass Timo jetzt beim NABU ist, habe ich einen Blick auf die Homepage der Stralsunder Gruppe geworfen. Bis dahin hatte ich noch nie etwas von einem Knieper- oder Frankenteich gehört.«

»Unerhört!« Sie lachte und boxte ihm spielerisch gegen den Arm.

Er hielt sich sofort die getroffene Stelle und jaulte theatralisch auf.

»Mist, ich hatte vergessen, dass du Meisterin im Fliegengewicht bist. Ganz schön schmerzhaft, wenn eine Fliege zuschlägt.«

»Sehr witzig.«

Nachdem sie die Weißen Brücken hinter sich gelassen hatten, zwangen Schilder mit dem Hinweis auf Privatbesitz sie, sich immer weiter vom Ufer zu entfernen.

»Ich denke, wir drehen um, anscheinend gibt es keinen Weg, der direkt am Wasser entlangführt«, sagte Meeno.

»Da zeigt sich, wie gut du dich hier auskennst. Gar nicht«, triumphierte Suse.

»Habe ich nie behauptet.«

Sie machten kehrt, passierten das Kütertor und gingen immer weiter geradeaus in Richtung Hafen. Am Fährkanal holten sie sich ein Eis.

»Heute Abend darf ich dich noch zum Essen einladen, ja?«

»Das ist lieb, aber …«

»Ich weiß, du bezahlst gern selbst, damit es kein Herumeiern gibt und du am Ende etwas schuldig bleibst. Hast du mir neulich erklärt. Ich möchte mich aber bei dir bedanken.« Sie zog fragend die Augenbrauen hoch. »Für deine Hilfe«, erklärte er. »Ohne dich hätte ich Timo nicht getroffen.«

»Ich wollte etwas ganz anderes sagen. Es ist sehr lieb, dass du mich einladen willst, aber gefühlt esse ich, seit wir Timos Koffeinhölle entkommen sind.«

»Von jetzt sofort war auch keine Rede. Wir gehen erst mal zur Mole und weiter über die Sundpromenade. Die ist sehr lang. Glaube mir, du kriegst Hunger.«

»Von welcher Homepage hast du das?«

»Das weiß ich ausnahmsweise aus eigener Erfahrung. Im Gegensatz zu dir war ich nämlich schon mal hier.«

»Okay, okay, ist ja gut.« Sie lachte.

»Tja, das war schon recht interessant, was der Althippie zu erzählen hatte«, begann er endlich. »Viel haben wir trotzdem nicht gerade herausgefunden.«

»Wie man es nimmt.« Suse betrachtete die Segelboote, die dicht an dicht an ihren Stegen festgemacht hatten. Ein schöner Anblick. Dazu das Geschrei der Möwen und der würzige Duft der Ostsee. Fast schon zu perfekt, als wollte die Küste jedes Klischee erfüllen, das ein Urlauber erwartete. Wie musste eine Marina auf Meeno wirken? Konnte er sich noch für diese ganz eigene Atmosphäre begeistern, obwohl sein Vater mit einem Kahn wie diesem hier untergegangen war? Sie spürte, dass er sie ansah.

»Ich dachte, da kommt noch etwas«, sagte er.

»Wieso, was meinst du?«

»Du sagtest: Wie man es nimmt. Soll doch heißen, wir haben deiner Meinung nach gar nicht so wenig erreicht.«

»Stimmt. Neu ist, dass es womöglich überhaupt keinen Filter gegeben hat.« Ehe er das erneut vehement zurückweisen konnte, sprach sie weiter: »Das ist wirklich kaum vorstellbar. Wenn es aber so wäre, müsste sich das doch herausfinden lassen.«

»Ich wüsste nicht, wie. Mein Vater war bei Timo. Noch so eine neue Erkenntnis. Mitte der Neunziger, also etwa zu der Zeit, als er auch nach Berlin zur Treuhand gefahren ist. Ich bin sicher, er wollte genau das Gleiche: Unterlagen beschaffen, die Auskunft darüber geben, welcher Filter verbaut worden ist, ob einer verbaut worden ist«, ergänzte er leise. »Kann doch sein, dass er seinem Kompagnon diese Schweinerei zugetraut hat und sie aufdecken wollte.«

»Das wäre möglich. Du sagtest, dein Vater hätte mal eine Bemerkung gemacht, nachdem ihn ein Artikel über Schöneiche aus der Fassung gebracht hat, man könne es nicht immer vermeiden, jemandem zu schaden. So was in der Art.«

»Ja. Und?«

»Wenn er es doch wusste? Wenn er es für sich behalten hat, um seinem Partner nicht zu schaden?«

»Nein, Suse, das hätte er nie gedeckt. Herbert war gutmütig, um es dezent auszudrücken, ja, aber er war nicht kriminell. Es hätte sich eindeutig um eine Straftat gehandelt. Die zu vertuschen oder für sich zu behalten wäre kriminell gewesen.«

Sie gingen eine Weile schweigend weiter. Suse überlegte angestrengt, welche Möglichkeit sie hatten, wirklich Licht in diese düstere Geschichte zu bringen. So wie Meeno seinen Vater bisher beschrieben hatte, war es denkbar, dass er unschuldig gewesen war, aber einen Verdacht gehabt hatte. Wenn er nicht wusste, sondern nur ahnte, dass sein Kollege Dreck am Stecken hatte, hätte er sich möglicherweise in die Affen-Taktik geflüchtet. Nichts sehen, nichts hören, nichts sagen. Könnte zu ihm passen. Doch dann musste etwas geschehen sein, das ihn zu sehr aufgerüttelt hat, um sich weiter wegzuducken.

Sie waren von der Promenade runter an den Strand gegangen. An einem Sportboothafen drehten sie um.

»Du hattest recht, das war eine ziemliche Strecke, und ich bekomme langsam Appetit.«

Er lachte leise und nahm ihre Hand.

»Den Rückweg schaffst du aber noch, oder muss ich dich stützen?«

»Den schaffe ich locker. Wenn du mich in den Arm nehmen willst, kannst du übrigens direkt fragen.«

»Würdest du es mir womöglich erlauben?«

»Würde ich. Allerdings mit der Warnung, dass du aufgrund meiner geringen Größe morgen Physiotherapie brauchst, falls du vorhast, so bis in die Stadt mit mir zu laufen.«

Er legte seinen Arm auf ihre Schulter.

»Ich weiß gar nicht, was du hast. Geht doch.«

Zurück im Zentrum, nahmen sie den Weg vorbei am Johanniskloster. Gerade hatte Suse sich noch rundum wohlgefühlt, doch nun hielt er auf ein Luxushotel mit entsprechendem Restaurant zu. Er dachte doch hoffentlich nicht, das würde ihr gefallen. Zumindest so gut sollte er sie inzwischen kennen, flehte sie still.

»Ist eigentlich noch ein bisschen früh. Später am Abend gibt es oft Livemusik, dann ist richtig viel los. Aber zum Essen ist es genau richtig, wenn es noch nicht so voll ist, finde ich.« Er führte sie nicht in das Edellokal, sondern in eine urige Kellerkneipe mit alten Balken, die den großen Raum in mehrere gemütliche Ecken aufteilten. Suse atmete auf. Als sie die Speisekarte sah, strahlte sie. Rustikale Gerichte, die ihr das Wasser im Mund zusammenlaufen ließen und von denen man bestimmt auch satt wurde. »Dachte ich mir, dass es dir gefällt«, stellte Meeno zufrieden fest. Nachdem sie ihre Bestellung aufgegeben hatten, meinte er: »Es führt kein Weg daran vorbei, ich muss Beweise für die Unschuld meines Vaters finden. Und zwar hier. Auf Rügen.«

»Was, wie kommst du denn jetzt zu dem Schluss?«

»Das liegt doch auf der Hand. Er hat vor Jahren selbst recherchiert, vermutlich, um den Übeltäter dingfest zu machen.«

»Klingt wie bei *Die drei ???*«, warf Suse ein.

»Mein anonymer Anrufer hat gesagt, dass die Beweise hier sind und schnellstens gesichert werden müssen, weil sie sonst für immer verloren sind. Deutlicher geht's wohl nicht.«

»Aha«, gab sie verständnislos zurück. »Wenn du das deutlich nennst … Wo willst du suchen? Was genau suchst du überhaupt, eine Mappe mit Papieren, Fotos, eine Diskette, die heute kein Mensch mehr lesen kann?«

»Du wirst schon sehen«, verkündete er und setzte eine Miene auf, die sie irritierte. Bei Timo war ihm die Geschichte nahegegangen, jetzt tat er so, als ginge es darum, nur so zum Spaß ein spannendes Rätsel zu lösen. »Hast du einen besseren Plan?«, fragte er herausfordernd.

»Allerdings. Ich halte es für schlauer, mehr Hinweise im Netz zu suchen und mögliche Zeugen aufzustöbern. Es muss jemanden geben, der in der Anlage gearbeitet hat, jemanden mit technischem Verständnis, der wusste, dass der Filter veraltet war. Falls es überhaupt einen gegeben hat. Ich würde vor allem bei dem zweiten Ingenieur ansetzen, der mit deinem Vater gemeinsam für den Bau verantwortlich war. Wenn er noch lebt, kann er uns sicher weiterhelfen.«

»Dann kann er dir weiterhelfen«, korrigierte er und setzte hinzu: »Was er nicht tun wird, wenn er damals das krumme Ding gedreht hat. Und dafür spricht einiges.«

Die Teller kamen in einer appetitlichen Duftwolke, das Essen sah wirklich gut aus. Dennoch rührte Suse es noch nicht an.

»Moment mal, soll das heißen, ich kann mal schön allein mit dem Mann sprechen?«

Er lächelte wie ein kleiner Junge, der einen Streich ausgeheckt hatte und sich darauf freute, damit gleich jemanden aufs Glatteis zu führen.

»Ich habe dir meine Strategie erklärt, deine sieht völlig anders aus. Mal sehen, wer schneller zu einem Ergebnis kommt und mehr Erfolg hat.«

Suse war platt, diese Angelegenheit war nun wirklich kein Spiel. »Guten Appetit.«

Für ihn war der Fall vorerst erledigt. Suse spürte allerdings deutlich, dass seine Fröhlichkeit und die Gelassenheit nur vorgeschoben waren. Vermutlich wollte er nicht länger über das Thema nachdenken, geschweige denn darüber reden. Eigentlich hatte er damit völlig recht. Das Ambiente war nett, das Essen köstlich. Ihr gemeinsames Projekt, wenn man es denn so nennen wollte, sollte nicht zu viel Raum ihrer gemeinsamen Zeit einnehmen. Was hatte Jackie noch gesagt? *Du lernst bestimmt den Mann deines Lebens kennen.* Was, wenn sie recht hatte?

»Zurück auf die Insel?«, fragte Meeno nach dem Essen.

»Ja, es war ein langer Tag.«

»Meinetwegen muss er noch nicht zu Ende sein.« Er lächelte beinahe schüchtern.

»Ist er nicht, wir haben noch eine Autofahrt von gut einer Stunde vor uns«, erinnerte sie ihn.

Sie traten raus in den frühen Abend. Noch war die Luft mild, ein lauer Wind fuhr Suse durchs Haar.

»Ich habe eine Idee, wie sich die Fahrzeit verkürzen lässt«, begann Meeno und nahm wieder ihre Hand.

»Da bin ich gespannt.«

»Ich fahre dich einfach nicht nach Hause, sondern du musst bei mir in Binz bleiben.«

»Ich weiß nicht, ob Ziska ihren Coaching-Schützlingen über Nacht Ausgang gestattet«, wandte Suse mit ernster Miene ein. »Ich meine, es ist schließlich nicht ungefährlich, sein Seelenleben zu bearbeiten. Der eine oder andere kommt womöglich zu Erkenntnissen, auf die er lieber verzichtet hätte.«

Sie überquerten schweigend den Kanal.

»Darf ich fragen, worum es dir bei diesem Coaching geht? Wenn du findest, das geht mich nichts an, ist das völlig in Ordnung. Ich habe nur nicht den Eindruck, dass du in beruflichen Dingen Rat brauchst. Darum habe ich mich gefragt ... Hat es etwas mit deiner Mutter zu tun? Auf dem Schild vor der Villa war von Familienaufstellung die Rede, deswegen dachte ich ...« Er brach ab.

»Meine Freundinnen empfinden mich als so gestört, dass sie mir den Urlaub inklusive Gesprächstherapie aufgedrängt haben«, antwortete sie flapsig. Doch kaum hatte sie es ausgesprochen, fühlte es sich falsch an, darüber zu scherzen. Darum erklärte sie: »Ich glaube, sie haben sich wirklich Sorgen um mich gemacht, weil mein Selbstbewusstsein in mancher Hinsicht nicht das beste ist. Genau genommen geht es mehr um mein Selbstwertgefühl, das ist ja etwas anderes.«

»Ich habe dir schon mal gesagt, dass du ziemlich hübsch bist. Du bist außerdem klug, kannst dich in andere hineinversetzen. Du bist witzig und einfach süß.« Suse musste lachen. Vor Freude. »Wahrscheinlich liegen dir die Kerle in Scharen zu Füßen. Wie kannst du da ein unterentwickeltes Selbstwertgefühl haben?«

Sie stieg ins Auto und antwortete: »Keine Ahnung, ob sich die Scharen verlaufen haben, vor meinen Füßen ist jedenfalls keiner gelandet.«

»Und das soll ich dir glauben?« Er grinste und startete den Wagen. »Jetzt mal ernsthaft, du hast keinen Freund, Ehemann, Verehrer oder so was?«

»Ich möchte mir lieber nicht vorstellen, was *oder so was* ist. Nein, habe ich nicht. Und du?«, fragte sie ängstlich.

»Ich auch nicht. Keinen Ehemann, keinen Verehrer.«

Sie schlug ihm auf den Oberschenkel. Sofort schnappte er sich ihr Handgelenk und hielt es fest, sodass ihre Hand auf seinem

Bein liegen bleiben musste. Es war ihr unangenehm, aber nur kurz.

»Ich bin Single«, sagte er ruhig. »Es gab die eine oder andere Beziehung, die haben aber meistens nicht lange gedauert. Vielleicht bin ich nicht der Typ für was Dauerhaftes.« Suse fragte sich, wohin dieses Gespräch führen würde. Die Richtung gefiel ihr in dieser Sekunde nicht mehr besonders. »Oder es hat bisher nur noch nicht gepasst«, sprach er weiter. Das klang schon besser.

Es war gerade mal neun Uhr, als sie auf den Hof der Villa Sanddorn fuhren.

»Schickst du mich nach Hause, oder unternehmen wir noch einen Abendspaziergang nach Putgarten?«

»Wir haben heute zwar schon einige Kilometer auf dem Buckel oder besser unter den Sohlen, ich habe aber nichts dagegen, wenn noch welche dazukommen.«

»Schön.« Für einen Moment sah es so aus, als wollte er noch etwas sagen, doch er lächelte sie nur kurz an.

»Gut, dass ich dich noch treffe.« Gesa kam aus Richtung der Produktionshalle auf sie zu. »Na, schönen Tag gehabt?« Sie grinste breit und warf einen schnellen bedeutungsvollen Blick auf Meeno.

»Sehr schön sogar, danke«, entgegnete Suse. »Und du? Hast du etwa bis jetzt gearbeitet?«

»Jo. Ich hab mich an einem neuen Rezept festgebissen. Der Sommer kommt, ich dachte, da kreiere ich mal etwas mit Basilikum, Aperol, Prosecco, einem Spritzer Limette und natürlich Sanddorn.« Sie ließ die Schultern hängen. »Ich kann machen, was ich will, es schmeckt immer irgendwie seltsam.«

»Das wundert mich nicht.« Suse feixte. »Du hast die Tomaten vergessen.«

»Und den Mozzarella«, ergänzte Meeno.

»Na, ihr seid ja ganz lustige Vögel.« Gesa setzte eine beleidigte Miene auf.

»Nicht böse sein, aber manchmal fährt man mit Altbewährtem am besten. Es muss nicht immer eine neue Marmelade oder ein neuer Saft sein.«

»Sagst du! Aber die Konkurrenz schläft nicht. Wenn alle anderen ständig mit Neuheiten kommen, können wir nicht ausschließlich auf unsere Klassiker setzen.« In ihrem Kopf arbeitete es. »Ich weiß nicht, Mozzarella finde ich zu gewagt, aber die Idee mit den Tomaten ist nicht übel. Wenn Chinesen Tomaten mit Zucker als Dessert essen, warum sollen wir sie dann nicht in eine Marmelade packen?«

»Du wolltest mich hoffentlich nicht bitten, deine Neuentwicklung zu probieren, oder?« Suse verzog bei der Vorstellung das Gesicht.

»Nee, ich wollte dir sagen, dass Ronja vorhin hier war und nach dir gefragt hat. Sie sagt, du hast bei ihr eine SUP-Stunde gut. Fürs Hundesitten. Sie hat morgen Zeit, Bretter hat sie auch. Wenn es dir passt, sollst du einfach um drei zum Strand runterkommen.«

»Das ist ja nett. Danke!«

»Ich weiß nicht, ob das eine Belohnung ist oder eher eine Strafe, aber das sieht ja jeder anders.« Gesa lachte. »Dann mal noch einen schönen Abend«, wünschte sie, zwinkerte und tippte zum Gruß mit der Hand an das Tuch in ihrem Haar. »Hätte ich fast vergessen«, sagte sie plötzlich und fischte einen Zettel aus der Hosentasche. »Hier ist Ronjas Handynummer. Du sollst dich melden, falls es doch nicht passt oder du lieber eine Stunde später starten willst.« Sie verabschiedete sich und fuhr davon.

»Ist es okay für dich, wenn ich Ronjas Angebot annehme?« Suse sah Meeno von der Seite an, als sie in Richtung Rügenhof schlenderten.

»Selbstverständlich. Du hast Urlaub, du sollst machen, worauf du Lust hast.«

»Ich dachte nur, weil du gefragt hast, wie lange ich noch hier bin.« Sie räusperte sich. »Na ja, die Ferien gehen aufs Ende zu, da beißt die Maus keinen Faden ab. Wer weiß, ob wir uns wiedersehen«, sagte sie sehr leise.

Er antwortete darauf nicht, sie war nicht einmal sicher, ob er sie gehört hatte, denn er lief auf einen Mann zu, der dem Aussehen nach aus Südasien stammen mochte und der eben im Begriff war, den Rügenhof mit einem gewaltigen Strauß Rosen zu verlassen.

»Ich hätte gern eine«, rief Meeno. Der Mann sah ihn vollkommen verständnislos an. »Eine Rose, bitte.«

»Ah, verstehe. Die gab es dort drüben.« Er deutete auf einen der Läden. »Aber ich habe den Rest gekauft.« Er strahlte Meeno an. »Ich will meiner Freundin einen Antrag machen.« Sein Blick wanderte zu Suse, die sich mit Mühe beherrschte. »Eine würde ich Ihnen abgeben«, erklärte der Mann lächelnd, fischte ein Exemplar aus der Menge und reichte sie Meeno. Dann nickte er beiden zu und ging.

»Was bekommen Sie?«, rief Meeno ihm nach, doch er winkte im Weggehen ab.

»Wolle Rose kaufe?«, flüsterte Suse, als Meeno zu ihr zurückkam, und kicherte.

»O Gott, wie peinlich. In Hamburg sind es immer Inder oder Pakistaner, die mit solchen Riesensträußen in Kneipen und Restaurants auftauchen. Ich dachte …« Er brach ab und versteckte sein Gesicht kurz hinter seinem Arm. Als er sie wieder ansah, sagte er: »Ich wollte dir eine Rose überreichen und dir sagen, dass du mir morgen fehlen wirst, dass diese Blüte dich aber an mich erinnern soll. Ich fand das romantisch. Ich nehme an, du wirst bei dem Anblick nach dem Fettnäpfchen zwar auf jeden Fall an mich denken, dich aber eher kaputtlachen.«

»Nö«, brachte sie gerade noch heraus, ehe sie laut losprustete. »Ich finde das sehr lieb von dir und auch sehr romantisch«, japste sie. »Das meine ich ernst, auch wenn es sich gerade nicht so anhört.« Sie musste schon wieder lachen. »Das Gesicht von dem Mann war einfach zu lustig.«

»Da habe ich mich ja schön zum Honk gemacht.«

»Überhaupt nicht!« Sie nahm seine Hand und küsste ihn auf die Wange. »Mir hat noch nie jemand eine Rose gekauft, so einfach zwischendurch, meine ich. Und wirklich noch nie eine, die eigentlich für einen Antrag bestimmt war.«

Es war schon dunkel, als sie zur Plantage zurückkamen. Meeno brachte sie bis zur Tür.

»Dann wünsche ich dir morgen viel Spaß. Pass auf dich auf, ja?« Er legte die Arme um ihre Taille und zog sie an sich.

»Danke. Ich glaube, dabei kann nicht viel mehr passieren, als dass ich alle naselang ins Wasser falle.«

»Ich habe das ernst gemeint, du wirst mir fehlen.«

»Du mir auch«, sagte sie leise und blickte zu ihm auf.

Meeno zog sie noch fester an sich und neigte das Gesicht. Suse legte ihren Kopf leicht in den Nacken und stellte sich auf die Zehenspitzen. Und dann waren seine Lippen plötzlich auf ihren. Ein Schauer jagte über ihren Körper.

»Ist dir kalt?«, flüsterte er.

»Kein bisschen.«

Suse zog sein Hemd aus der Hose und streichelte seinen Rücken. Sie konnte ihm nicht nah genug sein. Seine Finger wühlten sich durch ihr kurzes Haar und setzten ihren Nacken in Brand. Er war behutsam, als könnte er sie zerbrechen, und leidenschaftlich, als wäre es um seine Beherrschung bald geschehen. Etwas in ihr wünschte sich sehnlichst, ihn heute nicht gehen zu lassen. Es lag ihr auf der Zunge, ihn zu bitten, über Nacht bei ihr zu bleiben. Doch da war auch ein kleiner Zweifler in ihr, der ihr ins Ohr flüsterte, es sei sowieso nur ein harmloser Flirt für ihn, sie solle sich nur nicht einbilden, dass es ein Wiedersehen gebe. Bestenfalls halte der Kontakt noch so lange, bis sie etwas über seinen Vater, diese schreckliche Entsorgungsanlage und die Umstände des *Delphin*-Untergangs herausgefunden habe.

»Alles in Ordnung mit dir?«

»Ja, warum fragst du?«

»Weil du plötzlich komplett angespannt bist.«

»Tatsächlich?«

Na toll, Suse Fink, du stehst dir ja mal wieder schön selbst im Weg, ging ihr durch den Kopf. Sie seufzte.

»Keine Sorge, ich dränge dich nicht zu etwas, was du nicht willst. Es wäre schön gewesen, heute Nacht mit dir zusammen zu sein«, formulierte er zögernd. »Aber wir müssen auch nichts überstürzen.«

Jetzt hatte sie noch die Chance, jetzt konnte sie ihm sagen, dass sie es absolut nicht für überstürzt hielt, sondern es auch sehr schön finden würde. Nur dazu musste sie endlich den Mund aufmachen.

Das tat sie. »Denke ich auch. Fahr vorsichtig und schlaf gut.« Sie gab ihm einen Gutenachtkuss und schlüpfte ins Haus.

Wo steckt Rudi?

Am nächsten Morgen erwachte Suse aus einem mehr als schönen Traum. Wenn sie sich auch nur noch an Fragmente davon erinnern konnte, verzogen sich ihre Lippen doch sofort zu einem Lächeln, und sie seufzte. Für eine Sekunde war sie nicht mal sicher, ob sie überhaupt nur geträumt hatte oder Meeno neben ihr lag. Sie öffnete widerwillig die Augen, denn sie ahnte, dass er nicht da war. Selbst schuld! Warum war sie auch nicht über ihren Schatten gesprungen. Er hatte ihr klar zu verstehen gegeben, dass er geblieben wäre. Gut so. Sie stand auf und reckte sich. Wenn es ihnen miteinander ernst war, hatten sie noch Zeit genug. Falls er in ihr nur eine nette Garnierung seines Aufenthalts auf Rügen sah, wollte sie nicht mit ihm im Bett landen. Dann würde es ihr nur noch mehr wehtun. Außerdem wusste sie noch immer nicht, was sie von seinen Stimmungsschwankungen halten sollte. In einem Moment brachte er kein Wort heraus und krümmte sich geradezu unter der Last seiner Vergangenheit, im nächsten Augenblick nahm er es sportlich und stiftete sie zu einem Wettkampf an: Wer findet mehr heraus? Daraus sollte sie nun schlau werden. Das gelang ihr ebenso wenig wie die Beantwortung der Frage, wieso er sich von seiner Taktik so viel Erfolg versprach. Es war vollkommen absurd, auf Rügen nach Dokumenten zu suchen. Was sollten die auf der Insel zu suchen haben? Das ergäbe nur einen Sinn, wenn sie mit Herbert Schulz und seinem Boot gekommen wären. Dummerweise wären sie dann auch mit ihm gesunken. Dann wären sie schon seit Jahren für immer verloren, wie der anonyme Anrufer sich ausgedrückt hatte.

Warum wollte Meeno trotzdem diese Spur verfolgen? Die möglichen Antworten schmeckten ihr nicht: Entweder verheimlichte er ihr noch immer etwas, oder er hatte einen konkreten Hinweis auf den Verbleib und doch Zweifel an der weißen Weste seines alten Herrn. Vielleicht wollte er allein sein, wenn er die Unterlagen in die Finger bekam, um sie zu vernichten, falls sie seinen Vater doch belasten sollten.

Sie hatte gerade ihr Frühstück beendet und einen Schritt auf den Balkon gemacht, um zu prüfen, wie warm oder kalt es draußen war, als sie Thekla entdeckte. Die sah zu ihr hoch.

»Guten Morgen«, rief Suse.

»Guten Morgen. Prima, dass du noch da bist. Ich soll dir von Ronja ausrichten …«

»Warte, ich komme runter«, unterbrach Suse sie, sonst würde sich Thekla noch die Stimme ruinieren und jeder auf der Plantage wissen, dass sich Suse im Balancieren auf einem Wackelbrett versuchen wollte.

Als sie die Hand auf die Klinke ihrer Wohnungstür legte, hörte sie eine Stimme: »Ich habe dir gesagt, dass Rudi unzuverlässig ist. Wir hätten ihn für die Information bezahlen und dann absägen sollen.«

Das war doch … Ohne nachzudenken, riss sie die Tür auf. Natürlich, Gunther Haas, der PR-Mann von Politikaufsteiger Reuther. Letzterer war im Begriff, die Villa zu verlassen. Suse bekam nur noch seinen Rücken zu sehen. Haas aber blieb stehen, als hätte sie ihn dabei ertappt, wie er den Flachbildfernseher aus der Ferienwohnung trug.

»Haben Sie mich erschreckt«, sagte er hastig und setzte gleich darauf ein plakattaugliches Lächeln auf. »Einen wunderschönen Morgen wünsche ich. Na, haben Sie heute etwas Nettes vor?«

»Ich habe schließlich Urlaub, da ist jeder Tag nett«, gab sie zurück. »Und Sie, immer viel zu tun?«

Er machte eine Handbewegung, die wohl sagen sollte: Fragen Sie nicht! Dazu ein perfekt abgestimmtes Seufzen. »Von nichts kommt nichts. Herr Reuther hat einen vollen Terminkalender. Können Sie sich bestimmt denken. Und ich muss natürlich immer mit.«

»Gunther, kommst du?«, rief es von draußen wie aufs Stichwort.

»Stelle ich mir anstrengend vor«, sagte Suse und probierte eine verständnisvolle Miene. »Solange es wenigstens Spaß macht und Sie es mit angenehmen und zuverlässigen Menschen zu tun haben, kann man's bestimmt aushalten, was?«

Seine Maske, vermutlich das Ergebnis jahrelanger Übung, ließ für den Bruchteil einer Sekunde einen Blick auf sein wahres Gesicht zu.

»Was soll das heißen?«, fragte er hart.

»Nichts weiter. Mir geht's nur immer so. Mir macht Stress nichts aus, sofern ich nur mit Leuten arbeiten kann, auf die zu hundert Prozent Verlass ist.«

»Ja, da haben Sie recht. Schönen Tag noch!« Weg war er.

Suse wartete ein paar Augenblicke ab, ehe sie auch ins Freie trat.

»Da bist du ja endlich. Immer wenn die Tür aufging, habe ich losgeplappert, weil ich sicher war, dass du es bist. Aber jedes Mal war es ein Anzugträger. Ich dachte schon, die haben dich im Treppenhaus erschossen.«

»Bitte?« Suse lachte. »Wie kommst du denn darauf?«

»Na, der Erste war doch dieser Politiker, der für das Europaparlament kandidiert. Den sieht man ständig im Fernsehen. Der Zweite sah aus wie sein Mann für alle Fälle, einer, der über Leichen geht und seinem Chef alles aus dem Weg nach Brüssel räumt, worüber er womöglich stolpern könnte.«

»Ein Sympathieträger ist dieser PR-Typ tatsächlich nicht.« Suse verschränkte die Arme vor der Brust. »Wie ein Killer sieht er aber auch nicht gleich aus, finde ich. Vor allem: Wieso sollten die ausgerechnet mich erschießen?«

»Ich dachte nur, weil du dich für diesen Artikel über den Westmüll interessiert hast, der gegen eine lohnende Gebühr in der damaligen DDR entsorgt wurde. Und der Reuther hatte was mit Devisenbeschaffung zu tun, wenn ich nicht irre.«

Suse wurde eiskalt, gleich darauf brach ihr der Schweiß aus.

»Alles in Ordnung, Kindchen? Du bist ja ganz blass geworden.«

»Kein Wunder, wenn du Kriminalgeschichten erfindest, in denen ich auf der Abschussliste stehe. Du hast wirklich zu viel Fantasie.« Sie quälte sich ein Lächeln ab. Gleichzeitig arbeitete es in ihrem Hirn. Ein ehemaliger KoKo-Funktionär, der lange nach dem Ende der DDR für die BRD Europapolitik machte, eine Müllentsorgungsanlage, die ausgerechnet für die Kommerzielle Koordinierung von Bedeutung gewesen war und die rein zufällig Meenos Vater konstruiert hatte. Meeno forschte in der Vergangenheit seines alten Herrn herum. Der Ex-KoKo und Meeno waren gleichzeitig in der Nähe des Ortes, wo Schulz senior ertrunken war. Ein paar Zufälle zu viel. Je länger sie darüber nachdachte, desto mehr wuchs ihre Aufregung. Welche Rolle spielte Rudi in dem Durcheinander? Was hatte dieser Haas gesagt? Er hatte davon gesprochen, dass Rudi unzuverlässig sei. Außerdem ging es um Informationen, für die er Geld von Reuther und Haas bekommen hatte. Daran gab es keinen Zweifel, das hatte sie sich gemerkt. Ihr wurde schwindelig.

»Ich weiß ja nicht, was mit dir nicht stimmt, besser gesagt, was das für eine Sache ist, in der du da steckst. Es geht mich auch nichts an, aber die Geschichte tut dir nicht gut, so viel steht mal fest«, erklärte Thekla resolut und stemmte die Fäuste in die Rundungen ihrer Hüften.

»Du triffst den Nagel auf den Kopf«, gestand Suse. »Vermutlich wird mir meine Neugier irgendwann zum Verhängnis, und jemand schießt mir tatsächlich ein drittes Nasenloch.«

Thekla stutzte, dann prustete sie los.

»Wenn's weiter nichts ist«, sagte sie, »kann man immer mal brauchen.« Dann redete sie weiter. Suse registrierte am Rande, dass ihre Schnupperstunde auf dem SUP auf den nächsten Tag verschoben war, weil Ronja einen Aufsatz für die Schule schreiben musste. Suses Gedanken waren allerdings längst wieder bei Rudi. Sein plötzliches Auftauchen, die Art, wie er sie angesprochen hatte, sein nicht minder überraschendes Fernbleiben von der Baustelle, das alles war ohnehin schon seltsam. Wenn er auch noch der Philosoph war, von dem Timo Priginsky erzählt hatte, dann stellte Rudi die gleichen Fragen, die auch Meeno und sie stellten. Was hatte das zu bedeuten?

»Bist du sicher, dass ich dich allein lassen kann?« Theklas Miene lag irgendwo zwischen Sorge und Verstimmung.

»Ja, das kannst du, entschuldige bitte. Ich bin heute nicht ganz bei der Sache, fürchte ich.«

»Komplett neben der Spur, würde ich das nennen. Du rufst Ronja also an, wenn es dir morgen doch nicht passt?«

»Klar, das mache ich. Aber es passt prima.« Suse lächelte.

»Die Telefonnummer hast du noch?«, wollte Thekla skeptisch wissen.

»Ja, die habe ich. So sehr bin ich nicht durch den Wind.« Suse staunte selbst, wie gut ihr ein fröhliches Lachen gelang.

Kaum hatte Thekla sich verabschiedet und war außer Sichtweite, machte sie sich auf die Suche nach Rudi. Sie würde ihm gehörig auf den Zahn fühlen. Wenn sie ihn zu Gesicht bekäme. Bloß war er wie vom Erdboden verschluckt. Sie fragte den Aushilfsverkäufer im Hofladen.

»Nö, der war heute noch nicht hier. Witzig, dass Sie nach ihm fragen. Sie sind schon die Zweite, die sich dafür interessiert, wo er geblieben ist. Nik nicht mitgerechnet, der ist sowieso total sauer.«

»Und wer hat noch nach ihm gefragt?« Sie hielt unwillkürlich den Atem an.

»Der Anzugtyp mit den schlechten Manieren, der mich behandelt hat, als wäre ich ein Idiot. War übrigens bärenstark von Ihnen, dass Sie sich auf meine Seite geschlagen haben.«

»Habe ich gar nicht. Er hat sich unmöglich aufgeführt, so etwas kann ich nicht leiden. Das war alles.« Weil er mit einem Schlag enttäuscht aus der Wäsche guckte, fügte sie hinzu: »Kannst ruhig Suse zu mir sagen, hier duzen sich doch alle, habe ich gehört.« Schon strahlte er wieder.

»Was hat Haas gesagt?« Mit dem Namen konnte er nichts anfangen, wie es aussah. »Der Anzugtyp. Kennt er Rudi?«

»Nee, nee, angeblich schleift eine Tür im Appartement über den Boden und müsste abgehobelt werden. Ziska hat die Augen verdreht wie eine Kuh, wenn's donnert. Die wüsste das, wenn eine Tür auch nur einen Millimeter zu groß wäre.«

»Die Kuh?«

»Hä?«

»Schon gut.« Suse dachte nach. Das klang eindeutig nach einem Vorwand, um Rudi in Reuthers Appartement zu locken. »Vielleicht die gestiegenen Temperaturen?«, gab sie zu bedenken. »Noch vor einer Woche war es kalt, in den letzten Tagen ist es richtig heiß geworden. Holz arbeitet. Kann schon sein, dass eine Tür da plötzlich klemmt oder eben über den Boden kratzt.«

»Rudi sollte sich das angucken, aber der war ja nicht aufzufinden. Also ist John hingegangen.« Der Junge zog das rechte Unterlid runter und sah sie dabei bedeutungsvoll an.

»Lass mich raten: Als John die Tür bewegt hat, glitt sie perfekt über das Parkett.«

»Exakt.«

Nachdenklich streifte Suse über den Hof. Sie sah einen Mitarbeiter, der durch die Reihen der Sträucher ging und hier und da einen Zweig näher begutachtete. Vielleicht hatte er mit Rudi gesprochen und konnte etwas Licht ins Dunkel bringen.

»Hallo«, begrüßte sie ihn.

Er sah überrascht auf. »Hallo.« Sofort wandte er sich wieder den Gewächsen zu.

»Kann nicht mehr lange dauern, bis sie blühen, oder?« Suse hatte keine Ahnung von Blüte- oder Reifezeit des Sanddorns, aber sie hatte schließlich Augen im Kopf. Kleine Blätter waren zahlreich vorhanden, das war es aber auch. Der Mann, ein Gärtner, wie seine dunkelgrüne Kluft und allerlei Werkzeug in den Taschen verrieten, schaute sie erneut an und runzelte die Stirn.

»Bis sie verblüht sind, meinen Sie wohl«, stellte er fest.

»Wieso, das da sind doch …«

»… die Blüten«, vervollständigte er ihren Satz. »Das ist hier nicht wie im Frühling im Alten Land, wenn die Kirsch- oder Apfelbäume zu einem weißen oder rosa Meer werden. Sanddorn ist zurückhaltend, dafür glänzen die Blätter irgendwann schön silbrig. Kommen Sie im August wieder oder im September, wenn die Früchte in Massen die Zweige schmücken. Das sieht hübsch aus, da können wir locker mit den großen Obstanbaugebieten mithalten. Und die Beeren sind echte Vitaminbomben. Sind botanisch gesehen übrigens keine Beeren, sondern Scheinsteinfrüchte. Aber wenn Sie schon die Blüten nicht erkennen, hätten Sie mit dem Begriff wohl schon gar nichts anfangen können.«

»Habe ich schon mal gehört, trotzdem dachte ich, der Sanddorn hat Beeren«, sagte sie kleinlaut. Sie wollte gerade nach Rudi fragen, als er einen Vortrag über den Vitamingehalt und sämtliche gesundheitsfördernden Eigenschaften vom Stapel ließ, der kein Ende nehmen wollte. Nachdem es erst den Anschein gehabt hatte, dass der Mann am liebsten in Ruhe gelassen werden wollte, entpuppte er sich jetzt als wandelndes Fachbuch mit Hang zu Publikum. Suse versuchte zweimal, zu Wort zu kommen, ohne Erfolg. Das hier war eine Sackgasse. Das Schicksal war allerdings gnädig mit ihr, denn sie sah Nik über den Hof stiefeln. »Entschuldigung, ich möchte nicht unhöflich sein, aber ich sehe gerade … Da muss ich kurz …« Sie deutete in Niks Richtung, rief noch ein schnelles »Tschüss« und machte sich aus dem Staub.

»Hallo, Suse, geht's gut?«, fragte Nik, als sie ihm den Weg abschnitt. Anscheinend hatte er überhaupt keine Zeit, oder ihm war eine andere Laus über die Leber gelaufen, jedenfalls blickten seine grauen Augen ernst, die Lachfältchen drum herum waren arbeitslos.

»Eigentlich schon, danke.«

»Eigentlich?«

»Ich habe gehört, dass Rudi sich ab und zu verdrückt, und weil ich ihn doch …«

»Ab und zu?«, fiel er ihr ins Wort. »Dauernd trifft es eher.«

»Es stimmt also. Tut mir leid.«

»Ist doch nicht deine Schuld«, knurrte er.

»Na ja, ich habe ihn schließlich mitgebracht. Er hätte sich wahrscheinlich auch ohne mich früher oder später ein Herz gefasst, nehme ich an, aber ich habe ihn ermutigt.« Sie kaute kurz auf ihrer Unterlippe herum. »Mensch, haben wir uns denn alle so in ihm getäuscht? Er wirkte doch wie jemand, der anpacken will und der dankbar ist, wenn man ihm eine Chance gibt.« Wie formulierte sie am besten ihre Vermutungen, wenn sie selbst noch nicht genau wusste, welche das eigentlich waren? »Kann es sein, dass er sich dünnemacht, seit der Politiker und sein Assistent hier aufgetaucht sind?«

»Das ist absolut sicher so«, kam es wie aus der Pistole geschossen. »Ich wette, das ist auch der Grund für sein schäbiges

Verhalten.« Suse spitzte die Ohren, jetzt wurde es interessant. »Rudi ist eingeschnappt, weil wir ihm die große Wohnung weggenommen haben. Das ärgert mich richtig. Das Appartement, das wir ihm ersatzweise gegeben haben, ist kleiner, okay, aber es ist top in Schuss und wirklich gemütlich. Für eine Person ist das super. Wäre doch bescheuert, zwei Gäste wegzuschicken, wenn die trotz des Baulärms unbedingt hier wohnen wollen, weil unser Wanderarbeiter zwei Schlaf- und ein Wohnzimmer für sich beansprucht«, schimpfte er.

Suses Handy klingelte. So ein Mist, sie hätte Nik gern noch ein wenig ausgehorcht. Es musste doch irgendeinen Hinweis geben, dem sie nachgehen konnte. Sie glaubte nämlich nicht, dass Rudi ein anspruchsvoller Typ war. Ehe sie Nik das sagen konnte, machte der jedoch schon ein Handzeichen, sie solle ruhig rangehen. Bestimmt war er froh, nicht länger aufgehalten zu werden. Sie kramte ihr Mobiltelefon hervor und warf einen Blick auf das Display. Jackie.

»Na, du abtrünniges Müll-Häschen, willst du kontrollieren, ob ich mich erhole, oder willst du dir schon mal den Hochzeitstermin notieren?«

Am anderen Ende war kurz Stille, ein Zustand, der bei ihrer Freundin selten vorkam.

»Du bist ja richtig in Form«, rief Jackie dann fröhlich. »Dir geht es also gut, nehme ich an. Aber sag mal, das mit dem Hochzeitstermin ist nicht ernst, oder? Ich hatte dir nur gesagt, du sollst die beiden Männer testen. Es war nicht die Rede davon, einen gleich zu behalten.«

»Keine Sorge, so weit ist es auch noch nicht.«

»Noch nicht? Suse, du machst mich echt neugierig!« Das merkte man, ihre Stimme überschlug sich beinahe. »Hört sich an, als würdest du es bedauern, dass ihr noch nicht verlobt seid.« Sie lachte verhalten. »Du hast dich doch nicht verliebt, oder?«, fragte sie leise.

»Puh, verliebt …« Suse hatte den Hof überquert und ging zwischen den Sanddornsträuchern entlang in Richtung Steilküste. Vorher hatte sie sich davon überzeugt, dass der Gärtner ein gutes Stück entfernt beschäftigt war. Der sollte auf keinen Fall anhören, was sie mit ihrer Freundin zu besprechen hatte. »Einen von den beiden hatte ich ziemlich schnell aussortiert«, begann sie.

»Du hast sie beide schon durch?«

»Punkt eins: Wenn du noch mal so schrill ins Telefon schreist, kriege ich unter Garantie einen Hörsturz. Punkt zwei: Ich habe niemanden durch. Wie sich das anhört! Ich habe mich mit beiden getroffen, das ja. Einer besteht hauptsächlich aus viel heißer Luft.«

»Und der andere?«

»Ach, Jackie, wenn ich das wüsste. Ehrlich, der macht mich fertig. Mal ist er total am Boden zerstört und in sich gekehrt, dann wieder scheint er das Leben leichtzunehmen.«

»Der ist manisch-depressiv. Na, herzlichen Glückwunsch!«

»Nein, ist er nicht. Er schleppt nur ein ziemliches Bündel aus seiner Vergangenheit mit sich herum.«

»Da gratuliere ich doch gleich wieder«, sagte Jackie gequält. »Immerhin habt ihr eine Gemeinsamkeit. Ich bezweifle nur, dass das in dem Fall etwas Gutes ist.«

»Sein Vater ist bei einem Unglück ums Leben gekommen. In der Zeitung hieß es, es sei Selbstmord gewesen, bloß gab es keinen Abschiedsbrief und auch sonst keinen eindeutigen Hinweis. Meeno glaubt …«

»Im Ernst, der heißt Meeno?«

»Ja, und?«

»Habe ich ja noch nie gehört. Okay, entschuldige, Suse, was glaubt er nun?«

»Dass es Mord war.«

Wieder Schweigen auf der anderen Seite. Donnerwetter, Suse würde sich den Tag rot im Kalender markieren.

»Kannst du nicht in den Urlaub fahren, flirten, lesen, gut essen und trinken und dich einfach nur erholen wie andere Menschen auch?«

»Ihr habt mich hierhergeschickt.«

Sie stapfte zwischen den blühenden Reihen hindurch, bis sie den Rand der Plantage erreicht hatte. Dort blieb sie kurz stehen, seufzte tief und ging weiter mit Kurs auf die Leuchttürme.

»Geht es dir gut?«, wollte Jackie wissen.

»Ja«, antwortete sie sofort aus tiefster Seele. »Das Coaching war bisher schon ziemlich spannend und arbeitet in mir auch in den Pausen weiter, glaube ich. Das war eine super Idee von euch, ehrlich. Außerdem bin ich glücklich, Meeno kennengelernt zu haben. Keine Ahnung, was draus wird, ob es überhaupt eine Zukunft hat. Ich mag ihn wirklich sehr«, gestand sie nach ein paar Sekunden. Dann erzählte sie alles von Anfang an. Sie ließ weder die Möglichkeit aus, Meenos Vater könne entfernt etwas mit dem Tod ihrer Mutter zu tun haben, noch behielt sie die romantischen Stunden in Stralsund und das Fettnäpfchen mit dem vermeintlichen Rosenverkäufer für sich. Es tat unendlich gut, alles mit einem Menschen zu teilen, der sie in- und auswendig kannte. Gleichzeitig merkte Suse, wie sich in ihrem Kopf immer mehr Ordnung einstellte. Jackie musste an mancher Stelle nachfragen, um Zusammenhänge zu kapieren, und das sorgte auch bei Suse für Klarheit. Als sie ihren Bericht beendet hatte, fühlte sie sich aufgeräumt und erleichtert.

»Wenn ich Britta das erzähle, denkt die, ich habe mir mindestens die Hälfte davon ausgedacht«, sagte Jackie. Und nach einem Atemzug fragte sie: »Oder ist es dir lieber, ich behalte erst mal alles für mich?«

»Quatsch, wir drei sind die Müll-Häschen, wir haben keine Geheimnisse voreinander.«

»Das wird ein langer und hochprozentiger Abend, wenn du wieder hier bist, so viel ist sicher.«

Suse lachte. »Hab nichts dagegen. Die Getränke bringe ich mit. Wusste gar nicht, dass Sanddorn so lecker ist, wenn er in Verbindung mit Sekt daherkommt.« Suse hatte Putgarten längst hinter sich gelassen und war auf einem Sandweg immer geradeaus gegangen. Zu ihrer Rechten lag ein Turm mit gläserner Kuppel. Die Straße machte eine Biegung nach links, wo bereits der nächste Turm in Sicht war. »Du, ich muss Schluss machen. Schließlich will ich noch etwas von der Insel erkunden. Stell dir vor, ich war noch nicht an den Leuchttürmen, dabei kann ich die Spitzen von der Villa aus sehen. Jetzt bin ich aber hier und muss natürlich auf alle klettern, bei denen das möglich ist«, verkündete sie übermütig.

»Versprich mir, dass du auf dich aufpasst, ja?«

»Ich meinte nicht, dass ich außen an der Fassade hochklettern will wie Spider-Woman. Ich werde brav die Treppen hinaufsteigen.«

»Und ich meinte nicht die albernen Türme«, konterte ihre Freundin. »Was du von deinem Meeno erzählt hast, klingt reizvoll, aber auch irgendwie unheimlich. Wenn auch noch Politiker im Spiel sind, ist immer Vorsicht geboten.«

»Mach dir keine Sorgen, ich bin schon ein großes Mädchen.«

Kaum hatte sie ihr Mobiltelefon weggepackt, ertönte schon wieder die Melodie, die einen Anrufer meldete.

»Na, Jackie, was hast du vergessen?«

»Ich hoffe, Jackie kommt von Jacqueline und nicht von Jack.« Die Stimme kannte sie doch. Axel! So ein Mist, warum hatte sie nicht wie üblich auf das Display geschaut. Axels Nummer hatte sie noch nicht gespeichert, und beim Anblick einer fremden Nummer hätte sie sich nicht gemeldet. Zu spät.

»Axel, was verschafft mir die Ehre?«, fragte sie, statt auf seine Bemerkung einzugehen.

»Ich wollte hören, wie es dir geht. Störe ich dich gerade beim Paddeln auf dem Bodden?«

Sie hätte ihm ihre Nummer nicht geben sollen. Okay, er hatte ein charmantes Lächeln und war überhaupt nett anzusehen. Das war aber auch schon alles. Weder hatten sie sich sonderlich gut unterhalten, noch hatte er einen brillanten Humor, der sie für ihn einnehmen würde.

»Nein, du störst beim Klettern auf einen Leuchtturm«, erwiderte sie und blickte an dem runden roten Ziegelbau hinauf, der an diesem Tag wegen eines Umbaus geschlossen blieb, wie ein Schild verriet.

»Das macht bestimmt hungrig«, sagte er, ohne nachzufragen. Vermutlich spielte es keine Rolle, was sie antwortete. Er hätte auch geantwortet, dass es hungrig macht, wenn sie behauptet hätte, sie verbringe den Tag im Bett. »Bist du spontan?«, wollte er jetzt von ihr wissen.

»Kommt drauf an.«

»Falsche Antwort. Du bekommst noch eine Chance.«

»Das ist aber nett von dir«, entgegnete sie ohne Begeisterung. »Also schön, ich denke, ich bin ziemlich spontan, ja.«

»Ah, dachte ich's mir doch.« Er lachte zufrieden. »Ich möchte dich zum Abendessen einladen. Heute.«

»Womit habe ich denn das verdient? Langweilst du dich?« Er hatte sich nach ihrem letzten Treffen nicht mehr gemeldet. Suse war davon ausgegangen, dass es ihm nicht anders ging als ihr. Er dürfte doch auch gemerkt haben, dass sie nicht gerade perfekt zueinanderpassten. »Was genau verstehst du überhaupt unter Abendessen? Um ehrlich zu sein, möchte ich mir nicht ausmalen, wie ein Abend im Restaurant mit dir abläuft. Jemand, der in einer Eisdiele nur Espresso bestellt, kaut vermutlich eine Stunde auf einem Salatblatt herum.«

Aus irgendeinem Grund machte es ihr Freude, ihn ein wenig zu ärgern. Er lachte übertrieben.

»Dein Humor ist etwas, das ich an dir liebe.« Sie zweifelte, dass sie in seiner Gegenwart schon viele Witze gemacht hatte, ersparte ihm dieses Mal aber einen Kommentar. »Ich würde dich gern wiedersehen, das ist alles. Du würdest mir eine große Freude machen. Eine sehr große«, betonte er.

Er wusste, wie man eine Frau um den kleinen Finger wickelte, das musste sie zugeben. Seine Stimme hatte plötzlich einen schmeichelnden Unterton. Obendrein fiel ihr in diesem Moment ein, dass er ihr exklusiv diesen immerhin ziemlich gut gemachten Verkaufsfilm gezeigt hatte. Vielleicht war das seine Art gewesen, seine Sympathie auszudrücken. Er war beruflich auf der Insel und irgendwie in ein Projekt eingebunden, das die Gemüter zum Kochen brachte. Suses Neugier meldete sich unüberhörbar.

»Du kannst es ruhig sagen, wenn du kein Interesse hast«, platzte er in ihre Gedanken. »Damit kann ich leben.« Das klang doch tatsächlich ein wenig gekränkt. »Aber ich werde nicht gern hingehalten.«

»Entschuldige bitte, ich komme gern«, antwortete sie und ärgerte sich im nächsten Moment. Ihr blieben nicht mehr viele Abende auf der Insel, und sie würde am liebsten alle mit Meeno verbringen. Er fehlte ihr schrecklich.

»Wie schön! Dann ist das abgemacht, heute um neunzehn Uhr direkt auf der Seebrücke Sellin.«

Sie schluckte. »Du hast aber hoffentlich nicht vor, mich in das Restaurant auf der Seebrücke zu schleppen?«

»Wie sich das anhört!«, beschwerte er sich. »Die Küche hat

einen ausgezeichneten Ruf. Und einen schöneren Ort findest du auf ganz Rügen nicht.«

»Kann ja sein, aber das ist doch bestimmt vornehm. Muss ich mich da etwa aufbrezeln? Dann bin ich nämlich raus.«

»Wie kommst du denn darauf? Ach was, die Touristen kehren da bei ihren Strandspaziergängen ein. Das ist tagsüber total lässig und abends so in Richtung semiformal.«

»Semi, aha. Also gut, dann danke ich dir für die Einladung, wir sehen uns später.« Verbindung beendet. Ohne einen Gruß oder ein weiteres Wort. Waren alle Männer so seltsam, oder hatte Suse diesbezüglich einfach ein goldenes Händchen? Sie musste schmunzeln, steckte ihr Telefon weg und ging hinüber zum Leuchtfeuer mit seinem roten Helm und dem viereckigen Schinkelturm direkt daneben.

Verraten und verkauft

Nach der Besichtigung des Leuchtturms einschließlich des Museums bummelte Suse über das Gelände, warf einen Blick in einen kleinen Souvenirladen und informierte sich darüber, was von der nur wenige Schritte entfernten Bunkeranlage der Marine noch zu sehen war. Die ganze Zeit begleitete sie ein undefinierbares Gefühl, das ihre Laune nicht gerade hob. Im Gegenteil. Und dieses Gefühl wuchs zuverlässig, sobald sie an die Verabredung mit Axel dachte. Im Grunde war es eine nette Idee. Vielleicht würde sich ihr Eindruck von ihm komplett ändern, wenn sie sich in gemütlicher Atmosphäre näher kennenlernten. Doch da fing die Misere ja schon an. Sie kannte die Seebrücke bisher ausschließlich von Fotos und fand die Architektur sehr ansprechend. Bloß fürchtete sie, dass es eben nicht gemütlich, sondern eher schick werden würde. Sie war aber nicht der schicke Typ, sie liebte es bequem und bodenständig.

Der Wind fuhr ihr durchs Haar, ihr Blick glitt über die Ostsee, die unendlich zu sein schien. Sie brauchte sich nichts vorzumachen, der eigentliche Grund für ihre innere Abwehr war, dass sie den Abend lieber mit Meeno verbringen würde. Wozu Mann Nummer zwei grob kennenlernen, wenn sie stattdessen Meeno noch näherkommen könnte? Ihr blieb nicht mehr viel Zeit, um herauszufinden, ob er noch immer etwas verschwieg wie am Anfang. Sie konnte Heimlichkeiten nicht leiden, allerdings musste sie ihm zugutehalten, dass er sie ja auch noch nicht lange kannte. Vielleicht musste er das aber, um ihr voll zu vertrauen. Wie ärgerlich, dass sie ihm an diesem Abend keine Gelegenheit dazu gab.

Stattdessen verheimlichte sie ihm sogar eine Verabredung mit einem anderen.

Sie holte tief Luft und machte sich auf den Rückweg zur Villa. Meeno hatte nicht gefragt, ob sie sich noch sehen wollten, also hatte sie ihm auch nichts verschwiegen. Er hatte sich nicht gemeldet, nicht gefragt, wie ihre ersten Schritte auf dem Brett gewesen waren. Es war noch nicht spät, und er hatte natürlich auch keine Verpflichtung, sich bei ihr zu melden. Trotzdem wurmte es sie. Klar, sie könnte genauso gut ihn anrufen. Aber wenn er nicht wollte, würde sie ihn in Ruhe lassen. Eigentlich passte es perfekt, dass sich Axel ausgerechnet heute gemeldet hatte, ging ihr durch den Kopf, und sie beschleunigte ihre Schritte. Das sorgte für etwas Abstand zwischen Meeno und ihr. Gar nicht übel, so konnten sie beide nachdenken, ihre Gefühle auf den Prüfstand stellen. Das Wiedersehen würde umso schöner werden. Sie lächelte. Der Weg schlängelte sich zwischen zwei Feldern hindurch, auf denen sich hohe Gräser in den Böen hin und her neigten und dabei leise raschelten. Außerdem war sie durchaus ein wenig neugierig, was Axel mit der Ferienanlage mitten in der nahezu unberührten Natur Rügens zu tun hatte. Gesas Kommentar zu dem Projekt fiel ihr ein, der alles andere als begeistert geklungen hatte. Womöglich war noch gar nicht sicher, ob die Häuser und Wohnungen je auf Bug entstehen würden. Konnte doch gut sein, dass außer Gesa noch mehr Insulaner eine kräftige Zornesfalte auf der Stirn hatten, sobald man sie auf dieses Thema ansprach. Es interessierte sie, welches Rädchen Axel in dem Getriebe war.

Wieder in ihrer Wohnung, suchte Suse sich eine Verbindung nach Sellin heraus. Fürs Fahrrad war es zu spät. Sie müsste einen Streckenrekord aufstellen, um pünktlich um neunzehn Uhr an der Seebrücke zu sein. Der Schweiß würde ihr dann allerdings aus allen Poren laufen, keine schöne Vorstellung. Schon gar nicht, wenn sie in halb schicker Umgebung drinnen sitzen musste. Semiformal klang nicht sehr streng, fand sie, aber eben auch nicht alltagslässig.

Sie verordnete ihren anthrazitfarbenen Sportschuhen, mit denen sie nun schon mehrere Tage durch Gras, Sand und Matsch am Ostseesaum gestiefelt war, eine Pause. Wie gut, dass sie ein neues Paar dabeihatte, zartgelb und etwas mehr Halbschuh als Sneaker. Dazu nahm sie eine weiße Hose aus dem Schrank und ein langärmeliges blau-weißes Ringelshirt. Sportlich-maritim ging immer! Für den Fall, dass Axel einen Verdauungsspaziergang vorschlug, musste eine kuschelige Jacke her. Und der leicht gefütterte dunkelblaue Windstopper war ideal, den sie sich extra für den Urlaub gekauft hatte. Einen Ärmel zierte eine kleine Möwe, die in gestickten Buchstaben *Ahoi* schrie.

Suse warf sich die Jacke über die Schulter und machte sich auf den Weg. Sie hatte Glück und erwischte einen Zug ab Sagard. Hätte Axel ihr nicht anbieten können, sie abzuholen? Schließlich wohnten sie nicht weit voneinander entfernt. Das fiel ihr reichlich spät ein. Bestimmt hatte er vorher noch einen anderen Termin. Oder er hatte einfach nicht daran gedacht, weil er davon ausging, dass sie mit dem Auto auf Rügen war und selbst fahren würde. Für den Rückweg wäre sie dankbar für eine Mitfahrgelegenheit, sonst würde sie sich ein Taxi nehmen müssen.

An der zweiten Station von Sellin stieg sie aus, überquerte einen Kreisel und folgte der Ostbahnstraße. Eine Pension reihte sich an die andere. Wie gut, dass sie oben am nördlichsten Zipfel der Insel vom Massentourismus verschont war. Anfang Mai war es selbst hier noch nicht überlaufen, wie sie beruhigt feststellte, als sie nach links in die Luftbadstraße einbog. In der Hauptsaison latschten sich die Gäste hier vermutlich gegenseitig auf die Füße. Nach einer Weile erreichte sie die Wilhelmstraße. Geschafft, nun brauchte sie nur noch geradeaus in Richtung Meer zu gehen, dann war sie da, perfekt in der Zeit.

Hübsche Häuser gab es hier, viele davon mit den typisch verzierten Balkonen aus Holz. Alte, liebevoll sanierte Gebäude standen Schulter an Schulter mit modernen Gebäuden, die den Stil der Bäderarchitektur aufgriffen und auf ganz eigene Art umsetzten. Suse mochte die filigranen Geländer und die schmalen Säulen. Trotzdem wurde ihr Blick immer wieder von der Ostsee abgelenkt, die sich vor ihr in einiger Entfernung erstreckte.

Dort, wo eine breite Treppe nach unten zum Strand führte, konnte sie zunächst nur zwei dunkle Spitzen erkennen. Mit jedem Schritt verwandelten die sich mehr in ein weißes Schloss, das in der Abendsonne leuchtete. Suse blieb kurz stehen. Als hätte ein Zuckerbäcker Hand angelegt, Türmchen und Sprossenfenster gestaltet und das prächtige Werk schließlich über dem Meer schwebend montiert, nur von einer Brücke gehalten, die es daran hinderte, vom Boden abzuheben. Das war natürlich Unsinn, aber eine hübsche Vorstellung, die ihr bei dem Anblick in den Sinn kam.

Lächelnd ging Suse weiter und freute sich mit einem Mal, den Abend hier zu verbringen. Sie hatte in ihrem Reiseführer gelesen, dass der elegante Bau mehrmals fast vom Eis der Ostsee zermalmt worden wäre. Glücklicherweise waren in der Not finanzstarke Retter zur Stelle gewesen, sodass das Wahrzeichen des Seebades jedes Mal wieder in alter Schönheit hergestellt werden konnte.

Sie hatte den Kopf der Treppe, liebevoll Himmelsleiter genannt, erreicht. Jetzt lag das Bild vollständig vor ihr: die hölzerne Brücke, das weiße Restaurant auf seinem Holzplateau, das schwarze Dach, im Kontrast dazu der helle Strand, die türkis schimmernde Ostsee, die Männer in Anzügen, die Damen in

Abendkleidern. Was? Automatisch kniff Suse die Augen zusammen. Kein Zweifel, die vier Menschen, zwei Pärchen vermutlich, die dort an einem Bistrotisch standen, sahen extrem elegant aus. Jedenfalls aus dieser Entfernung. Ein Anflug von Sorge erfasste sie, doch sie beruhigte sich selbst, dass vermutlich ein Flügel des Restaurants einer geschlossenen Gesellschaft vorbehalten war, die etwas zu feiern hatte. Damit hatte sie nichts zu tun.

Fünfundachtzig Stufen waren es angeblich bis dort unten. Suse setzte den Fuß auf die erste und blieb gleich wieder stehen. Im Augenwinkel nahm sie etwas Grelles wahr. Sie wandte den Kopf und sah eine Frau in einem knöchellangen Kleid, das über und über mit limettenfarbenen Pailletten besetzt war. Suse konnte sich keinen Anlass vorstellen, zu dem dieser Aufzug passen würde, eine Preisverleihung vielleicht einmal ausgenommen. Sollte die da unten stattfinden, würden sich Axel und sie ein anderes Lokal suchen müssen. Und sie fragte sich, warum die Dame nicht den Lift benutzte, den es immerhin auch gab, denn sie wirkte ausgesprochen unsicher auf den Beinen. Kein Wunder bei den Schuhen. Suse konnte sich nicht erinnern, je höhere Absätze gesehen zu haben. Ein Millimeter mehr, und die Trägerin könnte sich unmöglich aufrecht halten, sondern würde im Stand nach vorne kippen. Zugegeben, elegant sah die Haltung der Frau durch die Form der Schuhe aus. Solange die Gute stand. Nur musste sie sich bewegen, um das Restaurant zu erreichen, und schon war die Eleganz futsch.

Suse beobachtete belustigt, wie die glitzernde Dame eine Stufe hinabstieg, ein Schrittchen trippelte und die nächste Stufe in Angriff nahm. Einmal geriet sie derart aus der Balance, dass Suse sich bereit machte, Erste Hilfe zu leisten, falls die Frau die Himmelsleiter abwärtssegelte. Glücklicherweise blieb ihnen beiden das erspart. Wozu schmiss man sich in eine derartig unpraktische Schale, wenn man am Meer war?

Je kürzer die verbleibende Strecke zum Lokal war, desto länger wurde Suses Gesicht. Der Fahrstuhl war im Dauereinsatz und spuckte immer mehr elegant gekleidete Menschen aus. Auch über die Treppe strömten Paare und Grüppchen auf die Brücke und in Richtung Restaurant. Alle hatten sich aufwendig herausgeputzt, alle hatten ganz offensichtlich dasselbe Ziel. Tja, das war wohl nichts, lieber Axel, dachte sie. Da sah sie ihn. Er trug einen dunkelblauen Anzug, dazu ein rosa Hemd, seine blonden Locken schimmerten, als hätte er irgendetwas hineingeschmiert. Das konnte doch nicht sein Ernst sein. Mit der geschlossenen Gesellschaft lag Suse höchstwahrscheinlich richtig, nur mussten sie deshalb nicht in ein anderes Lokal ausweichen, denn Axel gehörte offensichtlich zu der Gesellschaft. Sie stöhnte und wollte gehen, doch in der Sekunde hatte er sie entdeckt und winkte sie herein. Was tun? Sie konnte ihm einen Vogel zeigen und gehen, das wäre unmissverständlich. Seufzend drehte sie den Ärmel ihrer Windjacke um, damit man wenigstens die Ahoi-Möwe nicht sehen konnte, und betrat das Gebäude.

Der hohe Raum des Saals wurde von unzähligen Kerzen erhellt, deren Schein sich in silbernen Leuchtern brach. Suse wurde beinahe ein wenig feierlich zumute. Die holzgetäfelte, spitz zulaufende Decke, die weiß getünchten Wände und die bodentiefen Fenster mit Querstreben und Rundbogen erinnerten sie an eine Kirche. Beamer und die große Leinwand, die sicher eigens für die Veranstaltung installiert worden waren, wirkten wie Fremdkörper. Sie und die zahlreichen Poster mit Fotos einer Ferienanlage machten deutlich, dass es sich um ein äußerst irdisches Programm handeln würde. Ein Abendessen zu zweit war das hier nicht, und das war auch nie Axels Plan gewesen. Suse kochte innerlich.

Axel kam strahlend auf sie zu und begrüßte sie: »Susanne, schön, dass du gekommen bist.« Er schickte sich an, sie auf die

Wange zu küssen, doch sie wich zurück. »Ich habe dir ein besonders schönes Plätzchen reserviert«, fuhr er unbekümmert fort, »an Tisch drei, äh, nein, an der vier.«

»Hallo, Axel, schön, dass du mich am Telefon bezüglich der Abendgestaltung vorgewarnt hast, sonst hätte ich mich womöglich auf eine private Verabredung eingestellt.« Axel lachte, seine Augen lachten nicht mit. Sie hefteten sich schon wieder an den Eingang, um ja nicht die nächsten wirklich wichtigen Gäste zu verpassen.

»Wie ich vorhin sagte, ich liebe deinen Humor.«

»Das war nicht witzig gemeint«, begann sie und holte Luft, um ihm gründlich die Meinung zu geigen.

»Barbara, schön, dass du dir die Zeit genommen hast«, sagte er da und ließ sie stehen. »Jörg, großartig, dass du es einrichten konntest«, hörte sie ihn plappern. »Und deine bezaubernde Gattin hast du auch mitgebracht. Gnädige Frau, Sie sehen mal wieder umwerfend aus.«

Sowohl Barbara als auch die bezaubernde Gattin trugen lange Cocktailkleider, und Jörg war natürlich im dunklen Anzug erschienen. Suse fühlte sich wie eine Plastiktüte zwischen mühevoll dekorierten Geschenkpaketen. Hätte sie gewusst, was hier los war, hätte sie sich auch keine Schleife umgebunden, sondern wäre erst gar nicht erschienen. Dass sie keinen großen Wert auf Äußerlichkeiten legte und schon gar nicht auf zur Schau gestellten Reichtum, hieß noch lange nicht, dass es ihr nichts ausmachte, negativ aufzufallen. In ihrem Hirn ratterte es. Sollte sie wieder gehen und in einem netten Lokal in der Nähe essen? Die Tische waren vielversprechend eingedeckt. Es sprach einiges dafür, dass sie hier kulinarisch verwöhnt werden würde. Danach konnte sie immer noch gehen.

Suse schlenderte zu Tisch Nummer vier. Sie war noch immer sauer, aber wenn sie schon mal hier war, konnte sie ja mal nachsehen, mit wem sie während des Essens das Vergnügen haben würde. Die Namen sagten ihr nichts. War zu erwarten. Ein Schild weckte allerdings ihre Neugier. *I. R.* stand da nur, wo sonst Vor- und Zuname in goldener Schrift zu lesen waren. Seltsam und ziemlich geheimnisvoll. Ausgerechnet ihr Tischnachbar oder ihre Tischnachbarin wurde nicht namentlich genannt, sondern lediglich mit Initialen. Um die Lösung des Rätsels zu erfahren, musste sie bleiben. Das Besteck verriet obendrein, dass es mindestens drei Gänge geben würde. Sie straffte die Schultern und bemühte sich um eine aufrechte Haltung. Natürlich entgingen ihr die Blicke nicht, mit denen sie bedacht wurde. Aber sie war eingeladen wie alle anderen auch. Sie würde das Beste draus machen.

Axel war der einzige Mensch, den sie kannte, doch der kümmerte sich nicht eine Sekunde um sie. Zu allem Überfluss waren weder I. R. noch die übrigen vier Gäste bisher eingetroffen, die für ihren Tisch vorgesehen waren. Hatten die womöglich etwas Besseres vor? Suse würde auf keinen Fall allein an einer Tafel für sechs Personen sitzen wie das hässliche Entlein, mit dem niemand etwas zu tun haben wollte. Plötzlich fühlte sie sich wieder wertlos. Hätte sie nicht sicherheitshalber etwas wählen können, womit sie überall gut angezogen war? Wie oft hatte Jackie ihr gepredigt, eine ausgestellte weiße Hose mit einem silbergrauen Pullover wäre niemals übertrieben, mit einer schwarzen Seidenstola dazu aber im Handumdrehen in Abendgarderobe verwandelt. Toll, sie hatte statt einer edlen Stola eine Möwe, die Ahoi krächzte. Nicht zum ersten Mal in ihrem Leben fühlte sie sich wie ein Zaungast. Alle anderen kannten die ungeschriebenen Gesetze einer Gesellschaft, hielten sich daran und hatten Spaß, nur sie stand draußen, weil sie es mal wieder vermasselt hatte. Sie seufzte leise. Wäre ja auch zu schön gewesen, wenn ein paar Coaching-Stunden daran schon etwas geändert hätten.

Suse beschloss, auf das Essen zu pfeifen und sich irgendwo etwas zu holen, wo sie nicht peinlich auffiel. Mit Glück bekam sie dann sogar noch einen Zug zurück. Also dann, Abgang. Doch daraus wurde nichts, denn eine große Frau mit schwarzen Locken hatte ihren Auftritt.

»Ist das hier Tisch Nummer vier?« Sie lachte laut. »Huch, da habe ich heute doch glatt eine poetische Ader. Sonst habe ich es nicht so mit Reimen.« Die Frau trug zwar kein langes Kleid, aber einen cremefarbenen Hosenanzug, der so manche Robe in den Schatten stellte. »Inga Maack«, sagte sie und reichte Suse die Hand. »Wo ist denn der Rest?« Sie deutete auf den noch leeren Tisch.

»Die haben es sich vielleicht anders überlegt.« Suse sah auf ihre Uhr. »Oder sie kommen in der letzten Minute.«

»Da bin ich doppelt froh, dass Sie gekommen sind. Ich kenne hier niemanden, von Axel abgesehen. Und Sie?«

»Mir geht's genauso.«

»Trinken Sie auch ein Glas Sekt?« Ohne eine Antwort abzuwarten, nahm sie zwei Gläser vom Tablett, mit dem ein junger Mann gerade an ihnen vorbeigehen wollte, und reichte Suse eins. »Auf unser Kennenlernen! Ich glaube, wir werden noch viel Alkohol brauchen, wenn später die Preise für die Wohnungen verraten werden.« Ihre linke Augenbraue zuckte vielsagend.

»Ach Gott, ich habe mich ja noch gar nicht vorgestellt. Suse Fink. Wie der Vogel. Danke für den Sekt und dafür, dass Sie so tun, als wäre ich eine unter vielen.«

Jetzt schnellten beide Augenbrauen der gelockten Schönheit in die Höhe.

»Sind Sie das nicht?«

»Ist das ein Witz? Gucken Sie sich um, und dann sehen Sie mich an. Was fällt Ihnen auf?« Sie wartete die Antwort nicht ab. »Ich wusste nicht, was hier veranstaltet wird. Ich dachte, wir gehen einfach nur gemütlich zu zweit essen.«

Wieder lachte Inga Maack.

»Das ist typisch Axel, der lockt jeden her, der nicht bei drei auf einem Baum ist, ob er Interesse an diesem Urlaubstraum hat oder nicht.« Das Wort Urlaubstraum betonte sie so, als würde sie eher Gesas Meinung teilen als die von Axel. »Schade eigentlich, ich dachte, Sie hätten absichtlich den sportlich-lässigen Look gewählt. Hätte mir gefallen. Steht Ihnen übrigens sehr gut.«

»Danke.« Allmählich fühlte sich Suse wieder behaglicher in ihrer Haut. »Wollen Sie investieren?«, fragte sie und deutete auf eins der großen Werbebanner.

»Vielleicht.« Klang so, als wäre der Kaufpreis kein Problem für Inga Maack. Die Frau umgab eine Aura, die Suse beeindruckte. Sie war nicht nur extrem selbstbewusst, sie schien auf diesem Parkett außerdem in ihrem Element zu sein, ohne es allzu ernst zu nehmen.

»Sind Sie denn sicher, dass die Anlage auf Bug überhaupt gebaut wird?« Suse erwähnte die Kommentare einiger Einheimischer und zitierte Artikel, die sie im Internet gefunden hatte.

»Wenn nicht auf Bug, dann eben woanders. Man kann das Geld schon riechen. Wie Sie sehen, haben die Bluthunde die Witterung bereits aufgenommen.« Inga Maack rückte ihren Stuhl so zurecht, dass sie die Leinwand im Blick hatte, und setzte sich.

Suse nahm ebenfalls Platz. Gerade rechtzeitig, denn die Show begann.

Auf der Leinwand kündigte das Logo der Immobilienfirma den Start des Verkaufsfilms an. Ein kleiner grauhaariger Mann trat mit einem Mikrofon vor die Gäste. Für die Rolle des Conférenciers war Axel anscheinend nicht wichtig genug. Wo steckte der überhaupt? Suse entdeckte ihn ein wenig abseits des Podiums. Er ließ seinen Blick stolz über die von ihm erfolgreich zusammengerufene Schar schweifen. Das typische Blabla, einstudierte Witzchen inklusive, denen höfliche Lacher folgten, war vorüber, der Film begann. Suse fiel auf, dass es hier und da noch Änderungen gab, Verfeinerungen. Sie hatte beim ersten Mal also die Rohfassung zu sehen bekommen. Bei der fertigen Ausgabe flimmerte sogar ein Abspann über die Leinwand. Der Applaus klang nach echter Begeisterung, die das Werk auch verdient hatte, fand sie.

»Immerhin haben sie sich Mühe mit dem Streifen gemacht«, kommentierte Inga Maack und nickte anerkennend.

Nun hatte Axel doch noch seinen Auftritt.

»Wie ich sehe, sind Sie so begeistert wie wir auch. Ich habe nichts anderes erwartet. Und das ist nur die Theorie. In der Realität wird alles um ein Vielfaches schöner«, schwärmte er. »Bevor nun das fantastische Essen serviert wird, möchte ich Sie noch rasch auf die Listchen hinweisen, die hier vorn ausliegen.« Er zeigte auf einen Acrylständer. »Sie werden feststellen, nicht wenige Objekte sind bereits reserviert. Verlieren Sie daher keine Zeit, um sich Ihren Traum am Meer zu sichern.«

»Nicht das Träumchen am Meer?«, flüsterte Inga Maack und grinste.

»Ach ja, jedem Prospekt liegt eine Preisliste bei, aber ich wette, die interessiert Sie ohnehin nicht«, beendete er seine Ansprache, lachte und bezog Posten neben dem Aufsteller mit den Broschüren, als würde er einen Schatz behüten.

»Bei den meisten hier dürfte Geld tatsächlich keine Rolle spielen. Die werden sich gern ein Heftchen mitnehmen und ein Häuschen aussuchen«, meinte Inga Maack und zwinkerte.

Der erste Gang wurde serviert, ein Lachs-Avocado-Tatar, das äußerst appetitlich aussah. Der Saal war in dezentes Licht getaucht, während die Sonne am Horizont bereits in der Ostsee versunken sein musste.

Zu Suses Kummer erhob sich ihre Tischnachbarin nach dem Tatar.

»Tut mir sehr leid, mich schon jetzt verabschieden zu müssen. War sehr nett, Sie kennenzulernen. Schönen Abend noch.« Geschmeidig bewegte sie sich zwischen den Tischen hindurch, nickte Axel kurz zu, der inzwischen Platz genommen hatte, und verließ das Lokal.

Die Vorspeise war hervorragend gewesen, Suse hatte durchaus Lust auf das komplette Menü, bloß hockte sie nun doch allein am Tisch. Nein danke, das musste sie sich nicht antun. Sie stand auf und prallte beinahe gegen einen schlaksigen Mann mit schütterem hellem Haar, der ohne Vorwarnung vor ihr stand und nach Luft schnappte. Ingolf Reuther!

»Guten Abend«, keuchte er und lugte auf das mysteriöse Schild, auf dem anstelle eines Namens nur zwei Buchstaben standen, I.R. »Wir sind Tischnachbarn, wie es aussieht. Ich muss mich für meine Verspätung entschuldigen.« Sieh einer an! Politiker Reuther, der in der Villa Sanddorn eingecheckt hatte, war auch eingeladen. Fehlte nur noch sein Laufbursche, doch von dem war nichts zu sehen. »Ich hatte noch einen Termin und wollte nicht unhöflich in die Präsentation hineinplatzen.« Er guckte wie ein Schuljunge, der nicht pünktlich zum Unterricht erschienen war. »Habe ich viel verpasst?«

»Ich bin mir sicher, Sie bekommen eine Privatvorstellung, wenn Sie Wert darauf legen. Suse Fink.« Sie lächelte. »Tja, nun muss ich mich wohl entschuldigen, ich bin nämlich leider auf dem Sprung.«

»Das wäre aber schade. Das Haus ist berühmt für seine gute Küche. Wie ich sehe, wird der Hauptgang gerade serviert.« Sie zögerte. »Bitte lassen Sie mich nicht allein hier sitzen, das können Sie mir nicht antun.«

Das konnte sie wirklich nicht. Vor allem fiel ihr sofort wieder ein, was sie im Flur der Villa gehört und was der Junge im Hofladen ihr erzählt hatte. Reuther oder wenigstens sein PR-Gorilla

Haas hatten etwas mit einem Rudi zu tun, und sie würde einen Besen fressen, wenn es nicht der Rudi war, der sich seit dem Auftauchen der beiden ständig in Luft auflöste.

»Na schön, überredet«, verkündete sie. »Um ehrlich zu sein, wollte ich aus demselben Grund aufbrechen. Meine bisherige Tischgesellschaft hat sich gerade verabschiedet.«

Er rückte ihr den Stuhl zurecht und strahlte.

»Dann sind wir heute Abend also geradezu füreinander bestimmt.« Sein freundliches Lächeln war ansteckend.

Zur Fischplatte mit Frühlingsgemüse plauderten sie über die geplante Ferienanlage.

»Das ist absolut nicht meine Preisklasse«, erklärte Suse. »Selbst wenn, würde ich mir gründlich überlegen, ob ich ausgerechnet hier investieren wollte. Es ist wunderschön, keine Frage, nur bezweifle ich sehr, dass eine solche Baumaßnahme zu Bug passt. Die wilde Natur macht doch gerade den Reiz aus.«

Er beugte sich zu ihr und flüsterte: »Genau meine Meinung!«

»Tatsächlich?« Damit hatte sie nicht gerechnet.

»Ich bin auf dem Dorf aufgewachsen, ein Naturbursche von Kindesbeinen an sozusagen. Dummerweise verlangt mein Beruf, wirtschaftliche Interessen mit den Belangen der Natur unter einen Hut zu bringen, Kompromisse zu finden. Ich bin …«

»Sie sind Politiker, ich weiß. Sie kandidieren für das Europaparlament, stimmt's?«

»So ist es.«

Es schien ihm nicht sonderlich zu schmeicheln, dass sie ihn erkannt hatte. Jedenfalls ließ er es sich nicht anmerken, falls er es genoss. Sehr sympathisch, fand sie.

»Das kommt erschwerend hinzu. Mein Einfluss auf die Bautätigkeiten auf dieser Insel ist begrenzt, um es vorsichtig auszudrücken. Ich könnte das Vorhaben nur stoppen oder wenigstens im

Umfang begrenzen, wenn europäische Richtlinien oder Gesetze berührt würden. Und das auch erst, wenn ich gewählt bin. Ich fürchte, es gibt schon jetzt die nötigen Genehmigungen. Wahrscheinlich haben in diesem Stadium die potenziellen Käufer mehr Macht als ich. Wenn sie alle auf die Einhaltung umweltverträglicher Standards und den Erhalt von möglichst vielen Flächen bestehen, die naturbelassen bleiben, könnte sich das Unternehmen dem nicht völlig verschließen.«

»Dann sind Sie nicht in erster Linie wegen der Anlage hier?«

Er schüttelte den Kopf. »Nein, damit habe ich nichts zu tun. Ich habe den Verdacht, dass man mich eingeladen hat, um die Seriosität zu unterstreichen.« Er lachte fröhlich. »Das passiert häufig, wenn ich in einer Gegend auftauche. Man lädt mich zu offiziellen Veranstaltungen ein, um sich so oder so mit mir zu schmücken. Dabei bin ich aus dem Alter raus, ein Schmuckstück zu sein.« Ein Machtmensch, der sich selbst auf die Schippe nahm, das hatte Suse nicht erwartet. Sie musste sich ab sofort wirklich mehr vor Vorurteilen hüten.

»Sie sind doch gut in Form«, sagte sie.

»Danke für die Blumen.« Er hob sein Glas und prostete ihr zu.

»Darf ich Sie etwas fragen?«

»Nur zu!«

»Sie sind viel unterwegs, werben für sich, um ins Europaparlament gewählt zu werden. Was hat Sie gleich für mehrere Tage auf den nördlichsten Zipfel dieser Insel verschlagen?«

Er stutzte. »Na, Sie sind ja gut informiert.«

»Ich wohne auch in der Villa Sanddorn und habe mitbekommen, wie jemand lautstark nach einer Suite verlangt und betont hat, für wen die Reservierung ist.«

»Ach je, wie unangenehm. Gunther ist manchmal übereifrig. Er will um jeden Preis sicherstellen, dass ich beste Bedingungen habe. Das schätze ich einerseits an ihm, andererseits vergisst er dabei hin und wieder, dass ich ein Diener des Volkes bin. Mir steht keine Sonderbehandlung zu, das erkläre ich ihm immer wieder.« Er zuckte mit den Schultern und sah sie aufmerksam an. »Sie fragen nach dem Grund meiner Reise«, sagte er dann. »Ich nutze den ruhigen Norden der Insel, um mich auf meine Kandidatur vorzubereiten. Es ist eine traumhafte Ecke dort oben rund um Dranske.«

»Das ist es. Noch«, wandte Suse ein. Reuther räusperte sich.

»Sehen Sie, ich habe mir den Ort nicht zufällig ausgesucht. Es gibt durchaus eine sehr persönliche Verbindung zu Rügen«, erzählte er bedächtig. »In meiner Vergangenheit gibt es einen, nun ja, nennen wir es einen dunklen Fleck, den ich bereinigen möchte.«

»Ach ja?« Sie schob ihren leeren Teller zur Seite und verschränkte die Arme auf dem Tisch.

»Ehrlichkeit ist das Wichtigste. Im Privaten, im Geschäftlichen und erst recht in der Politik. Sie sind eine kluge Frau mit politischem Interesse, wie mir scheint. Ihnen ist klar, wie gründlich jemand durchleuchtet wird, der sich um ein politisches Amt bewirbt.«

»Zu Recht, wie ich finde.«

»Da stimme ich Ihnen zu hundert Prozent zu. Und es ist ja auch schon so manches Plagiat oder eine unpassende wirtschaftliche Verflechtung ans Licht gekommen.«

»Und Sie wollen nun schnell noch Ihre Vergangenheit reinwaschen, oder wie?«

Er lachte auf. Nicht mehr ganz so freundlich wie bisher. Oder bildete sie sich das nur ein?

»Da ist nichts, was ich vertuschen müsste, falls Sie das meinen.«

»Wie soll ich das mit dem Bereinigen denn sonst verstehen?«

Das Dessert platzte in ihre Unterhaltung. Eine Eistorte mit Baiser, Suse war endgültig mit dem Abend versöhnt. Wenn

Reuther die Unterbrechung bloß nicht nutzte, um das Thema zu wechseln. Das tat er nicht.

»Die Leute reden. Ich möchte ihnen keinen Anlass geben, sondern im Vorwege und aus eigener Initiative Dinge beim Namen nennen. Dazu muss ich sie allerdings erst einmal aufklären. Sehen Sie, das Wissen, unschuldig zu sein, hilft wenig, wenn man es nicht beweisen kann.« Sie starrte ihn an. »Alles in Ordnung mit Ihnen?«

»Ja, klar.« Suse griff nach ihrem Weinglas. »Das hörte sich eben nur ein bisschen gruselig an, als wären Sie in einen Mord verwickelt.« Meeno wollte die Unschuld seines Vaters beweisen, Reuther seine eigene. Was war hier eigentlich los? An Zufälle glaubte sie längst nicht mehr.

»So schlimm ist es Gott sei Dank nicht. Ich war in der ehemaligen DDR als Ingenieur am Bau einer Müllentsorgungsanlage beteiligt, wissen Sie?«

Suse trank mit großen Schlucken aus und war froh, dass er sie nicht ansah, während er erzählte, dass die besagte Anlage Jahre später in die Schlagzeilen geraten sei, weil sie angeblich schädliche Abgase in die Luft geblasen haben soll.

»Es waren jede Menge Gerüchte im Umlauf, einige davon wirklich hanebüchen. Es habe überhaupt keinen Filter gegeben, hat jemand behauptet. Das ist natürlich absurd, denn das wäre mir selbstverständlich nicht verborgen geblieben.«

Ein Kellner trat an ihren Tisch und schenkte nach. Suse hätte den Wein am liebsten sofort auf ex hinuntergestürzt, musste aber einen klaren Kopf behalten. Er war an dem Bau beteiligt, an dem auch Meenos Vater gearbeitet hatte! Und er war Devisenbeschaffer gewesen. Wie passte das alles zusammen?

»Mir hätte allerdings auch auffallen müssen, dass der eingesetzte Filter nicht dem neuesten Stand der Technik entsprach. Dummerweise habe ich mich diesbezüglich voll auf meinen

Kompagnon verlassen, der für diesen Bereich die Verantwortung trug.«

Meenos Vater Herbert und Ingolf Reuther waren ein Team gewesen. Ihr ging ein ganzes Lichtermeer auf: Herbert Sch. und Ingolf R. Das R stand für Reuther, wie hatte sie das übersehen können? So häufig war der Name Ingolf nun wirklich nicht. Nur hatte sie eben nicht den Bogen von einem Politiker zu jemandem geschlagen, der früher einmal als Ingenieur Müllentsorgungsanlagen geplant hatte. Früher, gutes Stichwort. Meeno hatte darauf bestanden, der Beruf seines Vaters habe nichts mit seinem Unfall zu tun gehabt. Das stellte sich nun aber ganz anders dar. Alles deutete darauf hin, dass es eine Riesenschweinerei gegeben hatte, die dem einen jetzt noch gefährlich werden konnte, dem anderen zum Verhängnis geworden war. Suse glaubte Meeno mehr als diesem Reuther. Einerseits. Unglückseligerweise war es mehr als offensichtlich, dass es einen Zusammenhang zwischen Herberts beruflichen Aktivitäten und seinem Tod gab. Das hieß, Meeno hatte gelogen.

»Mein damaliger Geschäftspartner war der Fachmann für den technischen Bereich, die Ausrüstung. Ich war für das Gebäude zuständig. Wir kannten uns schon eine Ewigkeit, ich hatte seinen Werdegang verfolgt. Im Nachhinein ist mir leider nur ein Schluss möglich: Er hat absichtlich eine nicht zeitgemäße Filteranlage eingebaut, eine hochmoderne berechnet und sich die Differenz in die eigene Tasche gesteckt.«

»Wissen Sie, was Sie ihm da unterstellen?«, fragte sie heiser.

»Das ist mir bewusst, und es fällt mir sehr schwer. Aber was würden Sie denken? Er hatte plötzlich Geld, viel Geld. Und es gab noch andere Hinweise. Ich hätte stutzig werden müssen, bloß konnte ich mich nicht auch noch um seinen Bereich kümmern, weil ich mich parallel schon um ein erstes politisches Amt bemüht habe. Herbert schien mir ein bodenständiger, verlässlicher

Mann zu sein, ich habe ihm vertraut und mich darauf verlassen, dass er seinen Teil fachlich und moralisch einwandfrei erledigt. Da liegt mein Fehler. Nun könnte ich darauf hoffen, dass diese alte Geschichte nicht ausgerechnet jetzt wieder hochkommt«, erklärte er ruhig. »Doch das wäre naiv. Zumal mir ein Vögelchen gesungen hat, Herberts Sohn sei hier, um die einzigen Beweise zu vernichten.« Suse nahm einen Schluck Wasser. Sie fürchtete, dass sie in Ohnmacht fallen oder einen Schreikrampf kriegen würde. Beides nicht gerade angenehm, schon gar nicht hier und jetzt. »Er möchte den Ruf seines alten Herrn schützen, das kann ich verstehen. Nur möchte ich diese Beweise natürlich gern sicherstellen, um den dunklen Fleck zu bereinigen, von dem ich vorhin sprach.«

»Um welche Art Beweise handelt es sich?« Sie wagte kaum noch zu atmen.

»Da hätte ich jetzt aber eine Wette verloren«, entgegnete er. »Ich war sicher, Sie würden meine Motivation kommentieren. Sie sollen wissen, dass ich nicht nur aus Karrieregründen an der Sache dran bin. Ich bin der Überzeugung, die Menschen haben ein Recht auf die Wahrheit. Sehen Sie, es sind viele Anwohner krank geworden, auch einige gestorben. Vielleicht spielt es für die Betroffenen und die Angehörigen keine Rolle mehr, wer die Schuld an dem Skandal getragen hat. Ich weiß es nicht. Zumal der Schuldige nicht einmal mehr zur Rechenschaft gezogen werden kann. Ich werte es als Geständnis, dass er sich das Leben genommen hat. Und ich finde, damit hat er auch für seine Tat bezahlt. Trotzdem kann es doch sein, dass Angehörige erst ihren Frieden mit der Vergangenheit machen können, wenn sie die Wahrheit kennen. Wie denken Sie darüber?«

Vom Verschwinden und vom Auftauchen

Suse erwachte mit Kopfschmerzen. Sofort stand ihr die Erinnerung an den gestrigen Abend wieder vor Augen. Sie stöhnte, rollte sich auf die Seite und zog die Decke über den Kopf. Das war alles ein Albtraum. Reuther hatte sich nach dem Essen ein Taxi gerufen und Suse mitgenommen. Er hatte es sich nicht nehmen lassen, die Rechnung allein zu bezahlen, und betont, sie müsse keine Sorge haben, damit Kosten für den Steuerzahler zu erzeugen. Er betrachte die Veranstaltung als private Einladung und zahle entsprechend aus eigener Tasche. Es schien ihm extrem wichtig zu sein, sich korrekt zu verhalten. Oder wollte er ihr nur unbedingt dieses Gefühl vermitteln? Sooft sie sich auch sagte, dass Politiker rhetorisch natürlich ganz weit vorn waren, sie also lieber nicht alles für bare Münze nehmen sollte, was er von sich gegeben hatte, konnte sie doch nicht ignorieren, wie freundlich er gewesen war. Er hatte aufrichtig auf sie gewirkt. Kam man einer Fremden gegenüber von allein auf ein heikles Thema zu sprechen, wenn man etwas zu verbergen hatte? Sie glaubte ihm, da biss die Maus keinen Faden ab.

Was bedeutete das für Meeno und sie? Suse stöhnte wieder. Diese Frage wollte sie am liebsten verdrängen. Meeno war auf ihrer Mailbox gewesen. Die bloße Erinnerung an seine Nachricht zauberte ihr das erste Lächeln des Tages auf die Lippen. Er hatte wissen wollen, wie ihr Tag gewesen war, wie sie sich auf dem Brett geschlagen und was sie am Abend unternommen hatte. Er klang ein wenig eifersüchtig. Außerdem hatte er ihr gesagt, wie sehr er sie vermisst habe. Meeno hatte so lange gesprochen, bis die

Aufnahme automatisch beendet worden war. Natürlich hatte er gleich noch einmal angerufen, um wiederum zu betonen, wie einsam er sich ohne sie fühle. Ehe er wieder abgewürgt wurde, hatte er sich mit einem Kuss verabschiedet. Ihr Lächeln erstarb. Sie war zwar überzeugt, dass er jedes Wort ehrlich meinte, doch was nützte das, wenn sein Vater das getan hatte, was Reuther ihm unterstellte? Vor allem, wie sollte sie damit umgehen, wenn Meeno es die ganze Zeit wusste, wenn er sie auch noch benutzte, um die Beweise sicherzustellen, die er dann vernichten würde? Es half nichts, sich hier zu verkrümeln, sie musste der Wahrheit ins Auge sehen. Erst einmal musste sie herausfinden, was genau denn nun die Wahrheit war.

Suse schlug seufzend die Decke zurück und stand auf. Als Kind hatte sie ihrer Mutter versprochen, auf sie aufzupassen und sie gesund zu machen. Völlig klar, dass das nie in ihrer Macht gestanden hatte. Selbst wenn sie Medizin studiert hätte, wäre es für ihre Mutter zu spät gewesen. Heute wusste sie, dass ihre Mutter deshalb nie enttäuscht von ihr gewesen war. Trotzdem, das Versprechen, etwas für sie zu tun, blieb. Suse würde es jetzt einlösen, wenn sie die Chance dazu hatte. Selbst wenn das bedeutete, dass sie das Verbrechen von Meenos Vater öffentlich machen musste. Ehe die Angst sie davon abhalten konnte, schnappte sie sich ihr Mobiltelefon und entdeckte eine Nachricht von Axel. Der fehlte ihr gerade noch.

Hoffe, es hat dir gestern gefallen. Du hast dich nicht einmal verabschiedet. Wann sehen wir uns?

»Wenn's nach mir geht, gar nicht mehr«, knurrte sie und wählte Meenos Nummer. Sie würde reinen Tisch machen, ihm sagen, was sie vermutete und dass sie alles dafür tun würde, ihren Verdacht zu überprüfen und zu beweisen. Sie begann zu zittern. Was, wenn er sie daraufhin nicht mehr sehen wollte? Damit musste sie dann wohl leben! Wenn ihr eigenes Glück ihr wichtiger war als Gerechtigkeit für ihre Mutter, dann hatte sie kein Glück der Welt verdient.

»Dies ist der Anschluss von Meeno Schulz. Hinterlassen Sie mir bitte eine Nachricht, falls Sie einen Rückruf wünschen. Danke.« Suse drückte auf die kleine rote Taste mit Telefon. Nein, sie wünschte keinen Rückruf. Sie wünschte, dass sich alles in Luft auflöste, was ihr gerade auf die Seele drückte. Warum gab es dafür keinen Knopf? Ohne wenigstens einen Kaffee zu trinken, ging sie raus. Kinderkreischen und eine entspannte Frauenstimme empfingen sie auf dem Hof.

»Könnt ihr euch bitte nicht so oft im Dreck wälzen? Ich möchte euch nicht umziehen müssen, ehe wir zum Einkaufen fahren.«

»Guten Morgen, Franziska«, sagte Suse. Ziska grüßte zurück. Die Zwillinge kamen angerannt und bauten sich vor Suse auf.

»Wo ist Mattis?«, fragte Felix.

»Gehst du wieder mit ihm Gassi?«, wollte Jockel wissen.

»Nein, das war eine Ausnahme. Leider. Er ist niedlich, was?« Die beiden nickten eifrig.

»Spielst du mit uns?«, fragte Felix.

»Ihr wollt nicht mit zum Einkaufen?« Franziska sah ihre Sprösslinge an. »Prima, dann bin ich schneller fertig.«

»Doch, mitfahren!«, kam es auf der Stelle zweistimmig zurück.

»Tja, dann könnt ihr wohl nicht mit mir spielen.« Suse setzte eine bedauernde Miene auf.

»Du weißt, dass dir noch eine Coaching-Stunde zusteht, oder?«

»Ja, danke, das weiß ich.« Suse senkte den Blick.

»Du musst sie nicht nehmen«, ließ Ziska sie wissen. »Falls es dir nicht mehr passt, kann ich den Gegenwert auch mit dem Übernachtungspreis verrechnen.«

»Ich überleg's mir. Heute geht es zum Stand-up-Paddling«, verkündete sie. »Ich habe mir in den Kopf gesetzt, das auszuprobieren. Keine Ahnung, ob das eine gute Idee ist.«

»Klar, warum nicht?«

»Ist Rudi eigentlich wieder aufgetaucht?« Suse sah Ziska an.

Die pustete sich eine Strähne aus der Stirn und schnitt eine Grimasse.

»Nein.« Sie seufzte. »Nik hat endgültig die Faxen dick und will Rudis Habseligkeiten heute rausholen und bei uns deponieren. Er hofft, ihn daraufhin wenigstens einmal zu Gesicht zu bekommen.«

»Ich kann mir einfach nicht vorstellen, dass er sauer ist, weil er das größere Appartement räumen musste«, begann Suse.

»Ich eigentlich auch nicht. Leider werde ich aber auch nicht schlau aus ihm.«

»Schweinchen Schlau, Schweinchen Schlau«, rief Jockel, und Felix fiel sofort mit ein. Sie tanzten um die beiden Frauen herum.

»Erst hat er sich wenigstens noch abgemeldet, weil er etwas zu erledigen hatte«, fuhr Ziska ungerührt fort. »Aber jetzt? Der muss sich nachts regelrecht reinschleichen, wenn alle schlafen, damit ihn keiner anspricht und ihm niemand den Schlüssel abnimmt. Doch genau das will Nik jetzt tun. Hier für lau wohnen, aber nichts dafür leisten, ist nicht drin, sagt er und hat natürlich recht. Trotzdem ist mir nicht wohl dabei, Rudi rauszuschmeißen. Ich glaube noch immer, dass er kein übler Kerl ist.«

»Glaube ich auch.« Suse fasste sich ein Herz. »Ziska, ich glaube, Rudi ist nicht zufällig hier.«

»Wie meinst du das?«

»Ich bin mir sicher, es gibt eine Verbindung zwischen ihm und Reuther. Der hat übrigens mit Meenos Vater zusammen die Entsorgungsanlage gebaut, in deren Nähe ich aufgewachsen bin.«

Sie sahen sich einige Sekunden schweigend an.

»Moment, verstehe ich das richtig, dass Meenos Vater damit zumindest in irgendeiner Form etwas mit dem Tod deiner Mutter zu tun haben könnte? Und der Spitzenpolitiker hängt in der Geschichte auch irgendwie mit drin, genauso wie unser flüchtiger Landstreicher Rudi?«

»Klingt völlig irre, ich weiß, aber das trifft es.«

»Irre«, brüllten die Jungs und rollten das R immer länger.

»Ich fürchte, ich muss diese irre schlauen Schweinchen hier ins Auto verfrachten und mich auf den Weg machen. Aber wenn du reden willst, nicht als Coaching, sondern einfach so bei einer Tasse Tee, dann komm nach deiner SUP-Stunde rüber. Okay?«

»Danke, ist lieb von dir. Der ganze Kladderadatsch ist ziemlich verwirrend.«

Die Jungs bekamen einen Lachanfall und versuchten, das Wort zu wiederholen, das sie offenbar noch nie gehört hatten.

»Ich muss erst mal allein den Müll von den Fakten sortieren«, sagte Suse laut, um gegen das Gekicher und Geschrei anzukommen. »Vielleicht komme ich danach auf dein Angebot zurück.«

»Immer gern. Viel Spaß beim Paddeln!«

Die Suche nach Rudi hatte sich erst einmal erledigt. Hier auf der Plantage ließ er sich nicht mehr blicken. Suse sah auf ihre Uhr. Sie hatte zwar keinen Appetit, aber sie sollte etwas im Magen haben, ehe sie zu ihrem Wassersportabenteuer startete. Ihr kam der Gedanke, Ronja abzusagen. Zwar schien die Sonne, trotzdem hatte sie auf ihre Schnupperstunde so wenig Lust wie auf Frühstück. Unentschlossen ging sie zurück in ihre Wohnung und versuchte noch einmal, Meeno zu erreichen. Wieder hörte sie seine Stimme nur als Ansage der Mailbox. Zugunsten einer Aussprache mit ihm hätte sie auf jeden Fall auf ihr Aktivprogramm verzichtet, doch da sie ihn nicht erreichte, würde sie nicht absagen. Sie brauchte Ablenkung, sonst würden in ihrem Kopf nur die immer gleichen Gedanken Karussell fahren. Dafür gab es nichts Besseres, als sich vollständig auf den eigenen Körper zu konzentrieren. Und das würde sie müssen, daran ließ Ronja keinen Zweifel, als Suse zur vereinbarten Zeit am Strand von Vitt erschien.

»Ich habe dir ein aufblasbares Board besorgt«, erklärte Ronja, nachdem sie und Thekla Suse fröhlich begrüßt hatten. Thekla wollte sich das Spektakel nicht entgehen lassen, hatte sie lachend erklärt und sich nicht einmal Mühe gegeben, ihre Schadenfreude zu verbergen.

»Das ist der Vorteil des Alters: Niemand verlangt mehr von dir, dass du es besser machst, wenn du dich über Anfänger amüsierst, egal, ob sie surfen, Rad fahren oder auf Stelzen laufen.«

»Die Eigendämpfung ist gerade für unerfahrene Paddler besser«, dozierte Ronja weiter. »Du steigst nachher von dem Steg da drüben auf. Das Gute ist, du kannst erst mal im Vierfüßlerstand bleiben, bis du ein Gefühl für das Brett hast. Erst dann stehst du langsam auf. Ganz wichtig: Du musst immer leicht in die Knie gehen. Aufrechte Haltung, aber trotzdem keine durchgedrückten Knie, okay?« Suse nickte. »Supi, den Rest zeige ich dir dann. Zuerst gucken wir, ob das Paddel die richtige Länge hat.« Schon schnappte sie sich eine Stange, die wie ein überdimensionaler Eislöffel aussah, und hielt sie neben Suse. »Ist ein bisschen kurz«, murmelte sie, hantierte mit dem Stiel, passte wieder an und war zufrieden. »Ich habe dir einen Neo besorgt, der müsste dir passen, ist 'ne Kindergröße.« Sie kicherte, dann fiel ihr wohl Suses fragendes Gesicht auf. »Ein Neoprenanzug, sonst frierst du dir die Verzierungen ab.« Sie lachte. »Du kannst dich dahinten umziehen. Und anschließend pumpen wir das Brett auf. Genauer gesagt pumpst du es auf. Einen Kompressor habe ich leider nicht.« Sie setzte eine zuckersüße Miene auf. »Ich hätte das natürlich schon vorbereiten können, aber ich dachte mir, das machst du lieber selbst, damit dir gleich schön warm wird.«

»Verstehe.« Suse seufzte, musste aber schmunzeln. Sie nahm den Anzug, der sie sofort an Taucher und damit an Meeno erinnerte. »Ich habe noch nie so ein Ding angehabt«, rief sie Thekla zu, während sie durch den Sand stapfte.

»Ich auch nicht, und ich lege auch keinen Wert drauf, mich in eine Presswurst zu verwandeln. Aber du kannst es tragen, da bin ich mir sicher.«

Wenn sie es jemals schaffte, überhaupt in dieses Ding hineinzukommen. Suse zerrte und zupfte eine gefühlte Ewigkeit, bis sie schließlich alle Reißverschlüsse geschlossen hatte. Ihr war jetzt schon warm, auf eine weitere schweißtreibende Vorbereitung hätte sie gut verzichten können. Aber wer paddeln wollte, musste eben auch pumpen. Ehe sie ihre Sachen zusammenraffte, warf sie einen Blick auf ihr Telefon. Kein Wort von Meeno, dafür schon wieder eine SMS von Axel.

Du bist doch nicht sauer, nur weil ich ein bisschen geflunkert habe. Zu einer Verkaufsveranstaltung hättest du dich sicher nicht überreden lassen und etwas verpasst. Gib's zu! Was kann ich gegen deinen Ärger tun? Melde dich!

Darauf konnte er lange warten.

»Du siehst umwerfend aus«, rief Thekla, als Suse an der Terrasse der Fischhütte vorbeikam, auf der sie es sich in einem Korbstuhl bequem gemacht hatte. »Wie eine Wellenreiterin auf Hawaii.«

»Eher wie ein wandelndes Ganzkörperkondom«, gab Suse zurück und sah an sich hinunter. Sogar die Hände steckten in diesem engen Gummizeug.

»Passt super«, stellte auch Ronja zufrieden fest. »Dann mal an den Blasebalg, fertig, los!« Sie lachte. Schicksalsergeben machte Suse sich ans Werk. Konzentriert beobachtete sie die leicht geriffelte blau-weiße Fläche und freute sich über jeden Millimeter, den sie sich hob.

»Was geht denn da ab?«, fragte Ronja plötzlich.

Im gleichen Moment schrie Thekla: »Da ertrinkt einer! Ihr müsst da hin, schnell!«

Suse fuhr der Schreck in die Glieder. Sie wandte sich der Ostsee zu, die auf den ersten Blick friedlich in der Sonne glitzerte. Doch dann sah sie, was die beiden meinten. Ein Arm ragte aus dem Wasser, winkte schwach, ein Kopf tauchte auf, eingehüllt in Neopren. Ronja rannte los, Sand stob von ihren Füßen auf. Suse stand noch immer wie einbetoniert, den Fuß auf dem Blasebalg.

»Ich wähle den Notruf«, hörte sie Theklas Stimme.

Dann hörte sie sich selbst rufen: »Ich gehe rein!« Ronja war noch nicht umgezogen. In ihrer flatterigen Hose und dem T-Shirt würde sie in dem kaum zehn Grad kalten Wasser erfrieren. Suse rannte, spitze Steinchen und Muscheln ignorierend, die sich schmerzhaft in ihre Fußsohlen bohrten. Nur nicht die Stelle aus den Augen verlieren, an der vermutlich ein Mensch um sein Leben kämpfte. So sah es jedenfalls aus. Die Person glitt immer wieder vollständig unter die Oberfläche, schaffte es dann, eine Hand ins Freie zu strecken, dann wieder den Kopf. Suse hörte das Blut in ihren Ohren rauschen und ihren Herzschlag wummern. Das Salzwasser spritzte an ihr hoch, sie hob die Füße, um schneller voranzukommen. Immer weiter durch die seichten Wellen, knietief, dann bis zu den Oberschenkeln. Sie spürte keine Kälte, sah nur den, der einige Meter von ihr entfernt in größter Not war, sah ihn von hinten, erkannte ein Band oder einen Riemen auf der Neoprenkapuze und hatte mit einem Schlag ein Bild vor Augen: angeklatschte Haare über dem Abdruck einer Taucherbrille auf einem lächelnden, noch nassen Gesicht, der sie an ein Faultier erinnerte.

»Meeno!«

Sie bekam einen Hustenanfall, denn sie hatte geschrien und sich gleichzeitig kopfüber in die Fluten gestürzt, um zu ihm zu schwimmen. Ein Würgereiz nahm ihr die Luft, sie konnte kaum noch etwas erkennen, das Salz trieb ihr die Tränen in die Augen. Ein Platschen und Keuchen ganz in der Nähe verriet ihr, dass noch jemand zu Hilfe kam. Ganz sicher Ronja. Wie lange konnte sie es in der eisigen Ostsee aushalten? Suse blinzelte, sie musste sich zusammenreißen. Weit war es nicht mehr bis zu der verunglückten Person. Das war nicht Meeno, redete sie sich ein, ein Taucher, ja, aber doch sicher nicht Meeno. Sie sah kurz zur Seite. Und das da war nicht Ronja. Rudi kämpfte sich vorwärts. Wo kam der jetzt her? Er war deutlich schneller als sie, erreichte den Ertrinkenden, packte ihn irgendwie und zerrte ihn in Suses Richtung. Sie verstand sofort, schwamm ihm in zwei, drei kräftigen Zügen entgegen, griff nach der Druckluftflasche, rutschte ab, der leblose Körper drehte sich. Sie erhaschte einen kurzen Blick auf das Gesicht. Meeno. Er war es wirklich. Ihr wurde heiß und kalt, ihre Hände kribbelten. Jetzt bloß nicht das Bewusstsein verlieren. Sie fasste nach, bekam endlich seine Weste in die Finger und konzentrierte sich auf das, was sie vor einer Ewigkeit gelernt hatte, um ein Rettungsschwimmabzeichen zu machen. In Rückenlage paddelte sie zum Ufer, schleppte ihn hinter sich her und sorgte dafür, dass Meenos Kopf immer über Wasser blieb. Als sie mit dem Rücken schmerzhaft auf Steine stieß, hätte sie jubeln mögen.

»Scheiße, ist das kalt«, rief Ronja ganz in ihrer Nähe. Schon war sie da und packte Meenos Schultern. »Hab ihn!« Vorsichtig zog sie ihn aus der Ostsee auf den Strand.

Suse setzte die Füße auf, stemmte sich hoch und musste einen schnellen Schritt zur Seite machen, um nicht das Gleichgewicht zu verlieren. Dann hatte sie einen sicheren Stand gefunden und war in der nächsten Sekunde bei Meeno.

»Ist noch nicht voll, aber besser als nichts«, sagte Ronja und legte das halb aufgeblasene Brett neben ihn. »Auf drei!«, kommandierte sie und legte ihre Hände unter seine Schultern. Suse packte seine Füße. »Eins, zwei, drei!« Sie hoben ihn wenige Zentimeter an und ließen ihn dann auf die wenigstens etwas dämpfende Unterlage sinken. Sofort kniete Suse neben ihm.

»Meeno, ich bin's, Suse, hörst du mich?« Mit fahrigen Handgriffen nahm sie ihm die Maske vom Gesicht und legte zwei Finger an seinen Hals. Da war ein zaghaftes Klopfen. Oder bildete sie sich das ein, weil sie es sich so sehr wünschte?

»Der Notarzt muss gleich da sein«, sagte Thekla. Sie war bleich, wie Suse sie noch nie gesehen hatte. »Er sagt, wir sollen ihn in die stabile Seitenlage bringen, falls er nicht bei sich ist, sonst Rückenlage. Ist er denn bei sich?« Sie reichte Suse ein großes Badelaken.

»Ich glaube, er hat sich bewegt«, gab Ronja mit brüchiger Stimme zurück.

»Ich weiß nicht.« Suse deckte das Handtuch über ihn, damit er nicht noch mehr auskühlte. »Bitte, du darfst nicht sterben«, flüsterte sie und schluchzte. »Das wär nicht fair, hörst du?«

»Wenn der Arzt bloß schon da wäre, der hat ja gleich doppelt zu tun.« Suse folgte Theklas Blick. Rudi kauerte in eine Decke gewickelt am Boden und zitterte am ganzen Körper. Immerhin war er bei Bewusstsein.

»Man taucht nicht allein, das ist das Erste, was jeder lernt, selbst bei diesen Touri-Tauchkursen in der Türkei oder so«, schimpfte Ronja. Tränen liefen ihr über die Wangen. Sie hatte perfekt funktioniert, bis jetzt, nun war es um ihre Fassung geschehen.

Suse wandte sich wieder Meeno zu. Der zuckte plötzlich und hustete dann.

»Er lebt«, flüsterte sie, dann schrie sie es heraus: »Er lebt!«

»Na, Gott sei Dank!« Das war wieder Thekla.

Suse wusste nicht, ob sich das auf die gute Nachricht oder das Eintreffen der Sanitäter bezog, die in der Sekunde über den

Strand gerannt kamen. Sie stand auf und machte Platz, damit sich die Fachleute um Meeno kümmern konnten. Jemand legte ihr und Ronja Decken um die Schultern. Suse sah Ronja an, die bis zu den Hüften nass war, schlotterte und weinte. Einem Impuls folgend, ging sie zu ihr und nahm sie in den Arm. Sie hielten einander fest, als würden sie selbst gerade ertrinken, schluchzten und ließen ihren Gefühlen endlich freien Lauf. Thekla übernahm es, Arzt und Ersthelfern sämtliche Fragen zu beantworten, so gut sie eben konnte.

Eine Stunde später war der Spuk vorbei.

»Das ist meine Enkelin!« Thekla platzte nahezu vor Stolz. »Sie hat alles richtig gemacht und dem Herrn eine Rettungsweste zugeworfen. Also, ich hätte nicht gewusst, was zu tun ist.« Sie tätschelte dem Mädchen den Arm. Zu viert saßen sie auf der Terrasse der Fischhütte, jeder einen dampfenden Becher mit Theklas Spezialtee vor sich.

»Der Herr heißt Rudolf«, meldete sich Rudi zu Wort. »Aber sagt man lieber Rudi zu mir.« Er sah Ronja an und bekam feuchte Augen. »Deine Oma hat absolut recht. Du hast dich wie ein Profi verhalten. Die Weste hat mich gerettet.«

»Können Sie etwa nicht schwimmen?« Suse war fassungslos.

»Du, in so einer Situation sagt man Du zueinander, oder?«

»Stimmt!«

»Bei der Kälte kann niemand schwimmen, nicht mehr als ein paar Züge«, erklärte Ronja. »Meine Mutter ist ein Schisser.«

»Ronja!«, sagte Thekla streng, musste aber glucksen.

»Sie ist sehr ängstlich«, korrigierte Ronja sich. »Ich hätte nie Wassersport machen dürfen, wenn ich nicht gleichzeitig beim Roten Kreuz verschiedene Kurse zum Umgang mit Ertrinkenden, mit Unterkühlung und so gemacht hätte.«

»Dass meine Tochter so viel Angst um ihr Kind hat, hängt

auch damit zusammen, dass Ronja selbst schon einmal fast ertrunken wäre«, erklärte Thekla.

»Was sagst du da?« Suse hatte sich gerade noch in den Korbsessel gekuschelt, jetzt schnellte sie nach vorn. Auch Rudi starrte das Mädchen erschrocken an.

Ronja öffnete den Mund, um Einspruch zu erheben, doch Thekla ließ es nicht zu. »Gar nicht weit von der Stelle entfernt, wo ihr heute Meeno gerettet habt, ist das damals gewesen. Die Strömung ist hier nicht ohne, selbst bei ruhigem Wetter sollte man nicht allein schwimmen gehen. Glücklicherweise war Niks Mutter zur Stelle und hat das Kind an Land gebracht. Ich darf mir gar nicht ausmalen, was geschehen wäre, wenn …« Sie schluckte.

»Ist ja nichts passiert«, beruhigte Ronja sie heiser und streichelte ihren Arm. Schon hatte sie wieder Tränen in den Augen.

»Ich konnte kaum zugreifen«, begann Rudi, dem der Schreck noch sichtbar in den Knochen steckte. »Da war schon kein Gefühl mehr in meinen Händen. Ohne die Weste wäre ich nicht zurückgekommen.«

»Gott sei Dank hast du die noch über den Kopf gekriegt, da war ich mir nicht sicher«, gestand Ronja.

»Moment, du hast in Kauf genommen, nicht aus eigener Kraft ans Ufer zu kommen?«, wollte Suse wissen. »Heißt das, du wärst schlimmstenfalls für Meeno …« Sie konnte es nicht aussprechen. »Du hast dein Leben für ihn riskiert?«

»Mein Leben«, wiederholte er leise und mit einem geheimnisvollen Lächeln. »Der Notruf war schon abgesetzt, ihr wart zu dritt hier. Ich bin einfach mal davon ausgegangen, dass ich mit eurer Hilfe die Ankunft des Arztes noch mitbekomme.« Er lächelte matt.

»Wieso bist du eigentlich nicht mit ins Krankenhaus gefahren?« Thekla sah ihn an und verschränkte die Arme vor der Brust.

»Es wäre wirklich besser, die würden dich gründlich durchchecken. Du hast jetzt noch Lippen wie ein Schlumpf.«

Ronja kicherte. Es tat gut, sie wieder ein wenig entspannter zu sehen.

»Du hast dich echt mit Händen und Füßen gewehrt«, bekräftigte sie und nickte.

»Ich habe nicht so gern mit Behörden zu tun.«

»Ein Krankenhaus ist doch keine Behörde.« Ronja zog die Augenbrauen hoch.

»Ich bin nicht versichert«, gestand er leise, »so sieht's aus. Ich gehe nicht zum Amt, um Stütze zu kriegen, dann wär das kein Problem. Aber bis jetzt habe ich mich immer mit Gelegenheitsjobs und ohne Verträge so durchgeschlagen. Da fällst du eben durchs Raster.«

»Im Notfall muss aber doch jeder behandelt werden«, warf Ronja aufgebracht ein. »Ärzte leisten doch diesen komischen Eid, die müssen doch helfen.«

»Aber dafür wollen sie auch bezahlt werden«, sagte Thekla. »Wenn sich nicht verschiedene Hilfsorganisationen unbürokratisch engagieren würden, sähe es zappenduster aus.«

»Wenn du zu einem Arzt willst …«, setzte Suse an.

Rudi wehrte ab: »Nicht nötig, mir geht's gut. Danke!«

»Ich kann dir nicht genug danken«, sagte sie heiser. »Welch ein Glück, dass du zufällig in der Nähe warst.« Mehr brachte sie nicht raus.

»Das war kein Zufall«, entgegnete er ruhig. »Ich hatte immer ein Auge auf ihn.«

»Du hast ihn beobachtet? Krass!«

»Ich habe gehofft, er findet Beweise.«

»Das wird ja immer cooler!«, rief Ronja. »Voll spannend wie im Krimi.«

»Meine Begeisterung hält sich in Grenzen.« Suse funkelte

ihn an. »Keine Ahnung, was ich davon halten soll. Und so ganz kann das auch nicht stimmen. Meeno wohnt schließlich in einer Pension in Binz, du bist hier ganz im Norden. Wie willst du ihn da im Blick behalten haben? Vor allem: Warum solltest du das tun?«

»Wohl wahr, rund um die Uhr habe ich ihn nicht begleitet wie ein Schatten.« Er lächelte. »Ich wusste, dass er sich hier vor der Küste auf die Suche macht, weil das Boot seines alten Herrn hier gesunken ist. War klar, dass er früher oder später einen Tauchgang in der Nähe machen würde. Vor allem, nachdem er in Juliusruh nichts gefunden hat.«

Suse schnappte nach Luft. Dort waren sie sich zum zweiten Mal nach der Tour mit Fischer Heinrich begegnet. Meeno hatte sich gerade an Land geschleppt, sie war nach ihrem Spaziergang dort gelandet.

»Überrascht mich nicht«, sprach er weiter. »Ich kann mir nicht vorstellen, dass da unten noch irgendetwas ist. Es sei denn, Schulz hat die Unterlagen wasserdicht verpackt und zusammen mit einem Stein gezielt versenkt.« Er sah sie aufmerksam an. »Da er so ein Päckchen wohl kaum eigenhändig auf dem Grund befestigt hat, würde ich auch eher in der Gegend bei Juliusruh suchen. Wegen der Strömung.«

»Ich verstehe nix mehr«, beschwerte sich Ronja. »Könntet ihr bitte weniger in Rätseln quatschen.«

Rudi beachtete sie nicht. »Als ich euch zusammen gesehen habe, bin ich sofort zu Ziska gegangen und habe nach dir gefragt«, erzählte er Suse. »Da habe ich erfahren, dass du aus Schöneiche kommst. Ich habe ins Blaue geschossen, darin bin ich ziemlich gut. So von wegen, da hätte es doch auffällig viele Fälle von Lungenkrebs gegeben. Sie hat natürlich nichts direkt verraten, sie ist schließlich Profi und verschwiegen, aber angedeutet hat sie, dass du diesbezüglich einiges aufzuarbeiten hättest.«

Das wurde ja immer besser. Suse fragte sich, ob sie gleich aus einem haarsträubend unrealistischen Traum aufwachen würde.

»Ich habe daraus meinen Schluss gezogen«, sagte er.

»Und der lautet?«, wollte Suse wissen.

»Na, dass ihr euch nicht zufällig auf der Insel getroffen, sondern euch hier verabredet habt, nachdem er meine Nachricht bekommen hatte.«

»Du bist der anonyme Anrufer!« Hatte sie es sich doch gedacht. »Und wozu sollten wir uns deiner Meinung nach auf Rügen treffen?«

Jetzt sah er wirklich überrascht aus.

»Um am gleichen Strang zu ziehen und den Schuldigen ans Messer zu liefern, dachte ich.«

»Hallo, wir sind auch noch da!« Ronja guckte von einem zum anderen. »Eben warst du noch froh, dass ich dich gerettet habe, und jetzt lässt du mich und meine Oma hier sitzen wie die Doofies.«

»Entschuldigung, das ist …«, setzte er an.

Suse fiel ihm ins Wort: »… sehr kompliziert! Er erklärt es euch bestimmt, wenn ich weg bin.«

»Der Arzt hat gesagt, du sollst nicht vor achtzehn Uhr ins Krankenhaus kommen«, erinnerte Thekla sie. »Die werden ihn erst mal gründlich auf den Kopf stellen, dabei bist du nur über.«

Suse seufzte, Thekla hatte recht. Ob es ihr passte oder nicht, sie würde sich gedulden müssen. Also konnte sie auch gleich die Gelegenheit nutzen, Rudi gründlich auf den Zahn zu fühlen.

»Von welchem Schuldigen sprichst du?«, fragte sie ihn.

»Von Ingolf Reuther natürlich!«

Suse lachte befreit auf. Er hatte nicht Herbert Schulz gesagt. Ihr fiel ein Stein vom Herzen, doch gleichzeitig war sie komplett verwirrt. Wie passte das alles zusammen, passte es überhaupt?

»Jetzt aber mal ganz langsam und von vorn«, forderte nun auch Thekla und schenkte ihm noch einen Tee ein.

Rudi sammelte sich, musste wohl überlegen, wo er beginnen sollte. Dann erzählte er seine Geschichte, die in der DDR ihren Anfang genommen hatte. Er war Lkw-Fahrer gewesen. Eines Tages war er eingeteilt worden, Müll aus Westberlin zu holen und nach Schöneiche zu transportieren.

»Hä, einfach so?« Ronja machte Kulleraugen. »Ich denke, ihr Ossis, äh, ihr DDR-Bürger durftet nicht in den Westen.«

»Nur mit einer Genehmigung, das stimmt schon. In meinem Fall hatte man extra einen Grenzübergang geschaffen, über den nur meine Kollegen und ich fuhren. Anfangs wurde noch streng kontrolliert, aber das hörte schnell auf, wurde immer lascher. Ist ja klar, wenn du am Tag immer die gleichen Kutscher auf dem Bock antriffst, mit ihnen auch schon mal ein privates Wort wechselst, da denkst du doch nicht, dass einer Mist macht.«

Rudi hatte Mist gemacht. Er hatte sich dazu hinreißen lassen, einen DDR-Bürger in den Westen zu schmuggeln.

»Das war 'ne ganz arme Sau«, erzählte er aufgebracht. »Erst hatte man ihn nicht in die Bundesrepublik reisen lassen, obwohl er eine Einladung hatte, dann hat man ihn nicht zum Studium zugelassen, außerdem sollte er in die Armee eintreten. Seine Verlobte war schon drüben. Könnt ihr euch vorstellen, wie das ist, getrennt von der Frau, die du liebst?« Die drei schwiegen betroffen. »Mann, der hat mich angefleht, ihn mitzunehmen, in meinem Lkw zu verstecken. ›Das merkt kein Mensch‹, hat er gesagt.«

»Ihr wurdet erwischt?«, fragte Ronja atemlos. Er nickte. »O Scheiße!« Thekla war so gebannt, dass sie nicht einmal wie sonst die Ausdrucksweise ihrer Enkelin rügte.

»Aber so richtig«, stimmte er zu. »Der Grenzschützer war nämlich kein gewöhnlicher Polizist oder so, sondern ein Devisenbeschaffer der SED, der vor Ort war, um auszubaldowern, wie man illegalen Giftmüll von West nach Ost kriegt.«

»Ingolf Reuther«, sagte Suse ungläubig.

»Nee, Gunther Haas«, stellte Rudi richtig.

»Moment, ich denke, Reuther war der Devisenbeschaffer.« Thekla runzelte die Stirn.

»Nein, der war Ingenieur und hat die Anlage bei Schöneiche konstruiert. Die beiden haben schon damals glänzend zusammengearbeitet.« Er lachte bitter.

»Das habe ich dann wohl in den falschen Hals gekriegt«, meinte Thekla.

»Und dieser Typ hat dich in die Pfanne gehauen, oder wie?« Ronja ließ ihn nicht aus den Augen. »Musstest du ins Gefängnis?«

Er schüttelte traurig den Kopf. »Nein, das wäre viel besser gewesen. Haas hat mich erpresst. Ich sollte für ihn den Scheiß fahren, der eigentlich nie in Schöneiche hätte landen dürfen. Ich habe mir eingeredet, dass es nichts bringt, mich zu weigern. Wenn ich's nicht mache, macht's jemand anders. Die klassische Ausrede aller Feiglinge.« Er holte tief Luft. »Außerdem war es verlockend. Haas hat mir versprochen, dass meine Frau Regula und ich mal da Urlaub machen dürfen, wo sonst nur die Bonzen hinkommen. Und noch ein paar andere Vergünstigungen hat er mir vor die Nase gehalten wie dem Esel die Karotte.«

»Da hast du angebissen«, stellte Thekla sanft fest.

»Das war der größte Fehler meines Lebens. Den Typ, den ich geschmuggelt hatte, haben sie laufen lassen. Es sprach sich schnell herum, wo der über die Grenze gekommen ist. Erst nur gerüchteweise, aber die Leute haben eins und eins zusammengezählt. Sie wussten natürlich nicht, wer von uns derjenige war, der entweder nichts gemerkt oder absichtlich geholfen hatte. Regula kannte mich gut genug, um schnell dahinterzukommen. Sie hat mich direkt gefragt, ob ich der Fluchthelfer war.« Er zuckte mit den Schultern. »Tja, das Ende vom Lied war das Ende unserer Ehe. Sie hat mich verlassen.«

»Echt jetzt?« Ronja suchte nach Worten. Dann sagte sie: »War doch voll nett von dir, den armen Kerl in den Westen zu schmuggeln. Das ging doch um eine Liebesgeschichte, die sonst kein Happy End gehabt hätte. Deine Frau hätte stolz auf dich sein können, finde ich.«

Er räusperte sich. »Das war nicht der Grund, warum sie gegangen ist. Sie konnte mir nicht verzeihen, dass ich mich von Haas habe kaufen lassen.«

Einige Sekunden war es vollkommen still. Nicht einmal der Wind gab einen Ton von sich.

»Das ist alles so lange her«, begann Suse. »Wieso jetzt, wieso bist du auf die Insel gekommen? Aber was mich mindestens genauso interessiert: Warum hast du Meeno hergelockt?«

»Genau genommen ist er der Köder«, antwortete Rudi zögernd. »Meine Frau war der Halt in meinem Leben. Das kapiert man ja meistens erst, wenn's zu spät ist. War bei mir jedenfalls so. Als Regula weg war, war auch mein Halt weg, und ich bin abgestürzt. Ich hab 'ne Zeit lang zu viel gesoffen. Nu ist meine Leber hin. Hab's vor ein paar Monaten erfahren. Mir bleibt nicht mehr viel Zeit, um ein paar Dinge in meinem Leben ins Reine zu bringen. Erst wollte ich es dem Haas heimzahlen und ihn als Rache auch erpressen. Ich habe das große Geld gewittert.«

»Davon hättest du doch gar nichts mehr.« Ronja runzelte die Stirn.

»Ronja, also wirklich …«, zischte Thekla.

»Hast schon recht«, antwortete Rudi gelassen. »Ich nicht, aber meine Regula. Sie hat nicht wieder geheiratet, hat immer hart gearbeitet, abends noch geputzt, um sich mal einen Urlaub leisten zu können oder so. Für sich und unseren Sohn.«

»Du hast ein Kind?«, fragte Thekla erstickt.

»Es ist ihr Sohn, sie hat ihn allein großgezogen, für ihn gesorgt. Ich habe kein Recht, mich Vater zu nennen. Tja, ich dachte, es wäre wie ein Sechser im Lotto für die beiden, wenn ich ihnen wenigstens ein paar Tausend Euro hinterlasse. Wenig genug, sie hätten den Jackpot verdient.«

Suse sah zu Ronja und zu Thekla. Ronja biss sich auf die Unterlippe, ihr Blick war das pure Mitgefühl, Thekla liefen Tränen über die Wangen.

»Wenn Regula allein geblieben ist, dann hing sie vielleicht noch an dir. Hast du nie versucht, sie zurückzugewinnen?« Suse betrachtete ihn gespannt.

»Ich kenne meine Regula. Die geht nicht rückwärts. Nicht mal, wenn sie vorwärts geradewegs in ihr Unglück läuft.«

»Und du hast keinen Kontakt zu deinem Sohn?«, fragte sie leise, woraufhin er nur den Kopf schüttelte. »Ich finde, du solltest dich mit ihm aussprechen, ihm erklären, was mit dir los war. Das hast du verdient. Er übrigens auch. Hast du nicht eben gesagt, du möchtest etwas in deinem Leben ins Reine bringen? Dann sollte er wissen, dass er einen sehr anständigen Vater hat. Und dass du nicht mehr lange hast.« Sie räusperte sich und schluckte.

»Zuerst gibt es wichtigere Dinge zu erledigen. Zumal ich dem Jungen ja nun doch nichts hinterlassen werde.« Rudi blickte in drei fragende Gesichter. »Als ich bei Haas auftauchte, sagte er sofort: ›Hätte nicht gedacht, dass du noch lebst. Ich wäre jede Wette eingegangen, dass du dich längst totgesoffen hast. Genau wie der Schulz.‹ Da kam ein solcher Hass in mir hoch. Ich dachte, ich will sein schmutziges Geld nicht, der soll sich nicht freikaufen können, den will ich drankriegen. Ich wusste, wenn ich einfach nur drohe, auszupacken, lacht der sich krank. Wer würde mir schon glauben? Oder der lässt mich kaltmachen, um endgültig Ruhe zu haben. Also habe ich 'ne Nebelkerze gezündet und ihm gesagt, dass Meeno nach Rügen fährt und nach Beweisen sucht. Er müsse wohl neue Hinweise haben. Ich wusste ja, dass Haas und Reuther hinter Dokumenten über die Anlage in Schöneiche her waren wie ein Rüde hinter der läufigen Hündin.« Er lachte. »Volltreffer! Seine Reaktion hat mir sofort verraten, dass die damals auf dem Boot nicht gefunden haben, was sie suchten. Wäre ziemlich unangenehm, wenn Reuthers miese Vergangenheit ausgerechnet jetzt ans Tageslicht und in die Schlagzeilen kommt, wo er doch gerade in Brüssel Karriere machen will.«

»Moment mal, ich denke, Haas war der Drecksack«, unterbrach Thekla ihn.

»Nicht allein. Der Müllionär, so nenne ich Reuther, muss mindestens beide Augen zugedrückt haben, sonst hätte das damals nie im Leben funktioniert. Jedenfalls habe ich mich Haas selbstlos angeboten, mich an Meenos Fersen zu heften. ›Der kennt mich ja nicht‹, habe ich gesagt. Und dass ich Geld brauche und wir doch schon mal ziemlich gut zusammengearbeitet hätten, habe ich ihm auch noch unter die Nase gerieben. Dabei hätte ich kotzen können. Entschuldigung. Wenigstens hat die Heuchelei sich gelohnt«, beendete er seinen Bericht. Er sollte Meeno mögliche Beweise abjagen und sie Haas bringen oder besser direkt vernichten.

Suse musste das alles erst mal verdauen. »Verstehe«, sagte sie leise, »damit Meeno sich nach so vielen Jahren auch tatsächlich auf Spurensuche begibt, hast du ihn angerufen, anonym, und hast behauptet, das Material, das er so gern hätte, könnte bald für immer verschwunden sein, wenn er sich jetzt nicht auf den Weg macht.«

»Ganz genau.«

»Ich kapier's immer noch nicht. Gibt es diese komischen Beweise überhaupt, von denen dauernd die Rede ist?«, fragte Ronja.

»Davon ist auszugehen«, meinte Rudi. »Für jede Industrieanlage existieren Pläne, Zeichnungen und Akten, mit denen man den laufenden Betrieb nachvollziehen kann. Auch im Nachhinein. Die sind von ganz vielen Betrieben bei der Treuhand gelandet. Von Schöneiche fehlten genau die Papiere, die etwas über den Filter gesagt hätten. Irgendjemand wollte auf keinen Fall, dass die in die falschen Hände geraten. Oder genau das Gegenteil«, sagte er. »Jemand wollte die der Staatsanwaltschaft aushändigen, damit die der Schweinerei auf den Grund gehen kann.«

»Auf den Grund gehen«, wiederholte Suse leise.

»Ich weiß nicht, wie der Schulz in der Sache drinhing«, fuhr Rudi fort. Suse sog hörbar die Luft ein. »Ich meine, der war immerhin der zweite Ingenieur neben Reuther. Kann schon sein, dass er auch Dreck am Stecken hatte und seinem Gewissen Luft machen wollte. Selbstmord war das jedenfalls nicht. Wer bohrt denn ein Loch in den Rumpf seines Segelboots, um damit abzusaufen?«

»Das ist aber ein altes Gerücht, für das es keinen Beweis gibt«, platzte Thekla heraus. »Daran kann ich mich sehr gut erinnern. Ich lebte ja schon hier, als der Kahn geborgen werden musste.«

»Kein Gerücht«, behauptete Rudi und sah triumphierend in die Runde. »Der Mann, den ich damals von Ost- nach Westberlin geschmuggelt habe, hat über all die Jahre den Kontakt zu mir gehalten. Nach dem Fall der Mauer natürlich, als das wieder möglich war. Er ist nach der Wende zurück in die alte Heimat.« Er machte eine Spannungspause, die Suse völlig überflüssig fand. »Übrigens ist der Mann Polizist. Er hat immer zu mir gesagt: ›Du hast was bei mir gut, Rudi. Für das, was du für mich getan hast, hast du etwas bei mir gut.‹ Ich wollte nie etwas verlangen, aber als ich damals hörte, dass der Schulz mit seinem Boot untergegangen ist, da wusste ich gleich, dass jemand die Finger im Spiel hatte. Und ich wusste, wen ich fragen muss, ob es Anzeichen für ein Verbrechen gab.«

Noch mehr Licht im Dunkeln

Und so etwas nannte sich Urlaub! Suse war erschöpft, als wäre sie einen Marathon gelaufen. So stellte sie sich das Gefühl hinterher jedenfalls vor. Erst der Schock, die Angst um Meeno, dann das lange Gespräch mit Rudi. Sie war komplett ausgelaugt und hätte am liebsten einen Abendspaziergang gemacht, um wieder einen einigermaßen klaren Kopf zu kriegen, und anschließend wären so zehn bis zwölf Stunden Schlaf prima gewesen. Doch ihr blieb keine Chance, zur Ruhe zu kommen. Im Gegenteil, ihre innere Anspannung war mit jedem Kilometer, den sie im Leihwagen in Richtung Bergen gefahren war, mit jedem Schritt, den sie auf das Krankenhaus zugemacht hatte, gewachsen. Jetzt war es kaum mehr auszuhalten, und ihr schlug auch noch der typische Geruch nach Desinfektionsmitteln entgegen, als sie das weiße Gebäude betrat, der sofort die furchtbarsten Erinnerungen in ihr weckte. Seit dem Tod ihrer Mutter hatte sie keine Klinik mehr betreten. Sie versuchte, die Menschen zu ignorieren, die im Bademantel einen Tropf auf Rollen an ihr vorbeischoben, ebenso das Personal, dessen sorgenvolle Mienen eine seltsame Einheitlichkeit hatten. Eilig ging sie durch den langen Flur, bis sie endlich Meenos Zimmer erreichte. Sie holte tief Luft, ihr Atem zitterte. Ein beherztes Klopfen, sie hörte seine Stimme und trat ein.

»Suse!« Ein Lächeln erschien auf seinen Lippen, das die Sonne in den Raum holte. Es zog sich ebenso schnell zurück, wie es entstanden war. »Sieht aus, als müsste ich mich auf eine Standpauke einstellen.«

»Verdient hättest du es.« Eine Strafpredigt würde ihn mit

dieser brüchigen Stimme kaum beeindrucken. »Wie geht es dir denn?«, brachte sie gerade noch heraus und wischte sich verstohlen eine Träne weg, die ihr aus dem Augenwinkel lief.

»Nicht weinen, bitte, sonst fange ich auch gleich an.« Er lachte leise. »Mir geht es gut«, sagte er sanft und deutete auf den Stuhl. »Komm, setz dich zu mir.«

Sie nahm Platz, ließ den Stuhl allerdings, wo er war. Bloß nicht so nah heranrücken, dass er ihre Hand nehmen konnte.

»Mensch, das war wirklich Pech. Es gehört schon etwas dazu, bei so einem anspruchslosen Tauchgang zu verunglücken. Ehrlich, damit war nicht zu rechnen. Die Stelle, an der ich hinuntergegangen bin, ist nicht sehr tief. Selbst bei Problemen bestand keine Gefahr eines Dekompressionsunfalls.« Sie hörte ihm schweigend zu, was er anscheinend falsch auslegte. »Das bedeutet …«, setzte er an.

»Ich weiß, was das bedeutet. Hört man oft genug, wenn jemand gezwungenermaßen zu schnell auftaucht.«

»Klar. Ich wollte damit nur sagen, dass ich nicht so unvernünftig wäre, im tiefen Gewässer allein …«

Dieses Mal unterbrach sie ihn mit einem Lacher.

»Nicht unvernünftig, ist klar«, schimpfte sie und rieb sich die Augen.

»Ich hatte einfach nur ein Problem mit meiner Ausrüstung. Das kann schon mal passieren.«

»Eben! Darum sollte man nie allein tauchen gehen, nicht mal in einer Pfütze«, rief sie zornig.

»Stimmt. Das mache ich eigentlich auch nicht.«

»Eigentlich.«

»Wie bescheuert hört sich das denn an, wenn man einem Tauchpartner erklärt, man will einen ganz bestimmten Bereich absuchen, weil dort vor Jahren vielleicht etwas aus einem Boot gefallen ist?«

»Ziemlich bescheuert«, bestätigte sie.

Ein paar Sekunden sahen sie sich an. Konnte sie ihn schon mit Rudis Geschichte konfrontieren? Wie stellte sie es am besten an, damit er ihr endlich die vollständige Wahrheit sagte? Plötzlich fiel ihr etwas ein.

»Meinst du, jemand könnte sich an deiner Ausrüstung zu schaffen gemacht haben?«

»Den Gedanken hatte ich auch schon«, erwiderte er zaghaft. »Glaube ich aber nicht. Niemand wusste, wann und wo ich ins Wasser gehe. Da hätte mich schon jemand beobachten müssen.«

Ihr wurde mulmig, sie hatte augenblicklich Rudis Stimme im Ohr. *Das war kein Zufall. Ich hatte immer ein Auge auf ihn.*

»Wenn mich jemand hätte ausschalten wollen, hätte er sich mehr Mühe gegeben. Nein, ich glaube, ich habe mich an der Kette einer Boje verheddert. Ich erinnere mich nicht genau, weil ich einen Moment weg war. Muss kurz das Mundstück meines Lungenautomaten verloren haben. Glücklicherweise habe ich beides wiederbekommen, Bewusstsein und Sauerstoffzufuhr.« Er setzte eine zerknirschte Miene auf.

»Sind die Ärzte wirklich sicher, dass keine bleibenden Schäden auftreten können?«

Er nickte. »Sie behalten mich über Nacht zur Beobachtung hier. Reine Vorsichtsmaßnahme. Nur für den Fall, dass etwas Salzwasser in die Lunge geraten sein sollte.« Er druckste herum wie ein kleiner Junge, der die Sechs in der Klassenarbeit als Erfolg verkaufen wollte. »Das wäre nicht ganz unproblematisch. Glaube ich aber nicht. Meine Symptome sprechen alle dafür, dass ich glimpflich davongekommen bin. Ich hatte Schmerzen in einigen Gelenken, leichten Schwindel und Kopfweh, das war alles.«

»Gut.« Suse rückte ein winziges Stück näher heran und hüstelte. Sie hielt den Kopf gesenkt und fummelte an ihrem Hosenbein herum, als hätte sie einen losen Faden entdeckt.

»Wer hat mich eigentlich rausgezogen?«, fragte er in die Stille. Sie schaute überrascht auf. »Ich weiß nur noch, dass eine sehr kräftige und sehr grell angezogene Dame mit den Sanis gesprochen hat.«

»Das war Thekla«, erklärte Suse.

»Aha, sagt mir nichts.«

»Die Lebensgefährtin von Fischer Heinrich«, erinnerte sie ihn. Ein flaues Gefühl machte sich in ihren Eingeweiden breit. »Sie hat uns nach dem Bootsausflug zusammen mit ihrer Enkelin verköstigt. Weißt du nicht mehr?«

»Nö.« Sein Blick war leer. »Und wer bist du noch mal?«

Der Schreck ging ihr durch und durch. Sie musste mit einem Arzt sprechen. Am besten sofort. Suse wusste nicht, was sie sagen sollte. Sie sah ihn nur an, entdeckte ein Grinsen, das sich langsam auf seinem Gesicht ausbreitete, und sprang auf.

»Du nimmst mich auf den Arm?«

»Nur ein wenig.«

»In dieser Situation? Das ist nicht witzig!« Ihre Stimme überschlug sich. In drei Schritten war sie an der Tür.

»Kein bisschen?«

»Nein, verdammt, nicht ansatzweise.« Die Tränen schossen ihr so unerwartet in die Augen, dass sie nichts mehr dagegen tun konnte.

»Entschuldige, das wollte ich nicht«, sagte er und schlug die Decke zurück.

»Untersteh dich, jetzt auch noch von der Matratze zu hüpfen«, schluchzte sie. »Du bleibst gefälligst liegen.«

Suse ging zurück, er zog den Stuhl bis an sein Bett, und sie ließ sich darauf fallen.

»Tut mir ehrlich leid.« Er nahm ihre Hand. »Bitte entschuldige. Ich habe nicht geahnt …«

»Dass ich dich gernhabe?«

»Hast du?«

»Ein kleines bisschen. Vielleicht.« Suse räusperte sich, und nach einer Weile fragte sie: »Weißt du wirklich nicht, wer dich aus der Ostsee gefischt hat?«

»Nein, großes Ehrenwort, ich erinnere mich nicht.«

»Das war Rudi. Der Rudi, der für den Dachbodenausbau der Villa Sanddorn angeheuert hat, aber plötzlich verschwunden ist, als Reuther und Haas aufgetaucht sind. Der Mann, der bei dir angerufen und dir gesagt hat, du müsstest unbedingt sofort nach Rügen reisen, um Beweise sicherzustellen.«

»Das ist ja interessant.«

»Das ist noch gar nichts. Richtig spannend ist, was er mir vorhin alles erzählt hat.«

Suse fasste die ganze Geschichte zusammen, vom eigens geschaffenen Grenzübergang zwischen Ost- und Westberlin bis zu Rudis Leberzirrhose.

»Tut mir leid, Meeno, ich fürchte, die Unterlagen, hinter denen du her bist, gibt es nicht mehr. Rudi wollte dich nur ködern, damit du nach Rügen kommst und Haas und Reuther ihm auf den Leim gehen.«

»Dieser Rudi hat bei seinem anonymen Anruf noch etwas gesagt. Er hat behauptet, im Rumpf des *Delphin* sei ein Loch gewesen, für das es keine eindeutige Erklärung gab.«

»Das ist kein Geheimnis, es stand sogar in der Presse, oder nicht?«

»Nur sagte er am Telefon: ›Es war Mord!‹ Auch die Beweise dafür seien in Gefahr. Mich hat nichts mehr zu Hause gehalten. Ich wollte nicht zweimal den gleichen Fehler machen.«

»Was meinst du damit?«

»Mein Vater hat mich 2018 angerufen, ehe er zu seinem Segeltörn aufbrach. Er hat mir derartig von seiner Lieblingsbucht vorgeschwärmt, dass ich mich fragte, was er mir eigentlich sagen will. Erst dachte ich, er wollte mich dazu bringen, ihn auf Rügen mit meinem Besuch zu überraschen. Dann hat er auch noch mehrmals eindringlich gesagt: ›Du musst den Dingen auf den Grund gehen!‹« Sie sahen sich an. »Als sie mir die Todesnachricht brachten, hätte ich mich sofort auf den Weg machen müssen. Mir war klar, dass er mir zwischen den Zeilen irgendetwas hatte mitteilen wollen, das für ihn größte Bedeutung hatte. Aber ich war so durcheinander und wusste doch nicht einmal, wonach ich genau hätte suchen sollen.«

»Verstehe. Aber du hast damals schon geahnt, dass er auf dem Grund der Bucht etwas versteckt hat.«

»Nicht etwas, sondern die Beweise dafür, dass damals wissentlich eine veraltete Anlage gebaut worden ist und dort obendrein giftige Abfälle verbrannt worden sind.«

»Nur hast du nichts gefunden.« Er schüttelte matt den Kopf. »Tja, dann kannst du auch nichts vertuschen«, stellte sie fest.

»Bitte? Wie kannst du so etwas sagen?«

»Wolltest du das etwa nicht? Reuther und dein Vater waren Geschäftspartner. Haas brauchte mindestens einen von beiden, besser aber sie gemeinsam, um sein schmutziges Geschäft durchzuziehen. Für die technische Ausrüstung, zu der der Filter gehört, war dein Vater zuständig. Wie soll er sonst plötzlich zu Geld gekommen sein? So ein Segelboot ist nicht ganz billig, nehme ich an.«

»Mein Vater hat ordentlich verdient, aber er war nicht reich. Er hat den *Delphin* selbst gebaut, das habe ich dir gesagt. Das war nicht die pure Lust am Handwerk, anfangs wollte er einfach Geld sparen. Wäre er je zu einem Vermögen gekommen, hätte das sowieso meine Mutter beschlagnahmt. Selbst lange nach der Scheidung hat er noch ihren kostspieligen Lebensstil finanziert.«

»Und womit?« Sie sah ihn erwartungsvoll an.

»Mit einem ordentlichen Einkommen, wie ich eben schon sagte«, erwiderte er gereizt. »Und mit seiner Sparsamkeit. Er hat in einer kleinen Bude gewohnt und sich nichts gegönnt. Touren mit seinem *Delphin* waren so ziemlich sein einziger Luxus.«

»Du willst mir sagen, dass Reuther allein Dreck am Stecken hatte?« Ein Teil in ihr wünschte sich, dass es so war.

»Genau das will ich. Ingolf Reuther ist heute Politiker. Seine vermeintlich weiße Weste bedeutet ihm alles, dafür hat er sogar den Tod meines Vaters in Kauf genommen. Mein Vater hat die Beweise für die Sauerei von damals gefunden. Darum musste er sterben.«

Suse fielen Rudis Worte wieder ein: *Jemand wollte die Papiere der Staatsanwaltschaft aushändigen, damit die der Schweinerei auf den Grund gehen kann. Bloß hat ihn irgendwer daran gehindert, indem er ihn umgebracht hat.*

»Das ergibt Sinn, oder nicht?« Seine Augen flehten sie an, ihm zu glauben.

»Allerdings. Mann, Meeno, warum hast du mir nicht von vornherein reinen Wein eingeschenkt? Du machst es mir wirklich nicht leicht, dir zu vertrauen.«

»Das war dumm, ich weiß.«

»Warum?«, wiederholte sie.

»Weil ich Angst hatte.«

»Wovor?«

»Davor, dass ich auf dem falschen Dampfer bin. Oder besser auf dem falschen Segelboot. Haha.« Er schnitt eine Grimasse. »Ich hatte Panik, dass ich einfach nur nicht wahrhaben will, dass auch er ein Böser im Spiel war«, sagte er dann leise. »Was, wenn mein Vater aus Feigheit weggeguckt hat? Das würde bedeuten, er hat deine Mutter auf dem Gewissen. Zumindest hätte ihn eine Mitschuld an ihrem Tod getroffen. Wie hätte ich damit klarkommen sollen? Und wie hättest du wohl darauf reagiert?«

»Ich hätte den Kontakt abgebrochen. Sofort.«

»Siehst du? Und du fragst mich, wovor ich Angst hatte.«

Suse ging das Herz auf. Er sagte die Wahrheit, es musste einfach so sein. Sie lächelte.

»Du bist nicht mehr sauer?«

»Dein Glück, dass du im Krankenhaus liegst. Ist ein ungeschriebenes Gesetz, dass man da nachsichtig sein muss.«

»Wusstest du, dass ein Kuss die Heilung um mindestens fünfzig Prozent beschleunigt?«

»Dann küsse ich dich auf keinen Fall.« Seine Augen weiteten sich überrascht. »Wäre doch unfair. Du wärst schneller hier raus und würdest nicht mehr den Welpenschutz, den Patientenschutz meine ich natürlich, genießen.« Sie schenkte ihm ein triumphierendes Lächeln.

»Das würde ich in Kauf nehmen.«

»Okay, deine Entscheidung.«

Suse setzte sich zu ihm auf die Bettkante und küsste ihn zärtlich. Ein Gefühl der Ruhe und Zufriedenheit machte sich in ihr breit. Eine Sekunde lang sah sie es deutlich vor sich: Mit Rudis Hilfe würden sie die ganze üble Geschichte endlich aufklären. Haas und Reuther würden zur Verantwortung gezogen werden, und damit würde ihre Mutter irgendwie doch auch Gerechtigkeit erfahren, wenn leider auch nur posthum.

»Wenn mein Vater mir bloß mehr erzählt hätte«, begann Meeno nachdenklich, nachdem er sie wieder freigegeben hatte. »Er hat in der Angelegenheit selbst recherchiert, das steht fest. Mir ist schleierhaft, warum er damit angefangen hat. Es muss einen Auslöser gegeben haben. Hätte er doch nur mit mir darüber gesprochen.« Er ließ die Schultern hängen. »Seine geheimnisvollen Andeutungen helfen mir nicht weiter.«

»Wann war das noch, wann hat er sich auf Spurensuche gemacht?« Suse hatte eine Idee.

»Timo hat gesagt, Herbert war 1996 oder 1997 bei ihm.«

»Meine Mutter ist 1996 gestorben«, sagte sie leise. »Das ist vielleicht weit hergeholt, aber was ist, wenn die beiden sich kannten? Wäre das möglich?«

»Puh, möglich ist viel.«

»Oder er kannte einen anderen Menschen, der den Betrug mit seiner Gesundheit oder seinem Leben bezahlt hat. Meine Mutter war längst nicht die Einzige, die im besagten Zeitraum betroffen war.«

»Das klingt für mich wahrscheinlich. Ja, wenn du das so sagst … Er hatte nach der Scheidung von meiner Mutter keine feste Beziehung mehr. Ich habe nach seinem Tod in seinen Sachen aber Hinweise auf eine Frau gefunden. Vielleicht hatte er eine Freundin, die er mir verschwiegen hat.«

»Du scheinst deinen alten Herrn nicht gut im Griff gehabt zu haben.« Sie verzog spöttisch das Gesicht.

Meeno ging nicht darauf ein. Er bekam einen verkniffenen Zug um den Mund, und eine Falte grub sich in seine Stirn.

»Ich habe lange nicht mehr daran gedacht. Da waren ein paar Notizen in seinen Kalendern. Er hat die geführt wie Tagebücher, weißt du.«

»Notizen, die was gesagt haben?«

»Zum Beispiel, dass er dieser fremden Frau Geld zugesteckt hat. Und dass er sie zu einem Lungenfacharzt begleiten wollte.« Eine Weile schloss er die Augen. Suse dachte schon, er würde vor Erschöpfung einnicken. Doch er hob die Lider wieder und sah sie an. »Ich glaube, es könnte tatsächlich der 96er- oder 97er-Kalender gewesen sein, in dem stand, dass sie gestorben ist. Womöglich war das der Auslöser. Vielleicht hat es ihm keine Ruhe gelassen, nicht zu wissen, ob die Anlage, die er konstruiert hat, Menschen krank gemacht hat. Auf jeden Fall hat ihn der Tod dieser Frau sehr berührt. Ich glaube sogar, er hat richtig darunter gelitten.«

»Wie kommst du darauf?«

»Seine Einträge waren meist neutral. Termine eben, Erlebnisse, die er festgehalten hat. Doch in diesem Fall stand da: ›Ich kann es nicht fassen und will es nicht wahrhaben.‹ Ja genau, jetzt weiß ich es wieder. Da stand: ›Margot ist tot.‹ Mit Ausrufungszeichen«, betonte er. Suse hörte ihn kaum noch, so sehr rauschte es in ihren Ohren. Sie schnappte nach Luft. »Suse, was ist los? Geht's dir nicht gut?«

»Margot«, stieß sie mühsam hervor, »meine Mutter hieß Margot.«

Fallensteller und Beute

Verdammt, konnte dieses blöde Hämmern nicht endlich aufhören? Suse zog sich die Decke über das Ohr. Dachbodenausbau hin oder her, heute war Sonntag. Wieso mussten sie ausgerechnet heute penetrant so einen Lärm veranstalten? Sie hatte so sehr gehofft, noch einmal einschlafen zu können, aber jetzt war sie endgültig wach. Und stellte fest, dass das Hämmern ein Klopfen war. An ihrer Wohnungstür, wenn sie sich nicht täuschte.

»Komme ja schon«, rief sie, schlurfte durch den Flur und öffnete. Vor ihr stand Ziska.

»Oje, tut mir leid, ich wollte dich nicht wecken.«

»Was wolltest du mit dem Klopfen denn sonst erreichen?«

Ziska lächelte zerknirscht. »Erwischt. Ich habe mir Sorgen gemacht. Thekla hat angerufen und erzählt, was passiert ist. Die Buschtrommeln funktionieren auf diesem Zipfel der Insel ganz hervorragend.« Sie deutete auf die Uhr an ihrem Handgelenk. »Weil es schon elf ist, dachte ich, ich könnte kurz fragen, wie es Meeno geht.«

»Elf Uhr? Blöder Mist!« Suse rannte ins Schlafzimmer. »Komm rein!«, rief sie. »Danke, dass du mich geweckt hast. Gefühlt bin ich die ganze Nacht alle halbe Stunde wach gewesen, nachdem ich sowieso ewig gelegen habe, bis ich einschlafen konnte. Das letzte Mal habe ich um halb sechs auf die Uhr geguckt, danach muss ich dann wohl doch noch tief eingenickt sein.« Sie war in Jeans und Shirt geschlüpft und sauste an Ziska vorbei, die wie Falschgeld im Flur stand, ins Bad. »Er hatte mehr Glück als

Verstand. Ich darf ihn heute abholen. Um zwölf. Daf faffe ich«, murmelte sie, die Zahnbürste im Mund.

»Das ist schon mal eine gute Nachricht. Dann will ich dich jetzt auch nicht aufhalten.« Es blieb kurz still, ehe Ziska anfügte: »Schreib ihm, dass du eine Viertelstunde später kommst, und frühstücke wenigstens noch vorher. Ist keine gute Idee, so gestresst und mit leerem Magen ins Auto zu springen, finde ich.«

Suse kam aus dem Bad.

»Hast recht, ich warne ihn vor, dass ich verschlafen habe.« Sie lächelte. »Dann bin ich entspannter am Steuer. Aber die Ruhe für Kaffee und so habe ich nicht.« Sie schnappte sich ihre Jacke vom Haken.

»Wie du meinst. Übrigens sind Thekla und Heinrich heute Abend bei uns. Wir machen Pizza für ein paar Leute. Mögt ihr nicht dazukommen, wenn das für Meeno nicht noch zu viel ist? Niks Pizza ist legendär.« Sie lachte freundlich. »Thekla wäre froh, Meeno wieder wohlauf zu Gesicht zu bekommen, glaube ich. So aufgelöst habe ich sie selten erlebt.«

»Vielleicht gucken wir wirklich kurz rein. Danke für die Einladung.«

Das Krankenhaus war nicht weit vom alten Stadtkern Bergens entfernt. Die Sonne schien, der Himmel war blau, mit weißen Wölkchen betupft, und Suses Magen knurrte schrecklich. Meeno und sie spazierten zum Markt mit dem sichelförmigen Brunnen. Fachwerk und Treppengiebel wechselten sich mit modernen Gebäuden ab. Sie ließen sich in einem Café nieder.

»Geht es dir wirklich gut?«, fragte sie schon wieder. »Keine Schmerzen, kein Schwindel oder so was?«

»Ich bin topfit, es ist nichts passiert, in Ordnung? Hör auf, dir Sorgen zu machen.«

»Ich versuch's.« Sie lächelte und schob sich ein Stück frisch gebackene Waffel mit heißen Kirschen und Vanilleeis in den Mund.

Meeno rührte in seinem Milchkaffee herum und vermied Augenkontakt. Ihm ging es wie ihr, er litt unter einer Art Phantomschmerz. Die mögliche Beziehung zwischen seinem Vater und ihrer Mutter und deren furchtbares Ende standen wie ein unsichtbarer Riese zwischen Meeno und ihr und schüchterten beide schrecklich ein. Suse hielt die Spannung nicht mehr aus. Sie legte die Gabel scheppernd auf ihren Teller. Meeno blickte sie erschrocken an.

»Nach allem, was wir wissen, ist Ingolf Reuther der Böse. Mit der Hilfe von Gunther Haas hat er nicht nur einen Betrug mit üblen Konsequenzen für unschuldige Menschen durchgezogen, sondern vermutlich sogar deinen Vater daran gehindert, damit an die Öffentlichkeit zu gehen.« Meeno nickte und schluckte. »Das müssen wir beweisen!«, stellte sie fest.

»Wir?«

»Was denkst du denn? Glaubst du, ich opfere meinen Urlaub für Detektivspiele, um dann den Showdown inklusive Auflösung zu verpassen?«

Seine Augen schimmerten verräterisch. Er senkte eilig den Blick.

»Wenn es wirklich stimmt, wenn deine Mutter eine Affäre mit meinem Vater hatte, wenn …« Er suchte nach Worten.

»Na und?«

Wieder sah er überrascht auf.

»Das ändert nichts daran, dass dein Vater unschuldig ist. Beziehungsweise war. Danach sieht es zumindest aus.« Sie dachte kurz nach. »Im Grunde spielt das nicht einmal eine Rolle. Ich bin mit der leisen Hoffnung hierhergekommen, ein bisschen Ordnung in mein Seelenchaos zu bringen. Nie im Leben hätte ich damit gerechnet, dabei die Chance zu kriegen, mit der Vergangenheit aufräumen und meiner Mutter ein wenig Gerechtigkeit bescheren zu können. Doch genau danach sieht es aus.« Sie berührte behutsam seine Hand. »Eigentlich geht's dir ähnlich. Du bist nur einen Millimeter davon entfernt, deinen Vater zu rehabilitieren. Selbst wenn er damals weggeguckt hat, wollte er später das Richtige tun. Du kannst dafür sorgen, dass alle Welt das erfährt.«

»Das wäre schön«, sagte er leise und räusperte sich.

»Alle Welt ist vielleicht ein bisschen übertrieben«, gab sie lächelnd zu. »Das Wichtigste ist sowieso nur, dass du Sicherheit hast.«

»Stimmt.« Er nickte langsam. »Ich wünschte, es würde wirklich nur noch ein Millimeter fehlen, wie du sagst.« Jetzt schüttelte er den Kopf. »Es war vollkommen idiotisch, am Boden der Ostsee zu suchen. Falls dort je etwas gewesen sein sollte, wäre es längst von Sediment bedeckt. Unauffindbar. Wie gesagt, falls er überhaupt etwas versenkt hat. Aber genau das ist ziemlich unwahrscheinlich. Mein Vater war zwar liebend gern auf dem Wasser unterwegs, fürs Tauchen konnte er sich allerdings nie begeistern.«

»Hat er dir gesagt, ob er auf Rügen in einem bestimmten Hotel übernachtet?«

»Ein Zimmer kam für ihn nicht infrage, er hat immer auf seinem Boot geschlafen.«

»Dann muss der Kahn die Lösung sein.«

Eine Kellnerin räumte ab und fragte nach weiteren Wünschen. Sie bestellten sich jeder einen Cappuccino. Irgendwie redete es sich im Schutz der vielen plaudernden Menschen, des gurgelnden Kaffeeautomaten, der Kommandos rufenden Mitarbeiter und über das Parkett kratzenden Stühle besonders gut.

»Der Kahn, wie du den *Delphin* nennst, ist immerhin sieben Meter lang und war sein ganzer Stolz. Mein alter Herr war kein herausragender Skipper, aber er kam allein zurecht. Ich glaube, das hat er sehr genossen.«

»Allein? Seid ihr nie zusammen rausgefahren?«

»Nur einmal. Er hat mir zu meinem Achtzehnten einen Törn Richtung Sylt geschenkt.« Ein verträumtes Lächeln erschien auf seinen Lippen. »Ich hatte das Abi druckfrisch in der Tasche und geplant, mit meinen Kumpels und ein paar Mädels zu feiern. Ausgerechnet an dem Wochenende wollte er mit mir los. Kannst dir ja vorstellen, wie begeistert ich war.«

»Trotzdem hast du dich für den Ausflug mit ihm entschieden? Alle Achtung!«

»Ich konnte es ihm nicht abschlagen. Zu meiner großen Überraschung wurde es total schön.« Er schluckte hart. »Ist sogar die beste Erinnerung, die ich an ihn habe. Er hat sich riesig viel Mühe gegeben, damit ich bloß eine super Zeit habe.« Meeno lachte. »Wir hatten richtig gute Gespräche. Weißt du, was total süß war? Eigentlich war der Trip an sich ja schon mein Geschenk zum Achtzehnten, aber er hatte noch mehr für mich dabei. Unter anderem einen alten Käfer, den ich bestimmt sechs oder sieben Jahre gefahren bin.«

»Er hatte ein Auto auf dem Segelboot?« Suse lachte.

»Nein, natürlich nicht, sondern nur den Schlüssel. Außerdem hatte er noch ein Fotobuch für mich gemacht. Mann, wie viel Zeit muss er dafür geopfert haben«, erzählte er. »Jede Kleinigkeit war an einem anderen Ort versteckt. Er hatte in seinem Boot verschiedene Fächer.« Er brach mitten im Satz ab, seine Miene veränderte sich komplett. Suse vermutete, dass es nicht nur positive Erinnerungen an das Wochenende gab.

»Du sagtest gerade, das Boot *ist* sieben Meter lang«, hakte sie ein, um ihn abzulenken. »Existiert es denn noch? Ich dachte …«

»Klar, das gibt es noch. Es wurde von der Polizei geborgen, untersucht und freigegeben. Ich habe es in einer Halle eingelagert.

Das kostet mich jeden Monat Geld. Der Kerl, dem die Halle gehört, sollte sich für mich um den Verkauf kümmern, hat bisher allerdings nur einen einzigen Interessenten gebracht. Na ja, viel Zeit hatte er ja auch noch nicht.«

»Wie man's nimmt, rund vier Jahre finde ich nicht gerade wenig.«

»Nein, nein, ich habe es nicht sofort übers Herz gebracht, den *Delphin* anbieten zu lassen. Anfangs hat er immer mal wieder nachgefragt, einmal eben auch gesagt, dass er eventuell einen Käufer hat. Ich hab's ihm nicht gerade leicht gemacht, habe gesagt, er könne sich die Jacht gern ansehen, müsse aber noch warten, weil ich noch nicht sicher sei, ob ich sie selbst behalte. Irgendwann hat er die Verkaufspläne endgültig auf Eis gelegt. Kein Wunder, er hat immer schön sein Geld kassiert und hatte keine Motivation, daran etwas zu ändern.«

»Verstehe.« Suse hatte ihren zweiten Kaffee getrunken. Es wurde höchste Zeit, sich ein wenig zu bewegen. »Das Schiff können wir also vergessen, da warst du bestimmt zuerst, oder?«

»Nein.«

»Wie nein? Du hast nicht nachgesehen, ob an Bord etwas zu finden ist?«

»Keine Ahnung, warum ich nicht daran gedacht habe. Ich glaube, diese penetranten Wiederholungen meines Vaters haben sich wie ein Mantra in mein Hirn gebrannt: *Du musst dir diese Bucht ansehen, Sohn, die ist ein echter Schatz! Du musst den Dingen auf den Grund gehen!*«

»Ich glaub's einfach nicht.« Suse machte der Kellnerin ein Zeichen. »Dann wissen wir ja, was wir jetzt zu tun haben. Wir statten dem Herrn Lagerverwalter einen Besuch ab.«

»Heute brauchen wir es nicht zu versuchen«, wandte Meeno ein. »Der Besitzer der Halle lebt in Stralsund und wird uns ganz sicher nicht am Sonntag aufschließen.«

»Wo ist die Halle?«, wollte Suse wissen, als sie über Bergens Markt zum Parkplatz spazierten.

»Im Westhafen von Sassnitz.«

»Lass uns trotzdem hinfahren. Oder möchtest du dich ausruhen? Ich kann dich auch in deiner Pension absetzen, und du sagst mir, wie ich den Schuppen erkenne.«

Er lachte auf. »Ich werde einen Teufel tun. Wir gehen da zusammen hin. Und zwar morgen.«

»Wieso denn? Ich will doch nur mal einen Eindruck bekommen.« Sie schmiegte sich an ihn und warf ihm einen unschuldigen Blick zu. »Vielleicht gibt es ein offenes Fenster oder ein nicht mehr funktionstüchtiges Türschloss.«

»Du bist ja verrückt.«

»Moment mal, wer von uns beiden ist noch allein tauchen gegangen?«

Eine knappe halbe Stunde später stiegen sie aus dem Auto. Der Wind hatte aufgefrischt, Möwen umkreisten kreischend die Fischfabrik von Sassnitz, es roch streng nach totem Meeresgetier und Öl. Ein schmaler Sandweg führte zu der Halle, die ihre besten Jahre definitiv lange hinter sich gelassen hatte. Eine Stahltür war derart zugewachsen, dass sie nicht mehr in Betrieb sein konnte. Suse bekam einen Schreck. Was, wenn der Besitzer zwar immer weiter die Gebühr eingesteckt, sein Gebäude aber längst leer stand und er sich mit dem Geld abgesetzt hatte? Womöglich hatte er den *Delphin* längst verkauft. Meeno schienen ähnliche Befürchtungen zu quälen.

»Sieht ziemlich verlassen aus.«

Die Halle selbst war ein Ungetüm aus Metall, das beinahe wie Wellblech aussah. Überall Beulen, Schmierereien, abgeplatzte Farbe. Auf der linken Seite war ein kleiner Ziegelbau davorgesetzt. In den Fenstern hingen vergilbte Gardinen, die für Suses Geschmack völlig fehl am Platz waren. Dahinter waren ein

Computer zu erkennen, ein schiefer Aktenschrank voller Ordner, ein Mülleimer, der offenkundig an seiner Kapazitätsgrenze angekommen war.

»Verkommen vielleicht, aber nicht verlassen, glaube ich.« Suse zeigte ins Innere. »Auf dem Schreibtisch liegt sogar eine angebrochene Tafel Schokolade.«

Meeno sah durchs Fenster.

»Ein ziemlicher Saustall da drinnen. Wird Zeit, dass ich mich um den *Delphin* kümmere. Mein Vater würde sich im Grab umdrehen, wie man so schön sagt, wenn er sehen könnte, wo sein geliebtes Boot gelandet ist.«

Suse nahm seine Hand und drückte sie. Sie gingen weiter um die Halle herum. Hohes Gras und Löwenzahn hatten den Weg längst erobert. Hinter der nächsten Ecke wartete eine Überraschung. An dieser Seite hatte auch der Metallkasten Fenster und eine Eingangstür, die nicht gerade abschreckend wirkte. Eins der Fenster war kaputt. Wie der Zahn eines Raubtieres ragte nur noch ein Stück Glas aus der linken oberen Ecke ins Nichts.

»Entweder ist der Besitzer extrem naiv, geizig oder faul«, stellte Suse fest. »Der glaubt doch nicht ernsthaft, der Kaninchendraht, den er stümperhaft davorgeklemmt hat, hindert Einbrecher daran, einzusteigen.«

»Das ist ein Privatgrundstück, Suse. Hier hat niemand etwas zu suchen.« Er sah ihr in die Augen. »Wenn jemand einsteigt, macht er sich strafbar, selbst wenn Fenster und Türen weit offen stehen würden.« Er zeigte auf ein gelbes Schild, das von einem Holunderstrauch fast verdeckt wurde. »Siehst du? Betreten verboten!«

»Er bewahrt dein Boot auf. Ihr habt doch hundertprozentig einen Vertrag, in dem festgelegt ist, dass der Typ dein Eigentum zu schützen hat, mit Sicherungsanlagen oder so. Ich würde Fotos machen und dem gehörig auf die Füße treten. Es reicht schließlich auch nicht, in einem Juweliergeschäft an eine offene Vitrine zu schreiben: Bitte nichts klauen! Da zeigt dir jede Versicherung einen Vogel.«

»Das ist ein wackeliger Vergleich, findest du nicht?«

»Du weißt, was ich meine und dass ich recht habe.«

Suse griff nach einer Ecke des notdürftig montierten Drahtes, um zu demonstrieren, wie leicht man den zur Seite biegen konnte. Ein leises Knacken, in der nächsten Sekunde fiel das komplette Teil mit vibrierendem Sirren zu Boden.

»Apropos wackelig.« Sie warf ihm einen vielsagenden Blick zu. »Das war ja noch schlimmer, als ich dachte. Tja, Tag der offenen Tür, würde ich sagen. Besser gesagt, des offenen Fensters.« Schon sah sie sich nach etwas um, das ihr als Leiterersatz dienen konnte.

»O nein, denk nicht einmal dran«, warnte Meeno sie.

»Zu spät!« Sie strahlte ihn an, wurde aber sofort wieder ernst. »Ich will nur mal kurz gucken, ob die Jacht deines Vaters überhaupt noch da ist. Interessiert dich das nicht?«

»Ich gehe davon aus und werde mich morgen davon überzeugen«, antwortete er ruhig. »Wäre schön, wenn du mich dann begleiten würdest.«

»Mann, Meeno, hier ist weit und breit kein Mensch. Das kriegt doch keiner mit, wenn wir reinklettern, uns ein bisschen umsehen und wieder verschwinden.«

»So was klappt im Krimi, Suse, aber nicht in der Realität.«

»Versuch macht kluch.« Sie grinste und schnappte sich eine Palette, die an der Wand gelehnt hatte. »Autsch, Mist!«

»Splitter?«, fragte er. Sie nickte und drückte an ihrem Daumen herum. »Sei froh. Das ist noch harmlos. Wenn du es geschafft hättest, dir ein Podest zu bauen, wärst du womöglich daran hängen geblieben.« Er deutete auf das letzte Stück Fensterglas, das tatsächlich verdammt spitz aussah.

»Ich pass schon auf.« Sie prüfte mit dem Fuß eine Holzkiste auf ihre Stabilität, stellte sich kurz mit vollem Gewicht drauf, nickte zufrieden und positionierte sie auf der Palette.

»Suse, bitte, das lasse ich nicht zu.«

»Ich habe etwas gut«, erklärte sie ihm entschlossen. »Du warst allein tauchen, das hätte ich verhindert, wenn ich die Chance gehabt hätte. Also darf ich jetzt auch etwas tun, was du am liebsten verhindern würdest.«

»Was ist das denn für eine bescheuerte Logik?« Er runzelte die Stirn.

»Meine«, sagte sie, küsste ihn kurz auf den Mund und war in null Komma nichts am Fenster, stützte sich auf und saß einen Augenblick später im Rahmen. Meeno protestierte vor sich hin, doch Suse hörte nicht auf ihn, sondern konzentrierte sich darauf, unter dem gefährlichen Hindernis hindurchzuschlüpfen. Als sie drinnen auf dem Boden landete, war sie doch ein wenig froh, sich nicht verletzt zu haben. Und ihr war mulmig. Nicht auszuschließen, dass jemand da war. Sie waren noch nicht einmal komplett um das Gebäude herumgegangen. Keine schöne Vorstellung, dass irgendwo auf der anderen Seite ein Auto parkte und der Besitzer gerade in dieser Halle war. Sie spitzte die Ohren. Da war niemand. Bei dem Radau, den sie gerade veranstaltet hatte, hätte jeder reagiert.

»Ist das ein Dreck, ich sehe aus wie Sau«, rief sie, um Meeno und sich selbst zu beruhigen.

»Ich fasse es einfach nicht«, hörte sie ihn schimpfen.

»Mal sehen, ob ich die Tür aufkriege, dann kannst du auch reinkommen.« Sie lief vorbei an ausgebauten Motoren, Kisten, Eimern, angelehnten Zaunelementen und allerlei Schrott, kontrollierte, ob es irgendwo eine Alarmanlage gab, die loskreischte, sobald sie die Eingangstür öffnete, konnte jedoch nichts Beunruhigendes erkennen. Vorsichtig drückte sie die Klinke hinunter.

Abgeschlossen. Klar. Sie ließ ihren Blick an der Wand entlangschweifen. Wenn das nicht ein Schlüsselkasten war. Total eingestaubt, das Ding. Es wurde anscheinend nicht oft gebraucht. Im Inneren hingen diverse Schlüssel, überraschenderweise alle ordentlich beschriftet: Ersatz *Linde*, Ersatz *Büro*, Ersatz *Seiteneingang* las sie. Darum hatte diesen Kasten lange niemand mehr geöffnet, hier wurden nur die Zweitschlüssel aufbewahrt. Sie nahm den vom Seiteneingang vom Haken und steckte ihn ins Schloss. Er passte. Aber so einfach war es dann leider doch nicht. Sie drehte und ruckelte. Erst als sie sich mit ganzer Kraft gegen die Tür stemmte, vollendete der Schlüssel seine Drehung. »Hereinspaziert!« Sie sah Meeno fröhlich an.

»Du bist echt nicht zu retten«, sagte er, musste aber grinsen. Er trat ein, zog die Tür sofort hinter sich zu und nahm sie in den Arm. »Langweilig wird es mit dir nicht, kann das sein?« Ohne eine Antwort abzuwarten, zog er sie fester an sich und küsste sie.

»Sieh dir nur an, welchen Müll der hier einlagert«, stellte er fest, als sie wenig später auf der Suche nach dem Segelboot durch die Gänge streiften. Wenn man von Gängen reden wollte. Suse hatte den Eindruck, der Betreiber verstaute alles in der Reihenfolge, in der es bei ihm landete, und zwar vom Elektroroller bis zur Jolle und vom ausrangierten Kühlschrank bis zum kompletten Gartenhäuschen. »Als er den *Delphin* von der Polizei übernommen hat, war ich dabei. Da standen hier fast nur verschiedenste Wasserfahrzeuge und zwei Wohnmobile drin. Es wirkte sauber und aufgeräumt, aber jetzt?«

»Warum hast du dich damals eigentlich nicht im Segelschiff deines Vaters umgesehen?«

»Habe ich. Nur habe ich noch nichts Konkretes gesucht. Ich meine, ich habe persönliche Dinge an mich genommen, Erinnerungsstücke. Und ich habe geguckt, ob irgendetwas auf Suizid oder ein Gewaltverbrechen hindeutet. Es war echt schwer, unter den Umständen wieder an Bord zu sein. Dazu noch allein. Bei unserem gemeinsamen Törn habe ich ihm gesagt, ich könnte mir vorstellen, ihn nach Rügen zu begleiten. Zumindest einen Teil der Tour hätten wir zusammen segeln können. Ich habe mir Vorwürfe gemacht, es ihm nicht noch einmal angeboten zu haben, als er sagte, dass es losgeht.«

»Er hat dich aber auch nicht gebeten?«

»Nein.«

»Dann war es ihm vielleicht lieber so.«

Meeno zuckte mit den Schultern.

»Das weiß ich bis heute nicht. Damals habe ich mich geschämt, weil ich glaubte, ihm wäre nichts zugestoßen, wenn er nicht allein gewesen wäre. Auf jeden Fall hatte die Polizei natürlich schon vor mir nach Hinweisen gesucht. Ich war froh, schnell wieder von Bord gehen und diese Halle verlassen zu können.«

»Kann ich mir vorstellen.«

»Da ist er!« Suse folgte Meenos Blick. »Der Typ hat doch wirklich sämtlichen Müll vor den *Delphin* gestellt. Selbst wenn ein potenzieller Käufer ihn sich ansehen wollte, hätte er keine Chance.«

»Nicht sein Fehler«, wandte sie sanft ein. »Du hast jahrelang nur fürs Unterstellen bezahlt und dich nicht gerührt.« Er nickte ertappt. »Komm, wir sehen ihn uns mal näher an.« Er wollte protestieren. »Den Müll, wie du das nennst, räumen wir im Handumdrehen aus dem Weg.«

»Und machen Höllenlärm dabei. Du bist drollig. Außerdem würde es den ganzen Tag dauern, so viel, wie hier herumsteht. Falls wir das zu zweit überhaupt alles bewegen können. Einiges ist viel zu schwer, fürchte ich.«

»Es sei denn, wir nehmen den da.« Suse deutete auf einen Gabelstapler.

»Kommt nicht in die Tüte. Selbst wenn wir uns das trauen würden, so ein Ding muss man erst mal fahren können.«

»Der Schlüssel hängt neben dem Eingang im Kasten. Stand *Linde* dran. Ich sehe hier nur ein Fahrzeug dieser Firma.« Sie lächelte triumphierend.

»Du überspannst den Bogen, echt! Man braucht nicht nur den Schlüssel, man muss auch damit umgehen können«, belehrte er sie.

»Kein Problem. Tja, da guckst du. Das gehört bei Müll-Häschen zur Ausbildung.«

Er lachte. »Müll-Häschen?«

»Das erkläre ich dir später. Jetzt musst du erst mal Schmiere stehen.« Sie lief in Richtung der Eingangstür.

»Das werde ich nicht tun, Suse. Es ist mein Ernst«, hörte sie ihn hinter sich protestieren. »Hier einsteigen ist das eine, den Schuppen auf den Kopf zu stellen ist etwas völlig anderes.«

Schon hatte sie den Schlüsselkasten erreicht und öffnete ihn, da ging mit leisem Quietschen die metallene Tür auf. Verdammt, sie hätten wieder abschließen sollen. Suse war mitten in der Bewegung erstarrt, die Augen auf den Eingang geheftet. Ein kleiner Mann mit abgewetzter Jacke und strubbeligen Haaren trat ein. Rudi!

In Suses Hirn war mit einem Schlag die Hölle los. Sie hatte Meeno gegenüber den Verdacht geäußert, jemand könne seine Ausrüstung manipuliert haben, um einen Unfall zu provozieren. Um ihn aus dem Weg zu räumen. Erst den Vater, dann den Sohn. Was hatte Meeno darauf geantwortet? *Niemand wusste, wann und wo ich ins Wasser gehe. Da hätte mich schon jemand beobachten müssen.* Ihr wurde übel. Sie sah sich nach etwas um, womit sie zur Not auf Rudi losgehen konnte. Sie hatte dessen Stimme im Ohr. *Ich hatte immer ein Auge auf ihn.*

»Na, störe ich?« Er schloss lächelnd die Tür hinter sich.

Suse nutzte die Gelegenheit, in der er ihr den Rücken zudrehte, sich eine Holzlatte zu greifen. Sie hörte Meenos Schritte. Klar, er hatte mitbekommen, dass sie nicht mehr allein waren.

»Bleib, wo du bist, Meeno«, schrie sie und ging in Angriffshaltung.

Rudis Augen weiteten sich, dann brach er in lautes Gelächter aus.

»Was ist denn so witzig? Ich bin vielleicht klein, aber ich habe Kraft. Du solltest mich nicht unterschätzen.«

Inzwischen war Meeno bei ihnen.

»Da kann ich ihr nur recht geben«, sagte er ruhig.

»Ich traue dir eine Menge zu, Suse«, meinte Rudi freundlich. »Einem todkranken Mann grundlos ein Brett über den Schädel zu ziehen, steht nicht auf dieser Liste.«

»Meeno wäre beinahe ertrunken. Wie sein Vater vier Jahre vor ihm. Du hast doch selbst gesagt, du hast Meeno ständig beobachtet. Nur jemand, der ihn nicht aus den Augen gelassen hat, konnte wissen, wann er wo tauchen geht, und rechtzeitig seine Ausrüstung manipulieren.«

Rudi wurde blass. Aha, ihr Verdacht traf ins Schwarze! Dabei hätte sie sich so sehr gewünscht, dass er auf der richtigen Seite stand.

»Das war kein Unfall?«, fragte er heiser. »Jemand hat versucht, dich umzubringen?«

»Darauf gibt es keinen Hinweis«, erklärte Meeno ruhig. »Ich glaube eher, ich habe mich an der Leine der Boje verfangen.«

Na toll! Meeno servierte ihm den Kniff, mit dem er den Kopf aus der Schlinge ziehen konnte, geradezu auf dem Silbertablett.

»Wenn ich Suse richtig verstanden habe, hast du mich aus der Ostsee gezogen.«

»Das waren wir zusammen«, korrigierte Rudi. »Ich bin alles andere als gut in Form. Lange hätte ich es in dem knapp zehn Grad kalten Wasser nicht ausgehalten. Suse hat das sofort kapiert und übernommen. Sie hat dich ans Ufer gezogen.«

»Davon hast du nichts gesagt.« Meeno sah sie an, Tränen schimmerten in seinen Augen.

Suse ließ die Hände sinken, die noch immer das Holzbrett umklammert hielten.

»Erst die Ausrüstung manipulieren und das Opfer in letzter Sekunde retten, das ist nicht wirklich logisch«, sagte sie mehr zu sich selbst. »Es sei denn, du hast kapiert, dass ihm sowieso nicht viel zustoßen würde, weil Ronja, Thekla und ich Hilfe holen würden. Der Retter ist nicht verdächtig, das könnte eine ziemlich clevere Strategie sein.« Sie stellte die Latte weg und verschränkte die Arme vor der Brust.

»Könnte es«, stimmte Rudi ihr zu. »Ist es aber nicht.«

»Du wirst uns erklären müssen, wie es sein kann, dass du hier auch wieder ganz zufällig auftauchst«, verlangte Meeno.

»Überhaupt nicht zufällig. Ich habe dich weiterhin beobachtet. Habe vor dem Krankenhaus herumgelungert, um nicht zu verpassen, falls dir noch einfällt, wo dein Vater wichtige Dokumente versteckt haben könnte. Es war klar, dass das Boot noch existiert, bloß haben sich alle, die danach gefragt haben, die Zähne ausgebissen. Von der Polizei kriegst du keine Auskunft, außer, dass der Eigentümer es zurückbekommen hat. Haas und Reuther würden mir eine fette Summe geben, wenn ich ihnen den Standort verraten würde.« Er sah von Meeno zu Suse und hob beschwichtigend die Hände. »Das habe ich natürlich nicht vor, ich bin ja kein Idiot. Eher schneide ich mir die Zunge ab, bevor ich den Scheißkerlen helfe.« Er blickte zur Tür. Schon zum wiederholten Mal. »Übrigens sollten wir irgendwo anders plaudern. Hier ist ein Wachdienst unterwegs, habe ich gesehen. Der kümmert sich wahrscheinlich eher um die Fischfabrik, dass da keiner am Sonntag einsteigt und Mist macht. Wenn denen hier was komisch vorkommt, gucken die aber bestimmt auch nach dem Rechten.«

Sie gingen die Hafenstraße entlang in Richtung U-Boot. Der Wind hatte noch zugelegt, dunkle Wolken jagten über den Himmel. Viele Menschen waren nicht unterwegs. Dennoch fielen Suse die Blicke auf, die Rudi mit seinen schäbigen Klamotten auf sich zog. Man konnte eben niemandem ansehen, ob er einen Tag zuvor einen Menschen vor dem Ertrinken gerettet hatte oder für seine politische Karriere über Leichen ging. Sie seufzte. Sofort legte Meeno einen Arm um sie.

»Haas und Reuther haben deinen Vater auf dem Gewissen, da bin ich mir sicher«, begann Rudi. »Das passt alles zusammen. Ich weiß von dem Loch im Rumpf. Es war zwar nicht besonders groß, musste es aber auch gar nicht sein. Irgendwann dringt auch durch die kleinste Ritze genug Wasser ein, um ein Schiff sinken zu lassen, wenn sie nicht rechtzeitig gestopft wird. Ich wette, Haas und Reuther haben nicht nur das Boot manipuliert, sondern deinem Vater vorher auch noch ein Betäubungsmittel eingeflößt. Sie glaubten, Beweise gegen sich an Bord zu finden. Es hieß, es habe große Unordnung geherrscht. Das kann nur bedeuten, dass jemand nach etwas gesucht hat. Bloß hat er es nicht gefunden. Es könnte also noch immer dort sein.«

»Moment mal, nicht so schnell.« Meeno atmete tief durch. »Betäubungsmittel? Davon weiß ich nichts. Wie kommst du darauf?«

»Hatte ich nicht erwähnt, dass mir der Polizist, den ich in meinem Lkw in den Westen geschmuggelt habe, vertrauliche Infos aus dem Polizeicomputer zugeschanzt hat?«

»Mir hast du davon erzählt«, sagte Suse. »Kannst du den nicht noch einmal fragen? Ich meine, die Polizei muss doch höchstoffiziell ermitteln, falls es neue Hinweise auf ein Verbrechen gibt, oder?«

»Damit kenne ich mich nicht aus«, erwiderte Rudi. »Kann ich mir schon vorstellen. Nur müsstet ihr diese Hinweise erst mal haben, handfeste Hinweise. Wie du sagst, dann könntet ihr den offiziellen Weg gehen. Mit meinem Kontakt kann ich euch nicht mehr helfen. ›Jetzt sind wir aber quitt‹, hat er gesagt, nachdem er mir die internen Untersuchungsergebnisse zugesteckt hat. Ist auch so. Der wäre in Teufels Küche gekommen, wenn er erwischt worden wäre. Tut mir leid.« Rudi lächelte entschuldigend.

»Warum wurde nicht längst ermittelt?«, fragte Suse aufgebracht. »Welche Anzeichen brauchen die denn noch? Es gab dieses Loch, und neben Alkohol sind weitere Substanzen im Blut deines Vaters gefunden worden. Außerdem herrschte auch noch Chaos, als hätte jemand die Kabine oder wie das heißt durchwühlt. Das schreit nach einer gründlichen Untersuchung.«

»Das ist die berühmte Sache mit dem Ei und der Henne«, meinte Rudi. »Die waren nicht sicher, ob das Loch zuerst da war oder ob der *Delphin* gesunken und auf einen spitzen Stein geknallt ist.« Er wandte sich an Meeno. »Da an deinem Vater keine Spuren äußerlicher Gewalteinwirkung zu finden waren, er aber eine mehr als bedenkliche Menge Alkohol und dazu noch betäubende Substanzen im Blut hatte, gingen sie von Fahrlässigkeit und Unfall oder eben von Selbstmord aus.« Jetzt sah er wieder Suse an. »Das Chaos hielten sie für unauffällig, schließlich hatten sie es mit einem allein segelnden Mann zu tun.«

Eine Weile gingen sie schweigend am Wasser entlang. Das U-Boot lag längst hinter ihnen, auch der Sportboothafen. An der Räucherei hing der Geruch von Hering und Aal in der Luft. Suse bemerkte Rudis sehnsüchtigen Blick.

»Hunger?«, fragte sie ihn. Er nickte. »Ich nehme an, du hast jetzt mehr als einen Euro in der Tasche, oder? Nik hat dich schließlich bezahlt, auch wenn du nicht viel auf der Baustelle erschienen bist.«

»Ich hab ordentlich angepackt«, behauptete er und setzte leiser hinzu: »Bis der Müllionär und sein Handlanger aufgekreuzt sind.

Denen wollte ich nicht über den Weg laufen. Ich arbeite das schon noch ab, wenn alles geklärt ist«, versprach er. »In der Tasche habe ich trotzdem nix. Ich musste mir doch einen fahrbaren Untersatz leihen, um an ihm dranzubleiben.« Er warf Meeno einen kurzen Blick zu.

»Ich gebe eine Runde Räucherfisch aus«, verkündete Suse.

»Kommt nicht infrage, das übernehme ich. Dafür, dass ihr mich aus dem Wasser gezogen habt, stehe ich bei euch doch sowieso so tief in der Kreide, dass ich das nicht wiedergutmachen kann.«

»Gutes Argument!« Suse lachte. »Apropos Wiedergutmachung. Rudi, du musst unbedingt mit Ziska und Nik reden. Das hättest du längst tun sollen.« Er wollte Einspruch erheben, doch sie ließ ihn nicht zu Wort kommen. »Heute Abend findet bei ihnen ein Pizzaessen statt, Meeno und ich sind eingeladen. Komm einfach mit und entschuldige dich. Sie haben dir nicht den Kopf abgerissen, als du nach Arbeit gefragt hast, und das werden sie jetzt auch nicht tun.«

»Okay, ist wohl am besten«, stimmte er zerknirscht zu.

»Und ich versuche, morgen früh gleich den Eigentümer der Halle zu erreichen. Ich will so schnell wie möglich Zugang zum Boot haben.« Meeno fiel etwas ein. »Wieso sagtest du am Telefon, die Beweise müssten jetzt sichergestellt werden, weil sie sonst verloren wären?«

»Ich wollte Haas gegenüber behaupten, du hättest aktuelle Hinweise auf den Verbleib und würdest die Dokumente jetzt bergen. Damit wollte ich die Ratten aus ihren Löchern locken.«

»Ich war der Köder?«

»Klar!« Er sah Meeno verständnislos an. »Ich dachte, das hätte Suse dir längst verraten.«

»Hat sie auch. Ich wollte es nur noch mal von dir selbst hören. Super Plan, wirklich, schönen Dank!«

»Was willst du denn? Er hat doch funktioniert.«

Kriegsrat Quattro Stagioni

Als Suse am Abend mit Meeno und Rudi im Schlepptau bei Ziska und Nik erschien, waren John, Gesa, Heinrich und Thekla schon da. Zur Begrüßung gab es ein Hallo, als würden sie sich alle schon ewig kennen. Natürlich musste Meeno zuerst detailliert berichten, was ihm passiert war. Viel war das nicht, denn er hatte große Erinnerungslücken.

»Lasst euch das alles lieber von den beiden erzählen«, sagte er und sah von Suse zu Rudi. »Die zwei haben mich rausgeholt.«

»Olle Kamellen.« Thekla winkte ab. »Die Rettungsaktion habe ich natürlich schon haarklein beschrieben, schließlich war ich dabei. Viel interessanter ist, wieso du überhaupt in die Klemme geraten bist.« Selbst wenn Meeno gewollt hätte, blieb ihm nicht die Chance, etwas dazu zu sagen, denn Thekla redete weiter: »Übrigens hat meine Enkelin Ronja auch nicht unerheblich dazu beigetragen, dass du rechtzeitig in Sicherheit gebracht worden bist. Das Mädchen wusste genau, was zu tun ist. Beeindruckend, wie ein so junger Mensch so souverän handelt, ohne die Nerven zu verlieren.«

»Ronjas Oma platzt beinahe vor Stolz«, neckte Heinrich sie. »Das geht ununterbrochen so. Hoffentlich hört das irgendwann wieder auf.«

»Die meisten jungen Hühner wären kopflos weggerannt«, behauptete Thekla leicht eingeschnappt.

»Du hast recht«, stimmte Suse ihr zu. »Ich war auch von den Socken. Vor allem war ich froh. Ohne Ronja und Rudi wäre ich wohl das kopflose Huhn gewesen.«

John wandte sich an Rudi. »Du hast die Zeit sinnvoll genutzt, die du auf der Baustelle gefehlt hast. Wenigstens etwas.«

»Ich bin hier, um mich für mein Verhalten zu entschuldigen.«

»Das kommt reichlich spät«, presste Nik zwischen den Zähnen hervor.

»So lange so stinkig habe ich den Chef selten erlebt«, raunte Gesa Suse zu.

»Wo fange ich an?« Rudi wirkte auf einmal hilflos. »Am besten erzähle ich euch erst mal, wieso mein Leben vor Jahren aus den Fugen geraten ist.« Er sah Thekla an. »Ach nee, das wissen vermutlich auch schon alle von dir, was?«

»Als ob ich eine Tratschtante wäre.« Thekla schmollte.

Rudi begann mit seinem Job als Lastwagenfahrer, erklärte, welchen Fehler er begangen hatte, indem er einem Menschen zur Flucht verholfen hatte.

»Von mir hättest du dafür einen Orden gekriegt«, stellte Gesa fest.

Er lachte. »Schön wär's gewesen. Aber ich habe natürlich etwas bekommen: 'ne Menge Ärger. Dass mich auch ausgerechnet Gunther Haas erwischen musste.«

Meeno hielt die ganze Zeit Suses Hand. Immer wieder sahen sie einander an und lächelten. Sie hätte jedes Mal laute Glücksseufzer von sich geben können. Als Rudi davon sprach, dass er nach dem Verlust seiner Anstellung von Reuther diverse Gelegenheitsjobs bekommen hatte, spitzte sie die Ohren. Davon hatte er an der Fischhütte noch nichts gesagt.

»Zuerst war mir gar nicht klar, wie eng er und Haas miteinander waren. Ich brauchte Geld und war froh, dass mir jemand eine Chance gab. Dass meine Frau mich mit unserem Sohn verlassen hat, konnte ich nicht verkraften.« Er stockte und räusperte sich. »Der Junge war noch so klein. Ich wusste genau, wie schnell er mich vergessen würde«, sagte er heiser und räusperte sich wieder.

»Ist keine Rechtfertigung, ich weiß, aber ich habe eben angefangen zu saufen. Ich habe dann nach und nach mitgekriegt, wie die beiden ticken, der Müllionär und sein Gehilfe. Hauptsache, eigene Vorteile, Hauptsache, schön viel in die eigene Tasche stecken, egal, ob andere dafür draufgehen. Manchmal haben sie Bemerkungen gemacht, dass irgendein Beamter für viel weniger Kohle auf beiden Augen blind sei, als sie gedacht hätten. Oder sie haben sich eins gefeixt, wie einfach es wäre, jemanden mit falschen Papieren an der Nase herumzuführen. Wie bei der Filteranlage, haben sie gesagt, da hätte das auch funktioniert.«

Alle an dem langen rustikalen Holztisch in Ziskas und Niks Esszimmer hörten ihm gebannt zu. John schüttelte immer wieder den Kopf. Sah aus, als würde er jeden Moment explodieren. Meenos Hand zerquetschte Suses Finger beinahe. Ihr selbst ging es nicht besser, ihr ganzer Körper stand unter Spannung.

»Hab das viel zu lange ignoriert«, erzählte Rudi finster. »Aber irgendwann war Schluss. Lieber krepiere ich, als von denen noch einen Euro zu nehmen, dachte ich. Habe ich den beiden auch gesagt. Na ja, vielleicht nicht so direkt.« Er lachte bitter. »Es gab da so einen Sozialarbeiter, Streetworker sagt man wohl. Der hat sich um mich gekümmert und mich auch zu einem Arzt geschleppt, der Obdachlose behandelt. Tja, da gab's die Diagnose. Die ersten zwei Tage wusste ich nicht mal mehr, wie ich heiße, so bin ich durchgedreht. Hab drüber nachgedacht, mir endgültig die Kante zu geben, mich totzusaufen. Dann wär's wenigstens schnell vorbei, ohne viel Quälerei und so. Aber kannst dich ja nicht drauf verlassen, dass du auch wirklich über die Wupper gehst und nicht im Krankenhaus landest, wo sie dich erst mal wieder hinbasteln. Für ein paar elende Wochen.«

»Krass!« Gesa rieb sich die Arme, als wäre ihr kalt. Dabei war es fast zu warm. Der Ofen in der angrenzenden Küche lief auf Hochtouren, überall flackerten Kerzen.

»Um den Rest kurz zu machen: Ich bin hin zum Müllionär, traf aber auf Haas. Der hat mir sofort geglaubt, dass ich Kohle brauche und alles dafür tun würde. Ich habe ihm meine Geschichte aufgetischt, Meeno hätte einen Tipp gekriegt und würde die Beweismittel holen, die den Müllionär und natürlich auch Haas belasten. Habe mich angeboten, mich auf die Lauer zu legen und ihm die Dokumente abzujagen. Darum wollte ich unbedingt bei euch wohnen. Von hier ist es nicht weit runter in die Bucht, in der das Segelboot gesunken ist. Mir war klar, dass Meeno hier auftauchen würde.« Er merkte, was er da gesagt hatte. »Oder abtauchen, wie man's nimmt.«

»Ich verstehe noch nicht ganz, warum du vor Haas und Reuther abgehauen bist«, warf Ziska ein. »Wenn ich das richtig verstanden habe, dachten die doch, du wärst in ihrem Auftrag hier.«

»Die haben natürlich schon einige Male gefragt, wie's aussieht. Zuerst konnte ich auftrumpfen, weil Meeno wirklich hergekommen ist. Damit hatte ich mich ja schon weit aus dem Fenster gelehnt. Hättest du auf meinen Anruf gepfiffen, hätte ich schön dumm dagestanden«, sagte er zu Meeno. »Ein Tag nach dem anderen verging, ohne dass ich was vorzuweisen hatte. Plötzlich rief Haas an und meinte, sie würden sich jetzt selbst drum kümmern. Ich sollte verschwinden und mir bloß nicht einbilden, auch nur einen Cent zu sehen.«

»Das sind ja mal echte Scheißkerle!« Gesa schüttelte den Kopf.

»Und so jemand will in Europa Politik machen«, regte John sich auf.

Heinrich und Thekla nickten zustimmend.

»Mann, ich hatte echt Panik«, erzählte Rudi weiter. »Die haben schon Meenos Vater auf dem Gewissen, darauf wette ich. Mir war klar, die würden sich an meiner Stelle an Meenos Fersen heften und ihn auch eiskalt umlegen. Egal, ob sie die gesuchten

Dokumente in die Finger kriegen oder nicht. Wenn Meeno tot ist, wer sollte dann noch weiterforschen?«

»Suse hätte alle Hebel in Bewegung gesetzt, wenn ihm wirklich etwas zugestoßen wäre«, sagte Ziska alarmiert. »Vorausgesetzt, die beiden sind tatsächlich so skrupellos, dann wären sie wohl auch hinter ihr her gewesen.«

»Ach du liebes bisschen!« Thekla legte eine Hand auf ihre Brust.

»Ich musste sicher sein, dass den beiden nichts passiert«, fuhr Rudi fort und blickte von Meeno zu Suse und dann wieder in die Runde. »Deshalb habe ich behauptet, ich hätte es geschafft. Ich habe was von einem Schuppen gequatscht, in den ich Meeno hätte reingehen sehen. Er wäre mit einer Mappe rausgekommen. Habe ihm eins übergezogen, die Unterlagen an mich genommen und mich verdrückt.« Alle starrten ihn an. »›Mein lieber Mann‹, habe ich gesagt, ›ihr seid ja noch üblere Kerle, als ich dachte. Was der Schulz alles rausgefunden hat, kann euch richtig fette Probleme bescheren.‹ Die kamen mir zwar erst mit Verjährung und so, aber als ich sagte, die Polizei würde das Sinken des *Delphin* und den Tod von Herbert Schulz mit Sicherheit noch mal unter die Lupe nehmen, sobald sie die Papiere mit dem entsprechenden Hinweis auf ihrem Tisch hätten, da wurden sie plötzlich verhandlungsbereit.«

»Okay, nun ist mir klar, warum du eine Begegnung mit ihnen gemieden hast wie der Teufel das Weihwasser.« Nik musste grinsen. »Trotzdem hast du mit ihnen unter einem Dach geschlafen, das nenne ich dreist.«

»Ich nenne das verdammt mutig«, erklärte Ziska.

»Wie sieht denn jetzt der Plan aus?«, wollte John wissen. »Die glauben, du hast Dokumente, die sie wollen. Sie haben aber keine Ahnung, wo du steckst. Und nun?«

»Darf ich ihnen in diesem Leben nicht mehr unter die Augen kommen. Das dürfte nicht so schwer sein.« Rudi lächelte traurig.

»Also, mein Plan sieht so aus«, meldete sich Ziska zu Wort. »Jetzt gibt es erst mal Pizza, ich habe nämlich Riesenhunger. Außerdem riecht es so, als wäre die längst fertig.«

»Stimmt, Mist!« Nik sprang auf und rannte in die Küche.

»Dann verabschiede ich mich mal.« Rudi stand auf. »Ich räume sofort die Wohnung, ist ja klar.«

»Nik hat Pizza für eine Fußballmannschaft gebacken, inklusive Ersatzspielern.« Ziska lachte. »Du bist selbstverständlich eingeladen.«

»Und einfach ausziehen ist auch nicht drin«, erklärte Nik, der mit einem dampfenden Blech zurückkam. »Wir können dich noch immer gut brauchen.«

»Ich weiß nicht.«

»Dass du anpacken kannst, hast du bewiesen. Glaub nicht, wir lassen dich einfach so davonkommen.« Er stellte seine Fracht auf einem Holzbrett ab und fing an, nach Thymian und Oregano duftende Stücke auf Teller zu verteilen.

Suse beobachtete Rudi, dessen Blick auf den saftigen Teig und den Käse gerichtet war, der in Fäden am Pizzaheber hing.

»Ich muss mich bei dir entschuldigen.« Nik drückte Rudi einfach einen vollen Teller in die Hand. Gut so, endlich nahm Rudi wieder Platz. »Ich dachte ernsthaft, du wärst sauer, dass du die große Ferienwohnung räumen musst. Das ist typisch, dachte ich, nichts leisten wollen, aber hohe Ansprüche haben. Tut mir echt leid, ich bin voll in die Vorurteilfalle getappt.«

»Schon gut«, murmelte Rudi.

Nik wünschte allen einen guten Appetit. Kurzfristig war die Quattro Stagioni das einzige Gesprächsthema, aber nicht lange.

»Das mit den Vorurteilen kann ich nur unterstreichen«, gestand Suse. »Ich habe mir vorgenommen, in Zukunft die Schubladen besser zu bewachen, die mein Denken ganz schön bestimmen. Allerdings habe ich auch gelernt, mich nicht auf meine

Menschenkenntnis zu verlassen.« Sie spürte die Blicke, die sich auf sie richteten. »Der Reuther hat so einen sympathischen Eindruck gemacht, finde ich. Er wirkte absolut aufrichtig.«

»Hast du mit dem denn mehr als drei Worte gewechselt?« Ziska sah sie fragend an.

»Ich habe sogar einen Abend mit ihm verbracht.« Erstaunen machte sich breit. »Stimmt, das wisst ihr gar nicht. Reuther war Gast bei der Präsentation von Axel. Ich weiß nicht mal, wie der mit Nachnamen heißt. Egal, auf jeden Fall ist Axel irgendwie in den Verkauf der Wohnungen und Häuser der Ferienanlage auf Bug involviert.«

»Du meinst die Ferienanlage, die hoffentlich gar nicht gebaut wird.« Gesa verzog skeptisch das Gesicht.

»Für mich sah die Planung schon recht weit fortgeschritten aus. Ich war zur großen Vorstellung des Projekts auf die Seebrücke von Sellin eingeladen. Reuther saß zufällig neben mir. Ich war total froh, dass er aufgetaucht ist. Er kam etwas später. Ich hätte sonst allein an einem großen Tisch gesessen. Noch dazu komplett unpassend angezogen, aber das ist eine andere Geschichte«, sagte sie leise. »Wäre Reuther nicht noch aufgetaucht, wäre ich gegangen und hätte einen durch und durch frustrierenden Abend erlebt.«

Nik verteilte Nachschub. John unterhielt sich mit Gesa, Meeno fragte nach Axel. Suse freute sich über seinen Anflug von Eifersucht.

Plötzlich ertönte Heinrichs tiefe Stimme: »Was hast du jetzt vor, Rudi? Wenn ich das alles richtig verstanden habe, geben Haas und dieser Politiker keine Ruhe, bis sie die Beweise für ihre Drecksgeschäfte vernichtet haben. Sind Meeno und Suse dann nicht noch immer in Gefahr? Ist doch logisch, Rudi, du behauptest, du hättest endlich die Beweise, und bist dann wie von der Ostsee verschluckt. Was sollen die denn denken? Dass Meeno sich entweder zurückgeholt hat, was du ihm angeblich abgenommen hast, oder dass ihr sowieso gemeinsame Sache macht.«

»Lieber Gott, daran habe ich noch gar nicht gedacht.« Theklas Augen waren schreckgeweitet.

»Ich werde ihnen sagen, dass sie sich entspannen können, weil es schon lange keine Beweise mehr gibt. Ich sage ihnen die Wahrheit, dass ich geblufft habe, dann lassen sie Suse und Meeno in Ruhe, da bin ich mir sicher.«

»Und den Verbrechern passiert nichts?« Johns Augen funkelten.

»Außerdem ist das gefährlich. So skrupellos, wie die sind, machen die dich womöglich einfach kalt, weil sie sauer sind, dass du sie verarscht hast«, gab Gesa zu bedenken.

»Gibt Schlimmeres. Kann sogar sein, dass sie mir damit einen Gefallen tun würden, weil sie mir 'ne elende Quälerei ersparen.«

»Du willst die davonkommen lassen, Kerl?« Heinrich sah ihn aufgebracht an.

»Ich wüsste nicht, wie …«, stotterte Rudi.

»Hier sitzen genug schlaue Menschen am Tisch. Es muss doch wohl eine Möglichkeit geben, den Halunken eine Falle zu stellen.«

»Stimmt, ich bin dabei«, erklärte Thekla sofort.

»Logo, ich auch.« Gesa strahlte, doch das verging ihr schnell. »Ich habe nur keine Idee.«

»Wir brauchen deren Geständnis. Unter Zeugen natürlich. Das kann doch nicht so schwer sein«, brummte Heinrich.

»Einfach aber auch nicht gerade.« Ziska seufzte. Da hörte man leises Kichern und Kinderfüße auf der Treppe. »Die Zwillinge sind wach. Bin gleich wieder da.«

»Axel hat mir den Imagefilm schon vor der offiziellen Premiere gezeigt«, sagte Suse nachdenklich. »Das war eine merkwürdige Aktion. Es sah aus, als wären die Räume in einem schicken

Geschäftshaus in Wiek zwar schon angemietet, aber noch nicht in Betrieb. Alles vom Feinsten, nur keine Menschenseele, die dort gearbeitet hat.«

»Wenn die clever sind, sehen die selbst ein, dass sie sich auf Rügen die Zähne ausbeißen«, schimpfte Gesa. »Die brauchen ihre Schickimickibüros gar nicht erst in Betrieb zu nehmen.«

»Wenn Reuther bei der Präsentation war, haben er und dieser Axel Kontakt«, überlegte Meeno laut. »Könnte man ihn nicht unter einem Vorwand dorthin locken?«

»Meinst du, dieser Axel würde uns die Räume zur Verfügung stellen?« Rudi sah Suse skeptisch an.

»Dazu werde ich ihn schon bringen.« Suse strahlte.

»Ich glaube, dann habe ich einen Plan.« Rudis Augen funkelten so lebendig, wie Suse es bei ihm noch nicht gesehen hatte.

Es war weit nach Mitternacht, als Suse und Meeno Arm in Arm über den Hof gingen.

»Und du hast wirklich keine Angst, die Nacht bei mir zu verbringen?«, wollte Suse wissen.

»Warum? Wirst du über mich herfallen?« Sie sah seine Augen blitzen.

»Nur, wenn du darauf bestehst«, antwortete sie lächelnd. Dann wurde sie ernst. »Ich meine es nicht witzig, Meeno. Was ist, wenn Reuther oder Haas uns tatsächlich aus dem Weg haben wollen? Das wäre für sie doch die Gelegenheit: wir beide zusammen unter demselben Dach wie die zwei.«

»Ich kann mir das einfach nicht vorstellen«, sagte er kopfschüttelnd. »Es ist nicht bewiesen, dass auch der Tod meines Vaters auf ihr Konto geht. Mal angenommen, dass sie es getan und tatsächlich auch auf uns abgesehen haben, dann werden sie sich einen Ort suchen, der es ihnen leichter macht. Überleg mal: eine Ferienwohnung!«

»Hast recht.« Ganz wohl war ihr trotzdem nicht in ihrer Haut. Sie war froh, dass Meeno blieb. Und ganz bestimmt nicht nur, weil es ihr unheimlich gewesen wäre, allein im Appartement zu sein.

Nach den Erkenntnissen des Abends und der Aufregung der letzten Tage konnten sie nicht gleich ins Bett gehen, sondern setzten sich noch ein wenig raus auf den Balkon, eine Decke um die Schultern gelegt. Beide hingen still ihren Gedanken nach. Irgendwann fiel Suse auf, wie gleichmäßig Meeno atmete. Den Kopf an ihrer Schulter, war er eingeschlafen. Sie lächelte.

»Das mit dem Übereinanderherfallen lassen wir heute wohl lieber«, flüsterte sie. »Komm, gehen wir schlafen.«

Am nächsten Morgen war Suse früh auf den Beinen. Sofort stand sie wieder unter Strom. Rudis Plan war grandios. Gewagt, aber einfach gut. Dummerweise hing viel von ihr ab. Sie musste Axel um den kleinen Finger wickeln. Auf die Schnelle würden sie keine Räumlichkeiten finden, die so perfekt geeignet waren. Und ihnen blieb nur noch ein Tag bis zu ihrer Abreise. Sie wählte seine Nummer, vertippte sich, fing noch mal an.

»Suse!« Gott sei Dank, sie hatte ihn erreicht. Der erste Schritt war geschafft.

»Danke für deine Nachrichten«, sagte sie. Hoffentlich bekam sie die richtige Balance aus Sauersein und Freundlichkeit hin.

»Du bist einfach gegangen. Das fand ich nicht so supi. Ich kenne einige, die sich über die Einladung echt gefreut hätten und ein bisschen dankbarer …«

»Dankbar?«, fiel sie ihm ins Wort. »Du tickst doch nicht richtig.« Mist, sie war laut geworden. Sie durfte es sich mit ihm auf keinen Fall verscherzen. »Ich gebe zu, das Essen war spitzenmäßig.«

»Siehst du? Okay, ich gebe auch zu, dass ich dich ein klein wenig an deinem Näschen herumgeführt habe. Du hast dich bestimmt schon auf ein romantisches Dinner gefreut und musstest mich mit so vielen anderen teilen.«

»Das ist nicht der Punkt«, erklärte sie ruhiger. »Du hast mich in eine total peinliche Situation gebracht.«

»Ich mach's wieder gut und gehe mit dir essen. Dieses Mal nur wir zwei.«

Perfektes Stichwort!

»Du kannst es tatsächlich gutmachen. Ich hätte da nämlich eine Bitte.« Sie atmete tief durch. Jetzt kam es darauf an. »Ich bräuchte dringend ein schönes ruhiges Büro, in dem man sich wohlfühlt und sich ungestört unterhalten kann.« Schweigen. »Wie das in Wiek, in dem ich die Weltpremiere genießen durfte«, säuselte sie.

»Wozu brauchst du das?«

Sie wich ihm aus: »Ist es denn da überhaupt noch so ruhig, oder herrscht seit der Präsentation Hochbetrieb?«

»Bei mir laufen die Drähte natürlich heiß. Aber ehe wir die Baugenehmigung noch nicht schwarz auf weiß haben, stellen wir niemanden ein.« Das war ja mal interessant.

»Ach, habt ihr noch gar nicht? Das wäre aber ein Jammer, wenn doch nichts aus dem Projekt würde. Ich meine, das ist doch ein Träumchen.« Sie musste sich auf die Zunge beißen, um nicht zu kichern. Hoffentlich trug sie nicht zu dick auf.

»Aha, du bist also auch von dem Virus infiziert?«, frohlockte er.

»Wer könnte ihm widerstehen? Du, das passt super! Ich wollte mich nämlich mit Ingolf Reuther in deinem Büro treffen.«

»Wozu das denn?«

Meeno kam aus dem Schlafzimmer, die Haare noch ganz zerwühlt. Er küsste sie auf die Wange und sah sie fragend an.

»Axel«, formte sie tonlos mit den Lippen. Er nickte und verschwand ins Bad.

»Es gibt da einen Verein, für den ich mich engagiere«, schwindelte sie. »Wenn Reuther demnächst Einfluss auf Europaebene hat, ist er ein unbezahlbarer Kontakt für mich. Ich kriege nie wieder eine bessere Chance, ihm unsere Arbeit unter vier Augen vorzustellen. Ich bin dir echt dankbar, dass du uns an einen Tisch gesetzt hast, sonst wäre ich doch nie mit ihm ins Gespräch gekommen, so wie der immer abgeschirmt wird.«

»Aha. Und was passt da jetzt super?«

Er fragte nicht einmal, um welche Art von Verein es sich handelte. Genau wie Suse es erwartet hatte, er interessierte sich schließlich nie für andere.

»Das liegt doch wohl auf der Hand. Wenn ein Mann wie Ingolf Reuther bei der Behörde Druck macht, hast du die Genehmigung ratzfatz. Und so begeistert, wie er war, wird er dir diesen kleinen Gefallen bestimmt tun.«

»Suse, du bist ein echtes Cleverchen.«

»Danke schön!«, flötete sie. »Dann tust du das für mich?«

»Das und noch viel mehr«, antwortete er mit einer Stimme, die wohl eindeutig zweideutig klingen sollte. »Wir besprechen unsere beiden Anliegen mit ihm, vielleicht reserviert er sich sogar ein Häuschen, und dann feiern wir in einem schicken Klub. Und danach …«

»Toller Plan«, unterbrach sie ihn. »Die Sache ist die, ich reise ja übermorgen schon ab. Wenn wir erst feiern wollen und dann … tja, dann müsste ich mich heute mit ihm treffen und bräuchte entsprechend schon heute das Büro.« Sie hielt die Luft an.

»Du kennst mich, Susi, das mache ich möglich.«

Sie kannte ihn im Grunde nicht, und sie hasste es, Susi genannt zu werden. Das hatte nur ein Mensch auf der Welt gedurft. Trotzdem riss sie sich zusammen.

»Du bist der Größte!« Sie verdrehte die Augen. »Dann machen wir es so: Ich präsentiere ihm in aller Ruhe unseren Verein, und sobald wir besprochen haben, wie Reuther uns unterstützen und er sein Engagement medial ausschlachten kann, schicke ich dir eine kurze Nachricht. Du kommst dazu. Alle sind glücklich.«

Sie versprach ihm noch, ihren eigenen Laptop mitzubringen und nichts anzurühren. Viel mehr war nicht nötig. Sie würde ihm nur noch die Uhrzeit durchgeben. Dummerweise konnte sie ihn nicht davon abbringen, in einem Café bei einem Espresso warten zu wollen, um innerhalb von zwei Minuten nach Erhalt ihrer Nachricht bei ihnen im Büro zu sein. Damit musste sie leben.

Als sie das Gespräch endlich beendet hatte, schloss sie kurz die Augen und schnaufte.

»Und du heißt wirklich Fink und nicht Münchhausen?« Meeno hatte den Rest des Telefonats mitgehört. »Alle Achtung, das war filmreif.«

»Jetzt muss es nur noch klappen.« Sie küsste ihn. »Machst du uns Kaffee? Ich laufe eben zu Rudi rüber, damit er Reuther und Haas den Köder hinwirft.«

Rudi hatte bei Ziska und Nik im Haus geschlafen. Sicherheitshalber. Dass er die letzten Nächte in der Villa Sanddorn verbracht hatte, in der auch der Müllionär samt Verstärkung wohnte, war ohnehin schon ein Spiel mit dem Feuer gewesen.

Ein paar Minuten später war Suse zurück, der Duft von frisch gebrühtem Kaffee empfing sie.

»Er ruft an, sobald die Verabredung steht«, verkündete sie.

Während des Frühstücks sah sie immer wieder auf ihr Handy.

»Er wird sich schon melden«, beruhigte Meeno sie, wirkte allerdings selbst ziemlich nervös.

Sie hatten gerade den Tisch abgeräumt, als ein Brummen eine Nachricht ankündigte. Suse blieb fast das Herz stehen.

»Na?«, fragte Meeno, kaum dass sie das Telefon in den Fingern hatte.

»Ja!«, rief sie. »Heute um sechzehn Uhr. Rudi schreibt, er hat ihnen klargemacht, dass sie diese eine Gelegenheit haben, und daraufhin hätten sie sofort zugesagt.« Sie lachte. »Dann gebe ich das gleich mal an Axel durch.« Schon flogen ihre Finger über das Display. Kurz darauf brummte ihr Handy. »Das ging flott«, stellte sie fest. Doch dann sagte sie erstaunt: »Die Nachricht ist nicht von Axel, sondern von Ziska. Haas war eben bei ihr und hat darum gebeten, dass sie die Rechnung fertig macht. Sie müssten heute abreisen.« Suse und Meeno sahen sich an.

Sie hatte ihr Mobiltelefon noch nicht weggelegt, da kam auch Axels Antwort.

»Schlüsselübergabe um 15:45 Uhr an der Haustür, danach alles wie besprochen. Was kriege ich dafür?«, las sie vor.

»Was an die Ohren«, meinte Meeno finster.

»Eifersüchtig?« Sie sah ihn herausfordernd an.

»Natürlich.«

»Finde ich schön«, sagte sie und küsste ihn.

»Wolltest du nicht gestern Nacht über mich herfallen?« Er hatte die Arme um ihre Taille gelegt und sah ihr in die Augen.

»Hätte ich ja gern getan, aber du hast nicht darauf bestanden. Obendrein bist du eingeschlafen.«

»Das ist unverzeihlich.«

»Ganz deiner Meinung.«

»Wann müssen wir in Wiek sein?«, raunte er an ihrem Ohr und begann zärtlich an ihrem Ohrläppchen zu knabbern.

»Um halb vier«, gab sie seufzend zurück.

»Genug Zeit, um jetzt über mich herzufallen.« Seine Zunge und seine Lippen glitten über ihren Hals, wohlige Schauer huschten durch ihren Körper. »Ich bestehe darauf«, flüsterte er.

»Ich würde wahnsinnig gern«, hauchte sie. »Aber wir müssen noch die Einzelheiten mit den anderen besprechen.«

»Es ist noch nicht einmal zehn.« Seine Hände glitten unter ihr

Shirt, streichelten ihren Rücken, ihre Schultern, strichen wie zufällig über ihre Brust. Sie stöhnte. »Lass uns wieder ins Bett gehen«, bat er heiser. »Danach versetzen wir die Kompanie in Alarmbereitschaft.«

Es war nicht vernünftig, aber das war ihr in diesem Moment herzlich egal. Sie ließ es gern zu, dass er sie einfach hochhob und ins Schlafzimmer trug. Manchmal hatte es etwas Gutes, klein und handlich zu sein, dachte sie und küsste ihn so leidenschaftlich, wie sie noch nie einen Mann geküsst hatte.

In der Falle

Sobald Axel verschwindet, lässt du uns rein«, sagte Rudi erneut zu Suse und sah Meeno kurz an, der nicht von ihrer Seite wich. Dann wandte er sich an John und Heinrich: »Ihr bezieht Stellung vor dem Haupteingang, wenn die Tür hinter uns ins Schloss fällt. Nur für den Fall, dass der Typ zu früh wieder auftaucht.«

Gesa und Nik saßen zwar schon in dem Café, in dem Suse mit Axel gewesen war, und würden versuchen, ihn dort möglichst lange festzuhalten, doch man konnte ja nie wissen. Womöglich hatte er eigene Pläne, in die er Suse nicht eingeweiht hatte. Man konnte ihm nicht vertrauen.

»Gut, dann ist alles klar, oder?« Er blickte in die Runde.

John und Heinrich nickten ernst. Zu fünft standen sie in einer Gasse zwischen dem Geschäftshaus und einem Nachbargebäude. Von dort hatten sie einen guten Blick auf den Parkplatz. Ziska war mit den Zwillingen zu Hause geblieben, Thekla war bei ihnen.

»Ihr ruft sofort an, wenn es vorbei ist«, hatte Thekla immer wieder verlangt. »Mit sofort meine ich sofort!«

Suse sah dauernd auf ihre Uhr. Wollten die Minuten denn überhaupt nicht vergehen? Endlich hörte sie einen Motor aufheulen und sah Axels kleinen Flitzer schwungvoll um die Ecke biegen.

»Es geht los«, sagte sie erstickt, gab Meeno einen Kuss und ging.

»Viel Glück«, hörte sie hinter sich. Das konnten sie alle brauchen.

»Hallo, Axel, du bist pünktlich, wie lieb von dir!« Suse hoffte, ihr Lächeln konnte die Angst verbergen, die ihr gegen den Brustkorb hämmerte.

»Natürlich, ich werde eine schöne Frau doch nicht warten lassen.« Er machte Anstalten, sie in den Arm zu nehmen, doch sie hielt ihn auf Distanz.

»Danke, dass ich dein Büro nutzen darf. Das weiß ich wirklich zu schätzen.« Wenigstens in diesem Punkt flunkerte sie nicht.

»Eine Hand wäscht die andere.« Er schloss auf und ging voraus. »Reuther auf die Baugenehmigung anzusetzen ist ein genialer Schachzug.«

»Ja, aber erst spreche ich mit ihm, wie wir es verabredet haben«, erinnerte sie ihn und schielte schon wieder auf die Uhr. Wenn Axel noch lange trödelte, stand der gesamte Plan auf der Kippe.

»*Ladys first,* ist doch klar.« Er schloss die Tür zum Empfang auf und steuerte direkt auf eins der Büros zu. »Am besten geht ihr hier rein.«

»Ja, super, hier können wir in Ruhe sprechen.« Sie stellte ihren Laptop auf den Tisch. »Dann bis später!« Sie hielt ihm die Hand entgegen.

»Du hast es aber eilig.«

»Er kommt gleich, und ich will mich noch kurz vorbereiten. Computer hochfahren, Webseite öffnen, durchatmen.« Sie lachte schüchtern.

»Du machst das schon«, sagte er gönnerhaft und reichte ihr endlich den Schlüsselbund. Ihre Finger schlossen sich sofort fest darum.

Er verabschiedete sich. Suse hörte ihn im Treppenhaus und sauste zum Fenster. Mit federndem Schritt ging er in Richtung Café davon. Sofort lief sie in den Flur und hinunter, um Rudi und Meeno hereinzulassen. Wieder zurück, suchte Meeno den passenden Schlüssel für das Nachbarbüro heraus, in dem Suse und er sich zunächst verstecken würden. Sie klappte unterdessen ihren Laptop auf und machte ihn bereit.

»Okay, sieht alles gut aus«, stellte Meeno fest.

»Pass auf dich auf, Rudi«, bat Suse. »Ich kann mir nicht vorstellen, dass sie dir hier etwas tun, aber sie denken immerhin, ihr seid allein. Du solltest sie also lieber nicht unnötig provozieren.«

»Keine Sorge«, sagte er und kam nicht weiter, denn die Klingel schnarrte.

Obwohl sie alle darauf gewartet hatten, erschraken sie. Suse und Meeno schlüpften in den Nebenraum, Rudi ging zur Tür und betätigte den Öffner.

»Guten Tag, Rudi, du hast uns wirklich überrascht«, begrüßte Reuther ihn. Die Wände waren dünn wie Papier, vermutlich waren sie in Leichtbauweise für eine zeitlich sehr überschaubare Nutzung errichtet worden. Sie durften in ihrem Versteck keinen Mucks von sich geben, dafür konnten sie jedes Wort verstehen. Suse konnte nicht fassen, wie sympathisch dieser Mann auch jetzt noch in ihren Ohren klang.

»Wie kommt ein Penner wie du an so ein Luxusbüro?« Die Stimme von Haas. Die war alles andere als sympathisch. »Ich sehe mich mal lieber ein bisschen um, Chef. Nicht dass er hier womöglich ein paar Kumpels einquartiert hat, die uns die Schädel einschlagen sollen.«

Suse und Meeno sahen sich entsetzt an.

»Als ob ich auf Rügen Freunde hätte. Als ob ich überhaupt noch Freunde hätte«, fügte Rudi so leise hinzu, dass Suse ihn kaum noch hören konnte.

»Ich bitte dich, Gunther, wir sind drei seriöse Geschäftsmänner. Niemand will hier jemandem den Schädel einschlagen, habe ich recht, Rudi?«

»Voll und ganz, da hätte ja keiner was davon.«

»Eben. Dann schieß mal los! Du sagtest, du hast ein Angebot für uns.«

»Genau. Ich habe Meeno die Beweise geklaut, die sein Vater gegen euch gesammelt hatte. Habe ich ja schon gesagt.«

»Ehe du dich in Luft aufgelöst hast«, polterte Haas.

»Hab wieder getrunken. So eine blaue Stunde kann bei mir schon mal ein bisschen länger dauern.«

Suse bewunderte ihn. Es musste schwer sein, sich vor diesen Dreckskerlen so klein zu machen.

»Stunde ist ein gutes Stichwort«, sagte Reuther freundlich. »Bedauerlicherweise haben wir nicht viel Zeit. Du hattest einen Auftrag und hast ihn wenigstens zum Teil erfüllt. Ich würde gern einen Blick auf die Unterlagen werfen, dann bekommst du das vereinbarte Honorar, und wir gehen alle unserer Wege.«

»Hört sich gut an. Eigentlich. Nur hat sich der Preis verdoppelt.« Rudi machte seine Sache großartig.

»Da hast du deinen seriösen Geschäftspartner, Chef«, polterte Haas. »Erpressen will er uns. Mit mir nicht.« Es rumpelte. Suse war auf dem Sprung, um einzugreifen.

»Wieso erpressen? Das ist Marktwirtschaft«, verteidigte Rudi sich. »Immerhin sprechen wir hier von einem Einzelstück sozusagen. Und das ist auch noch viel brisanter, als ich dachte. Ist doch normal, dass das auch mehr wert ist.«

Für einen Moment war es still. Dann lautes Gelächter.

»Hör mal zu, du Komiker, von Marktwirtschaft habe ich schon mehr verstanden, als du jemals verstehen wirst. Da gab's die DDR noch. Ich war der jüngste Devisenbeschaffer und schlau genug, immer schön Devisen in die eigene Tasche zu wirtschaften.« Haas amüsierte sich königlich.

»Ja, er war ein Naturtalent. Das habe ich sofort erkannt und ihm beste Aufstiegschancen geboten. Unser erster gemeinsamer

Erfolg war der Bau einer Müllverbrennungsanlage. Das ist dir natürlich längst bekannt.«

Suse sog die Luft ein und fing einen warnenden Blick von Meeno auf.

»Unglaublich, wie viele Tausend Mark billiger eine veraltete Filtertechnik im Gegensatz zu einer zeitgemäßen ist. Ist sie auch so viel besser?«, fragte Reuther und antwortete selbst: »Das glaube ich nicht. Wäre es so, hätte Herbert Schulz den neuesten Stand der Technik sicherstellen können. Nein, er hätte es tun müssen, denke ich.«

Jetzt warf Suse Meeno einen Blick zu, der ihn hoffentlich davon abhielt, Dummheiten zu machen.

»Er hätte mir auf die Finger gucken können. Hat er aber nicht, also hat er sich mitschuldig gemacht. Wenn man überhaupt von Schuld reden will.«

»Eben. Niemand kann beweisen, dass die Leute ohne die Anlage keinen Krebs bekommen hätten«, behauptete Haas. »Das ist wie bei euch Alkis. Ihr versauft euch den Verstand und behauptet, Dämpfe aus dem Laserdrucker haben euch das Hirn aufgeweicht. Oder Raucher, die Tabakkonzerne verklagen. Vielleicht waren das in Schöneiche alles Raucher.« Er lachte dreckig.

»Tja, wer weiß?«, stimmte Reuther ihm zu. »Und dann sollen wir mit unserer Anlage schuld gewesen sein.«

Man konnte förmlich hören, wie er den Kopf schüttelte.

»Genug geplaudert, ich denke, wir beenden das Theater an dieser Stelle.«

Suse presste die Fingernägel so fest in ihre Handballen, dass es wehtat. Hoffentlich verpassten sie nicht den richtigen Zeitpunkt für ihren Auftritt. Noch hatten die beiden Verbrecher nur leider nicht alles gesagt.

»Hätte ich geahnt, dass mich eine Schmierenkomödie mit Überlänge erwartet, wäre ich nicht von Brüssel angereist, sondern hätte Gunther die Sache allein regeln lassen. Einigen wir uns wie vernünftige Menschen. Du gibst uns die Dokumente, und wir legen vielleicht einen Hunderter drauf.«

»Was ist denn, wenn ich eure dreckige Kohle nicht mehr will? Vielleicht will ich das Ganze lieber an die große Glocke hängen, damit ihr gewaltig eins auf den Sack kriegt.«

»Das würde ich dir nicht raten«, erklärte Haas schneidend. »Das ist Schulz auch nicht gut bekommen.«

»Du hast eine Summe verlangt, um seine Beweise zu finden und zu vernichten«, erinnerte ihn Reuther. Klang so, als wäre es mit seiner Beherrschung auch nicht mehr weit her. »Du hast versagt, die Dokumente existieren schließlich noch. Das heißt, einen Teil der Arbeit müssen wir selbst erledigen, und dafür willst du uns melken? Dir glaubt doch sowieso niemand. Jeder denkt, Schulz hat die Ergebnisse seiner Schnüffelei mit ins nasse Grab genommen.«

»Genau. Außerdem spielt das sowieso keine Rolle, weil alles verjährt ist. Was willst du also?«, trumpfte Haas auf.

»Nicht der Mord an Herbert Schulz«, beharrte Rudi mutig. »Mord verjährt nicht. Der geht ja wohl auch auf euer Konto.«

Suse hielt die Spannung kaum noch aus.

»Nur wirst du das nie beweisen können«, hörte sie Reuther sagen.

Jackpot! Suse und Meeno nickten einander zu und gingen nach nebenan.

»Die Aussage von zwei Zeugen, die zufällig im Nebenraum zu tun hatten, dürfte als Beweis ausreichen.«

Meenos Stimme bebte vor Zorn. Suse war erleichtert, sie hatte doch tatsächlich befürchtet, in die Mündung einer Waffe zu blicken.

»Außerdem liefert der kleine Laptop da einen erstaunlich guten Ton und ein brillantes Bild.« Sie trat an den Tisch, klappte ihren Computer zu und klemmte ihn fest unter ihren Arm. »Schon klar, dass ein geheimer Mitschnitt vor Gericht nicht zugelassen wird«, fuhr sie fort und war selbst erstaunt, wie ruhig sie klang. »Aber das macht nichts, so etwas wird im Netz gern und viel geteilt. Sie werden nicht der erste Politiker sein, der über eine auf diese Weise publik gemachte Sauerei stolpert.«

»Ein Mordgeständnis sollte in jedem Fall zu Ermittlungen führen«, sagte Meeno mühsam beherrscht. »Egal, wie es zustande gekommen ist.«

»Mit dem Tod deines Vaters habe ich nichts zu tun«, rief Haas. Seine Augen waren aufgerissen und glänzten fast fiebrig. Er war in Panik. »Er hat irgendeinen Typen beauftragt, ich konnte es ihm nicht ausreden. Überhaupt, das war alles seine Idee.« Seine Stimme überschlug sich. »Ich bin höchstens ein ganz kleiner Fisch.«

»Ein jämmerlicher Feigling bist du«, brachte Reuther hervor. Er sah grau aus, als wäre er von einer Minute auf die andere um Jahre gealtert. »Ich werde jetzt durch diese Tür gehen. Danach werden wir einander nie wieder begegnen.« Er wandte sich ab.

»Nee, nee, so einfach ist das nicht.«

Suse fiel jetzt erst auf, dass Rudi ein Mobiltelefon in der Hand hielt. Ehe sie eins und eins zusammenzählen konnte, schnarrte die Türglocke.

»Schätze, aus eurem Abgang wird nichts.« Rudi grinste breit.

Nachdem sie Haas und Reuther der Polizei übergeben hatten, die Speicherkarte mit dem Mitschnitt inklusive, sackten Rudi die Beine weg.

»Ey, mein Freund, was ist denn los?« John hatte ihn gepackt und hielt ihn fest.

»Vielleicht können wir irgendwo einen Schnaps trinken«, japste Rudi, »und eine Kleinigkeit essen. Das hat gerade meine letzten Kräfte gekostet.«

»Wir können jetzt alle was gebrauchen, meine ich.« Heinrich sah ihn streng an. »Aber für dich gibt's Tee.«

In dem Moment kam Axel um die Ecke.

»Das hat mir jetzt echt zu lange gedauert«, begann er.

Meeno verstand offensichtlich, wen er da vor sich hatte. Er legte den Arm um Suse und zog sie fest an sich.

»Dürfte ich mal wissen, was hier los ist? Wo ist Herr Reuther, und wer ist er?«, fragte Axel, an Suse gewandt.

»Nimm's mir nicht übel, Axel, aber ich fürchte, ich habe dich ein kleines bisschen an deinem Näschen herumgeführt. Mit Reuther kannst du später aber bestimmt noch sprechen. Viel später allerdings.«

»Dafür hat er dann jede Menge Zeit, wenn er im Knast sitzt«, sagte Gesa und lachte schallend.

Suse drückte dem völlig verdatterten Axel den Schlüsselbund in die Hand.

»Tschüss«, sagte sie.

Am Abend fand sich die gesamte Mannschaft wieder am Esstisch von Nik und Ziska ein.

»Ich hatte gesagt, ihr sollt euch sofort melden, wenn es vorbei ist«, beschwerte sich Thekla lautstark. »Was ist daran nicht zu verstehen? Aber nein, ihr trinkt erst mal in aller Gemütlichkeit Schnaps!«

»Von gemütlisch habe isch eute nischts gemerkt«, wandte John ein. Dass sein Akzent so deutlich hervortrat, zeigte, wie aufgewühlt er noch immer war.

»Dabei konnten wir vier in sicherer Entfernung unsere Posten beziehen«, sagte Gesa. »Ich hätte ums Verrecken nicht in eurer Haut stecken wollen.« Sie sah erst Rudi, dann Suse und Meeno an. »Ich muss auch sagen: Hut ab!«

Heinrich lüpfte die Wollmütze, die er eigentlich immer auf dem Kopf trug. Thekla nutzte die Chance, sie ihm aus der Hand zu nehmen und weit wegzulegen. Alle lachten über sein verblüfftes Gesicht. Heinrich stimmte ein und küsste galant ihre Fingerspitzen.

»Ich nehme an, du wirst jetzt ganz offiziell Zugang zum Boot deines Vaters verlangen, was, Meeno? Diese geheimnisvollen Beweise sind womöglich noch an Bord«, sagte er dann.

»Ich kümmere mich drum, dass der *Delphin* woanders untergebracht wird«, antwortete Meeno. »Wer weiß, vielleicht mache ich sogar einen Segelschein und behalte ihn.«

»Coole Entscheidung!« Gesa hob den Daumen.

»Was die Unterlagen angeht … ich habe eine Idee, wo sie sein könnten. Es gibt einige Geheimfächer im Saloon.«

Thekla lachte. »Das heißt Salon. Wir sind doch hier nicht im Wilden Westen.«

»Salon ist die französische Variante, die besonders vornehm sein will«, entgegnete er prompt. »Echte Seeleute haben einen Saloon. Das ist das Herz des Schiffes, da kommen alle zusammen. So hat es mir mein Vater während unseres einzigen gemeinsamen Törns erklärt.«

Niemand gab einen Laut von sich, alle verstanden, was die Erinnerung für ihn bedeutete.

Rudi brach das Schweigen. »Ist nicht mehr wichtig, ob dein alter Herr die da versteckt hat oder nicht. Diese skrupellosen Sackgesichter haben gestanden. Und irgendwie hat dein Vater seinen Teil dazu beigetragen, dass sie nicht ungeschoren davonkommen. Mehr braucht dich nicht zu kümmern.«

Meeno nickte lächelnd. Es entspannen sich leidenschaftliche Diskussionen, was aus den beiden werden würde. Ziska ging in die Küche, Suse folgte ihr.

»Kann ich dir helfen?«

»Gern, danke. Du könntest das Baguette aufschneiden.« Ziska reichte ihr ein Holzbrett, Messer und einen Brotkorb. »Und du willst wirklich morgen abreisen?«, fragte sie, während sie Oliven, getrocknete Tomaten in Öl, Kräuterquark und mehr Köstlichkeiten in Schalen füllte. »Wenn es nach uns geht, kannst du gern verlängern.«

»Das klingt verlockend, nur habe ich leider keinen Urlaub mehr.« Suse seufzte.

Sie richteten verschiedene Käsesorten mit ein paar Trauben auf einer und Schinken, Salami und Hackbällchen auf einer anderen Platte an.

»Du hast nicht alle Coaching-Stunden genommen, die dir zugestanden hätten«, erinnerte Ziska sie.

»Stimmt.« Suse hielt kurz in ihrem Tun inne. »Was steht draußen auf dem Schild? Auszeit mit Einsicht? Glaube mir, ich habe trotzdem mehr Einsichten gewonnen, als ich je gedacht hätte.« Sie widmete sich wieder dem Käse.

»Aha. Darf ich fragen, welche das zum Beispiel sind?« Ziska sah sie an wie eine Freundin, die ein echtes Interesse an ihr hatte, das von Herzen kam.

»Ich möchte mich ehrenamtlich engagieren. Eventuell in einer Geschichtswerkstatt oder so. Ich könnte mir gut vorstellen, Jugendlichen etwas über die frühere Situation der beiden deutschen Staaten zu erzählen. Irgendwie dachte ich immer, das ist alles längst vorbei, aber wie sehr die Auswirkungen noch in unseren Alltag ausstrahlen, haben wir ja wohl gerade erlebt.«

»Interessante Idee.«

»Ich bin draufgekommen, weil Ronja meinte, Geschichtsunterricht sei voll langweilig.« Die beiden lächelten. »Als sie dann ein praktisches Beispiel quasi von Zeitzeugen gehört hat, war sie Feuer und Flamme. Da ist mir das eingefallen.«

Ein paar Sekunden hörten sie schweigend dem Stimmengewirr und dem Klirren der Gläser zu, das aus dem Esszimmer zu ihnen drang.

»Vielleicht kann man den jungen Menschen bei der Gelegenheit gleich vermitteln, dass es nicht nur Schwarz und Weiß gibt, sondern jede Menge dazwischen. Und dass Dinge oft komplex sind und man sich nur schwer ein Bild machen kann, also auch vorsichtig mit schnellen Urteilen sein sollte.«

»Das ist ziemlich viel auf einmal«, gab Ziska zu bedenken.

»Kann sein. Aber eins habe ich hier echt gelernt: Vorurteile sind Müll.«

»Das ist alles?«

»Sagtest du eben nicht selbst, das wäre viel auf einmal?«

Ziska lachte. »Punkt für dich. Worauf ich hinauswill ... Du hast nicht gerade große Stücke auf dich gehalten, als du hier angekommen bist. Und das ist noch stark untertrieben.« Ziska wischte sich die Hände an einem Tuch ab und blickte Suse in die Augen. »Jetzt sieh dir an, was du in deinem Urlaub geleistet hast! Du hast ein Leben gerettet, einen Betrug aufgeklärt, der sonst wohl nie ans Licht gekommen wäre. Und du hast das Herz eines Mannes erobert, der sich die Damen bestimmt aussuchen kann«, setzte sie zwinkernd hinzu. »Er ist ein toller Kerl, und ich meine nicht nur äußerlich.«

»Das ist er.« Suse war glücklich. Sie drückte das Kreuz durch. »Das habe ich zwar nicht alles allein hingekriegt, aber ich war nicht übel. Scheinbar bin ich tatsächlich zu gebrauchen«, meinte sie lachend.

Suse konnte sich nicht erinnern, wann sie das letzte Mal einen so perfekten Abend verbracht hatte. Außer mit Jackie und Britta. Es fühlte sich wirklich an, als hätten alte Freunde miteinander gegessen, getrunken und gelacht. Thekla und Heinrich waren die Ersten, die sich verabschiedeten.

»Du musst unbedingt wiederkommen, Suse, schließlich hast du noch deine Schnupperstunde auf diesem Stand-Paddel-Brett gut.« Thekla drückte sie an sich.

»Ich komme bestimmt mal wieder, sehr gern sogar. Aber das mit dem Paddeln lasse ich lieber, glaube ich. Zweimal wollte ich es probieren, jedes Mal ist etwas dazwischengekommen. Vielleicht ist das ein Zeichen.«

Thekla nickte. »Gut möglich.«

»Grüßt auf jeden Fall Ronja ganz herzlich von mir. Sie trägt den Namen der mutigen Räubertochter zu Recht.«

»Wird erledigt.« Auch Heinrich nahm Suse zum Abschied in den Arm, als hätte er das schon immer so gemacht.

Rudi schloss sich den beiden an.

»Ich bringe dich rüber und gehe auch nach Hause«, kündigte John an. »Nischt, dass du noch einmal in die Knie gehst.«

»Ja, toll, wenn einer den Anfang macht, hauen alle ab.« Gesa setzte eine vorwurfsvolle Miene auf, musste im nächsten Moment aber gähnen. »Okay, ihr braucht nichts zu sagen. Bin schon weg.« Noch einmal erklang ihr herzliches Lachen, sie drückte Suse und auch Meeno und verschwand in die Nacht.

Suse und Meeno halfen Ziska und Nik noch rasch, klar Schiff zu machen, ehe sie sich in die Ferienwohnung zurückzogen.

»Ich kann es noch immer nicht glauben«, sagte Suse leise, den Kopf an seiner Schulter. »Dein Vater ist rehabilitiert. Rudi hat recht, es braucht keine Beweise mehr. Selbst wenn er jemals ein Auge zugedrückt hat, so hat er durch sein mutiges Handeln einen maßgeblichen Anteil daran, dass es doch noch so was wie Gerechtigkeit geben kann. Allein das zählt.«

»Denkst du das tatsächlich?«, fragte er leise.

Sie gingen die Stufen hinauf und setzten sich in die Korbsessel auf der Veranda.

»Es würde bedeuten, dass er womöglich nicht hundertprozentig unschuldig am …«

Sie ließ ihn nicht ausreden, sondern legte ihm zärtlich einen Finger auf die Lippen.

»Niemand weiß, was meine Mutter krank gemacht hat. Die Leute haben aufgrund des Mangels, der in der DDR immer an Brenn- oder Treibstoffen, an Papier oder was weiß ich herrschte, ständig improvisiert. Sogar lackiertes Holz haben sie in ihre Öfen geschmissen, um es warm zu haben.« Sie zuckte mit den Schultern. »Dein Vater ist rehabilitiert«, wiederholte sie bestimmt, »und ich kann meinen Frieden mit dem Tod meiner Mutter machen, weil Reuther, der immerhin zum Teil dafür verantwortlich sein könnte, nicht auch noch unbehelligt die Karriereleiter hochklettert. Wir haben uns«, sagte sie glücklich.

»Wir haben von Anfang an für dieselbe Sache gekämpft. Unglaublich, oder?«

»Unglaublich schön.«

Er küsste sie.

»Verrückt, welche Zufälle es im Leben gibt«, stellte er dann fest. »Deine Mutter und mein Vater waren ein Paar. Oder wenigstens Freunde. Wir müssen unbedingt mehr darüber herausfinden.«

»Worauf du dich verlassen kannst. Sobald ich zu Hause bin, werde ich die persönlichen Unterlagen, die ich von ihr aufbewahrt habe, Wort für Wort auf den Namen Herbert durchsuchen.«

»Irgendwie eine angenehme Vorstellung«, begann er nach einer Weile, »früher die beiden, jetzt wir.« Er sah ihr in die Augen. »Das nennt man wohl Schicksal.«

Suse ließ sich in seinen Blick fallen. »Nö, das nennt man Sanddornzauber.« Sie lächelte. Ihre Lippen fanden sich. Sie küssten einander zärtlich, befreit. Jeder Druck, jede Unsicherheit war vergangen.

»Übrigens bin ich heute kein bisschen müde«, ließ Meeno sie irgendwann wissen.

»Ehrlich, du schläfst nicht gleich wieder ein?«

»Nein, und ich werde mir alle Mühe geben, dich auch vom Schlafen abzuhalten.«

Das glaubte sie ihm gern. Schon jetzt versetzten seine Hände und sein Mund sie in höchste Erregung. An Nachtruhe war nicht zu denken, und sie legte auch keinen Wert darauf.

»Lass uns reingehen«, flüsterte sie zwischen zwei Küssen. »Übrigens muss ich dich vorwarnen.«

Er rückte ein wenig von ihr ab und sah sie fragend an.

»Ein bisschen Schlaf werde ich brauchen, ich habe für morgen nämlich noch eine Überraschung geplant«, verriet sie ihm, stand auf und sah auf die Uhr. »Korrigiere: für heute.«

Um neun machten sie sich auf den Weg nach Lohme. Sie stiegen die steile Holztreppe hinab, die er schon einmal mit ihr gegangen war, um gemeinsam einen romantischen Sonnenuntergang zu bewundern. Dieser Besuch würde nicht weniger emotional sein, vermutete sie.

»Bin gespannt, was du vorhast.« Meeno hatte schon mehrfach versucht, ihr einen Tipp zu entlocken, doch sie war hart geblieben. Als sie über den steinigen Strand schlenderten, sah Suse den blauen Kasten schon von Weitem.

»Gott sei Dank, er ist noch da«, flüsterte sie.

Meeno begriff. »Das ist nicht dein Ernst. Wir schreiben uns gegenseitig Flaschenpost und schmeißen die ins Wasser? Versteh mich nicht falsch, ich finde die Idee sehr süß, nur wissen wir beide, wie verdammt kalt das ist. Ich finde, wir drücken uns die einfach in die Hand, einverstanden?«

Das Bündel mit Badeanzug und Handtuch unter dem Arm, schüttelte sie den Kopf.

»Die Nachrichten, die wir schreiben, sind nicht für uns«, sagte sie langsam und sah ihm lange in die Augen, bis er begriff.

»Du hast recht, dann müssen wir sie natürlich eigenhändig möglichst weit in die Wellen tragen.«

Meeno nahm sie in den Arm und küsste sie, als würde er sie

nie mehr freigeben. Dummerweise konnten sie sich nicht den ganzen Tag Zeit lassen, denn am Abend musste Suse ihren Zug kriegen. Sie zogen zwei Sets aus dem Automaten und ließen sich jeder auf einem Stein nieder.

Meine geliebte Mutti, begann Suse, *ich muss dich loslassen.*

Als sie fertig waren, rollten sie ihre Briefe zusammen, schoben sie in die Flaschen und verschlossen die sorgfältig mit den Korken. Dann war es so weit, sie zogen sich um und wagten sich Schritt für Schritt ins eiskalte Wasser.

Obwohl Suse noch immer schlotterte, fühlte sie sich hinterher so durch und durch zufrieden wie noch nie zuvor. In eine Wolldecke gekuschelt, saßen sie noch ein paar Minuten nebeneinander und blickten hinaus auf die Ostsee, wo ihre Flaschenpostsendungen mit den Wellen immer weiter hinaussegeln und irgendwann am Horizont die Pforte zum Jenseits finden würden. Es roch nach Meer und Urlaub, Wind und Möwen hatten ein melancholisch schönes Lied angestimmt.

»Ich hab dir von dem Ausflug mit meinem Vater erzählt, von all den Geschenken, die er an Bord versteckt hatte. Er hat mir an dem Wochenende nicht nur seine Geheimfächer gezeigt, wir haben auch über Frauen gesprochen.«

Suse hob den Kopf von seiner Schulter und sah ihn an.

»Ich hatte damals keine feste Freundin. Ich hatte mit Beziehungen, geschweige denn mit Heiraten nichts am Hut. Die Ehe meiner Eltern war nicht gerade ein leuchtendes Vorbild. Ich dachte, ich lasse lieber die Finger von etwas Dauerhaftem.«

»Stimmt, du hast mal so eine Bemerkung gemacht«, sagte sie leise.

»Mein Vater hat mir damals auf seinem *Delphin* gesagt, wenn die Richtige käme, würde ich anders darüber denken. Könnte sein, dass er recht hatte.«

»Hoppla, jetzt aber mal langsam.« Sie versteckte das Schluchzen, das sie vor Rührung nicht komplett unterdrücken konnte, notdürftig mit einem Lachen.

»Keine Panik, wir müssen nicht gleich heiraten. Vielleicht könntest du erst einmal doch deinen Urlaub verlängern. Das wäre ein Anfang.«

»Ich würde wahnsinnig gern, Meeno. Andererseits … Wenn es dir ernst ist, sehen wir uns in Berlin oder Hamburg wieder.«

Epilog

Zwei Wochen später

Jackie bestellte ihren zweiten Sekt mit Schuss, Britta kam von der Toilette zurück.

»Gott sei Dank, er ist noch nicht da«, sagte sie und ließ sich auf ihren Stuhl fallen. »Vor mir hat eine Tussi die Kabine ewig besetzt. Ich dachte schon, ich komme zu spät.«

»Keine Sorge!« Suse lachte. »Meeno will zum Essen bleiben, du wirst Zeit genug haben, ihn zu begutachten. Falls ihr ihn nicht gleich verschreckt.«

»Wir? Niemals!«, riefen Jackie und Britta im Chor, sahen sich verblüfft an und prusteten los.

»Ich bin so gespannt, wie ihr ihn findet«, sagte Suse nicht zum ersten Mal.

»Auf dem Foto sah er schon mal umwerfend aus«, stellte Jackie fest.

»Was du von ihm erzählt hast, ist ja wohl auch erste Liga. Schlau, charmant, sportlich und romantisch«, schwärmte Britta.

»Hoffentlich ist er auch pünktlich.« Jackie sah auf die Uhr. »Wann wollte er da sein?«

»Um sieben, er hat also noch zehn Minuten. Übrigens ist er mindestens genauso gespannt auf euch«, verriet Suse. »Ich habe ihm zwar ganz viel von euch erzählt, aber noch nicht verraten, wie wir zu unserem Spitznamen gekommen sind. Wahrscheinlich stellt er sich auf Mädels mit Bunny-Ohren und Puschelschwänzchen ein.«

»Hoffentlich hast du wenigstens zugegeben, dass diese süße Bezeichnung uns alle drei einschließt.«

»Selbstverständlich!«

Brittas Augen hatten plötzlich einen warmen Glanz. »Du hast so viel von den Leuten da erzählt, dass ich das Gefühl habe, ich war mit auf Rügen und habe die alle kennengelernt.«

»Wir müssen unbedingt zu dritt hinfahren, damit ihr das wirklich könnt«, sagte Suse.

»Was ist aus Rudi geworden, ist er in der Villa Sanddorn geblieben?« Jackie bekam ihr Glas und nahm sofort einen Schluck. »Auf die Leber!« Sie verdrehte schuldbewusst die Augen.

»So gern Ziska und Nik ihn auch länger beschäftigt hätten, sie haben ihn dann doch lieber überredet, sich behandeln zu lassen. Ob er Kontakt zu seinem Sohn aufnehmen wird, konnte sie nicht einschätzen. Sie haben es ihm jedenfalls noch mal ans Herz gelegt.«

Suse erinnerte sich an das letzte Telefonat mit Ziska. Ihr fiel etwas ein.

»Wisst ihr, was echt seltsam ist?« Sie sah in zwei neugierige Augenpaare. »Ziska hat mir von einer Frau erzählt, die ihren achtzigsten Geburtstag in der Villa gefeiert hat. Sie war auf der Suche nach dem Brieffreund ihrer Jugend, den sie nie getroffen hatte. Immerhin ist es ihr gelungen, herauszufinden, was aus ihm geworden ist. Spannend, oder?« Die beiden schienen noch nicht recht zu wissen, worauf sie hinauswollte. »Genau wie die alte Dame war ich auch zu Gast auf der Sanddornplantage. Aus dem, was ich alles erlebt habe, hätte man ja wohl einen Krimi machen können.«

»Vielleicht sollte Ziska oder ihr Mann unter die Autoren gehen«, schlug Britta vor.

»Ihre Kunden liefern ihnen reichlich Stoff, das ist sicher.« Suse nickte. »Nicht nur ihre Kunden übrigens, das beste Material haben sie auf ihrem Dachboden gefunden, glaube ich.«

»Lass mich raten!« Jackie zog vor Aufregung die Nase kraus. »Da war eine Schatzkiste hinter alten Holzbrettern versteckt.«

»Damit liegst du gar nicht mal so weit daneben.« Suse lächelte. »Ziska sagte, sie hätten noch nicht alles durchgelesen, sondern nur grob gesichtet, was sie in der alten Dämmung zwischen den Sparren gefunden haben. Eine Kiste war da wirklich, aber darin lagen keine Goldmünzen oder so, sondern Briefe, Tagebücher und Zeitungsausschnitte. Sieht so aus, als hätte mal jemand eine Chronik schreiben wollen. Sie sagt, die alten Fragmente erzählen scheinbar die Geschichte der Plantage, von einer ersten Versuchsanlage, von Fehlschlägen und von einem schweren Schicksalsschlag, der die Felder und die Villa in den Dornröschenschlaf versetzt hat, aus dem Nik sie Jahre später mit seinem Sanddornanbau geweckt hat. Übrigens war da auch von einem Mann die Rede, der vor vielen Jahren schuldlos in Not geraten ist und auf der Plantage angeheuert hat.«

»Genau wie Rudi«, sagte Jackie fasziniert.

»Das ist fast ein bisschen unheimlich«, meinte Britta.

»Ich finde, das ist auf jeden Fall einen Roman wert«, stellte Suse fest. Sie sah zur Tür. »Da ist er ja!« Suse stand auf und winkte. »Meeno, hier sind wir!«

Nachwort

Die Idee eines Flaschenpost-Automaten hatte der Kollege Oliver Lück (http://www.lueckundlocke.de/der-flaschenpost-automat/), mit dem ich einmal das Vergnügen einer (fast) gemeinsamen Lesung hatte. Der Journalist und Buchautor hat das Ding nicht nur erfunden, sondern auch gewissermaßen in Betrieb genommen. Außerdem schreibt er wunderbar darüber, wie er die Absender von durch die Ostsee geschaukelten Nachrichten ausfindig gemacht hat.

Ich finde, es war an der Zeit, dass Romanfiguren diesen Automaten benutzen.

Zur Thematik der Müllentsorgung:

Wahr ist, dass gegen Devisen Westmüll im Osten gelagert oder verbrannt wurde. Auch den Grenzübergang gab es, der ausschließlich Müllfahrzeugen vorbehalten war.

1988 hatten die Devisenbeschaffer der SED unter Führung ihres Wirtschaftsfunktionärs Alexander Schalck-Golodkowski bereits 870 Millionen Mark mit dem Import von Abfällen erwirtschaftet. Kommerzielle Koordinierung – kurz KoKo – hieß dieser Bereich im Außenhandelsministerium der DDR.

Ein sogenannter Müllnotstand in den 1970ern in Westberlin führte dazu, dass eine zweite Deponie benötigt wurde, auch so weit stimmen Realität und Fiktion überein. Die kleine Deponie bei Schöneiche, genauer gesagt im Ort Mittenwalde, damals Dorf Gallun, am Motzener See, fünfundzwanzig Kilometer südlich der Westberliner Stadtgrenze, wurde massiv erweitert.

Verhandlungspartner auf der Westseite war übrigens die Industrieplanungsfirma Berlin-Consult GmbH. Das Unternehmen, zur Hälfte in Senatsbesitz, war auf der Ostseite durch den Bau schlüsselfertiger Industrieanlagen bereits bekannt. Die Manager ließen sich 1974 auf eine seltsame Klausel ein: Falls nicht die Vertragsmenge, 2,5 Millionen Tonnen Abfall und Sondermüll jährlich, aus Westberlin herangeschafft werde, sei eine »Ausgleichszahlung« an die DDR fällig. Diese Zahlen, so stellte sich heraus, waren weit überhöht, der Vertrag, der von 1975 an für zwanzig Jahre laufen sollte, musste nachgebessert werden. Zur gütlichen Einigung schlug die DDR den Westberlinern vor, einen Sondermüllofen bei Schöneiche zu errichten.

In aller Deutlichkeit: Mir ist kein Betrugsfall im Zusammenhang mit der Berlin-Consult GmbH bekannt. Die üblen Machenschaften eines Ingenieurs sind lediglich Produkt meiner Fantasie.

Neben der Deponie bei Schöneiche gab es auch eine Deponie in Schönberg in Mecklenburg-Vorpommern. Wo schön draufsteht, ist längst nicht immer etwas Schönes drin, wie man an diesem Beispiel sieht. Im Gegenteil: Fischsterben, Hautausschläge bei Anwohnern, Lungenerkrankungen, die auf den ersten Blick unschlagbar günstige Entsorgung kam die Natur und nicht wenige Menschen teuer zu stehen.

Als auch noch der Verdacht laut wurde, es werde Giftmüll aus Seveso in der DDR gelagert, geriet die deutsch-deutsche Vereinbarung endgültig in Verruf.

Zum Schluss stelle ich noch klar, dass auf der Halbinsel Bug zwar eine Ferienanlage geplant ist, gegen die es auch durchaus die von mir beschriebenen Bedenken gibt. Einige möchten lieber Natur erhalten, statt Fläche zu versiegeln. Aber auch in diesem Fall gilt: Weder weiß ich von jemandem, der unlauter versucht, vorab

Wohnungen gewinnbringend zu veräußern, noch kann ich mir über das Vorhaben überhaupt ein Urteil erlauben. Ich hörte davon, als ich gerade mit dem Schreiben begonnen hatte, und habe diese Information auf meine Weise verarbeitet.

Dank

Ein Dank geht an meine große Schwester und an Dieter Schönrock, die den genauen polizeilichen Ablauf darüber beigesteuert haben, was geschieht, wenn ein Boot gekentert ist. Bei dem Schritt vorher, nämlich den Voraussetzungen dafür, dass eine Jacht überhaupt sinkt, hat Adrian Karberg sein Wissen beigesteuert. Auch dafür danke!

Meiner Schwester gebührt dieses Mal ein besonders großes Dankeschön, denn sie hat mich mit einer Menge hübscher Ideen inspiriert und den Roman bereichert.